Enrique

LAZOS DE TINTA

Marisol,

Una novela muy sudamericana según su autor

¡Con afecto!

Verónica

2022

EL OJO DE LA CULTURA

© 2020, **Enrique D. Zattara**
Portada: Natalia Casali
Derechos exclusivos de EL OJO DE LA CULTURA
www.catalogoelojo.blogspot.com
elojodelacultura@gmail.com
+44 7425236501

ISBN 979-86-638-0365-6

Prohibida la reproducción total o parcial de esta obra sin autorización expresa del autor o editores.

Todos los derechos reservados.

*Dedicada a Ignacio Hernández, abuelo del autor
y a Vilma "Chichina" Hernández, madre del autor.
In memoriam.*

PRÓLOGO

Oímos a Claudio Lanza hacer aquella pregunta después de que la fiesta hubo empezado a decaer y el entusiasmo por impresionar a las mujeres que no habían llegado acompañadas (y también – por qué no – a las que podía sospecharse dispuestas a salir de allí con compañía diferente a la que habían llegado) fue cediendo paso a conversaciones más sosegadas sobre las desgracias eternas de la política nacional, las amenazas de guerras o revoluciones en el mundo, o las últimas novedades del cine y la literatura.

"¿Qué es lo que hace falta para contar una buena historia?", había dicho entonces Claudio aquella noche.

Y agregó de inmediato: "Que pase algo extraordinario", demostrando que la suya no era más que una pregunta retórica, formulada para ser respondida por él mismo. "Si no pasa algo que salga de lo normal, que rompa con lo que uno podría esperar que ocurra, no hay historia que atraiga a nadie. A mí, por lo menos, me pasa eso", concluyó, reduciendo notablemente la universalidad de su primera afirmación.

¿Tiene algo de extraordinario la historia que voy a contar, o terminará siendo al final de aquel tipo de novelas que el lector medio alaba asegurando que son "como la vida misma"? O sea, tan aburridas, previsibles, tan poco atractivas como la vida misma.

Pero ¿cómo saberlo antes de empezar a contarla?

Sea como fuere, esta novela probablemente se inicia en la provincia de Córdoba, República Argentina, en un cuartel. Al menos eso era lo que Ramón había logrado enterarse de madrugada sintonizando Radio Colonia, una emisora uruguaya que se oía en casi todo el país y que simpatizaba con el levantamiento militar del que se va a hablar ahora. La radio decía que la rebelión se había iniciado a medianoche en varias ciudades, y que además de Córdoba y de un destacamento militar en Corrientes, cerca de la frontera con el Brasil, el foco estaba en dos bases navales de la provincia de Buenos Aires. Todo el mundo sabía que el almirante Rojas, que estaba al frente de la Marina de Guerra, era uno de los que impulsaban el golpe contra el gobierno de Perón.

A primera hora de la mañana Ramón llamó por teléfono a Schifman. Se dieron cita en un bar cerca del centro, donde se habían visto muchas otras veces y donde probablemente su encuentro no provocaría mayores sospechas.

Era sábado, eran las nueve de la mañana y no había casi nadie en el bar. Sin embargo Antonio, un andaluz que regenteaba el local, también había escuchado las noticias por la radio uruguaya, y como en el pueblo todos conocían las simpatías políticas de los dos, no dudó en preguntarles qué sabían. Schifman y Ramón disimularon:

no habían oído nada, ¿podía Antonio encender la radio para ver si había alguna noticia? No la había en ninguna de las radios que habitualmente se escuchaban, las de Buenos Aires. El hombre sintonizó Colonia: la emisión apenas se distinguía, claramente interferida. Los alzados habrían logrado hacerse fuertes en las bases de la Marina y en Córdoba, aseguraba. No se sabía más. Los dos se mostraron asombrados e interesados, como si acabaran de enterarse.

Se sentaron en una mesa apartada. Debían esperar instrucciones telefónicas de sus dirigentes, y hasta entonces no habían recibido ninguna llamada. Hablar a larga distancia, no obstante, era una maniobra peligrosa en esos tiempos: era necesaria la intermediación de una operadora de la compañía telefónica, y eso era arriesgarse a muy probables delaciones. Siguieron bebiendo tranquilamente el café con leche: lo más tranquilamente, claro, que se los permitía la ansiedad y la pulsación acelerada de sus corazones. Quedaron en volver a verse antes del anochecer.

Al mediodía las radios nacionales informaron por primera vez del intento de golpe, asegurando que había sido abortado en todos los frentes. Sin embargo, Radio Colonia anunciaba a media tarde que los rebeldes habían ingresado victoriosamente a Bahía Blanca. Cuando Ramón volvió a verse por la tarde con Schifman nadie se había comunicado todavía con ellos. Un rato más tarde, se dirigieron al galpón trasero de la farmacia de Grinberg. El farmacéutico había mandado a su mujer y su hija a la casa de unos parientes, en un pueblo cercano. Ramón Sánchez regresó a su casa y Schifman se quedó con Grinberg escuchando la radio toda la noche.

A la madrugada llegó el primero de los hombres que integraban el comando. Era un maestro de escuela de apellido Lavagna, un muchacho de veinticinco años afiliado al Partido Socialista. Ramón llegó unas horas más tarde, después de haberse despedido de su mujer advirtiéndole que podía estar varios días fuera de la casa. Lentamente fueron arribando algunos más a pedir instrucciones, pero Grinberg y Ramón los hicieron volver a sus casas hasta nuevo aviso. Uno contó que un amigo había visto una columna de camiones militares por la carretera nacional que pasaba junto al pueblo, marchando en dirección a Río Cuarto.

A las cinco de la tarde, Grinberg, que había logrado sintonizar una radio de Córdoba ocupada por los rebeldes, anunció la sublevación de las tropas del II Cuerpo y la formación de un gobierno revolucionario en la provincia de San Luis. Radio del Estado, la emisora oficial, lo desmentía terminantemente. El fin de semana acabó sin dejar claro lo que estaba ocurriendo.

Durante todo el lunes las radios rebeldes y la emisora uruguaya insistieron en el avance de la conspiración, y las radios de Buenos Aires – controladas por el gobierno – afirmaban la inminente derrota del levantamiento. Nadie sabía, al menos en Coronel López, qué pasaba con Perón. Los tres pasaron la noche haciendo guardias alternativas: dos dormían y uno sintonizaba las radios disponibles.

Ramón estaba en su turno de guardia cuando Radio Colonia informó del bombardeo a los tanques de combustible de Mar del Plata. La balanza parecía volcarse lentamente hacia los golpistas. A las diez de la mañana del martes Schifman pasó por la farmacia y los cuatro deliberaron. Por fin, tomaron la decisión de reunir a la gente. Hacia el mediodía el comando en su conjunto se hallaba ya en el galpón. Eran dieciséis hombres, no los veintidós que esperaban: seis se habían echado atrás a último momento.

Sobre las dos, un comunicado emitido en la radio oficial informó que se había convocado a los jefes rebeldes a parlamentar, y poco después el propio Ministro leía una carta de renuncia del Presidente. Ahora sí Schifman decidió que era hora de actuar.

En menos de media hora dos camiones de caja cubierta con gruesas lonas de tela estacionaban frente al galpón. El propio Grinberg abrió el portón de chapa y los camiones ingresaron. Uno a uno los dieciséis improvisados comandos fueron subiendo a la parte trasera, divididos en dos grupos de ocho: los socialistas y dos radicales al mando de Schifman y el resto de los radicales, que eran mayoría, al de Ramón. Sólo doce estaban armados: era todo lo que habían conseguido reunir.

El camión se dirigió a las instalaciones de la propaladora. No hubo mayores dificultades en ocupar el pequeño edificio de tres habitaciones. La música fue interrumpida y el propio Ramón leyó un manifiesto que había sido aprobado varios días antes, abundante en reclamos de libertad y repudios a la tiranía, en el que había conseguido trabajosamente limar las expresiones más beligerantes redactadas por Schifman, insistiendo en el hecho obvio de que en el pueblo, peronistas y antiperonistas en el fondo no eran más que vecinos de toda la vida.

Después Ramón y su gente marcharon hacia la Municipalidad. La mayoría de los concejales ni habían aparecido por el edificio. El Intendente, un peronista llamado Ignacio Ramírez, estaba en su despacho acompañado del único concejal presente, y cuando los comandos bajaron del camión y penetraron en el edificio ni siquiera salió a recibirlos. Era un hombre mayor, de barriga prominente y cabeza casi calva, que había acudido a la ocasión vestido con su mejor traje. En la vida privada era notario, y a pesar de las rivalidades políticas tenía imagen de hombre respetado y sin enemigos personales.

—Qué vergüenza, Sánchez —le espetó solemnemente sin moverse de detrás del escritorio, apenas Ramón entró en el despacho no sin antes dejar fuera la escopeta

—Comprenderá que no está haciendo ningún honor a su categoría de representante del pueblo con esta actitud contra la ley y la decisión democrática de los ciudadanos. En mi carácter de legítimo mandatario de la ciudad, le invito a abandonar este despacho en nombre de la Constitución y las leyes.

Ramón vaciló unos segundos. Sabía que no era más que un gesto, el gesto digno pero meramente protocolario de alguien que sabía que la suerte estaba echada.

—Siento mucho todo esto, don Ignacio —respondió bajando involuntariamente la cabeza —Pero tengo la obligación de comunicarle que a partir de ahora está depuesto en su cargo por mandato de la Revolución Libertadora.

PRIMERA PARTE
El hombre

—Don Ramón, no sea malito, deje salir ya a su señora.

La mujer le hablaba despacio, medio riéndose por lo absurdo de la situación aunque sabía que en realidad la cosa no era para reírse, con los brazos en jarras como una tía cariñosa le hablaría a un chico pequeño al que la madre hubiese dejado por unas horas a su cuidado, pronunciando la primera consonante del nombre con un sonido arrastrado que revelaba que había venido del norte del país, Tucumán probablemente.

Pero el hombre seguía en sus trece. Sentado en una silla baja de madera con el asiento de mimbre trenzado, acercaba su cabeza a la radio, una radio vetusta y enorme, con una caja también de madera en cuyo frente se recortaban unos arabescos bajo los cuales asomaba la tela tensa del altavoz.

Encima del espacio que ocupaba el parlante – en el interior y tapado por la tela tensa y los arabescos de madera recortados en el frontal -, alguien había pegado dos calcomanías: la de la derecha era un dibujo de Carlos Gardel, vestido con un exótico traje de gaucho color azul oscuro y empuñando una guitarra, siempre con su ancha sonrisa en los labios. El Morocho del Abasto; pero en una versión *for export*, una especie de Rodolfo Valentino vestido como solían vestirlo en aquellas películas en blanco y negro que después triunfaban en Europa. La calcomanía de la izquierda, en cambio, recortaba la silueta ceñuda y hierática, con sus carrillos que recordaban en algo a un perro bulldog y un sombrero entre chambergo y bombín - módico Churchill criollo - de Hipólito Yrigoyen.

El anciano acercaba la cabeza y escuchaba los sonidos opacos y desdibujados que salían de la radio, una música ligera e intrascendente interrumpida por las intervenciones de un locutor entusiasta que hablaba de algo difícil de entender dada la espantosa calidad de la audición, culpa de unas válvulas que ya desde hacía años producían más ruido que otra cosa y un parlante cuyas membranas hubieran merecido su pase a retiro mucho tiempo antes. Con la cabeza inclinada hacia el frontal, intentaba seguir el programa que emitía la radio mientras notoriamente, en la mano izquierda que pendía al extremo de un brazo extendido tensamente hacia el suelo, encerraba algún objeto con la fuerza endeble de su puño.

—Deme la llave, don Ramón —insistía pacientemente la mujer.

Don Ramón levantó apenas la cabeza hacia su cuidadora, como si lo hubiera sorprendido verla de pronto allí, delante suyo en la cocina en semipenumbra, con los brazos en jarras, reprendiéndolo como a un chico pequeño. La miró de arriba abajo con los ojos desconcertados, algo perdidos al principio, pero de inmediato hizo un esfuerzo por endurecer la mirada y apretó aún más la llave que tenía encerrada en el puño izquierdo.

—No, que se va con el otro —balbuceó tratando dificultosamente de que al pronunciar, la mandíbula inferior se mantuviera firme, sin los tembleques que cada vez le hacían más difícil articular palabras.

Desde la puerta cerrada de una habitación cercana, atravesando el pasillo que unía la cocina y el comedor con los dormitorios y el baño, llegó un llanto débil, entrecortado, como resignado.

La cuidadora se dio por vencida y fue hasta el comedor donde estaba el teléfono, un aparato negro y macizo. Descolgó el tubo y discó un número. Atendió una voz de mujer.

—Señora, otra vez estamos con lo mismo de las últimas semanas — dijo después de los saludos de rigor —Ahora su padre ha encerrado a su mamá en el dormitorio y no quiere darme la llave para abrir la puerta. Dice lo mismo de siempre, que se le va a escapar con no sé quién —no pudo reprimir una risita culposa, a pesar de lo dramático de la situación.

Mientras esperaba a que la hija de don Ramón acudiese, la mujer encendió el televisor que estaba en el comedor y se sentó en el sofá, un mueble de estilo funcional tapizado de cuerina blanca. La señora Lola se pasaba las horas de la tarde sentada allí, mirando una tras otra las telenovelas, y ella aprovechaba – cuando don Ramón estaba tranquilo o acostado - para hacerle compañía y al mismo tiempo seguir en blanco y negro los dramas amorosos de pobres pero bellas sirvientitas campesinas a las que el hijo mayor de la familia pretendía seducir, o de matrimonios ricos pero muy mal avenidos que se traicionaban por cuestiones de herencias o posesiones. Tantas eran las horas que habían pasado frente al aparato, que sus respectivos sitios se delataban por las dos manchas opacas que ocupaban superficies levemente hundidas en el sofá: la de la derecha, apenas notoria, se correspondía con el peso de la señora Lola, cada día más delgada y tenue; la de la izquierda, mucho más profunda, era la que había ido dejando el culo macizo de la cuidadora.

Beatriz llegó unos quince o veinte minutos después, desenrollando de su cuello una bufanda marrón. El marido – Carlos Alberto Speziali, se llama - la había traído en el coche (un Fiat 1500 modelo 74, rojo) y le había preguntado si se quedaba. Ella le pidió que esperase unos minutos, entró y habló brevemente con la mujer que estaba a cargo de su atención. Detrás de la perorata de los personajes de la telenovela se oía el confuso sonido de la radio que venía de la cocina, pero la señora Lola, aún encerrada en su cuarto, había dejado de lloriquear. Beatriz volvió a salir y tranquilizó a su marido: quedaron en que permanecería en la casa de sus padres hasta más tarde, luego él la recogería en el coche a la salida del trabajo. El Fiat rojo arrancó, giró en la esquina y se perdió por la calle Rivadavia.

Beatriz Sánchez volvió a entrar en la casa y cerró la puerta que daba a la calle. Acompañada por la mujer, que había dejado la televisión encendida, atravesó el comedor y el pasillo y fue primero hasta la puerta del dormitorio detrás de la que la señora Lola estaba todavía encerrada. Golpeó con suavidad, con los nudillos de la mano derecha.

—Mamá...

Al principio continuó el silencio tras la puerta del cuarto.

—Mamá...

Ahora se oyeron unos pasos, los pasos de alguien que se acercaba lentamente a la puerta. La voz de la señora Lola llegó desde el otro lado, lánguida.

—¿Betina?

—Sí, mamá. Soy yo. Un ratito nomás que hablo con papá y ya te abro, eh. Quedate tranquila.

La otra mujer, la que trabajaba en la casa cuidando de don Ramón, suministrándole la medicación que los especialistas le habían prescrito desde hacía ya tres años cuando comenzó a hacerse notoria su enfermedad, la que lo bañaba como a un niño por las tardes, lo secaba y lo vestía con un pijama a rayas, la que lo sentaba en el inodoro y le limpiaba la mierda antes de volver a subirle el calzoncillo, la que lo sentaba a la mesa y le ayudaba a llevar la cuchara hasta la boca en esos días en que el hombre que se había vuelto un anciano repentino no era capaz siquiera de ser consciente de cómo se comía, la que cuidaba que la estufa eléctrica no se quedara encendida cuando ellos se iban finalmente a la cama, permanecía un poco más atrás, en un ángulo del pasillo desde donde podía ver al mismo tiempo las dos escenas: a Beatriz dialogando con su madre a través de la puerta cerrada con llave del dormitorio, y a don Ramón en la cocina, tranquilo, relajado mientras inclinaba la cabeza para escuchar mejor la débil audición que salía de la radio y sin enterarse de lo que estaba sucediendo en el pasillo, apenas unos centímetros más allá de su propio ensimismamiento.

—Ya te abro, nada más que un ratito, eh —insistió Beatriz con la cara arrimada a la puerta de la habitación de su madre.

Después volvió sobre sus pasos y llegó hasta donde la otra mujer, la cuidadora, esperaba controlando desde el pasillo las dos situaciones. Alzó la vista y la miró, haciendo un gesto de resignación. Fueron las dos en dirección a la cocina, que se iniciaba en una puerta que, en rigor, carecía de ese elemento que llamamos precisamente, "puerta". Era un vano rectangular que recortaba la pared del pasillo y daba acceso a la otra habitación, apenas iluminada con la claridad que llegaba desde el patio por un ancho ventanal de cristal esmerilado. Al fondo, haciendo ángulo con el muro que daba al patio y en donde se abría la ventana, se veía la mesada de mármol con su fregadero a un lado y en el otro extremo, una cocina de cuatro hornallas. De frente al ventanal una heladera marca Zenith, con el enlozado blanco muy saltado en varias partes. Encima de la heladera había un antiguo reloj de hierro forjado: dos ninfas negras entrelazando las manos por encima de sus cabezas. En el medio de la habitación, una mesa de madera de patas labradas cubierta con un mantel de hule a cuadros, rodeada de cinco sillas de madera con respaldo y asiento de mimbre trenzado.

En la sexta silla – nunca hay cantidades impares alrededor de una mesa -, apartada hacia la última pared de la habitación, estaba sentado don Ramón, lánguido, dejando caer a un lado de su cuerpo el brazo en cuyo extremo el puño cerrado ocultaba la llave del dormitorio donde estaba encerrada su esposa, e inclinando levemente la cabeza sobre la radio a válvulas que borboteaba ahora una música indiscernible y rugosa.

Beatriz se acercó a la silla del hombre que escuchaba la radio y lo sacudió por el hombro izquierdo, con suavidad, inclinando el cuerpo hacia él en un ángulo de setenta grados.

—Papi... —comenzó.

El hombre levantó la vista, la miró un momento, y luego con un gesto de sorpresa se volvió hacia la otra mujer, la que lo cuidaba a diario. Abrió la boca con lentitud y alargando las palabras le preguntó simplemente:

—¿Quién es?

Beatriz dejó caer los brazos con un gesto resignado. Le costaba acostumbrarse a que su propio padre no la reconociera a veces, pero como eso ocurría cada vez más a menudo se estaba haciendo ya a la idea. Fue la otra mujer la que tomó la palabra.

—Pero don Ramón —le dijo cariñosa, en el mismo tono con que había intentado sonsacarle un rato antes la llave del dormitorio —Mire bien, que es su hija, es Beatriz. No me va a decir que no se acuerda que tiene una hija que se llama Beatriz, deje ya de hacerse el pavo.

A la hija le pareció un tanto irrespetuoso el tratamiento que la asistenta acababa de dar a su padre, pero no dijo nada, pensando que después de todo, era ella la que mejor sabía cómo tratarlo últimamente. Sin embargo, por algún motivo insondable, las palabras de la cuidadora dieron en el clavo. Don Ramón pareció despertar de un sueño, aunque no del todo convencido.

—Ah, sí. Hola, Betina, ¿cómo están los chicos? —se refería a los dos nietos que su hija y su marido le habían dado, pero uno de ellos, la niña mayor, ya estaba muerta desde hacía más de quince años.

—Bien, bien —prefirió contestar Beatriz sin entrar en detalles —Ahora, papi, ¿me vas a dar la llave del dormitorio de mamá?

El anciano pareció sorprendido.

—¿Qué llave? —preguntó con inocencia.

—¡Papi! Esa que tenés en la mano —lo tomó por la muñeca derecha y le alzó el puño cerrado hasta la altura de la cara.

Don Ramón extendió los dedos y sobre la palma de la mano apareció la llave, una de esas llaves viejas, de hierro, con una pequeña barra con muescas en un extremo y una argolla redonda por el otro. La miró un rato como si no entendiera qué hacía aquel objeto en su mano, qué había estado haciendo allí durante todo ese tiempo.

—¿Es ésta? —preguntó.

Beatriz no llegó a contestarle. Con la mano izquierda alzó la llave de la palma derecha de su padre y después, con la otra mano que todavía sostenía la muñeca del hombre, volvió a dejar, con cuidado, que el brazo de él regresara a su posición original, extendido hacia el suelo todo a lo largo del cuerpo. Dejó a don Ramón con la asistenta y fue hasta el dormitorio de su madre. Introdujo la llave en la cerradura, giró, oyó el clac del sistema y con la otra mano manipuló el pestillo y abrió. La señora Lola, vestida con una falda a media pierna, una blusa marrón con una chaqueta de lana por encima y los zapatos de salir, delgada y algo encorvada hacia delante, inmóvil como una estatua sorprendida a punto de romperse, la miraba con unos sorprendentes ojos azules que contrastaban con la piel arrugada de la frente y los pómulos chupados.

—Bueno, ya está —dijo Beatriz sin agregar nada más, como si todo lo ocurrido hubiese sido un hecho sin importancia que pronto pasaría al olvido. Un olvido en el que – evidentemente - había ya caído en la mente de don Ramón.

—Me vestí para ir hasta tu casa a tomar unos mates —explicó la señora Lola con absoluta naturalidad —Y vino él, me vio así, y me dijo que yo no tenía que salir de la casa. Yo le dije que iba a visitarte, que se quedara tranquilo que Rosa iba a estar atento a lo que él necesitara, pero se emperró y me metió en el dormitorio y cerró con llave. Menos mal que viniste.

—Bueno, ahora ya pasó todo y ya está todo bien, ya sabés que papi no está bien así que hay que entenderlo —dijo Beatriz. —Y además, cuando quieras venir a casa me llamás por teléfono y te venimos a buscar, ¿cómo te vas a ir sola por ahí a esta hora, con el frío que hace en la calle, y caminando hasta casa que son como veinte cuadras?

Avanzaron por el pasillo, pasaron frente a la puerta de la cocina donde Rosa, la asistenta, estaba sirviéndole un vaso de agua a don Ramón que ya no inclinaba la cabeza sobre la radio, y salieron al comedor. La televisión estaba encendida todavía y automáticamente, la señora Lola se dirigió a su sitio en el sofá de cuerina blanca. Beatriz se quedó un momento de pie, casi sin entrar en la habitación. Al cabo de unos instantes, la cara de la señora Lola se iluminó de pronto.

—Mirá —dijo entusiasta —Justo están dando la novela de Darín, ese chico tan lindo que está enamorado de la hija de su patrón en la fábrica.

Beatriz se acomodó en el sofá, a su lado, y se acercó a ella. A través del saco de lana, que no se había quitado, sentía las pulsaciones de su cuerpo cada día más menudo y etéreo. Pensó cómo podía haberse creado en las fantasías de su padre la sospecha de la infidelidad de aquella mujer que durante más de cincuenta años había sido su sombra, su criada, resignada a soportar todas las pasiones y las costumbres de su marido, sus frecuentes juergas juveniles de artista de pueblo, sus largas horas de abandono en beneficio de su actividad política, de la comisión directiva del club al que pertenecía, de las interminables reuniones aquí y allá por las cuestiones más diversas. Todo aquello, además, que su propio padre –el marido de ella, de la señora Lola, su madre- había terminado por olvidar en las redes progresivas del alzheimer.

Los personajes de la telenovela continuaban desarrollando su interminable conflicto en la pantalla, y su madre prestaba atención silenciosamente, sumida en esas vidas que tan poco tenían que ver con lo que había sido la suya: y con lo que era ahora, menos todavía.

Don Ramón entró en la habitación vestido con su piyama claro a rayas, arrastrando las pantuflas de gamuza, medio sostenido por los brazos de Rosa que estaba ya deseando que llegase al fin la noche, la hora de acostarlos y regresar a su propia casa. Quizás ahora que Beatriz se iba a quedar podría irse un rato antes, pensó.

—Aquí está el hombre de la casa —bromeó, siempre sin maldad — Aunque me parece que hoy no se acuerda ni siquiera de su nombre.

Don Ramón, en efecto, parecía más perdido que nunca. Rosa lo ayudó a acomodarse en uno de los sillones que hacían juego con el sofá. Él miró a su alrededor, a su esposa y a su hija, y dijo muy circunspecto y respetuoso:

—Buenas tardes.

En ese momento había terminado la telenovela y anunciaron un noticiero. Empezaba con la noticia de un acto en un edificio militar, una especie de reunión protocolaria donde se homenajeaba a alguien. La cámara desfilaba por los presentes: el presidente Galtieri con su rostro cruel y estragado por la bebida, varios ministros; alternaban uniformes de gala y trajes de etiqueta. De pronto, en la pantalla se fijó durante unos segundos la imagen de un hombre bajito y moreno, de cara redonda y desdeñosa alargada por las arrugas de la edad, la mirada oculta tras unas gafas negras.

Sorpresivamente, como saliendo de un sueño, don Ramón se alzó brevemente desde la superficie de su sillón, como impulsado por un resorte, y blandiendo el brazo derecho en alto con el puño cerrado, comenzó a gritar:

—¡Rojas, Rojas...!

Pero ahora el hombre ha muerto. La foto de "El Sur" lo muestra serio, sin duda pulcro como lo delatan las solapas prolijas del saco y una corbata fina que – junto con la cara - configuran el busto obituario que preside la nota aparecida en el único diario de Coronel López, publicación cuyos orígenes – entonces todavía sin periodicidad diaria - datan del lejano año 1956.

A diferencia de otras caras habituales en las necrológicas del periódico, el hombre tiene las arrugas de la cara trazadas de abajo hacia arriba (o, si se quiere, de arriba hacia abajo). Esto lo diferencia de los muchos personajes de apellido inglés que, según registra "El Sur" en sus archivos, han ido muriendo en los últimos cuarenta años con derecho a necrológicas destacadas en sus páginas. También lo diferencia una nariz nada roma y delicada. No es tampoco aguileña y agresiva como la de los judíos, pero es cierto que no han sido frecuentes tampoco muchos judíos en las necrológicas de "El Sur". Es más bien una nariz mestiza, intrascendente, propia del resto de la cara, que sin llegar a ser achinada tiene algo remoto de indígena. Quizás, precisamente, esa manera en que las arrugas la surcan; o el cabello grueso y muy lacio, que en lugar de ser blanco como la mayoría de las canas parece amarronado, como oxidado.

Tampoco ha muerto con demasiada pompa, aunque el diario nada informa al respecto. Sin embargo, a pesar de no ser inglés, ni poseer gran fortuna, ni haber dejado una familia de prestigioso apellido (como se verá, el apellido se irá perdiendo merced a su descendencia: dos mujeres), pese a todo ello, decía, "El Sur" le dedica una detenida – y poco frecuente - nota mortuoria.

"Hondo sentimiento de pesar —dice el diario — ha causado la desaparición de un hombre vastamente conocido: don Ramón Sánchez. Un hombre excepcional en nuestra ciudad por la gran actividad que desarrollara, por su visión emprendedora y su cariño con el que se manejó en el paso de la vida terrenal. Nada fue difícil para don Ramón desde su juventud, que transcurrió en un ambiente de amistad, ayudado por su personalidad que sólo en él cabía, y que todo obstáculo hacía fácil ante su poder de simpatía y comprensión. La música lo atraía y en sus años mozos animaba los corsos integrando la tradicional

"Comparsa Arlequines", célebre en la época. El deporte era su pasión permanente y el Club Social lo contó entre sus más fieles servidores integrando distintas comisiones y aportando toda su inteligencia al servicio de esta vieja y prestigiosa entidad que fue creciendo gracias a hombres como don Sánchez, que nunca le temió al fracaso, sabedor de que quien siembra, seguro que el tiempo le dará la razón y cosechará sus frutos. La política también fue su pasión y la UCR lo contó entre sus filas, ocupando en 1952 el cargo de Concejal por esta fracción partidaria, demostrando también en esto su personalidad y capacidad para el desempeño de tan importante misión comunitaria en épocas difíciles para nuestra nación cuando la demagogia imponía su régimen de silencio a quienes no comulgaban con sus prácticas. Fue creador y fundador de la Caja de Jubilaciones de Obreros Municipales, en otra de sus facetas de hombre emprendedor y siempre pensando en hacer el bien sin pretender a cambio nada que no sea el bienestar de los demás. Don Ramón Sánchez falleció a los 77 años de edad, y sus restos fueron inhumados en el cementerio de esta ciudad, donde se puso de manifiesto el profundo pesar que ha causado su desaparición".

Hasta allí "El Sur", cuya edición del día 14 de agosto de 1981 se destaca sobre el escritorio en el que se mezclan otros papeles diversos y dos planos desplegables de considerables dimensiones.

Otro testimonio escrito procede de "La Voz del Pueblo", semanario progresista que – a la muerte del hombre - cuenta apenas con un año de vida. La diferencia de estilo es notoria y para un observador atento permite sin duda apreciar las diferentes visiones del mundo que albergan sus respectivos editores. Curiosamente, en cambio, la foto que ilustra la necrológica es la misma que unos días antes apareciera en "El Sur", lo que revela probablemente que ambas publicaciones se nutrieron de la misma fuente: la familia del finado. La impresión, quizás, es algo más lavada porque "La Voz del Pueblo" se hace en otra imprenta, de menor calidad; pero que se trata del mismo retrato es indudable: el rostro serio y surcado de arrugas, el saco y la corbata fina, el pelo peinado hacia atrás a la gomina.

"La Voz del Pueblo" dice, unos días después del anterior obituario (este periódico sale sólo una vez a la semana):

"La inexorable ley de la vida nos va privando cada día de presencias físicas de esas que uno no quisiera tener que recordar en postrer homenaje. Pero la realidad es así, y sólo nos queda el consuelo de haber conocido a alguien que sirva de verdadero ejemplo en esta sociedad que cada día carece más de los auténticos valores que mueven el progreso y la justicia. Es este el caso de don Ramón Sánchez, recientemente fallecido. Era lo que comúnmente puede llamarse 'un tipo macanudo': simple, cordial, humano, ejemplar padre de familia, modesto, luchador, hacedor de muchas cosas buenas y sin otra aspiración que la de ser útil a sus congéneres. Fue Concejal por la Unión Cívica Radical en 1952, creador de la Caja de Jubilaciones para Obreros Municipales, activo dirigente del Club Social, y partícipe de un montón de cosas gratas. Fue un animador de la vida y la alegría de vivir. Sirve como ejemplo de humildad, dedicación, amor al prójimo y desprendimiento. El destino, que un día lo trajo a este mundo, sabía que un día se lo iba a llevar, y qué es lo que iba a ser de él. Y hoy que pasó, ese mismo destino nos lo recuerda: les dejé en el paso por la vida a Ramón Sánchez".

Ahora dejo a un lado el artículo de "La Voz del Pueblo" y despliego lentamente, a todo lo largo del escritorio y por encima del resto de papeles dispersos, dos planos de alrededor de un metro de longitud y apenas unos treinta centímetros de ancho, amarillentos a causa de su antigüedad y la humedad que han tenido que soportar en todos esos años desde que fueron dibujados, a pluma, por algún cartógrafo militar. Ajados y con los bordes carcomidos, uno de ellos delinea con trazo bastante desprolijo las orillas del río Carcarañá, más o menos desde que éste penetra en la provincia de Santa Fe hasta que desemboca en el Paraná caudaloso (esta referencia se hace explícita en las ondulaciones que – inequívocas olitas de tinta negra - representan el cauce de este último río), y en una anchura que llega aproximadamente hasta las cercanías del arroyo Saladillo. El otro dibuja una franja de terreno que abarca parte del sur de la provincia, incluyendo terrenos de las provincias fronterizas, territorio sembrado por doquier de numerosas lagunas, especialmente una de nombre indudablemente indígena: Melincué. Los indios ranqueles, última etnia en habitar estas regiones, debían de haber terminado sus incursiones guerreras muy poco antes de que se dibujasen los planos. Es una mera suposición, ya que los mapas no están fechados, pero es seguro que al menos fueron trazados sobre el 1860, no mucho más cerca.

Por encima de los datos topográficos, elementales, y las diferentes coordenadas y referencias que contienen, se esparcen varias manchas sombreadas, rectángulos de lados irregulares pero evidentemente delimitados arbitrariamente por decisión humana, administrativa. Fuera de la cartografía, muy lineal y simplificada, de las numerosas referencias escritas a lugares geográficos, y de las parcelas rectangulares que señalan territorios específicamente delimitados, no existe en los planos ninguna indicación que acredite cuál es el significado de aquellos rectángulos sombreados, pero yo sé que se trata de generosas hectáreas de campo virgen cedidas por el gobierno a uno de sus soldados. Como otras parcelas - y en ellas estaría dividido prácticamente todo el sur de la provincia si el mapa no estuviese destinado a informar precisamente sólo de la propiedad de esos terrenos - han sido en la misma época adjudicadas a otros tantos soldados de los ejércitos victoriosos tras alguno de los enfrentamientos internos de la segunda mitad del siglo XIX. Con sólo dar una mirada a aquellos terrenos sombreados sobre el mapa, uno puede darse cuenta de que estaríamos ante la posesión – llevado a los tiempos actuales - de una auténtica fortuna en tierras, en la zona de las tierras más ricas de la pampa húmeda argentina. ¿Pero en aquel tiempo?

En aquel tiempo no eran más que pedazos del *desierto*, como llamaban a los interminables territorios que de desierto nada tenían mientras estuvieron habitados por los indios, ni tampoco inmediatamente después cuando los fueron ocupando personas como esos soldados así pagados antes de darles la baja, o los gauchos solitarios que levantaron sus ranchos para vivir de los ñanduces y el ganado cimarrón, y que mucho menos lo fueron cuando los compraron los gringos – ingleses e irlandeses, especialmente - y dejaron de llamarse desierto. Pedazos de una llanura sin límites, donde el horizonte se perdía sin atravesar más ondulación que la hondonada de algún arroyo o el leve descenso hacia el borde de las innumerables aguadas, sin árboles, sin siquiera cardos silvestres que tanto abundan hoy en día, cubiertos hasta el infinito por el monótono *pasto puma*, rasgados muy de tanto en tanto por las *rastrilladas* que unían los fortines de campaña. Rectángulos sombreados en un mapa, inútiles casi para otra cosa que no fuese bolear alguna vaca cimarrona, desollarla allí mismo y vender el cuero a los pulperos vascos o italianos para gastarse el dinero bebiendo ginebra en la misma pulpería. Eso eran, por el tiempo en que los dibujó la pluma de algún cartógrafo militar, aquellos campos rectangulares que estoy mirando en los dos planos desplegados, ahora, encima del escritorio.

Olvidé presentarme: decir que soy Leandro Speziali. Leandro, como Leandro N. Alem. Me he propuesto, como tantas otras veces – frustradas hasta ahora, admito - escribir una historia. No un libro de historia, quiero decir una historia literaria: ¿una novela, una recreación histórica, una biografía? No lo sé muy bien todavía. De momento cuento con el punto de partida de todos estos papeles y recortes amontonados sobre mi escritorio.

No sé a dónde irá a parar la historia que se avecina, pero tampoco es que se abra un abanico infinito de posibilidades, porque me propongo escribir la historia de un hombre concreto, que vivió entre 1904 y 1981, la mayor parte de su tiempo aquí, en Coronel López, en el mismo pueblo en donde ahora estoy sentado en mi escritorio, un escritorio colocado contra la pared de una de las habitaciones de mi consulta – soy veterinario - y en el que sólo hay, además de los papeles, recortes y los dos planos de que he hablado, una lámpara de mesa, coqueta y moderna, y una máquina de escribir portátil marca Olivetti, Lettera 22 para más exactitud.

Qué hace un veterinario intentando escribir literatura, se preguntará alguno. Quizás sería más ajustado preguntarse qué hace alguien que toda la vida ambicionó escribir literatura, ejerciendo como veterinario en el mismo pueblo donde nació – y seguramente morirá - y de donde salió (a excepción de algunos viajes turísticos) solamente para vivir cuatro años en Rosario en donde se licenció en la carrera de Veterinaria. Digo, porque en realidad es esa la pregunta que yo mismo me hago a menudo.

Ramón Sánchez también salió una sola vez de Coronel López, donde no había nacido pero llegó de niño. Fue a Buenos Aires, para hacer el servicio militar obligatorio y con la intención de alistarse en la Marina Mercante: si al final lo hubiese hecho, es del todo seguro que esta historia que quiero contar no existiría. Existiría otra, pero hay un altísimo grado de posibilidad de que nunca me hubiese topado con ella, y mucho menos que tuviese algún motivo para escribirla. ¿Si yo no hubiese accedido al deseo y consejo de mis padres de estudiar Veterinaria en Rosario, una profesión con ingresos asegurados, qué historia hubiera sido la mía? Pero me estoy yendo de tema, volvamos a los papeles que están sobre el escritorio, puntos de partida posibles para contar la historia que quiero escribir.

He leído por décima vez al menos, las crónicas necrológicas de los dos periódicos, fechadas pocos días después de la muerte de Ramón Sánchez. Debo confesar, de paso, que esperaba algo mejor del periódico "progresista", en el cual incluso escribían un par de amigos de la adolescencia. La referencia al destino, por ejemplo, me parece inaceptable, siquiera como recurso puramente literario. En todo caso, una concesión al mal gusto de los provincianos lectores coronelenses. De la necrológica de "El Sur" – en cambio - no se podía esperar otra cosa que ese estilo convencional, formal y gramaticalmente desastroso que es propio de los conservadores de pueblo que creen ser refinados simplemente porque se mueven en círculos de gente con más plata.

Intentando poner una dirección a esta historia en medio de estos papeles, y a pesar de la valla que oponen tales lenguajes periodísticos al sentimiento, tengo que admitir que ahora los ojos se me nublan. Puesto a tratar de reconstruir ¿una historia, varias historias, cuántas? a partir de estas deprimentes necrológicas, no puedo menos que reconocer que la objetividad que requiere el intento se me hace cuesta arriba, y tantos ejercicios narrativos pergeñados a partir de la lectura del decálogo de Horacio Quiroga, las observaciones de Edgar Allan Poe o las ordenadas reflexiones de Mario Lancelotti, se desvanecen fácilmente. Porque ¿cómo podría un narrador de raza sucumbir de entrada en la emoción frente a los datos necrológicos – encima mal escritos, risibles - del primer personaje que pone en acción?

Es que se trata de mi abuelo, qué joder.

El hombre – mucho más joven ahora que en la foto de su necrológica - atravesó la plaza haciendo crujir con sus zapatos recién lustrados la granza de ladrillo que cubría los senderos. Vaya a saber por qué, se recordó a sí mismo de niño pisando descalzo las orillas barrosas de la laguna donde se refrescaba en las tórridas siestas del verano, la sensación del limo viscoso resbalando por debajo de las plantas de los pies, sumergidas las piernas hasta la rodilla en el agua marrón, los pantalones cortos salpicados por las gotas provocadas por los saltos que su hermana daba para vencer el frío.

En el recuerdo, el fondo por donde se deslizaban los pies dejaría una sensación en la que se mezclaban el asco por la blandura sin resistencia que se dispersaba debajo pero no se podía ver a través de la superficie opaca del agua, y al mismo tiempo la deliciosa suavidad del limo sin porosidades. El barro del fondo subiría en volutas a cada paso, dando su color al agua. Con los pies bajo la superficie, asentándose en el lodo resbaladizo y firme al mismo tiempo, se podrían diferenciar perfectamente las dos sensaciones, la del agua fresca que se rompía cuando la pierna avanzaba bajo el impulso de aquel niño callado, la del fondo que establecía un límite preciso, inamovible.

Ese pasado remoto, la infancia, habría sido un espacio donde reinaba su madre, casi siempre adelantando a su paso el vientre combado de las embarazadas; ocupando el centro de la escena en la casa techada con paja trenzada embadurnada de barro por la que corrían los insectos, dos habitaciones apenas separadas por el marco de una puerta del que pendía una cortina deshilachada. Ella: una imagen siempre vinculada al piletón que se alzaba al fondo del patio, bajo un paraíso frondoso, y en el que desaguaba una bomba manual con su raquítica silueta de hierro forjado; y otras veces al fogón, al final de la habitación que hacía de cocina, comedor y dormitorio de los hijos, donde se cocían los alimentos de los siete niños y del padre que llegaba por las noches y se sentaba a comer en silencio, caviloso, empuñando su vaso de vino carlón que volvía a rellenar hasta que se agotaba la garrafa, murmurando cada tanto algún monosílabo para retar a alguno de los chicos.

Eso cuando llegaba para la hora de la cena: otras noches pasaba ya la medianoche cuando atravesaba la cocina trastabillando y maldiciendo en voz baja hasta correr la cortina desflecada y penetrar en la otra habitación, el dormitorio conyugal. Al rato se oían sus ronquidos, profundos, cavernosos. ¿Dormía entonces su madre, o permanecía simplemente inmóvil a su lado, casi sin respirar, con los ojos abiertos hacia el techo, quizás rezando a un dios que nunca le había ayudado en nada?

Él, Ramón, volvía una y otra vez a revivir ahora aquellas sensaciones, mientras caminaba a paso ligero en medio de dos eucaliptos elevados a los lados del sendero de gravilla que atravesaba la plaza principal de Coronel López.

¿Por qué precisamente aquella noche? La imagen del padre no era para él un recuerdo grato: no, ni mucho menos. Había sido un hombre parco, oscuro, envilecido por el alcohol, casi indiferente hacia los hijos que con regularidad le hacía a su mujer. Casi no sabía nada – nunca hablaba de ello - de aquel hombre que lo había puesto en el mundo, a excepción de algunos pocos momentos en que su padre, siempre durante alguna borrachera, dejaba entrever un pasado transcurrido entre ranchos de adobe y cardones, de leguas de a pie o a caballo para agenciarse el sustento con changas en campos de gringos, de pendencias inevitables para demostrar quién era el más temido o quizás sólo por la exigencia elemental de una virilidad primitiva; un pasado dominado a su vez por otra figura nebulosa y ruda de la que quizás había, simplemente, copiado un rústico modelo, el único que conocía.

Y aquella laguna que ahora rememoraba inesperadamente, comparando sin intención el fondo de barro, pringoso, con la gravilla fina del sendero de la plaza que chasqueaba bajo sus pies, había sido apenas una vivencia fugaz aunque reiterada en los lejanos veranos transcurridos antes de que el padre parco y rudo, un día cualquiera y vaya a saber por qué, hubiese subido a toda su familia – su mujer y los seis hijos que le quedaban tras la muerte del mayor en un turbio suceso de pulpería - , la cama de hierro, un ropero desvencijado, dos atados de ropa y unas cajas con enseres de cocina, en un carro alquilado que los llevó hasta Coronel López.

Ramón Sánchez, que de su padre había recibido poco más que la piel aceitunada de los mestizos sudamericanos, caminaba aquel atardecer, a punto de caer la noche, por el sendero de gravilla que atravesaba la plaza en diagonal dibujando una enorme equis que partía el espacio, convencional arquitectura diseñada en los orígenes mismos del pueblo que había nacido con la intención de ser una colonia ovejera irlandesa.

Aquella noche era un momento importante para él. Por eso se había vestido con su mejor traje, un terno azul oscuro con finas líneas verticales grises que lo hacía – al menos así se sentía Ramón - mayor y más respetable, las bocamangas anchas del pantalón cayendo prolijamente sobre los zapatos embetunados, los tres botones de hueso cerrando el saco de solapas anchas sobre el chaleco liso. Un terno que él mismo se había cortado y cosido, durante días, sobre el mostrador de madera en el local en el que ejercía su oficio de sastre, un oficio que había adquirido en Buenos Aires antes de volver al pueblo, tras los casi dos años del servicio militar y el abandono de su intención de enrolarse en algún barco.

Allá, en Buenos Aires, durante su aprendizaje en el taller de un inmigrante piamontés, había conocido a otro muchacho un poco más grande que él, con quien había compartido durante esos meses el cuarto de pensión, las escapadas nocturnas por el Parque Japonés y los tugurios de Paseo Colón, además de largas y filosóficas charlas sobre la vida, el destino y la política del país. Había sido aquel muchacho – Colocchini, se llamaba - el que lo había convencido de que su personalidad rebelde y sus simpatías por el anarquismo podían canalizarse mucho mejor, con más provecho y resultado, sumándose a las filas del radicalismo de Yrigoyen.

Yrigoyen, el primer presidente argentino elegido por sufragio universal, había dejado el gobierno en 1922 cuando Ramón Sánchez tenía 17 años, en manos de otro hombre de su partido, Marcelo de Alvear. Pero su sucesor – lo adoctrinaba Colocchini con paciencia y vocación - estaba traicionando los principios reformistas del radicalismo y "el Peludo" quería retomar las riendas del país. Ramón se dejó convencer, y cuando volvió a Coronel López con su flamante diploma de oficial cortador, se afilió a la Unión Cívica Radical y se puso a trabajar con entusiasmo por la candidatura del viejo caudillo.

Con apenas veintitantos años, el joven que había renunciado a su sueño fugaz de ser marino había descendido del autobús poco después de la madrugada en la esquina de la plaza, frente a la única "pensión" del pueblo (dos habitaciones amuebladas que alojaban a los muy poco frecuentes visitantes, casi únicamente viajantes de comercio), después de un viaje de largas horas a través de interminables llanuras plagadas de ganado vacuno o sembradas de trigo, maíz y girasol; envueltos en el polvo que levantaban las ruedas del vehículo en los guadales del camino; estirando apenas las piernas en cada una de las frecuentes paradas en la veintena de pueblos que se distribuían al costado de la carretera de tierra que llegaba desde Buenos Aires y seguía internándose en el centro del país; y antes siquiera de acercarse hasta la casa de su madre se había dedicado todo el resto de la mañana a buscar un local adecuado para poner en marcha su negocio.

Cuando varias horas después emprendió al fin el camino hacia la casa de su familia, una construcción de ladrillo de adobe construida en las afueras del pueblo, se había gastado la mayor parte de sus ahorros juntados en Buenos Aires en alquilar un cubículo reducido pero bien ubicado, muy cerca de la calle principal, con un escaparate que daba a la vereda. En los años que había permanecido fuera del pueblo, el urbanismo de Coronel López había tenido un cambio notable: San Martín, la principal arteria que organizaba el tejido ciudadano desde la plaza hasta el comienzo de los barrios, era ahora una calle adoquinada durante la mayor parte de su trazado. Las calles que la cruzaban perpendicularmente estaban recubiertas de una gruesa capa de ripio hasta la esquina contigua, y a partir de allí todo el resto del trazado urbano seguía siendo de tierra. Era en una de esas cuadras enripiadas donde Ramón había conseguido alquilar su local.

Al día siguiente rescató del depósito de uno de los dos almacenes de ramos generales del pueblo un mostrador de madera que él mismo se ocupó de cepillar y barnizar. Y algunos días después, del tren que venía de Buenos Aires descargó unos bultos voluminosos que subió a un carro tirado por dos caballos y descargó luego en el localito. Eran cosas que había encargado antes de irse de la Capital: un aparatoso juego de enormes tijeras de varias dimensiones, dos planchas de acero forjado que funcionaban a carbón, una batería de reglas y escuadras de madera como las que usan los maestros de geometría en la escuela, varias cajas con adminículos de la profesión tales como cintas métricas de hule, barras de tiza, y lo más asombroso de todo, una moderna máquina de coser marca Singer que no era más grande que una pequeña mesa.

La máquina era un artefacto de formas elegantes montado en la parte superior de una mesita de madera barnizada. La fina aguja y el sistema de costura permitían un trabajo eficiente y rápido. Una rueda manual ubicada a la derecha se conectaba a través de una polea de cuero a una rueda más grande, de hierro forjado, que movía el mecanismo de la aguja mediante un pedal que se accionaba con los pies. En el cuerpo central del aparato, cuya esbelta silueta se erguía en el centro de la mesa, filigranas doradas y una letra especial identificaban la marca, la más prestigiosa marca de máquinas de coser por aquellos tiempos.

La descarga atrajo esa mañana a numerosos curiosos, y Ramón no se cansó de explicar el funcionamiento de la Singer a quien lo preguntase. Solamente faltaba el cartel, que ya estaba encargado: "Sastrería Sánchez".

Pero en aquel atardecer de un otoño de 1928, el muchacho no atravesaba la granza roja de la plaza para ir a trabajar. Vestido con su mejor traje Ramón iba a ver por primera vez en persona a Yrigoyen. En plena campaña electoral, don Hipólito iba de paso hacia Rosario y sus correligionarios locales le habían organizado un mitin en el teatro del pueblo, un fastuoso edificio con fachada de imitación neoclásica construido por cuenta de la colectividad italiana al que habían bautizado – como no podía ser de otro modo - Teatro Verdi. Hacia allí se dirigía él, con la emoción de poder ver en persona a aquel hombre mítico, famoso por su carácter hosco y reconcentrado, pero poseedor de una personalidad carismática, convencido de que su retorno al gobierno pondría un nuevo punto de partida a un país donde la injusticia dividía tajantemente a los poderosos de las mayorías.

Cuando terminó de cruzar la enorme plaza, pasando por enfrente de la iglesia y mirando de reojo el caserón de tejados de ladrillo y enredaderas trepadoras cubriendo las paredes exteriores que pertenecía a la familia Killarney, una de las familias ricas de origen británico – irlandés, para más certezas – que conformaban la oligarquía local, vio la bicicleta avanzando con parsimonia por la calle lateral, reflejando en el manubrio cromado los últimos resplandores del sol que se agotaba.

Meléndez sonrió al pasar a su lado y reconocerlo. Se detuvo un poco más adelante y esperó, quitando el pie de uno de los pedales y extendiendo hasta el suelo la pierna derecha hasta el suelo de tierra para equilibrar el peso de la bicicleta. Se sujetaba las bocamangas de los pantalones con broches de colgar la ropa, para evitar que se les enredasen en la cadena. Era un joven rubicundo, de sonrisa ancha, que llevaba la cabeza cubierta con una gorra de fieltro. También vestía un saco de domingo, pero a diferencia de Ramón no llevaba corbata.

—¿Vas a escuchar al Peludo, me imagino? — preguntó conociendo de antemano la respuesta.

El comité radical había aprovechado el fugaz paso de su líder para organizar un mitin festivo. A la entrada se servía un vaso de vino (que los asistentes repetían una y otra vez); dos o tres dirigentes arengarían a los suyos (y a los curiosos que se dieran cita para ver al político famoso); y un número indeterminado de músicos locales se pasearían por el escenario para mostrar sus talentos (o al menos, su buena voluntad) con el fin de rellenar los huecos y hacer un poco más amena la velada. Uno de ellos era el propio Ramón, que ya se había ganado en el pueblo en esos años su fama como cantor y poeta. Nunca ponía remilgos a la hora de cantar y amenizar cualquier fiesta donde se lo pidieran, y se lo pedían a menudo. Su voz no era muy afinada pero sí contagiosa, y cantaba melodías que él mismo componía o canciones de moda a las que ponía sus propias letras referidas a la gente del pueblo. Para los Carnavales había organizado una comparsa con otros jóvenes de su edad que alegraban los corsos disfrazados de arlequines. Meléndez formaba parte de la comparsa y también – a veces – escribía sus propias canciones.

Los dos muchachos se tenían un gran afecto y andaban juntos por todas partes. Compartían la militancia en la Unión Cívica Radical pero también las salidas de los sábados. Les hubiera gustado poder entrar en el exclusivo patio de las familias inglesas, pero ese territorio estaba vedado por convención; así que - como la mayoría de los jóvenes del pueblo - sus sábados solían empezar en el baile que organizaba a veces la Sociedad Italiana y otras veces la propia Junta Comunal, y con frecuencia acababa en algún boliche donde siempre aparecía una guitarra y unas damajuanas de vino.

Descartadas las inglesitas de mejillas pecosas y pantorrillas suculentas, igual tenían que mantener muy controlado su comportamiento público si querían aspirar a alguna de las muchachas casaderas que acudían a los bailes acompañadas de sus madres, hijas de una precaria clase media local que conformaban comerciantes, empleados públicos o capataces de los estancieros de la zona.

Precisamente una de esas muchachas era el sueño de Ramón: una chica que apenas pasaba los quince años, de cabello oscuro, ojos claros y mirada cálida, hija de un maestro español que había llegado al pueblo algunos años antes. El maestro había emigrado de Asturias con un contrato para dirigir una de las dos escuelas de Coronel López, una escuela financiada por un consorcio benéfico que habían fundado en el pueblo algunos estancieros, casi todos ellos de origen vasco. El maestro llegó a Buenos Aires acompañado por sus dos hijos mayores y se dirigió inmediatamente a Coronel López. Con los años, todo el resto de su familia había ido llegando: su esposa, una mujer sencilla pero de aspecto altivo, y siete hijos más – varones y mujeres – entre los cuales se contaba precisamente Dolores, que era todavía una niña cuando llegó pero con los años se había convertido en aquella chica de ojos azules y rasgos delicados que tenía enamorado a Ramón.

El joven sastre y su amigo continuaron el camino que los llevaba hacia el teatro conversando sobre la situación política. Después de la gran convulsión que había supuesto para el país la irrupción de la Unión Cívica Radical desde fines del siglo, la reacción oligárquica no se había hecho esperar. Incluso en el propio seno del radicalismo en el poder, muchos dirigentes encumbrados durante esos años – y que habían conseguido también elevar su propio status social –, empezaron a buscar políticas conciliadoras con los sectores que desde los tiempos de los generales Mitre o Roca habían gobernado la Argentina a través de un sistema electoral que excluía a las mayorías. Las mayorías eran, en esos años de espectacular crecimiento del país, millones de inmigrantes europeos, especialmente italianos y españoles, atraídos por las políticas alentadas por esos mismos gobiernos conservadores para repoblar las enormes extensiones de territorio que de a poco habían ido arrebatando a las tribus indígenas que los habitaban desde siglos atrás. A medida que se integraban en la sociedad local y se sentían parte de su destino, los inmigrantes habían ido reclamando cada vez mayores espacios de participación en las decisiones.

El radicalismo, fundado en 1891 por el hijo de un almacenero de simpatías federales colgado y exhibido en la horca luego de la derrota de Juan Manuel de Rosas, era la concreción política de aquella nueva realidad. Leandro Alén, al que su madre rebautizó Alem luego de fraguarse el luctuoso destino de su padre, había sido desde muy joven un rebelde que escribía poesías y estudiaba para abogado. Después de haber sido urquicista y mitrista, guerrero en Curupaity, y finalmente diputado provincial bonaerense por el autonomismo de Alsina; terminó reconciliándose con Bartolomé Mitre para fundar un partido de oposición. Pero Mitre lo traicionó cuando Alem en el año 1890 se lanzó con los suyos a una intentona revolucionaria contra el poder oligárquico. Así que el inveterado rebelde, ya en la cincuentena, tuvo que fundar su propio partido: la Unión Cívica Radical. Los desencantos y los vaivenes de la batalla – sin embargo - lo habían dejado tocado: antes de finalizar el siglo se pegó un tiro.

El mando radical lo heredó su sobrino Hipólito Yrigoyen. Yrigoyen era un hombre introvertido, formado en el idealismo humanista de la escuela krausista que triunfaba entonces entre el progresismo español. Intransigente y tozudo, no dejaba por eso de ser un hombre de acción: de hecho, él había encabezado en Buenos Aires el nuevo alzamiento contra el gobierno conservador que los radicales intentaron en 1893.

Yrigoyen había mantenido al radicalismo fuera del tramposo sistema electoral, y en 1905 se lanzó a una nueva aventura revolucionaria que fue aplastada militarmente por el régimen conservador. Pero el empuje de las nuevas clases medias, mayoritariamente integradas por familias con origen inmigrante, terminó venciendo la resistencia oligárquica y obligó a aprobar por primera vez un sistema electoral de *sufragio universal*. Limitado a los hombres, claro: las mujeres al parecer ni siquiera formaban entonces parte del universo.

En 1916, el radicalismo se presentó a las elecciones e Yrigoyen arrasó en las urnas.

Para sucederlo, la reacción interna eligió a uno de sus dirigentes más conservadores, un fiel representante de la oligarquía reciclada llamado Marcelo de Alvear. Alvear cuestionó los objetivos de la revolución radical, y el veterano líder reaccionó postulándose nuevamente en las siguientes elecciones. Y aquel dirigente ya anciano, con su voluntad mermada por los achaques y cada vez más encerrado en sus obsesiones, pero que seguía siendo para la mayoría el único símbolo del cambio, era la persona a la que, en ese atardecer de otoño, iban a escuchar Ramón y su amigo Meléndez.

Pero para frustración de los jóvenes amigos, Yrigoyen no fue nunca a Coronel López. Cuando ambos llegaron al teatro se enteraron: el candidato había decidido ir directamente a Rosario, a ciento cincuenta kilómetros de allí, sin desviarse como había sido el plan original. El viaje era duro y agobiante para un hombre ya casi octogenario, y la dirección partidaria consideraba mejor preservarlo de esfuerzos innecesarios.

La fiesta, no obstante, no se detuvo por eso. Ramón Sánchez leyó en el escenario uno de sus poemas dedicado al líder ausente, y disfrutó con alegría de los aplausos entusiastas de sus paisanos cuando empuñó la guitarra y cantó algunas de sus sugestivas coplas. Y no menos cuando tuvo oportunidad de distinguir, entre los asistentes, muchos de los trajes que él había cortado y confeccionado en su taller de sastre.

Eso sí, de Lola y su familia, ni noticias. No sólo porque los mitines eran sólo para hombres: el maestro asturiano había preferido siempre mantenerse al margen de la política, y sus hijos lo seguían puntillosamente. De las hijas, ni hablar.

La habían vestido con la mayor sencillez: un vestido azul con falda plisada por debajo de la rodilla, apenas estrechado en la cintura con una cinta de tela negra anudada por delante, medias de lana que llegaban más arriba del ruedo de la falda, unos zapatos negros abotinados y, sujetando el pelo rizado y oscuro aunque no totalmente bruno que le caía en dos cascadas sobre la frente, una hebilla larga de alambre de color de plata. Sus tres hermanas y su hermano mayor caminaban junto a ella, como patitos en un lago detrás de la figura erguida y seria de Elvira, la madre, vestida de oscuro con largas faldas que llegaban hasta sus mismos botines, un abrigo de lana negra y botones cruzados, y un sombrero adusto y casi sin adornos encasquetado en la cabeza para resguardarse de un abril en que el invierno no terminaba de irse.

Tras ellos, en la planchada en cuyo extremo se abría la cubierta del "San Pancracio", dos mozos de cuerda arrastraban sendos baúles de madera pintada de verde opaco reforzados con listones metálicos. Delante y detrás, una fila incesante de personas cargando bultos y maletas se desplazaban o subían por la rampa movediza hacia la hilera de luces que señalaban la parte superior del casco del barco, como un desfile de hormigas alumbrado por la luz de gas de las farolas del puerto.

Abajo, antes de ascender a la rampa, José, el mayor de los hijos que viajaban, había depositado en las manos del guardia uniformado los papeles que atestiguaban las identidades de los miembros de la familia, y los pasajes de tercera clase que había posibilitado el dinero que Gumersindo Braña, el padre ausente, había enviado regularmente, mes a mes, durante más de dos años. Después, en el otro extremo de la rampa, un marino también vestido de uniforme iba recibiendo uno a uno a los viajeros e indicándoles el camino hacia los camarotes y literas que los albergarían durante todo un mes, mientras la nave atravesara el Atlántico hasta penetrar en el estuario del Río de la Plata y llegar finalmente a Buenos Aires, un destino que para casi todos no era más que un nombre escrito en el pasaje.

Apenas visible a la luz de las farolas y de su propia iluminación que nunca se encendía a pleno, Dolores había sentido un espasmo de agitación cuando divisó frente a sí lo que le pareció una enorme nave amarrada en la escollera, con dos chimeneas de las que emergían ya las primeras nubes que indicaban el encendido de los motores, y el casco liso y negro alzado contra el cielo. Aunque estaba acostumbrada a ver barcos, nunca había tenido la oportunidad de subir a uno tan imponente. Había nacido en un poblado de Cangas del Narcea, durante un corto período en que su padre el maestro Gumersindo fue destinado a una escuela rural de la zona, pero en realidad había pasado la mayor parte de sus casi diez años de edad en Ribadesella, acostumbrada a oír de madrugada y al crepúsculo las sirenas de los barquitos pesqueros saliendo o entrando al puerto. No obstante, y a pesar de crecer entre pescadores y marinos, sus padres nunca la habían dejado subir a un barco, tan respetuosos de los caprichos y veleidades del mar como lo son siempre los que viven en sus orillas.

Ribadesella era un puerto pequeño, pero muy importante para la provincia. La mayoría de sus modestas casitas, rematadas con techos a dos aguas de tejas color barro, se agolpaban en una de las orillas de la ría. En la otra, la de enfrente, los edificios eran más amplios y empinados, algunos de dos o hasta tres plantas recortadas contra el fondo de los peñones. Allí estaba la casa donde vivían, y también la escuela donde el maestro Gumersindo se aplicaba a enseñar las primeras letras a los hijos de los pescadores, luchando contra la voluntad de sus padres que querían llevárselos a la mar cuanto antes para que ayudaran a solventar las precarias economías familiares. Un puente de unos cien metros de extensión construido sobre pilotes de madera unía las dos partes del pueblo, por encima de la ría casi estancada por el empuje alternativo de las corrientes que vienen de la desembocadura del río Sella y de las mareas del Cantábrico que quieren adentrarse en la seguridad de la sierra.

La vivienda de los Braña estaba construida al fondo del edificio de la escuela, y era de propiedad del gobierno que la cedía temporalmente al maestro de turno. Allí fue destinado don Gumersindo cuando Dolores todavía no había cumplido los tres años, y muy poco recordaba ella de las colinas boscosas y los profundos hayedos y alcornocales de la Asturias profunda. En cambio, sí tendría presente por el resto de su vida el rumor ronco de los motores de vapor de los barcos palangreros, las jaulas de alambre apiladas junto a los amarres que los pescadores usaban para atrapar cangrejos y percebes, y los fines de semana en que las mujeres se juntaban en la explanada del puerto a coser las enormes redes que los barcos arruinaban en su arrastre diario.

Lolita tenía seis hermanos y dos hermanas más grandes que ella y una, Catalina, nacida apenas dos años más tarde. Todos habían ido naciendo al azar, a razón de casi uno al año, en los diferentes pueblos que el padre, en ejercicio de su profesión de maestro, había recorrido en la geografía asturiana de la que nunca había traspasado las fronteras. Tampoco Lola había salido nunca de su Asturias natal hasta el día en que un carruaje desvencijado los llevó en un lentísimo viaje, con su madre, sus hermanos y los dos baúles de madera color verde opaco, a través del principado y atravesando los bosques gallegos, hasta el puerto de Vigo sobre el Atlántico, desde donde el "San Pancracio" los llevaría a la Argentina.

Y es que cuando ella tenía poco menos de ocho años, su padre había logrado concretar un deseo por el que venía luchando desde hacía mucho tiempo, aunque ella naturalmente lo ignoraba: conseguir un contrato para dirigir una escuela en un país lejano, a más de 14.000 kilómetros de distancia, un país de fantasía del que se hablaba en todas partes con la ansiedad de quien persigue un sueño. Don Gumersindo, en compañía de dos de sus hijos mayores, Isidro y Gervasio, se despidió entonces de su esposa y el resto de la familia con la promesa de volver a encontrarse lo antes posible en la tierra prometida. La promesa se cumplió paulatinamente: muy pronto, a lo sumo seis meses después, el padre había podido pagar el pasaje para otros dos varones, Raúl y Tino. Para entonces, Elvira y los hijos que quedaron a su cargo habían tenido que abandonar la vivienda de la escuela, que pronto tuvo nuevo ocupante, y rentar una casa mucho más pequeña al otro lado de la ría. Finalmente, dos años después de su partida el maestro Gumersindo había reunido los ahorros suficientes para llevarse también a su mujer y los hijos que le quedaban en Galicia: Pepe, que ya tenía dieciséis años, y las cuatro mujeres: Arantxa, Eloísa, Lola y Catalina. Sólo uno de ellos, el mayor de los que se habían quedado, se negó a enrolarse en la aventura: tenía dieciocho años y una novia con la que planeaba casarse y explotar juntos una vaquería de sus futuros suegros.

Viajaron junto a cerca de trescientos pasajeros más. Unos pocos de ellos disfrutaban de una comodidad relativa: los que ocupaban los escasos seis camarotes de la primera clase. Pero la mayoría, hombres, mujeres y niños que dormían en filas de literas alineadas en el entresuelo del navío, por encima de la sentina, debían acomodarse como podían y organizar entre ellos mismos su prolongada convivencia. Las familias tendían telas a modo de cortinado para intentar preservar mínimamente su privacidad, aunque no tenían más opciones que compartir los baños siempre roñosos y los largos mesones en que se servía dos veces al día una especie de monótono rancho militar. Por fuerza, la chica había tenido que acostumbrarse a reconocer cada uno de los ruidos y sonidos que poblaban la noche: el lamento dolorido de los mareados, el ronquido diverso de los durmientes, el chirrido constante del colchón de los insomnes, y los quejidos extasiados de los amantes.

Pero lo peor era el aburrimiento. Encerrados la mayor parte del tiempo en el entresuelo que ocupaban los pasajeros de tercera, Lola y sus hermanos tenían que limitarse a deambular sin objetivo por los pasillos que se abrían entre las cuchetas, entablando nuevas amistades como única alternativa de diversión. A excepción del tiempo en que se les permitía subir a un reducido espacio de la cubierta que quedaba a popa y fuera de la vista de los pasajeros de primera, desde donde podían ver el cielo que se abría sobre sus cabezas y la inmensa masa bullente del mar que se extendía hasta el horizonte mirasen por donde mirasen. En esos ratos, la cubierta estaba tan saturada de gente que incluso para caminar había que ir sorteando codos ajenos, así que con el correr de los días la mayoría de los viajeros habían optado por quedarse abajo, tendidos en sus cuchetas, contándose entre ellos anécdotas de su pasado, explicando los motivos que los habían llevado hasta ese barco con rumbo sudamericano, o simplemente dejando pasar las horas interminables tumbados sobre los colchones mirando el techo o los flejes de la cucheta superior.

José, el mayor, casi nunca se separaba de ellas en los primeros días de la travesía. Era el mandato en el que la madre había insistido machaconamente durante las semanas previas al embarque. Pero pronto el muchacho había hecho algunos amigos entre los demás adolescentes que viajaban, con quienes salía a la cubierta a hablar de chicas y fumar a escondidas de sus padres, de manera que la vigilancia empezó a relajarse.

Un día, unos diez después de la partida desde el puerto de Vigo, Dolores vio a su hermano reunirse con otros adolescentes y encaminarse hacia el sector de cubierta que les tenían permitido, y decidió seguirlo silenciosamente sin dejarse ver. Pero cuando empezó a subir los escalones a prudente distancia de los chicos para no ser descubierta, advirtió de pronto que el pasillo se abría a otra bifurcación, cuya entrada estaba cerrada con una cadena cruzada entre dos pilotes de hierro, de modo que decidió cambiar de recorrido y averiguar adónde llevaba ese inesperado camino. Se agachó apenas para pasar bajo la cadena, se adentró en un pasillo ascendente que recorría (así podía suponerlo) buena parte del barco bajo la cubierta, y al cabo de unos cuantos metros se encontró frente a una puerta entreabierta: una de las puertas prohibidas que daban acceso al sector de la proa reservado a los pasajeros de primera. Una luz tenue se filtraba provocativamente por las rendijas y atreviéndose de una vez, Lola empujó despacio hasta que la puerta se abrió lo suficiente como para poder colar el cuerpo menudo.

La cubierta estaba extrañamente solitaria y silenciosa. Desde la puerta, la chica pudo entrever las sombras de varias reposeras alineadas en uno de los bordes. Subió hasta que sus ojos estuvieron por encima de la línea de la cubierta, tímidamente, dando cada paso con un temblor desbocado del pecho. Al llegar arriba se detuvo sin atreverse a seguir avanzando: no sólo era el sentimiento de estar haciendo algo prohibido lo que la contenía, sino una paralizante sensación de estar entrando en una dimensión de la realidad que nunca había conocido. Respiró hondamente como para darse coraje y siguió adelante, atravesando la cubierta vacía hacia las barandillas exteriores. No llegó hasta ellas, pero no hizo falta: desde el centro del recinto reservado a los pasajeros de primera clase, en la proa del navío, vio abrirse frente a su mirada atónita un inmenso, interminable espacio casi plano, apenas ondeado por dunas líquidas que se movían lenta y acompasadamente, cuyas aristas curvas brillaban alternativamente y dejaban vislumbrar a veces reflejos de espuma, una superficie sin fin coloreada con las diversas tonalidades del ocre, el rojo y el naranja que ejecutaba el pincel de un sol cuya esfera ya no se veía en el cielo, pero todavía dejaba vislumbrar su franja de luz por encima de la línea del horizonte. El espectáculo era asombroso, y aunque Lola había vivido gran parte de su corta vida al lado del mar, nunca antes había sentido la mezcla de libertad y angustioso desamparo que sintió en ese momento. Alelada, permaneció varios minutos contemplando con fijeza el horizonte, frente al que sólo se interponía la verja metálica de la barandilla que daba hacia la proa. Al final de aquel infinito, se dijo entonces sorprendentemente para su edad, estaba el resto de su vida. Después, volvió sobre sus pasos y descendió la escalerilla para reencontrarse con el resto de su familia.

Pocos días después quiso repetir la aventura con Catalina, su hermana pequeña, pero lo hizo a una hora más temprana. Las dos ascendieron de puntillas la escalera de caracol hasta salir a cielo abierto en la cubierta, donde la hilera de reposeras albergaba ahora a una docena de hombres y mujeres disfrutando del sol tibio y el aire fresco del atardecer. De algunas de las mesitas alineadas junto a las tumbonas se elevaba el humo zigzagueante de cigarrillos posados en ceniceros de acero inoxidable. Un camarero de librea blanca se paseaba alrededor de ellos con una bandeja plateada cubierta de vasos y de platos con canapés o dulces. El cielo era intensamente azul, sin una sola nube que hiciera sospechar que no se trataba de un telón de utilería.

Las dos niñas permanecieron en silencio, medio ocultas tras un respiradero con forma de hongo, contemplando cómo aquellos pasajeros privilegiados languidecían bajo la tarde. De pronto, por la boca de una de las escaleras que daba a los camarotes aparecieron dos chicos más o menos de su misma edad. Los chicos corretearon tironeándose entre ellos por la cubierta de proa, hasta que uno descubrió la presencia de las hermanas. Pero en lugar de invitarlas a jugar, fueron a denunciarlas a sus padres. Se oyó por unos segundos un rumoreo confuso, hasta que alguien, irguiéndose en la tumbona, llamó la atención del camarero.

Dejando la bandeja sobre una de las mesitas, el hombre se acercó a Dolores y a Catalina, y tomando a cada una del hombro con sus dos manazas las llevó de manera amenazante fuera de la zona reservada en dirección al interior de la nave. Pero apenas hubieron quedado fuera de la vista de los hombres tumbados en la proa y de los niños acusadores, ambas sintieron que la presión de los dedos del camarero se suavizaba y vieron que el hombre las conducía hacia la cocina.

En la cocina no había nadie más que ellos, y entonces el hombre quitó las manos de los hombros de las chicas mirándolas con expresión severa pero divertida, preguntándoles si no sabían que estaba prohibido para los niños del entresuelo entrar en el recinto reservado a los pasajeros de primera, que eran todos unos "pitucos" y se molestaban por cualquier cosa. Dolores y su hermana no entendieron qué quería decir la palabra "pitucos" (lo sabrían más adelante, cuando se acostumbrasen a la forma de hablar de la gente del país en el que vivirían el resto de sus vidas), pero sí se dieron cuenta de la complicidad que revelaba la actitud del camarero. Antes de despacharlas hacia el entresuelo, el hombre fue hasta una de las estanterías, y regresó con dos enormes porciones de pastel que puso en sus manos llevándose de inmediato el dedo índice de la mano derecha a los labios para solicitar el secreto por parte de las agraciadas. Desde esa tarde, Lola y Catalina repitieron con frecuencia su excursión, pero ahora sólo hasta las cercanías de la cocina, donde el camarero secretamente les daba la oportunidad de compartir uno de los privilegios de los "pitucos" de la primera clase.

Ni ella ni su hermana olvidarían jamás esta actitud del bondadoso empleado, y de hecho Catalina volvería a relatar aquella anécdota muchísimos años después, unos segundos antes de emitir su último suspiro en una residencia para ancianos de una lejanísima ciudad de la pampa húmeda argentina llamada Coronel López.

Meléndez sacudió la ceniza que colgaba del extremo de su cigarrillo negro marca "43" sin filtro en el cenicero de metal que estaba en el centro de la mesa. Había mantenido el cigarro en su mano derecha, atrapado entre dos dedos, sin darle una sola pitada durante casi todo el tiempo que llevaba hablando, y así la brasa ardiente había ido avanzando hasta formar un cilindro de ceniza que no terminaba de desprenderse. Alrededor se oía el vocerío proveniente de otras mesas rodeadas de hombres trajeados que conversaban entre sí o aprovechaban para acercarse hasta la barra a renovar sus vasos de vermut o vino blanco.

—¿Leíste alguna vez a Evaristo Carriego? —le había preguntado Meléndez a su amigo Ramón, después de hacer un largo comentario sobre las poesías que el propio Sánchez acababa de publicar, en un cuadernillo impreso y pagado de su propio bolsillo —Escribió poco, pero era un genio.

Ramón no había prestado mucha atención a la larga parrafada de su amigo sobre su librito. Estaba orgulloso de él, pero sabía que no eran más que versos de un poeta de pueblo. Aunque había decidido publicarlos porque, como todo poeta, albergaba en su interior el deseo de ser reconocido por los demás, no tenía pretensiones al respecto. Como los poemas hablaban de rebelión, de injusticias, de la gente despojada y humillada por los poderosos, ni siquiera tenía la esperanza de que enamorasen a alguna muchacha bonita. A Lola, menos que menos.

—Muy poco —admitió ante la pregunta de su amigo —Leí "*La silla que ahora nadie ocupa*" y algunos más. Es bueno, sí.

La verdad era que Meléndez, el obrero, leía mucho más que su amigo el sastre. Ramón se inclinaba por los libros de aventuras: Salgari con sus héroes exóticos en la selva asiática, Ponson du Terrail y sus bandoleros excéntricos. En todo caso, frecuentaba más algunos libros que explicaban – o intentaban explicar – la sociedad y las relaciones de clase. Era, por decirlo así, una persona a la que le apasionaban *las ideas*. En cambio Meléndez se quemaba las pestañas en sus horas libres, que eran pocas, leyendo a Manzoni, a Dostoievski, a Zola o a Gogol. Y poesía: no mucho, pero se había leído casi todos los románticos españoles, los simbolistas franceses, e incluso algunos autores de la vanguardia surrealista.

En Coronel López había entonces algunas bibliotecas, pequeños reductos con estanterías más o menos llenas de volúmenes encuadernados en pasta y tapas duras, abiertas por las colectividades extranjeras que formaban la élite del pueblo desde su fundación. Entre ellas, la de la Sociedad Española de Socorros Mutuos, que años después – unos cuántos – sería adquirida por la Junta Comunal y convertida en biblioteca municipal con un considerable engrosamiento de sus fondos bibliográficos. En ella se fundaban casi por completo las lecturas de los dos amigos, pero principalmente las de Meléndez. Los libros no eran frecuentes en las "librerías y papelerías" locales, y si los había eran especialmente caros, lo que resultaba un escollo para Meléndez, que vivía de su módico salario de obrero metalúrgico. Pero él no se amedrentaba y sus visitas a la pequeña biblioteca española eran tan frecuentes que ya se había convertido en el lector preferido del bibliotecario, un jubilado madrileño que en sus años mozos había sabido escribir poesía épica y que a pesar de su edad se había mantenido bastante actualizado acerca de las nuevas tendencias literarias.

—Leer no es para los ricos que no tienen nada que hacer —insistía Meléndez cuando alguien le cuestionaba pasar el tiempo leyendo en lugar de ir más a los bailes o a jugar a las cartas y al billar —Leer te ayuda a entender quién sos y por qué el mundo es como es.

Pero casi nadie, la verdad, le hacía caso.

—Tu libro no es malo —insistió Meléndez aplastando en el cenicero, después de darle una larga chupada final, lo que quedaba del cigarrillo. —Deberías escribir más.

—No hay tiempo para escribir, Mele. Ni siquiera para leer. Demasiado tiempo nos lleva parar la olla, y después el que se nos va en pensar en casarnos, hacer una familia, comprarnos una casa...

Dos muchachos más o menos de la misma edad que ellos se sumaron en ese momento a la mesa. Habían partido en busca de bebidas cuando la orquesta apuró el acorde final del último tango, y ahora regresaban cargando cuatro vasos de vino, tres de blanco y un tinto para Meléndez, que sólo tomaba vino tinto.

Apoyaron los vasos en la mesa.

—Además —se rio súbitamente Ramón —para lo que la gente lee... Decime por ejemplo vos, Cachilo —se dirigió a uno de los recién retornados —¿conocés a Alejandro Dumas?

El llamado Cachilo levantó la vista hacia él por un instante, y pareció remover algo dentro de su cerebro.

—No me suena —dijo al cabo de un momento — ¿Es de aquí de López?

Ramón miró irónicamente a Meléndez, al mismo tiempo que hacía un gesto señalando con la cabeza al que recién había hablado.

—Ya ves. Margaritas a los chanchos...

En ese momento un hombre menudo, con una notoria giba abultando la espalda debajo de su prolijo saco de cachemir marrón, se acercó a la mesa. Aunque era evidente que tenía más o menos la misma edad que Ramón y sus contertulios, su apariencia diminuta y deforme lo hacía semejar mayor. Con la mano derecha venía acomodándose la corbata y en la izquierda sostenía un violín por el mango, mientras hacía equilibrios para mantener inmóvil el arco, también sujeto en la misma mano.

—¿Qué hacés, Estradivarius? —lo saludó efusivamente Cachilo palmeándole el hombro, con gran cuidado de no hacerlo sobre la joroba. El giboso portaba una ancha sonrisa franca y amistosa extendida por debajo de una nariz arquetípicamente hebrea. Se llamaba en realidad Pinchevsky, pero por motivos obvios todos en el pueblo lo conocían como Estradivarius. Tocaba el violín en la "típica y jazz" del "maestro" Tarducci, la más prestigiosa de las tres orquestas de tango de Coronel López, dos de las cuales alternaban también con música bailable de diversos géneros modernos. En los Carnavales, Pinchevsky solía sumarse a la comparsa de arlequines que lideraba Ramón.

—Aquí estamos, muchachos —respondió el violinista con un guiño de su ojo izquierdo —Haciéndole mover las patas a los sordos como ustedes que vienen aquí solamente a ver qué levantan. Bueno, ¿quién me paga un vermut?

Meléndez se rio y el aludido Cachilo no tardó en recoger el guante:

—¿Y qué querés, que nos pongamos el traje de salir solamente para venir a escucharte a vos? —hizo un gesto como de sorpresa y estupor —Para eso me compro un disco de Canaro y lo escucho en mi casa, que mi vieja no me cobra el vino. Pero para que veas que somos buena gente, yo te pago la copa.

Y se levantó para ir de nuevo hasta la barra. Pinchevsky aprovechó la silla y se sentó de lado, como si estuviera haciéndolo todo con apuro. Y efectivamente, en unos minutos debía volver al escenario a seguir tocando.

—Che, debés estar ganando bien en la orquesta —dijo entonces el cuarto muchacho que compartía la mesa, que no había abierto la boca todavía desde que volvió de buscar las bebidas —Te compraste un traje nuevo.

—Es la ventaja que tiene tener un amigo sastre —bromeó el jorobadito apuntando con la cabeza a Ramón —. Le pedís que te haga un plan de pago y el tipo se porta como un duque.

—No les des malas ideas —terció enseguida Ramón haciendo como que se ponía serio.

—Yo con el mío tengo para varios años más —aseguró Meléndez a su vez, sacudiendo las solapas del saco con ambas manos y moviendo también la barbilla en dirección a su amigo —Así que yo le voy a dar poca comida a éste…

—Con amigos así me vuelvo rico en un abrir y cerrar de ojos —replicó él con gesto resignado.

—No, pero hablando en serio las cosas están cada vez más caras —dijo Pinchevsky ahora si con un aire de preocupación —. El otro día me quisieron cobrar cuatrocientos mil pesos por un colchón nuevo en la tienda de Andueza. Yo no quería tener que pedirle a mi viejo, pero si no duermo en un colchón bueno por las mañanas no me puedo mover al otro día.

—La culpa es de los oligarcas —dijo Cachilo que acababa de regresar a la mesa con el vermut de Estradivarius en la mano y había escuchado la última frase.

Lo dijo con solemnidad fingida, mirando de reojo a Ramón que utilizaba con frecuencia esa frase para explicar casi todo lo que pasaba en el mundo.

—Vos reíte —dijo el otro secamente, pero siguiéndole la broma —. Pero cuando algún día te decidás a dejar de esquilmar a tus viejos y ponerte a laburar vas a ver si lo que yo digo es mentira.

—¡Che, pero si vos vivís de los oligarcas, que son los únicos que se hacen dos trajes al año! —intervino el cuarto muchacho, que se llamaba Ramírez y trabajaba ayudando a llevar cifras en un estudio contable —En cambio a mí los oligarcas lo único que me dan son los numeritos que tengo que revisarles a cada rato. Ahora que, fijáte que si no hubiera oligarcas por aquí, ni vos vendías trajes ni yo me ganaba los garbanzos.

—Por eso yo todavía no quiero emplearme —reafirmó Cachilo apoyando al parecer la argumentación de su amigo —Lo que hay que hacer es ponerse por cuenta propia, pero para eso hay que tener un buen proyecto, un negocio que te deje bien. Y para encontrarlo hay que pensarlo mucho. Por ahora, además, con la quiniela voy tirando.

Efectivamente, Cachilo había encontrado una forma de hacer entrar algunos pesos en los bolsillos, al menos para sus salidas y gastos personales, corriendo quinielas. Entonces los juegos de azar estaban terminantemente prohibidos, aunque de más está decir que florecían por todas partes, desde el póquer clandestino entre quienes podían darse el lujo de dilapidar fortunas al capricho de las barajas, hasta las suertes que ofrecían los embaucadores húngaros engañando incautos con el truco de la bola oculta bajo las tres tacitas invertidas. Sólo la Lotería de Beneficencia, controlada por el Estado y presuntamente destinada a solventar la caridad pública, tenía curso legal. En Coronel López había sólo dos despachos de "loteros" oficiales, a los que acudían semanalmente una considerable cantidad de ciudadanos ilusionados con "sacarse la grande" a un solo número (de seis cifras) y reírsele en la cara al patrón a la mañana siguiente.

Pero el ingenio popular siempre va por delante, y alguien imaginó utilizar el sorteo semanal, que se hacía en Buenos Aires pero se conocía inmediatamente a través de la radio y los diarios, para ofrecer alternativas más variadas. Se jugaba a varias combinaciones posibles basadas en los dos últimos números coincidentes con el número ganador de la Lotería, con una apuesta muy barata que cualquiera podía comprar, y el monto del premio variaba de acuerdo al "pozo" que hubieran juntado las apuestas. Por supuesto el juego era ilegal, aunque hasta los policías lo jugaban.

Todos sabían en el pueblo que el "capitalista" que centralizaba el toma y daca era un tipo apellidado Druetta, un italiano del norte que había hecho una fortuna – nunca declarada ni aclarada – con todas las variantes posibles de los negocios al borde de la ley (cuando no del lado exterior), y que entre otras cosas regenteaba un prostíbulo abierto en las afueras, donde las últimas viviendas empezaban a mezclarse con el campo. El italiano era probablemente el tipo más odiado de Coronel López, pero también el más envidiado. Cuando construyó su nueva casa, que casi podía competir en suntuosidad con los palacetes y los chalés de los estancieros ingleses, las familias al completo se acercaban a contemplar desde la vereda de enfrente la ostentación de su poderío mal habido. Druetta bancaba el negocio de la quiniela, pero disponía a su vez de una red de corredores que eran quienes levantaban las apuestas entre los jugadores. Uno de ellos era precisamente Cachilo. No era de los más activos tampoco en eso, porque estaba convencido de que ese no era su futuro, sino apenas una manera de recaudar algo mientras con la imaginación continuaba esperando el negocio de su vida.

—¡Callate, lo que vos sos es un vago de mierda! —dijo Meléndez — Mientras te lo pensás con tiempo, van pasando los años y tu viejo te alimenta, caradura. Y bien que tenés un traje para cada estación también.

—Eh, pará —se defendió Cachilo, aunque todos hablaban en un registro ostensiblemente jocoso —que yo renuevo mis trajes nada más cada dos años y además nada de trajes a medida, me los tengo que comprar en las liquidaciones del Turco.

Ramón pensó que también en la discreta clase media coronelense había cosas que marcaban cortes: la ropa era uno de ellos. Quienes podían – o querían – hacerse trajes a medida eran unos pocos, además de los ricos del pueblo: algunos profesionales liberales a los que le gustaba ostentar de su posición, algún funcionario municipal con sus ingresos asegurados de por vida. Muchos usaban trajes de confección que compraban – igual que el resto de la ropa – en las dos o tres tiendas de la calle San Martín que usufructuaban la condición de sucursales de las grandes marcas como Gath&Chaves o La Piedad. Más abajo en la escala, quedaba la tienda del Turco Elías (en realidad de dos hermanos sirio-libaneses de apellido Menem), adonde acudía la mayoría y a la que algunos clientes entraban tratando de pasar desapercibidos.

Y es que comprar "en lo del Turco" no era un asunto como para andar voceándolo por ahí. Pero la realidad es que allí era donde compraba casi todo el mundo, aunque a muchos les avergonzaba reconocerlo. Los dos Menem, los hermanos que regenteaban la tienda de ropa barata, habían llegado al pueblo unos diez años antes directamente desde Siria, y durante sus primeros tiempos habían trajinado las calles ofreciendo casa por casa artículos de mercería, manteles y ropa interior que compraban al mayor en los almacenes del Once. Uno de ellos, Elías, había terminado por ser el favorito de las señoras y señoritas a las que seducía (comercialmente) con su jocunda charlatanería. El hermano, de nombre Yusuf, adoptó al poco tiempo una diversificación del negocio: ofrecía por catálogo ropa de marca que él mismo se encargaba de traer de alguna ciudad con mayor variedad de tiendas, generalmente Rosario o Córdoba, que eran las más cercanas. Así, en pocos años se compraron un local en la misma calle San Martín que Elías atendía personalmente con la ayuda de su esposa y dos hijas adolescentes.

El dueño de la sucursal local de Gath&Chaves no dejaba de lucir sus elegantes ternos y sus corbatas de seda mientras se hacía ver asiduamente jugando a las cartas en los sillones del Polo Club junto a los hijos de los estancieros y criadores de ganado, pero mantener su tienda lo tenía siempre al borde de la cuerda floja. Los Turcos, en cambio, atendían a sus clientes en mangas de camisa con ademanes campechanos y conversaciones vulgares, pero en pocos años ya se habían comprado varias casas que realquilaban e incluso el mejor hotel del pueblo.

—En el fondo estoy de acuerdo con Cachilo, pero también con Mele —aseguró severamente Pinchevsky después de echarse el primer trago de vermut al coleto —. O sea. Con Cachilo estoy de acuerdo en que trabajar para otro es una cagada. Vos trabajás como un burro, te pagan para que sobrevivas y sigas trabajando, y el patrón se hace rico.

—Carlos Marx, *El capital*, página no sé cuánto — intervino aburridamente Meléndez haciéndose el erudito. El diminuto judío lo miró censurando la abrupta interrupción.

—Y con vos —terminó dirigiéndose precisamente a quien lo había interrumpido —estoy de acuerdo en que Cachilo es un vago de mierda.

Todos estallaron en una carcajada. Pinchevsky terminó su vaso de vermut en dos rápidos sorbos y se levantó dejándole la silla libre a Cachilo.

—Bueno, muchachos —dijo con resignación —ya es hora de seguir con la milonga. Ahora tocan los foxtrots y las rumbas.

Había avanzado ya unos pasos hacia el escenario, una tarima que se alzaba en el fondo del salón aproximadamente un metro por encima de la pista de baile, cuando de repente giró sobre sus pasos y se dirigió con un susurro de complicidad hacia Ramón.

—Oíme vos — dijo como si se hubiera acordado de golpe de decirlo —¿la viste a tu Lola con la madre y dos de las hermanas? Están en una mesa cerca de la entrada. A ver si te dejás de hacer el tímido, que si no sos un poco más lanzado te van a robar la cartera —y volvió a darles las espaldas, cruzando a saltitos la pista de baile con sus piernas de marioneta.

Ramón no era tan tímido, nada de eso. Y por supuesto que ya había avistado muy bien la mesa donde estaba sentada la chica, ataviada con un vestido liso de color celeste ajustado en la cintura con un lazo de la misma tela, con la falda apenas por debajo de la rodilla y un discreto escote en ve. Llevaba el pelo cortado un poco más arriba de los hombros, cuidadosamente peinado con la raya del lado izquierdo y un bucle gracioso cayendo sobre la frente. Dos de las hermanas, mayores que ella, la acompañaban en la mesa que presidía una adusta y siempre erguida doña Elvira. La cabeza de la madre sobresalía por encima de las muchachas, que casi todo el tiempo habían estado cuchicheando entre ellas, marcando una clara diferencia con la silenciosa matrona. Bebían limonada, y entre los vasos semivacíos reposaba el sombrero de fieltro de doña Elvira, tocado con un pequeño moño, que la mujer se había quitado al llegar a la fiesta.

Los amigos que se reunían en la mesa de Ramón Sánchez habían llegado al baile de la Junta Comunal cuando ya la orquesta estaba en medio de la primera sección. Él había vigilado discretamente la mesa de las mujeres para ver con quién bailaba Lola; pero durante los tangos, la única que se había atrevido era una de las hermanas.

Ramón no era muy bueno para el tango, por eso había preferido esperar la selección siguiente. Sabía que Lola esperaba que él la sacara a bailar esa noche, y podía estar tranquilo de que ella denegaría entretanto la invitación de cualquier otro de los centenares de muchachos que se agolpaban en las mesas y en la barra para conseguir el favor de alguna de las chicas.

Ambos se conocían desde hacía tiempo. La casa del maestro español estaba en el camino que Ramón debía recorrer forzosamente, todas las tardes, al regresar desde la sastrería hacia la casa que compartía con su madre y su hermana. En los calurosos crepúsculos del verano, la mayoría de las familias sacaban las sillas a la calle y se sentaban a la puerta de las casas, ocupando una discreta franja de la acera mientras conversaban de cualquier cosa, intercambiaban algún comentario sobre el tiempo y los precios con los vecinos, y saludaban educadamente a los transeúntes que pasaban por la misma vereda. Como el jefe de la familia acostumbraba hacerse cortar sus trajes por el joven sastre, a menudo Ramón se detenía unos minutos a requerimiento del maestro y entablaba alguna charla intrascendente tras saludar una a una a las mujeres de la casa. No era común que los hermanos varones se sumasen a la tertulia: ellos preferían reunirse con sus amigos en ciertos cafés del centro.

Casi desde un principio el corazón de Ramón se había encendido a la vista de aquella chica recién salida de la adolescencia, sobre quien comenzó a dar señales de clara preferencia enfrentando el disgusto apenas disimulado de sus hermanas. Aunque el muchacho tampoco excedía los límites de la cordialidad, sobre todo cuando el padre de Lola estaba presente, doña Elvira captó rápidamente los signos y no dejó de alentar sutilmente los acercamientos. Después de todo, el joven Sánchez era un buen partido: con su juventud ya era un profesional independiente y por lo que podía verse, la sastrería iba a más. Y encima, buen mozo.

Así que cada vez con mayor frecuencia, el muchacho peinado a la gomina y eternamente trajeado era invitado a detenerse en su trayecto, y muy pronto hasta invitado a compartir las limonadas caseras o la horchata que preparaban las mujeres de la casa.

Más difíciles eran los encuentros en los meses fríos del invierno. Como la familia ya no salía por las tardes a sentarse a la puerta, Ramón se veía obligado a esperar que hermanas y madre salieran los domingos por la mañana de la misa de once, él que no tenía ninguna simpatía por los curas. Se aposentaba en la esquina de la iglesia, frente a la plaza principal, en estos casos con el traje de domingo con pañuelo blanco sobresaliendo del bolsillo delantero del saco, su mejor corbata y un elegante sombrero marrón, hasta que tras las bendiciones de rigor doña Elvira y las hijas que aún estaban solteras abandonaban el templo y descendiendo por la ancha escalinata emprendían el regreso a la casa. Entonces, como si alguien pudiese creer que era obra de la casualidad, se cruzaba con ellas, saludaba amablemente y las acompañaba el resto del camino.

—¿No viene usted nunca a la misa? —inquiría sibilinamente doña Elvira.

—No señora. No tengo tiempo por desgracia —se excusaba él —Pero descuide, que soy muy buen católico...

Y así, domingo tras domingo en otoño y en invierno, sus pasos y los de Lola se retrasaban levemente y entablaban sus primeras conversaciones más o menos privadas.

El baile de Carnaval, al final del verano, había sido la primera ocasión en que llegaron a tocarse. Como era preceptivo, Ramón se había acercado a la mesa y había solicitado cortésmente el permiso – de doña Elvira, no de Lola – para llevarla a la pista de baile durante la sección de música de jazz, que en realidad eran foxtrots, baladas y algún peligroso bolero en donde los compases lentos y el romanticismo castizo de las letras alentaban a avanzar un poco más en el acercamiento de los cuerpos. Lola, más atenta a la vigilancia de su madre que a los galanteos de su compañero de baile, había cuidado todo el tiempo de mantener la cabeza erguida, resistiendo la tentación de apoyarla suavemente en la mejilla de Ramón. Pero la frágil cercanía de los cuerpos, la mano derecha de él en su cintura y sobre todo el contacto de las manos que se entrelazaban, la hacían sucumbir en sensaciones nunca antes experimentadas.

El pretendiente, para ser sinceros, ya había conocido a esa altura algunos cuerpos de mujer – y sin tanta ropa ni pudores – en el inevitable vagabundeo por los austeros quilombos de las afueras del pueblo. Pero el amor es otra cosa. O al menos así es cuando uno es joven y todavía no ha gastado sus ilusiones dándose de cabeza contra las decepcionantes evidencias de la vida.

El baile de esa noche, pensó entonces Ramón mientras la orquesta terminaba de acomodar los instrumentos y los atriles, era un momento crucial en ese proceso: si todo iba bien encaminado, ya podría empezar a visitar a Lola en su casa y más adelante oficializar el noviazgo.

Así que no era cuestión de cometer ninguna metida de pata.

Una tarde, en algún momento final de mi infancia, el abuelo había desplegado sobre la mesa cubierta con un mantel de hule los mismos mapas que ahora estaban sobre mi escritorio. El recuerdo es vago, e ignoro a propósito de qué había tenido él aquel arranque de locuacidad sobre un pasado del que nunca hablaba. No recuerdo, insisto, más detalles sobre aquella circunstancia, que el de que hubiese desplegado ante mí aquellos planos para contarme, no sé si con orgullo o mera constatación, que todas aquellas tierras eran de su padre. Habían sido alguna vez de su padre, aunque él mismo nunca las había visto.

Sí tengo presente un vapor de laurel inundando la atmósfera de la habitación, y la tenue claridad de la última luz de una tarde de invierno penetrando por los cristales empañados, derrotada por la iluminación eléctrica de la lámpara que pendía del centro de lo que había sido una galería tapiada en algún momento para dotar de un ambiente más a la casa. El aroma provenía de una lata con hojas maceradas en agua caliente que mi abuela ponía a hervir sobre la vetusta estufa de querosén. Era una costumbre de la época, habitual en muchas casas para combatir el frío del invierno, que se había trasladado incluso a mi propia casa con un matiz: lo que mi madre ponía en la lata para que emitiera su olor purificador y según todas las tradiciones benéfico para los bronquios, eran hojas de eucalipto.

Nunca hasta ese día el abuelo me había hablado de su padre, y tampoco lo mencionó en aquella ocasión más que para cifrar la propiedad de aquellas tierras dispersas en una angosta pero extensa franja del litoral santafesino. Tampoco me dijo entonces, o al menos no lo recuerdo, qué había sido de ellas. Sobresaliendo del extremo de la manga de su eterno saco marrón con una filigrana cruzada de hilos color verde oscuro, y aún por debajo del puño de la camisa celeste que apenas excedía los límites del saco, la mano huesuda del abuelo se cernía sobre el plano y extendía el dedo índice por encima de los manchones rectangulares que delimitaban unas propiedades míticas, que ni él mismo sabía si habían ido a parar a qué propietarios, o si en algún registro olvidado de la capital de la provincia continuaban manteniendo la mención de su propietario original.

Un propietario original que no podía haber sido mi bisabuelo, su padre. Aunque eso lo deduje muchísimo tiempo después. Porque si mi escasa erudición sobre la historia de este país me indicaba que si esas tierras habían sido la donación premiosa por el arrojo o la puntillosa dedicación a la muerte ajena demostrada en las guerras finales de unitarios y federales, su padre no podía haber nacido todavía. El padre de su padre (por tanto: mi tatarabuelo) – si es que toda esta historia sólo justificada por un plano amarillento sin fecha ni autoría conocida tiene algún viso de posibilidad - tiene que haber sido quien recibió aquellas donaciones por entonces insignificantes, a cambio de ser licenciado sin recompensa numeraria de algún miserable batallón patrio, seguramente después de haber sido arrastrado durante años de fortín en fortín en la dureza de la batalla sin más consuelo que un porrón de ginebra en el que gastarse la ínfima paga que le llegaría muy de tanto en tanto. O quizás – me da cierto placer inesperado el imaginarlo - mi tatarabuelo había sido uno de aquellos penúltimos ranqueles incorporados a los batallones de Urquiza en la batalla de Cepeda.

El caso es que aquellos planos estaban allí, testimoniando un pasado que alguna vez había sido real. Los había vuelto a reencontrar algunos años después de su muerte, cuando quien había muerto era esta vez mi abuela y mi madre tuvo que resolver el doloroso trámite de desprenderse de aquella casa paterna en la que todavía la habitación que daba a la esquina – alquilada desde hacía años a una familia que había puesto un quiosco y un puesto de venta de lotería – recordaba la sastrería que dio sustento a la familia del abuelo durante casi toda su vida.

Mamá y su única hermana, la tía Vilma, que vivía desde hacía muchos años en Necochea, no conservaron muchas cosas de las que permanecían en la casa donde mi abuela había vivido sus últimos años. Distribuyeron entre ellas alguna vajilla, módicas alhajas que significaban recuerdos más que valor económico, algún mueble reutilizable. Fui yo quien insistió en guardar los papeles y carpetas que habían quedado en cajones no abiertos durante años, desde la muerte del abuelo Ramón. Me quedé también con los dos únicos bienes materiales - aparte de aquellos papeles dispersos – que no habían desaparecido de la casa después que él murió: una vetusta máquina de escribir marca Underwood, probablemente de la primera mitad del siglo veinte, y una escopeta de cartuchos de un solo cañón, que mi abuelo utilizaba cada tanto para salir a cazar perdices en el campo.

No sé por qué guardé la escopeta: aunque en la adolescencia él me había llevado alguna vez en sus esporádicas salidas para cazar perdices y hasta me enseñó a usarla, las armas nunca fueron de mi gusto. Sí sé, en cambio, por qué me quedé con la máquina de escribir (aunque estaba tan arruinada que sólo servía ya como pieza de decoración): frente al teclado de esa máquina pasé numerosas horas de mi adolescencia, cuando todavía me imaginaba que iba a ser escritor, y de hecho con ella redacté - a los doce o trece años - unas pretensiosas e ingenuas novelitas que sólo han leído mi madre y algún amigo. Y mi abuelo, por supuesto.

Además de los planos que ahora están desplegados en mi mesa de trabajo, en la casa habían quedado también varias cajas pequeñas y algunas grandes carpetas (biblioratos, se llamaban al menos en esa época: unos archivadores de cartón duro con lomo y argollas interiores destinadas a alojar documentos, que se abrían con un crack sonoro e inconfundible) conteniendo diversos papeles de agrupación aleatoria y sin aparente conexión: actas del Concejo Deliberante, pergaminos recordatorios de homenajes varios, un volante de propaganda de la campaña electoral de Illia-Perette del año 1963, un boleto de compraventa de la casa, que mi abuelo había adquirido en los años cuarenta, y la portada – sólo la portada, ignoro qué pudo haber pasado con el resto del libro – de su primer y único poemario editado: *El alma cantora.*

En las cajas había más papeles sueltos (boletas electorales de varios comicios locales de los años cincuenta, propaganda de la sastrería) y sobre todo fotos. No muchas, porque en realidad la mayor parte de las fotos familiares habían ido a parar a los álbumes de mi madre y mi tía. Quedaban, mayormente, fotos de actos oficiales en los que se veía al abuelo rodeado de otros personajes más o menos ilustres del pueblo: ceremonias, inauguraciones, comidas. Y una foto evidentemente de estudio en la que mi abuelo formaba parte, guitarra en mano, de un grupo de ocho arlequines enfundados en sus vestimentas de colores romboidales y cuellos anchos.

Cajas, carpetas y mapas fueron entonces a parar a mi casa. Pero recién ahora, bastantes años después de haber liquidado la casa que había sido de mi abuelo, me he propuesto firmemente asumir la decisión eternamente postergada de sentarme a escribir sobre él.

Y es lo que estoy haciendo, aunque sin saber siquiera por dónde empezar. Porque, si tengo que reconstruir aquella vida más allá del espacio de mis propios recuerdos, ¿cómo hacerlo contando sólo con unas pocas señales dispersas, documentos casi siempre impersonales, fotos que no dicen más que lo que la emulsión ha fijado sobre el papel brillante?

Algunos datos, claro, los podría corroborar acudiendo a mi propia madre, a la que curiosamente casi nunca he escuchado hablar de su propia infancia. Pero cómo conocer todo aquello que tal vez sea lo más importante en una vida, momentos y sucesos vividos fuera de la vista de la propia familia, convicciones que dan sentido a actitudes, o acciones que pueden llegar a ser una incógnita para otros. Sensaciones. Sobre todo eso: sentimientos que sólo uno mismo puede albergar y explicarse. Me pregunto incesantemente si escribir sobre mi abuelo Ramón consistirá en descubrir quién era, o si simplemente me inventaré el abuelo que yo hubiese querido. Pero por otra parte, ¿qué alternativa me queda?

Estos planos, por ejemplo. Recuerdo una vez más la tarde en que los desplegó frente a mis ojos, en la mesa con mantel de hule de la galería. Él mismo estaba convencido de que esas tierras habían sido en algún momento propiedad de su padre. Siempre había tenido la intención – me lo contó, precisamente, aquella tarde de finales de mi infancia - de investigar qué había pasado realmente con ellas. Pero como para ello era necesario consultar unos archivos que estaban en la capital de la provincia, y la capital de la provincia estaba a más de trescientos kilómetros de distancia, las buenas intenciones habían ido postergándose año a año, y finalmente nunca se pusieron en marcha.

Estaba claro que si alguna vez un antecesor de mi abuelo (que como ya he explicado, de ningún modo pudo haber sido su padre) fue propietario formal de aquellos parches grises marcados en los planos, esa propiedad habría desaparecido en las fauces del tiempo. O mejor, en las garras de la especulación que los gobiernos de las tres últimas décadas del siglo XIX habían montado en las fértiles extensiones de la pampa húmeda argentina para venderles todas esas tierras a inversores extranjeros, ingleses e irlandeses principalmente.

Si alguna vez, tras la dispersión de los ejércitos forzosos que asolaron el país en las guerras internas de ese siglo, realmente buena parte de ese "desierto" de entonces había sido repartido entre los soldados licenciados (como aquellos mapas atestiguaban), probablemente ello no había ocurrido más que en los papeles, ya que es poco probable que aquellos gauchos ocuparan las tierras otorgadas más que para edificar sus ranchos de adobe. Y cuando por fin los últimos malones indios fueron barridos hacia el sur donde terminarían exterminados por las campañas del general Roca, el gobierno conservador habría olvidado sin duda aquellas concesiones y reagrupado en sus manos la propiedad de todas esas tierras que en pocos años fueron subastadas en los mercados europeos.

Esto que estoy diciendo, huelga revelarlo, no es obra de mi imaginación. Es el resumen de muchas horas pasadas en las incómodas sillas de la Biblioteca Almafuerte, fundada según la placa que está en la entrada por jubilados ferroviarios en el año 1935. Y para ser justos y reconocer las fuentes, todo ello está principalmente extraído de *La colonización de la Pampa gringa, Juan Alberto Tocado, Ediciones Alborada, tomo I*.

Digo que pretendo ser honesto y revelar desde el principio el origen de ciertos datos del pasado de mi abuelo, o al menos de su entorno histórico y geográfico, porque aunque la historia que pretendo escribir no es una biografía, sí que me he propuesto ubicarla en un contexto lo más parecido posible al real. ¿Una suerte de novela histórica, entonces? Es posible que esa sea realmente mi intención. Pero como dije de entrada, no tengo todavía del todo claro qué historia quiero contar. Y tampoco sé con certeza si tanta localización en el tronco de la historia nacional sirve para algo, esto es: ¿qué pasa si por querer anclar mi historia en un escenario reconocible donde el lector pueda instalarse, digámoslo así, cómodamente, resulta que el texto pierde vivacidad o interés?

No lo sé, insisto. Fuera de mis novelitas escritas en la Underwood de mi abuelo, del mismo abuelo sobre el que intento escribir esta historia, y de aislados intentos desperdigados a lo largo de mi adolescencia, es la primera vez que me prometo seriamente, y con rigor, escribir una novela. O lo que resulte de esto, que todavía, como digo, no está del todo claro. Voy a un hecho concreto: toda aquella larga parrafada sobre los orígenes de la Unión Cívica Radical, y la deriva histórica del partido hasta el momento en que el abuelo Ramón entra en acción (consultadas – continúo queriendo ser honesto – en *La historia del radicalismo en la Argentina, Juan José Busich, Editorial Paraíso de la Lectura*), ¿no resultan un poco plomo, como metidas con fórceps en el relato? Y eso que era recién el primer capítulo. En fin, lo iremos viendo sobre la marcha. Por el momento sigamos con el esquema planteado inicialmente.

Decía por lo tanto que las tierras de lo que luego fue Coronel López y su entorno (estos datos tienen origen en *Coronel López, pasado, presente y destino, Ignacio Rivadaneira, edición de la Municipalidad de Coronel López en ocasión del Centenario de la Fundación*) habían sido compradas a precios ventajosos por un aventurero irlandés, y puestas después a subasta en Gran Bretaña (de la que en ese tiempo, les recuerdo a los potenciales futuros lectores que no tienen por qué ser duchos en historia, Irlanda aún formaba parte). Como la compra se podía hacer en generosos plazos, la mayor parte fue adquirida por inmigrantes irlandeses que importaron ovejas de las campiñas inglesas con la intención de conformar una colonia ganadera. Vaya uno a saber por qué razones otra parte de las tierras fueron ocupadas por chacareros vascos. Fueron los vascos los primeros en instalar los correspondientes almacenes de "ramos generales", que abastecían todas las necesidades de los nuevos habitantes de la zona, incluyendo la ginebra holandesa que era el sustento preferido de los peones del campo, reclutados entre el gauchaje que hasta poco antes había vivido a su antojo disperso por aquellos parajes solitarios.

El propietario original, con notable visión de futuro, había reservado una parte de las tierras para un loteo particularizado, diseñando un espacio central con una gran plaza cuadrada alrededor de la que fueron creciendo los comercios, después algunas casas construidas por la naciente aristocracia conformada por ingleses, irlandeses y vascos, y muy pronto una capilla financiada por las propias familias pudientes y para cuya consagración habían traído hasta allí a un obispo desde Rosario. En la última década del siglo, las casas se habían extendido de manera que conformaban ya una población que incluso había pedido ser registrada oficialmente como tal y se había dado su propia Junta Comunal. El nombre fue elegido de entre los militares que habían contribuido pocas décadas antes al exterminio de los indígenas locales: un tal Coronel López.

A Coronel López se había trasladado desde Melincué la familia de mi abuelo cuando él tenía alrededor de seis años. Allí creció, se casó y tuvo dos hijas: una de ellas, mi madre. Y allí mismo, en Coronel López, bastante más tarde, nací yo, el que intenta contar esta historia.

La historia que intento contar es la de mi abuelo Ramón. Pero como todos, yo también tuve otro abuelo. Mi otro abuelo, que en realidad nunca fue el abuelo sino el nono, se llamaba Enrico Speziali. Cuando era chico, mis padres me mandaban a la casa de los nonos al menos una vez a la semana y en aquellas noches me quedaba a dormir allí. La casa era amplia, de techos altísimos con vigas de madera, y había ciertas habitaciones cerradas de las que yo sólo conocía la puerta: nunca entré en ellas y hasta el día de hoy me persigue el misterio de aquellos cuartos inviolados. Por supuesto es seguro que no había misterio ninguno, sólo habitaciones vacías que mis nonos nunca abrirían porque no tendrían ningún uso.

Por las noches, la nona me dejaba un balde de latón al lado de la cama, para que pudiera mear sin necesidad de levantarme a atravesar un salón que entonces me parecía enorme y un oscuro antebaño para llegar hasta el cuarto de baño. Porque atravesar media casa para llegar al baño no era el plan más alentador, sobre todo en las noches heladas del invierno, así que el balde era bienvenido y eso hizo que yo no haya podido separar nunca más esas noches en la casa de mis nonos de la imagen de aquel balde de latón enlozado de color verde claro.

El nono había estado en la Primera Guerra, en el frente del Piave, que si no me equivoco está en el norte de Italia, al pie de los Alpes, como yendo hacia Yugoslavia. Le habían dado una condecoración por su participación. No de esas famosas que les cuelgan en las películas de guerra a los condecorados con una ceremonia; no, era una pequeña cruz de plata con una cinta verde y roja y un diploma que le mandaron mucho después, al menos cuarenta años después de haber terminado la guerra, cuando él ya vivía en Coronel López e incluso mucho después de las noches que recuerdo ahora. Él la hizo enmarcar – el diploma y sobre él la crucecita con la cinta – cubierta con un vidrio y la colgó en una pared de la sala. Era la cruz de Vittoria Veneto. Le mandaban una pequeña pensión económica, también, a través de la agencia consular. Mi nono a veces le mostraba la condecoración a los que iban a la casa, pero la verdad es que nunca le dio demasiada importancia.

Y es que en realidad el nono hablaba poco de la guerra. Hubo historias en aquellas noches de mi infancia, lo sé, pero también sé que fueron sólo excepciones aisladas entre las muchas veladas que pasé en aquella casa enorme de techos altísimos. Hasta el día de hoy me pregunto por qué, mientras que para cualquiera de nosotros es habitual escarbar en nuestras generaciones pasadas, conocer incluso físicamente si es posible las lejanas aldeas, los paisajes en donde nuestros ancestros corretearon de niños (y este libro que intento escribir es una prueba palpable de ello), es tan poco lo que nuestros abuelos nos transmitieron de sus propias vidas. Como si para ellos, a partir de cierto momento que sólo ellos mismos serían capaces de reconocer, la vida hubiese empezado de cero, sin recuerdos capaces de dibujar para sus descendientes una figura en qué reconocerlos antes de que fueran ya presencias actuales, solidificadas por la cotidianeidad y la costumbre. Padres y abuelos que nunca hubieran sido niños, adolescentes, aprendices vacilantes en el itinerario de los días. Como si hubiesen desembarcado en esta orilla sudamericana sin pasado, sin más que un espacio vacío a las espaldas para evitar que nada los distrajese en la tarea de construirse de nuevo, de la nada, en el espacio esperanzador de una nueva tierra. Y si ellos, nuestros abuelos, no habían querido preservar con la transmisión de sus recuerdos la continuidad de sus historias previas, tampoco sus hijos, nuestros padres, había sentido la necesidad de interpelarlos; con lo que al llegar a nuestro territorio contemporáneo de nietos adultos formados en otras curiosidades, o bien ya es tarde para interrogar a los muertos, o la ignorancia de nuestros padres por el pasado de los suyos es tan impenetrable como incomprensible.

Así que en realidad, el nono casi nunca hablaba de lo que había ocurrido antes de su llegada a Coronel López, a excepción de alguna de aquellas noches de mi infancia en que, vaya a saber por qué, la guerra hacía acto de presencia inesperada. Pero contradictoriamente con esa especie de negación de las memorias puntuales de su pasado, mis nonos recibían periódicamente desde Italia la "Domenica del Corriere", una revista en colores que tenía un tamaño considerable, casi un tabloide, sin fotos pero con muchas ilustraciones en colores. Era el suplemento de un diario italiano, y como a mí me llamaba mucho la atención lo primero que hacía cuando llegaba a la casa era buscar la revista y tratar de descifrarla. De hecho, creo que aprendí a escribir copiando los titulares de la "Domenica del Corriere". Por eso durante todo un tiempo, hasta que empecé la escuela, yo escribía sólo en letras mayúsculas. Y si lo pienso con rigor, casi debiera decir que aprendí a escribir – y a leer - antes en italiano que en castellano.

Además de la "Domenica", que llegaba todas las semanas, una vez al mes recibían un periódico que se llamaba "Vicentini nel mondo", porque antes de venirse a vivir a la Argentina ellos habían vivido en un pequeño pueblo de la provincia de Vicenza, al pie del monte Pasubio. Era, por lo que yo percibía entonces, su única forma de seguir ligados a la tierra. Lo curioso es que en la casa no había nada que hubieran traído desde allí cuando emigraron: sólo un cuadro de una virgen de estilo marcadamente bizantino, pintada en colores vibrantes sobre fondo negro, que llamaban "la Madonna di Monte Bericco". La Madonna, como es natural, presidía la alcoba de mis nonos desde su ubicación sobre la cabecera de la cama matrimonial.

Aunque entre mis abuelos el abuelo Ramón siempre fue mi favorito, yo era en cambio el nieto preferido de mi nono Enrico (y de mi nona Giuliana), probablemente porque había sido el primer varón de la familia. No sé si ya lo he contado, pero tuve una hermana que murió cuando yo sólo tenía ocho años, y eso quizás acentuó más la actitud protectora por parte de los padres de mi padre. Esa relación de privilegio – en su consideración – se alimentaba de los ratos que pasábamos juntos cuando papá y mamá me mandaban a dormir en su casa, cosa que ocurría varias veces al mes.

Yo me aburría bastante, esa es la verdad, pero también acumulé imágenes, sensaciones de las que nunca me he desprendido. La vetusta estufa de querosén, su olor acre y penetrante en las noches de invierno. El sabor de los helados que la nona hacía en las cubetas del congelador y que luego había que partir en trozos, haciendo fuerza con el borde de la cuchara. Las excursiones a la "quinta", una enorme huerta al fondo de la casa que ocupaba más espacio que la casa misma, y donde el nono plantaba todo tipo de verduras y árboles frutales. Y sobre todo, la satisfacción que sentía cuando me daba el encargo de desenterrar las zanahorias y los rabanitos y me permitía comerme algunos después de lavarlos concienzudamente con el chorro de la manguera, o cuando era el tiempo de las habas y después de recolectarlas mi obligación consistía en quebrar el extremo de la chaucha (sigo oyendo ese sonido como si no hubiese pasado el tiempo) y apretarla hasta que salieran de dentro todos los porotos carnosos.

Desde que tuve unos cinco años (eso calculo, porque la primera vez fue justo el verano antes de que empezara la escuela), los nonos me llevaban de vacaciones con ellos a unos hoteles sociales construidos por Perón en la década del 50, en las sierras de Córdoba. Era un complejo de seis hoteles majestuosos de tejados rojos, aunque ya bastante deteriorados por el paso del tiempo, en los que los jubilados podían obtener a precios muy bajos hasta quince días de estadía que incluían habitación y comida. Estaban ubicados en un entorno de extensos pinares dominado por colinas suaves, en las cercanías de un lago artificial que embalsaba las aguas de varios ríos para generar corriente hidroeléctrica. Además de los hoteles el complejo incluía también varias instalaciones deportivas y una gran piscina con trampolines y toboganes acuáticos en los que no me cansaba de deslizarme.

En aquel entorno, del que nunca he podido olvidar el olor penetrante y dulzón a la resina de los pinos, viví mi primer amor.

Conocí a Carla en una situación terriblemente embarazosa, sobre todo para un chico de mi edad. Habíamos ido con los nonos a visitar un sitio denominado el Mirador, una pequeña torre construida en una colina particularmente elevada respecto al resto del terreno. Desde allí se divisaba todo el conjunto, e incluso se llegaba a ver el lago del embalse como un manchón azul inmaculado emergiendo de entre los pinares. Al emprender el regreso, no tuve idea más brillante que la de empezar a correr por la colina, antes de que mis nonos pudieran impedírmelo. A los pocos metros mi impulso, favorecido por la inercia del terreno, era tan fuerte que ya no podía controlarlo, tanto que mis propias piernas no podían moverse con la velocidad suficiente y empecé a rodar ladera abajo como un muñeco despatarrado.

La involuntaria excursión recién tuvo fin cuando el terreno se suavizó de pronto y mi cuerpo fue menguando su movimiento hasta detenerse. Aturdido y también bastante dolorido, pero sobre todo tremendamente avergonzado por el ridículo, descubrí que había aterrizado ante unos pies calzados con unas zapatillas azules que se continuaban en unos jeans del mismo color. Cuando terminé de alzar la vista siguiendo la trayectoria de los pantalones, vi la cara de Carla observarme entre asustada, sorprendida y burlona. Su propio abuelo me ayudó a ponerme de pie, colorado como un tomate y sacudiéndome de la ropa las briznas que había ido recogiendo involuntariamente en mi rodada.

Tras interesarse por mi estado, el hombre decidió esperar la llegada de mis nonos, que ya venían por detrás al rescate aunque con considerable retraso. Se sucedieron las disculpas de rigor y por supuesto las bromas sobre mi intempestivo arribo, lo cual me hizo sentir todavía más avergonzado. Yo era entonces un chico tímido, y casi no pude en todo ese tiempo mirar de frente a la niña a los pies de quien había aterrizado.

Al día siguiente, sin embargo, nos encontramos en la piscina del complejo y fue ella quien me saludó con una ancha sonrisa. Era casi tan alta como yo, y seguramente algo mayor. Algunas hebras de pelo castaño y un poco pajizo le sobresalían por debajo de la gorra de goma que era de uso obligatorio para las mujeres dentro del agua. Tenía la cara llena de pecas, algo que el día anterior, en mi bochorno, no me había dado tiempo a percibir. Usaba una malla de baño enteriza de tela estampada con grandes floripondios, que permitían ver cómo también sus hombros estaban invadidos por una aglomeración de pecas digna de la vía láctea.

Pasamos el resto de la tarde subiendo y bajando entre los toboganes y el agua. Me contó que era de Buenos Aires, que iba a una escuela gestionada por las monjas y que igual que a mí, sus abuelos la habían traído de vacaciones. Después, nos vimos casi todos los días e incluso convencimos a nuestros respectivos abuelos de hacer juntos una excursión al lago cercano. A la orilla del lago, jugando entre los guijarros de la playa, ella se entretuvo en fastidiar con una ramita una interminable hilera de hormigas negras que volvían sin embargo de inmediato a reorganizarse: no sé por qué justamente es esa imagen lo me ha quedado más nítidamente grabado de aquel verano.

Un tiempo después, ya de regreso en casa y después de haber empezado primer grado en una de las escuelas de Coronel López, soñé con ella. Estaba sentada en un banco de madera como los de las plazas, yo me acercaba por detrás y ella giraba la cabeza hacia mí. Entonces yo me agachaba un poco y le daba un fugaz beso en los labios, el primer beso romántico que en mi vida le he dado a una mujer. Cuando me desperté, fui hasta el baño y me miré largamente en el espejo. Pensé que ya no era un niño: ya era suficientemente grande como para besar de verdad a una muchacha. Ese día cumplía seis años.

Lola no había cumplido aún los quince cuando conoció a Ramón Sánchez. Durante mucho tiempo no se le hubiera ocurrido imaginar que ese muchacho bien parecido que pasaba todos los días frente a la casa, siempre elegantemente vestido de traje y corbata, con el pelo peinado a la gomina estirado con prolijidad hacia la nuca y los zapatos relucientes, y dueño de una sastrería que pasaba por ser la más seria del pueblo, podría haber reparado siquiera en una chiquilla que apenas despuntaba a la adolescencia. Y es que además él era – calculaba Lola con buen ojo – unos diez años mayor que ella.

Es difícil asegurar, en un pueblo donde todos se conocen, en qué momento dos personas se han cruzado por primera vez. Pero no tan difícil en cambio, recordar cuál es el momento en que uno toma conciencia de la existencia, de la presencia del otro. Lola probablemente no habría prestado atención ninguna al joven sastre que todas las tardes, con el crepúsculo, pasaba frente a la fachada de la casa de sus padres, si una de esas calurosas tardes de verano, sentada con sus hermanas en sillas que sacaban a la vereda para aprovechar la última sombra de los plataneros gigantescos que crecían al borde de las veredas y la brisa fresca que se arrastraba a lo largo de las calles de tierra recién aquietada por el paso del camión regador, no hubiera advertido por primera vez la excitación de Arantxa y Eloísa, sus dos hermanas mayores, cuando el muchacho las saludaba educadamente con una leve inclinación de cabeza tocándose apenas el ala del sombrero con la mano derecha.

Sólo el cuchicheo febril de sus hermanas después que Ramón hubiera pasado, le hizo mirar con otros ojos a aquel joven cuyos rasgos, a pesar de la finura de su porte y de su manera de vestir, parecían no pertenecer a ese sector social donde dominaban los perfiles europeos, especialmente italianos o españoles, y menos todavía a la fisonomía estirada de ingleses e irlandeses que componían la aristocracia local. Ramón Sánchez tenía ya entonces fama en Coronel López, además de su naciente prestigio como confeccionador de trajes a medida, de ser un joven talentoso a quien le gustaba amenizar las fiestas tocando en la guitarra sus propias canciones, además de los tangos de Gardel y otras canciones que la radio popularizaba periódicamente. Pero aun así, fue bastante después de haber tomado conciencia por primera vez de él, que fue creciendo en Dolores como un rumor silencioso que venía de alguna parte dentro suyo desde que descubrió que el muchacho empezaba a buscar sin disimulo cada oportunidad para acercársele.

Eso fue cuando Ramón, bastante después de aquellos cuchicheos sorprendidos por Lola a sus hermanas, empezó a detenerse frente al porche de la casa, cuando además de las muchachas y de doña Elvira de Braña el propio maestro Gumersindo sacaba su silla a la vereda y disfrutaba también de la brisa fresca del anochecer. Pero entonces ya Lola era una muchachita floreciente de dieciséis años, de pechos menudos pero sólidos bajo la camisa de tela fina, y plena conciencia de unos rasgos de resplandeciente belleza que se habían ido formando con los años alrededor de los ojos celestes que más de seis años antes habían visto con admiración el casco negro del "San Pancracio" en el puerto de Vigo.

Los mismos ojos celestes que habían visto también, casi un mes después, recortada en la entrada del puerto de Buenos Aires, la fachada de cuatro plantas del Hotel de Inmigrantes, mientras el buque de dos chimeneas maniobraba para amarrar su costado derecho al dock y extender la planchada por donde descendería la misma hilera afanosa de hombres, mujeres y niños que habían ascendido en España, después de que primero hubiesen terminado de abandonar el barco los cerca de veinte pasajeros de los camarotes de primera clase. Lola todavía recordaba con sorprendente precisión la larga cola en la que aguardaron doña Elvira, Pepe y las cuatro hijas mujeres, arrastrando dificultosamente los dos grandes arcones con que habían llegado, hasta que los funcionarios de inmigración recibieron sus carteras de identidad, apuntaron sus datos en un gran libro y les asignaron unas literas en los pisos superiores del enorme Hotel construido especialmente para que alrededor de cuatro mil recién llegados pudiesen pasar sus primeros días en la nueva tierra.

Después de vencer el farragoso trámite de la documentación y atravesar el desembarcadero, habían cruzado una reja por la que se accedía a una plaza angosta que terminaba directamente en la parte posterior del edificio del hotel. Arribados allí llegó la primera separación: los pabellones estaban clasificados por sexo, así que mientras Elvira y sus hijas continuaron juntas, Pepe pasó al sector masculino. Tras una espera prolongada en una amplia nave equipada con bancos y asientos, las llevaron al dormitorio donde les asignaron sitio en medio de un bosque de literas apenas más cómodas que las del barco. Aunque cuando llegaron pensó que no iba a poder dormir esa noche, acuciada por el inmenso asombro y la expectativa de lo nuevo, el cansancio acumulado la dejó exhausta apenas se tendió sobre el elástico de tiras de cuero de su litera y se tapó con la frazada que le habían provisto.

Por la mañana bien temprano la sorprendió la voz tonante de una celadora que llamaba al primer turno de desayuno, golpeando con una llave metálica la cabecera de las literas como si de una cárcel se tratase. De la mano de su madre, las cuatro chicas se dirigieron al comedor de la planta baja, donde un sol amarronado que llegaba a través de grandes aberturas vidriadas rebotaba y se partía en las aristas de las larguísimas mesas de mármol que atravesaban transversalmente la sala. Por el cuadrado de las ventanas, Lolita había atisbado el verde amarillento del césped de un jardín o una placita y después de la sordidez del viaje y de la primera noche pasada casi del mismo modo en el dormitorio común hacinado de cuchetas, la imagen le pareció una promesa de mejores días. Había centenares, quizás mil mujeres y niños que poco a poco iban situándose alrededor de las mesas, y un ejército de camareras servían una hogaza de pan y una especie de té fuerte y amargo que su paladar nunca había conocido antes, pero al que se acostumbraría con los años hasta hacerlo tan familiar como la leche: el mate cocido.

El Hotel de Inmigrantes era un sitio de paso, construido por el gobierno para alojar a los recién desembarcados por un término máximo de cinco noches. Una gran oficina de empleo, en el mismo edificio, distribuía unas ofertas de trabajo por lo general paupérrimas, pero abundantes y bienvenidas; y en la puerta misma del edificio, hombres subidos a carros de madera de dos ruedas pintados con arabescos y filigranas coloridas y tirados por caballos percherones, anunciaban el alquiler de cuartos a módicos precios en los conventillos de Barracas y La Boca, y partían cada tanto cargando hacia sus nuevas viviendas a familias completas con sus baúles y maletas a cuestas.

Pero ellos no pasarían por eso. La mañana siguiente de haber desembarcado, después de desayunar pan y mate cocido, doña Elvira y las muchachas fueron conducidas hasta otra gran dependencia donde otros tantos innumerables escritorios con sus escribientes atendían más trámites. De pie junto a uno de los escritorios ya estaba Pepe, el hijo que había tenido que pasar la noche separado de su familia en el dormitorio masculino. Pero lo más importante: allí estaba también, sentado en una silla de madera frente al funcionario correspondiente, don Gumersindo el maestro - chaqueta y pantalón beige, corbata oscura y sombrero panamá apoyado sobre la mesa - quien había viajado desde Coronel López hasta Buenos Aires para recibir a su familia.

El abrazo emocionado fue inmediato para las niñas, aunque el padre no dejó de mantener cierta rigidez como si no le fuesen permitidos desbordes afectivos en presencia de desconocidos. Pepe, el varón, y la propia Elvira recibieron en cambio saludos más formales. Ya habría tiempo en la casa para dejar liberar las emociones. Aunque, como Lola misma había comprobado tantas veces durante su infancia, no eran los Braña gentes de muchas efusiones.

Después de recibir los papeles que los autorizaban, fueron al corralón donde habían ido a parar sus equipajes. Don Gumersindo contrató a un changarín de los que esperaban en la calle aledaña, y con sus baúles encima de un carrito de dos ruedas todos hicieron caminando la distancia hacia la estación del Ferrocarril Central Argentino, otro grandioso edificio que quedaba allí nomás, prácticamente al lado mismo del puerto, y desde donde partía una de las grandes telas de araña compuesta por miles de kilómetros de vías férreas que atravesaban el nuevo país.

El viaje había sido eterno, con innumerables detenciones y esperas en cada una de las decenas de estaciones esparcidas a lo largo de los rieles, en un vagón con dobles asientos de madera enfrentados entre sí; pero al lado de las interminables semanas de aburrimiento y bamboleo a merced de las olas viendo sólo el entresuelo del barco, aquello le había parecido otra vez a Lola una señal de que algo apasionante estaba a punto de comenzar. Acostumbrada desde niña a los cambiantes perfiles y colores de las montañas y valles de su tierra, sintió una extraña fascinación ante las llanuras absolutas por las que el tren avanzaba, planicies donde la vista se perdía en extensísimas áreas cultivadas de lo mismo: trigales durante kilómetros, luego girasoles, luego inmensos alfalfares, o los espacios interminables donde pacían vacas o caballos, espacios interminables apenas interrumpidos por manchones aislados de árboles plantados alrededor de una casa solitaria o de una aguada o por la extraña figura erguida de los molinos incesantes en lo alto de torres de metal.

El tren, arrastrado por una locomotora crujiente cuya chimenea iba soltando un humo negro que formaba una larga cinta hacia atrás, en la dirección desde la que venían hasta perderse de vista, avanzaba a buena velocidad pero se detenía en cada una de las estaciones que siempre se situaban en el borde de los innumerables pueblos – casi todos pequeños caseríos - que se esparcían al costado de las vías. Las hermanas tenían estrictamente prohibido bajarse del tren en ellas, y sólo Pepe estaba autorizado para acompañar a su padre a comprar algunos bollos y buscar agua para paliar el hambre y la sed del viaje. Sí se les permitía, en cambio, caminar por el pasillo de los cinco vagones que se comunicaban a través de una especie de túneles con estructura de fuelle; menos en el primero, que estaba reservado a la primera clase y a diferencia de los otros tenía asientos tapizados con cuerina de color marrón. De ese modo trataban de vencer el tedio entre prolongados espacios de sueño que solventaban echándose por turno a lo largo de los asientos de madera. Aunque también en esos paseos Pepe – y a veces el propio maestro - tenían la misión de acompañarlas.

En las paradas era más la gente que bajaba que la que subía, de manera que el tren se fue despoblando poco a poco a medida que pasaban las horas. Las detenciones eran prolongadas y hombres, mujeres y niños trajinaban por los andenes con sus bultos y a veces hasta jaulas con gallinas o patos. Changadores portando carros de madera de dos ruedas y largas manijas esperaban para cargar los arcones y baúles más pesados y llevarlos hasta el destino de los pasajeros que bajaban, o en algunos casos hasta otros carros de caballo o sulkys que esperaban fuera del edificio de la estación. La niña se preguntaba si todas aquellas personas, familias enteras en algunos casos, sentirían lo que ella en aquellos momentos: la incertidumbre sobre dónde estaban yendo, la expectativa inquietante de la novedad, pero sobre todo, el deseo exasperante de llegar de una vez por todas al final del viaje.

Por eso, cuando después de más de diez horas de haber partido desde la estación Retiro de Buenos Aires, el revisor pasó anunciando la próxima parada en Coronel López, ella suspiró aliviada y dedicó los últimos minutos del viaje a tratar de imaginar cómo iba a ser su vida de allí en adelante.

—A la mujer hay que respetarla —dijo Cachilo serio, aflojándose el nudo de la corbata con la mano derecha —¿A quién no le gustaría coger con su novia? Pero hay que aguantarse, no le podés hacer eso si la querés, vos sabés lo importante que es para una mujer llegar virgen al matrimonio. Imaginate, por ejemplo, que al final el noviazgo no termina bien, ¿la vas a condenar a ella para siempre?

Ya había pasado largamente la medianoche, y los amigos bebían *grappa* en un boliche en semipenumbra que permanecía todavía abierto a esa hora cerca de la estación del ferrocarril. La *grappa* era un aguardiente que los italianos habían convertido en costumbre en casi todos los bares de mala muerte: embriaga suavemente con un fondo dulzón pero raspa la garganta en cada trago. El boliche tenía apenas cinco mesas, un largo mostrador de madera y una bombilla cagada por las moscas alrededor de la que volaban en círculo una nube espesa de cascarudos. Cuatro de las cinco mesas, pese a la hora, estaban ocupadas, y las conversaciones, en voz subida de tono como es común entre los argentinos, se mezclaban en un bullicio inesperado.

Dos de ellos, Cachilo y el soldador Meléndez, andaban noviando en ese tiempo. Meléndez "afilaba" con una chica unos años menor que él, hija de unos chacareros vascos cuyo campo era lindero con el de sus padres. La muchacha era parte de una familia con cuatro hijos, que en aquel tiempo podía considerarse una familia pequeña. Se conocían desde muy chicos, porque a veces las madres se visitaban entre ellas y pasaban la tarde hablando de sus asuntos mientras tomaban mate y engullían tortitas fritas en grasa y al final los chicos habían terminado por hacerse amigos y confidentes. Y unos meses atrás de aquella medianoche en el boliche cercano a la estación de trenes, ella había respondido sí a la propuesta del muchacho. Cachilo, por su parte, había conocido a su novia en el baile y a la segunda vez que bailaron juntos se habían "arreglado". La chica era hija de un genovés que tenía una zapatería y la cosa al parecer iba muy en serio, aunque Cachilo seguía sin dar palo al agua esperando la oportunidad del negocio de su vida, así que en esas condiciones no podía ni soñar siquiera en oficializar el compromiso.

—Y vas a tener que esperar bastante, che —intervino Meléndez riéndose y buscando complicidad con los otros —Porque como sigas viviendo en el "dolce far niente" los padres de ella te van a seguir haciendo pasar por la vereda de enfrente.

Ramón Sánchez seguía la charla con poco interés. Estaba pensando en sus zapatos, los zapatos de salir, cubiertos de una costra seca de barro que no se quitaba del todo ni siquiera raspándolos con la pata de la silla. Los cuatro tenían los zapatos embarrados. En la oscuridad de aquellos barrios donde escaseaban los focos eléctricos de las esquinas y encima muchos estaban rotos o quemados, no habían podido evitar meterse en un charco que abarcaba todo el ancho de la acera y que no habían visto hasta que fue demasiado tarde. El agua estaría allí estancada desde la última lluvia, sin terminar de ser absorbida por la tierra de la vereda. Eran los riesgos de meterse por aquellos andurriales.

Ese sábado habían decidido ir al quilombo de Druetta: el *cabaret*, como lo llamaban en el pueblo. Era uno de esos raros sábados en que ni el club social ni la sociedad italiana habían organizado bailes. Meléndez, Ramírez y Ramón se encontraron en el bar de María Jacinta y esperaron hasta que Cachilo cumpliera el ritual de sentarse un rato a hablar con su novia en un banco de la plaza. A eso de las diez Cachilo también llegó al bar, tomaron un vermut mientras hablaban del tiempo y rumbearon hacia el cabaret.

El local estaba en las afueras y tuvieron que caminar un buen trecho. A medida que se alejaban del centro las baldosas de cerámica iban dejando lugar a veredas de tierra apisonada, y los frentes revocados y pintados de las casas cuyas puertas se abrían a la acera eran paulatinamente reemplazados por altos cercos de alambre trenzado con puertas de muelle, que daban acceso a patios delanteros desde donde con frecuencia el súbito ladrido de los perros despertaba fragores de adrenalina. Los focos de luz colgados en las esquinas eran cada vez más espaciados, árboles frondosos proyectaban su sombra sobre las calles de tierra, a menudo bordeadas de oscuros zanjones desde donde se oía el croar grave de los sapos y el rumor de las aguas residuales, y el sentimiento de ir entrando en territorios inquietantes se hacía mayor a cada paso. Para disimular esas sensaciones, los cuatro hablaban constantemente y hacían bromas sobre cualquier cosa.

Sin ningún cartel que lo identificase, una lámpara de color azul apenas visible colgando sobre la puerta señalaba el local de alterne. Se entraba a un pequeño hall que terminaba en una puerta cancel de vidrio opaco con un estampado de filigranas, y por detrás de ella se abría un salón espacioso con una barra de bebidas en uno de los lados, una fila de taburetes alineados en el borde de la barra, tres mesas en un rincón oscuro y al fondo una mesa de billar. Tres hombres en mangas de camisa, con los sacos colgados en un perchero que pendía al lado del billar, golpeaban las bolas por turno con tacos esbeltos en cuyo extremo delantero removían pequeños cubos de tiza.

En una de las mesas oscuras, un hombre y una mujer hablaban en torno a un balde plateado de donde sobresalía el cuello de una botella de champán. Sobre la mesa, la brasa de un cigarrillo encendido refulgía sobre el cenicero, y el hombre había depositado su sombrero encima del mantel. El resto de los parroquianos estaban bebiendo y fumando sentados en los taburetes, la mayoría agrupados entre sí y conversando en voz más baja que lo habitual en los bares; y dos de ellos hablaban con sendas mujeres ampliamente escotadas que habían arrimado sus bancos a los suyos. Un tipo grandote de brazos peludos como un mono, con la camisa arremangada hasta los codos, servía las bebidas detrás de la barra.

Eran pocas las mujeres del cabaret, así que los cuatro amigos se acodaron en un extremo de la barra a esperar turno. Una de las parejas que estaban hablando se levantó de los taburetes y ella condujo al hombre hacia un pasillo que se abría a la derecha. El hombre la siguió con la vista en el suelo como tratando de evitar las miradas de los demás. En ese momento otra pareja salía del pasillo: la mujer se arreglaba ostensiblemente el maquillaje y el tipo – por detrás de ella - hizo un gesto de satisfacción hacia el resto de los presentes juntando en haz los dedos de la mano derecha, llevándoselos a los labios como si les diera un beso, y abriéndolos súbitamente hacia adelante.

La mujer que acababa de salir de las habitaciones se dirigió directamente al grupo de los cuatro amigos que acababan de llegar.

—Bueno, chicos, a ver si me invitan un trago, que tengo que tomarme un descanso y enseguida entro con el más machito —dijo con desparpajo, posando su mano derecha sobre el muslo de Ramírez, muy cerca de la bragueta.

De a poco, los cuatro fueron llevados a su turno hacia el pasillo, a cuyos laterales se distribuían cuatro cuartos amueblados con una cama sin sábanas, un espejo y una mesa donde se posaba una jofaina de acero inoxidable. Dos ganchos en la pared hacían de perchas: uno era para la ropa que el cliente se iba quitando, de la otra colgaba una toalla percudida por el uso. No había muchos preámbulos ni demasiados protocolos: la mujer apenas si se quitaba rápidamente el vestido y abría las piernas diciendo frases procaces con un tono que no lograba disimular el aburrimiento, y el cliente la penetraba sin más historias hasta que después de los empujones de rigor soltaba todo y se quedaba unos segundos relajado encima del otro cuerpo desnudo. No más de unos minutos: enseguida ella se deslizaba fuera de la cama, cada uno se lavaba y secaba con apuro y volvían a vestirse para regresar al salón, él a seguir bebiendo con los amigos y ella en busca del siguiente candidato.

Una vez que los cuatro hubieron satisfecho sus pulsiones genitales, habían decidido seguir bebiendo en un sitio más barato y así fue como llegaron hasta aquel boliche cerca de la estación del ferrocarril en cuyo tránsito un charco traicionero les había dejado los zapatos a la miseria.

—No digas boludeces, Cachilo —dijo entonces Ramírez—. Esas son convenciones hipócritas que tiene la sociedad. ¿Acaso las mujeres no tienen las mismas ganas de cojer que nosotros? ¿Y por qué entonces ellas tienen que conservar sanito el virgo y aguantarse hasta estar casadas, pero los tipos podemos ir de putas para sacarnos la leche, eh?

Los otros tres lo miraron atónitos y sin ocultar la sorna que les producían sus palabras.

—Qué —repuso de inmediato Cachilo, el que había sacado el tema —¿Entonces vos querés que seamos como los comunistas, que dicen que hasta las mujeres son de todos y el sexo es un viva la pepa?

—¿Y a vos quién te dijo que los comunistas piensan eso? —se revolvió entonces Meléndez, de repente fastidiado —Primero que las mujeres no son una cosa, para ser de unos o de otros. Y después, que uno de los principios que se respetan más en el comunismo es el compañerismo, la camaradería con tu pareja. Los dos son iguales para todo, pero eso no quiere decir que cada uno pueda irse a cojer por ahí con el primero que le de la gana. Está el asunto de la lealtad, que es lo que importa. Yo no soy comunista —aclaró, aunque todos sabían que aunque era radical simpatizaba bastante con ellos —pero me consta que mantener la moral es uno de los principios que los comunistas cuidan mejor.

Ramírez se rio provocativamente.

—¡No me digás! ¿Así que uno de los principios de los comunistas es mantener la moral burguesa? ¿La de que tu mujer no es leal si coje con otro, pero vos sí lo sos aunque vayas al quilombo? Entonces esos comunistas son unos farsantes. Yo no creo en eso de que hay que abolir la propiedad privada, pero en otras cosas estoy viendo entonces que soy más revolucionario que ellos: nunca entendí por qué las mujeres tienen menos derechos que nosotros, como si fueran animales inferiores. Resulta que mientras que para los varones el orgullo es el de haber estado con más mujeres que ninguno, para ellas es tener un solo hombre en toda su vida y encima ser vírgenes hasta la noche de bodas.

Meléndez hizo un brevísimo silencio, como si se hubiese quedado pensando en que el argumento del otro no era descabellado después de todo. Pero contestó enseguida.

—Rajá, Ramírez, no te hagás el revolucionario —le espetó con ironía —¿Vos te casarías con una que no fuera virgen?

Ramírez no supo responder. Sin embargo, reaccionó de inmediato.

—Por eso es que no pienso casarme —aseguró con firmeza —. De verdad, lo tengo decidido.

—¿Y desde cuándo tenés tan brillantes pensamientos? —se mofó Cachilo.

—No sé, creo que en el fondo siempre lo pensaba, pero me terminó de quedar claro hace poco, ¿se acuerdan de aquella chica que me gustaba tanto, Clara, la hermana del carnicero de la calle Castelli? —empezó a contar Ramírez, adoptando ahora un tono imprevistamente formal —. Bueno, yo estaba verdaderamente enamorado, les juro. La veía por la calle y me volvía loco, me hubiera querido suicidar si me rechazaba. Y las cosas no iban mal encaminadas. Una tarde la madre me saludó cuando pasé frente a la casa y me invitó a sentarme con ellas en la puerta. Clarita salió corriendo a buscar una silla dentro y me la ofreció. Yo estaba en las nubes, casi no me animaba a hablar de la emoción. Después la situación se empezó a repetir dos veces por semana, cada vez me sentaba con madre e hija en la vereda y conversábamos de cualquier pavada. Yo me consumía de amor mirando tan cerca la carita preciosa de mi Clara.

Hizo una pausa durante la que levantó la vista y la dirigió a algún punto inescrutable en el fondo del bar. Los otros tres amigos habían abandonado por un momento su ánimo eufórico y prestaban atención a las confesiones de Ramírez. Cada tanto, alguno espantaba un cascarudo que se le había asentado encima del hombro o el pelo.

—Cuando mejor me sentía y ya estaba pensando seriamente en pedirle a la señora su permiso para invitar a la hija al cine al aire libre de aquel ruso que todos los veranos venía en camioneta una vez al mes desde Rosario y daba películas de Carlitos Chaplin, una tarde dejé por primera vez de mirar embelesado a Clarita y no sé por qué, me dio por mirar a su madre. Aunque cuando se dirigía a mí lo hacía estirando una sonrisa hipócrita, la tipa era una mujer avinagrada a la que evidentemente le costaba un perú ser amable. El pelo ya empezaba a ponérsele blanco, y para que se le notase menos se lo ataba con dos grandes rodetes que dejaban al descubierto unas orejas arrepolladas y que sobresalían de la cabeza como las orejas de un oso de peluche. Cada vez que abría la boca para hablarme podía ver que le faltaba un diente y los colmillos le sobresalían afilados como si estuviera a punto de comerse a la presa, que seguramente era yo. Tenía la piel de los cachetes percudida de manchitas rojas que trataba de disimular con un poco de colorete. Pero lo más terrible es que de pronto descubrí que debajo de todo ese catálogo de horrores estaban los mismos rasgos que yo amaba en su hija. O sea, que en unos años más o menos, su hija estaría convertida en esa caricatura de mujer que me sonreía complacida de haber encontrado un incauto para casar a la nena. Aquella tarde descubrí de golpe lo que me esperaba, y decidí allí mismo que nunca me casaría, ni con ella ni con ninguna otra.

Apenas minutos más tarde los cuatro regresaban en silencio, atravesando la madrugada en medio de las calles desiertas. Uno a uno se fueron desgajando en varias esquinas hasta que al fin Ramón, que vivía un poco más lejos que los demás, continuó caminando solo bajo la luna, mientras el canto de los grillos interrumpía con su violín áspero el silencio de la noche.

—Fusilaron a Di Giovanni —Meléndez puso sobre la mesa un ejemplar de Crítica y golpeó con el anverso de la mano sobre los titulares.

Como casi todas las mañanas, él y Ramón compartían un café en el bar de María Jacinta, una española que abría muy temprano para que los trabajadores de los talleres y los dependientes de los comercios pudieran desayunar antes de empezar su jornada. Una veintena de hombres llenaban las mesas de madera del bar ubicado en una esquina céntrica del pueblo. La luz matutina de un verano en la mitad de su ciclo doraba los rostros juveniles: algunos reconcentrados en sus propios pensamientos; otros charlando animadamente entre ellos. En lo de María Jacinta, también, era posible leer el periódico de Buenos Aires. Llegaba, eso sí, con dos días de atraso.

Severino Di Giovanni era el anarquista más perseguido por la policía. Editor de un periódico clandestino desde hacía varios años, su acción proselitista se dirigía especialmente a los obreros italianos que en las últimas décadas habían ido engrosando las fábricas de las principales ciudades. Tipógrafo de profesión, había llegado desde Italia a principios de los años veinte huyendo del fascismo de Mussolini, y su propia biografía abundaba en románticas y sonadas cuitas, como el abandono de su mujer y sus hijas para irse a vivir con la hermana de otro anarquista famoso, Paulino Scarfó, que sólo tenía (ella) quince años.

Di Giovanni propiciaba sin ningún disimulo la revolución violenta para combatir al capitalismo: en pocos años había consumado atentados de gran repercusión como la voladura del Consulado Italiano en Buenos Aires – que mató a siete jerarcas fascistas locales – o la de la Embajada de los Estados Unidos en respuesta a la ejecución de Sacco y Vanzetti. Los anarquistas nunca habían hecho buenas migas con el radicalismo: no le perdonaron a Yrigoyen la matanza de peones rurales que permitió en la Patagonia durante su primer mandato, y de hecho en 1929 un anarquista falló en su intento de matar a balazos al propio líder radical, quien entonces ejercía ya su segunda presidencia. Pero Ramón no olvidaba que había sido a través de la doctrina ácrata donde él mismo había aprendido cuáles eran las razones de la injusticia y la desigualdad social.

—Esos milicos hijos de puta —dijo el muchacho sin poder contenerse, aunque en voz baja para que nadie lo oyese fuera de su amigo —Fascistas de mierda…

Ni él ni Meléndez habían sufrido de manera personal las consecuencias del golpe de estado con que el ejército había derrocado a Hipólito Yrigoyen, apenas seis meses antes. Los dos habían seguido siendo yrigoyenistas, a pesar de que varios de sus compañeros en el comité local se habían pasado al bando "antipersonalista". Como siempre ocurre en la Argentina, la oscilante clase media había abandonado la adhesión demostrada al viejo caudillo tras su masivo segundo triunfo electoral, atemorizada por las repercusiones de la gran crisis económica iniciada en Wall Street en 1929 y orientada por una prensa financiada y capitaneada por las familias aristocráticas que habían visto cómo la plebe se atrevía a disputarles el poder.

Cuando Yrigoyen decidió en el año 1930 nacionalizar el petróleo para evitar el latrocinio descarado de algunas compañías extranjeras al amparo de las camarillas políticas tradicionales de las provincias productoras, la situación tocó su punto álgido. En setiembre, un general de apellido Uriburu sublevó al ejército y obligó al presidente a dimitir. Contaba con el apoyo no sólo de todos los grupos políticos conservadores, sino de la propia facción radical que en la práctica lideraba Alvear, su antecesor en el gobierno. El abogado de la Standard Oil, la principal petrolera norteamericana interesada en el tema, fue nombrado ministro del Interior, el cargo más importante después del propio Presidente.

El gobierno militar intervino las provincias y cerró los comités radicales persiguiendo y encarcelando a muchos dirigentes, pero en el pueblo la cosa no había pasado a mayores. Aunque los dos amigos y unos pocos más mantenían su fe incondicional por Yrigoyen, una buena parte del resto ya lo había abandonado o daba muestras inequívocas de estar por hacerlo; así que el comité local no pasó por ninguna situación comprometida. Como precaución, Ramón y Meléndez habían desaparecido por unas semanas de sus domicilios familiares, refugiados a medias en casas de amigos generosos. Pero la verdad es que nadie fue nunca por ellos: pese a las diferencias políticas, los radicales más o menos complacientes con el golpe eran en algunos casos hasta sus amigos personales, y a nadie se le ocurrió denunciarlos. Así que pocas semanas después de que los militares tomaran el poder, Ramón volvió a subir la persiana metálica de su sastrería y Meléndez se reincorporó a su trabajo como soldador en el taller de forja de un italiano que fabricaba vallas y rejas metálicas para las casas que podían permitírselas, que en Coronel López eran muchas.

La Sastrería Sánchez había ido ganando un notable prestigio en los cerca de seis años que llevaba abierta desde que Ramón regresó de Buenos Aires con su diploma bajo el brazo, y cada día eran más los que acudían a hacerse un traje a medida en el mostrador del joven cortador. Ese era un privilegio que no todo el mundo podía permitirse, pero la economía local era floreciente para muchas familias propietarias de campos de cultivo o cría de ganado en los alrededores, y no sólo la sastrería de Ramón sino una cantidad numerosa de comercios y pequeños talleres se beneficiaban de esa situación.

Desde que el padre de Ramón trasladó allí a su familia, el pueblo había tenido un crecimiento incesante y superaba ya los diez mil habitantes. Alrededor del tejido urbano, estancias y chacras se distribuían a lo largo de muchos kilómetros, e incluso habían ido dando lugar a otros pequeños núcleos de población diseminados por el campo. El ferrocarril pasaba por allí desde 1895, convirtiendo a la estación en el centro de embarque de miles de toneladas de cereales y de cabezas de ganado hacia Buenos Aires.

Antes aún de que Ramón ingresase al servicio militar su padre ya los había abandonado. Los dos hermanos mayores también se fueron de la casa materna apenas tuvieron edad para trabajar: o sea en la primera adolescencia. Uno de ellos fue changador en el puerto de Rosario. Al principio volvía cada tanto a visitar a su familia, pero al cabo de unos pocos años ya no regresó. También perdieron pronto la pista del otro, que al parecer trabajaba alambrando parcelas en el campo pero nunca supieron por dónde se había radicado. La más chica de las hermanas murió de unas agudas fiebres – posiblemente fuera meningitis, pero en esos tiempos era difícil un diagnóstico preciso – cuando tenía apenas siete años. La mayor, en cambio, se había casado muy joven con un peón golondrina que conoció en una bailanta del Empalme y aunque siguió casi toda la vida en contacto con ellos, deambuló en adelante los erráticos caminos de su marido por el mapa de las cosechas temporarias.

Cuando él regresó de Buenos Aires, en la casa sólo quedaban su madre, que se ganaba la vida limpiando casas de gente del pueblo, y una de las hermanas, dos años mayor, que la ayudaba en sus empleos y cuando podía cosía y arreglaba ropa ajena.

La casa, que había empezado siendo un par de piezas de ladrillo de adobe en las afueras del pueblo, fue lentamente mejorada gracias al trabajo de las dos mujeres y especialmente el de Ramón, que desde los catorce años había conseguido un empleo como dependiente en el almacén de ramos generales del vasco Aramburu, ubicado frente a la plaza y en la esquina misma de la iglesia. El almacén vendía todo lo que pueda imaginarse: desde rollos de alambre galvanizado para cercar las propiedades rurales, maquinaria liviana para el trabajo del campo, botas de goma de media caña y alpargatas de soga o camisetas de frisa, hasta productos de alimentación para la mesa de los coronelenses de todo pelaje social, e incluso fardos de heno para los caballos.

El trajín en los amplios mostradores era incesante y Ramón se había ganado la simpatía de los patrones con su espíritu de trabajo infatigable. En la parte delantera del gran edificio pintado de ocre, de una sola planta con fachada de líneas rectas y horizontales, se abrían tres puertas: una de ellas, la de la izquierda, daba directamente a un lateral del almacén ocupado por un mostrador más pequeño detrás del que sobresalían unas estanterías de madera llenas de botellas y garrafas de vinos y licores. Allí solían acodarse un rato los clientes después de terminar de hacer sus compras, para tomarse un vaso de tinto o clarete, una copita de ginebra Bols y fumarse un cigarro liado hablando del tiempo o de la política con los ocasionales parroquianos. Después regresaban a su trabajo o a sus campos en el sulky – un pequeño carruaje descubierto, de dos ruedas, tirado por un caballo - o a lomo de los mismos caballos que dejaban entretanto atados a alguno de los palenques que se alineaban en la vereda.

La casa que Ramón compartía con su madre y una de sus hermanas pasó de ser algo más que un rancho a ser una vivienda con tres habitaciones de ladrillo en línea (en una dormían las mujeres, en la otra el propio Ramón, y la tercera hacía al mismo tiempo de cocina y comedor) a cuyas puertas se accedía a través de una pequeña galería de estructura metálica cubierta por un parral frondoso que en otoño rebosaba de racimos colgantes de uvas moradas. Toda la casa estaba rodeada de un pequeño solar que con el tiempo – pero eso fue más adelante – sería vallado con un alambrado cuadriculado cerrado con una puerta de resortes. La función del baño la cumplía un escusado cavado en los fondos del terreno, que también sería rodeado después por muros de ladrillo blanqueados de cal. Al mismo tiempo el crecimiento del poblado hizo que, ya por ese tiempo, la casa hubiera sido absorbida por el tejido urbano formando parte de una manzana donde poco a poco habían ido apareciendo otras viviendas.

Como ocurre siempre en las poblaciones más pequeñas, los cambios y convulsiones de las altas esferas de la política del país afectaban poco la vida cotidiana de la gente. O al menos así lo sentían la mayoría de los hombres y mujeres de Coronel López. En Buenos Aires podían cambiar los gobiernos, hacerse revoluciones o matarse los políticos entre sí, pero en el pueblo lo que importaba era tener trabajo, llevarse bien con la familia, tener amigos y hacer un buen casamiento. Salvo la radio y algún periódico de la Capital que llegaba uno o dos días después de su edición, no había medios de comunicación que mantuvieran la atención – y la tensión – de la gente alrededor de las noticias del acontecer institucional. Y hasta el teléfono era un artículo de lujo que sólo estaba al alcance de pocas casas. Para la mayoría la política era sólo el momento puntual de unas elecciones periódicas en las que lo que decidía el voto, más que las ideas o los programas, era la relación personal y sobre todo los favores que en determinado momento un partido u otro facilitaban a los vecinos mediando ante las instituciones.

Entre el siempre reducido núcleo de quienes abrazaban la militancia partidaria, también existían intereses diversificados. En la práctica, muchos se acercaban a los partidos – y trabajaban activamente en ellos y para ellos – con el objetivo de ganar espacios en la sociedad local, o aspirar a ello, casi más con una suerte de vocación profesional que de amor a unas ideas. Aunque también estaban aquellos cuya militancia y entrega a la actividad política era parte de una convicción ideológica: una idea particular de la responsabilidad de cualquier ser humano con los demás, con la sociedad en su conjunto, con principios éticos como la justicia y la igualdad. A ese tipo de persona – los motejados de "idealistas" con la connotación peyorativa que el término implica para mucha gente – pertenecían sin duda Ramón y su amigo Meléndez.

Se habían conocido en la primera adolescencia compartiendo las desvencijadas aulas de una escuela de enseñanza primaria que habían creado tempranamente en el pueblo los inmigrantes españoles. Hasta entonces, las pocas escuelas de Coronel López – ninguna todavía era estatal – estaban destinadas a la instrucción de los hijos de las familias acomodadas, que en realidad eran quienes las mantenían. Con los años también habían ido accediendo a ellas los chicos de la creciente clase media. Pero en los primeros años del siglo XX se había creado la Sociedad Española de Socorros Mutuos, a través de la cual las familias de nuevos inmigrantes procedentes sobre todo de Vascongadas, Galicia y Andalucía aportaban una cuota para asegurar ciertos servicios a sus compatriotas. Y en ese marco habían abierto una escuela de primeras letras –

sólo hasta cuarto grado - en la que decidieron no limitar la enseñanza sólo a sus connacionales. Esa escuela había permitido a algunas familias de escasos recursos mandar a sus hijos a aprender a leer y escribir y comenzar a transitar el inagotable mundo de la cultura.

Aunque en la familia de Ramón no existía ninguna inquietud por la cultura – una palabra que probablemente hasta desconocían - el chico había tenido siempre la ambición de estudiar, y al fin sobre los once años entró a la escuela, a la que asistía cuatro horas por la tarde. Las clases eran compartidas por chicos de edades muy diversas, y los pocos maestros se las veían crudas para enseñar al mismo tiempo a tan variada clientela.

Ramón había ido a la escuela sólo tres años (después lo dejó, para ayudar a la familia conchabándose en el almacén de Aramburu), pero le había bastado para descubrir un horizonte nuevo que había cambiado su manera de ver las cosas. Allí precisamente había conocido a Meléndez, hijo de unos andaluces que tenían una chacra modesta en las afueras, llegados al pueblo ya a fines del siglo anterior. El chico, por entonces un muchachito de aspecto vigoroso que inspiraba respeto por su contextura física y su actitud recia, había hecho enseguida buenas migas con Ramón y le servía de protector (Ramón era más bien flacucho y de apariencia más endeble) en aquellas ocasiones, frecuentes entre los niños, en que se veía acosado por algún otro de su edad o mayor.

Aunque se cuente con insistencia el mito romántico de la inocencia infantil, la verdad es que es en la niñez cuando se manifiestan con más transparencia las perversidades de la naturaleza humana: a esa edad, al menos en el universo masculino, el mundo está claramente dividido entre los avasalladores (generalmente de mayor contextura, preferentemente carilindos, prepotentes, extrovertidos y seguros de sí mismos) y los retraídos (más enclenques físicamente o de rasgos menos favorecidos, frecuentemente tímidos y dubitativos frente al mundo exterior). Unos son los prepotentes, los que se llevan el mundo – y las mujeres - por delante, los futuros triunfadores. Los otros, los que se ven obligados a aguantar las burlas y los desprecios, las provocaciones de quienes necesitan demostrar todo el tiempo su superioridad, los que siempre se colocan en la segunda fila, los que están condenados a ver cómo la chica que les gusta se babea por otro.

Como la naturaleza humana tiene, claro, sus naturales estrategias de sobrevivencia, esta última categoría de chicos son los que para compensar tanta minusvalía – y para inventarse alguna forma de atraer a las chicas – encuentran su bote salvavidas en la cultura. De allí salen los intelectuales y los artistas. Y también, casi siempre, los revolucionarios.

Lo he vuelto a hacer. Otra vez el abuso de datos, de "escenografía" histórica para darle realidad al asunto. Pero ¿es que es posible contar una historia sin fijarle un marco escénico, un mundo más o menos reconocible dentro del que el lector sea capaz de imaginar cómo se mueven y actúan los personajes, donde la memoria común o al menos la referencia a otros libros permita vestirlos con unas ropas, adjudicarles unas convenciones, dotarlos de un lenguaje, sin necesidad de estar recurriendo en cada escena a descripciones puntillosas, a puntualizaciones repetitivas y costumbristas?

Ese es el problema de escribir una historia tomando como protagonista a una persona real. Y encima, si esa persona real es nada menos que mi abuelo, al que por un lado me resulta imposible pensar sino en el escenario de sus principales inquietudes – al menos, me veo obligado a matizar, las que en mi contacto con él me convencieron de que eran sus principales inquietudes - , y por otro no puedo dejar de hablar de él desde el espacio de mi admiración, mi cariño y – por qué no decirlo – de la misión de recuperar su memoria.

Y es que resulta muy difícil, por mucho que uno se lo proponga, separar la literatura de aquello que al escritor se le va convirtiendo en el material de sus historias. Al menos es lo que descubro a medida que avanzo en el propósito de escribir este texto. Si trato de describir a mi abuelo en esos años de juventud en que recorría los corsos de Carnaval disfrazado de arlequín o se atrevía a cantar sus versos ante la audiencia improvisada de cualquier boliche de barrio, ¿cómo no empezar por recordar las noches de verano en que se sentaba a tocar la guitarra al fresco de la galería del patio de la casa de mis padres, sacudiéndose cada tanto el vuelo zumbón de los cascarudos que lo asediaban atraídos por el calor de la lámpara; o sus esfuerzos por enseñarme los primeros acordes rudimentarios en la guitarra que un día pasaría a ser la mía? Y claro, aunque esto último ya no tenga nada que ver con esa reconstrucción que pretendo de su vida, ¿cómo evitar entonces verme alguna tarde, con más años probablemente, sentado en el jardín que da directamente a la vereda después de haber terminado de estudiar la lección para la siguiente jornada escolar, tratando de entonar las baladas de Leonardo Favio o de Rafael o de Matt Monro, acompañándome con la misma guitarra que ya mi abuelo Ramón me ha dejado en anticipada herencia, para impresionar a la vecinita de ojos marrones que cada vez que pasa se detiene unos minutos a escucharme del otro lado de la verja? Quizás la literatura no sea más que eso: una excusa para hablar apenas cifradamente de uno mismo.

Voy sacando en limpio al menos, que la intención del texto que estoy intentando escribir se define: se trata indudablemente de una novela. ¿Por elección o por necesidad? Si mi intención es, realmente, recuperar la memoria de Ramón Sánchez, mi abuelo y el padre de mi madre, en realidad debería haberme planteado una biografía. Tengo que admitir que era mi intención original, pero desde el principio me encontré con una dificultad inesperada: crees conocer perfectamente a tu abuelo, una persona a la que has tratado a diario durante décadas de su vida, pero en cuanto te metes en la tarea de querer reconstruir esa vida, es cuando en realidad te das cuenta que no sabes casi nada de ella. Los datos reales de la vida de mi abuelo que tengo son tan endebles – la gente que lo conoció de cerca ya ha muerto, y sus propias hijas no resultan fuentes demasiado provechosas – que tengo que tratar de imaginármelo todo.

Lo de mi madre es realmente curioso. Con mi tía Vilma a decir verdad no he hablado mucho porque vive en Necochea, no la he visto todavía desde el momento en que empecé a escribir esto. Pero el caso de mi madre sí que es desesperante. Siempre que intento preguntarle, se las ingenia para llevar el tema a otro lado, para tirar la pelota afuera. Como si la vida de su padre – el abuelo Ramón - no ocupara una parte importante de sus propios recuerdos. Puede pasarse horas contando anécdotas de la familia de la abuela Lola – mi abuela -, de sus tíos y tías – los numerosos hermanos y hermanas de su madre – pero en todas esas anécdotas el abuelo Ramón parece ocupar un espacio marginal, un personaje que entra y sale del escenario sin cumplir ningún papel relevante.

Hay que decir, esto en defensa de mamá, que la familia de su propia madre – los Braña, que así se apellidaban los descendientes directos del maestro Gumersindo y su esposa Elvira - sí que daba material para la anécdota. En primer lugar, porque siempre habían mantenido una relación que abundaba en encuentros y visitas mutuas, incluso por parte de los hermanos que habían terminado viviendo fuera de Coronel López. Las hijas se habían ido casando una a una, menos una de ellas que – como suele ocurrir en esas familias – terminó (después de un par de desafortunados noviazgos) quedándose a vivir con doña Elvira hasta su muerte. Los varones emprendieron diferentes iniciativas comerciales, la mayoría en el mismo pueblo. Uno de ellos, el tío Raúl, había desarrollado una afición profunda por los pájaros, que empezó a cultivar armando trampas caseras para atrapar torcacitas, boyeros y benteveos en el campo, y terminó con los años en el cierre de una galería interna de su patio que llenó con decenas de especies – siempre de pequeño tamaño, eso sí – que volaban y piaban permanentemente dentro de la reducida libertad de aquel improvisado aviario. Como si la propia especie pajareril hubiese decidido darle una mano, dos horneros construyeron su laborioso iglú de barro justo encima de uno de los pilares de la galería. De chico me encantaba visitar aquel patio y disfrutar de los plumajes coloridos de cardenales, pechitos colorado o canarios, y de los tan diversos cantos que se entremezclaban en el aire, mientras los gorriones – estos fuera de la jaula – merodeaban a los saltos picoteando insectos por entre las baldosas del patio.

    Pero la historia que más me intrigaba era las de dos Brañas – los mayores – que se habían ido a vivir a un sitio remoto y misterioso: los esteros del Iberá, en la provincia de Corrientes. Los esteros eran un extenso territorio de pantanos casi impenetrables que se hallaban cerca de la frontera con el Brasil. Los hermanos se habían dedicado a la explotación ganadera, y desde que yo recuerdo ellos y sus hijos eran los ricos de la familia. Venían al menos una vez al año a pasar unos días en Coronel López, casi siempre acompañados de más miembros de sus propias familias, y llegaban siempre cargados de regalos. Con el tiempo uno va atando cabos, y terminé comprendiendo que la verdadera ocupación de aquellos tíos ricos, más que las vacas, era el contrabando.

La familia de mi abuelo, en cambio, atravesó mi infancia apenas como un recuerdo de sombras fugaces. De pequeño algunas veces él me llevaba hasta la casa cercada con un alambrado cuadriculado y anticipada por una galería a la que daba sombra un enorme parral, en un barrio algo alejado del centro, donde se quedaba un rato conversando y tomando mate con dos mujeres vestidas enteramente de negro; las dos mujeres eran madre e hija, pero el tiempo y la rutina de la convivencia las había ido igualando, como si hubiesen terminado por ser hermanas. Una tarde, cuando yo ya era un adolescente, estábamos en el cementerio en una de esas fechas en las que ayudábamos a mi abuela a limpiar y reponer las flores en la tumba de doña Elvira y su marido; una tumba a la que se descendía por una escalerilla hasta una pequeña bóveda subterránea donde dos nichos superpuestos contenían los respectivos ataúdes. En un momento el abuelo me había invitado a seguirlo, y caminamos por estrechos senderos entre sepulcros modestos y panteones fastuosos hasta un sector donde las tumbas se volvían apenas losas de ladrillo a menudo sin siquiera lápida, que los años habían ido recubriendo de musgo y verdín. No sin esfuerzo, el abuelo encontró al final lo que buscaba: allí estaban enterradas su madre y su hermana, juntas como habían vivido toda la vida y como yo las había conocido alguna vez, de pequeño, en la vieja casa con parral.

Eso es, recuerdo más recuerdo menos, todo lo que sabía de la familia del abuelo, lo que en mi caso no deja de ser comprensible porque cuando nací, sólo esas dos mujeres y mi propio abuelo estaban vivos. Pero tampoco escuché casi nunca a mi madre hablar de ellos.

Y como he dicho, tampoco abundaba ella en recuerdos de su propio padre, mi abuelo Ramón. Me asombra, y me pregunto si en realidad habrá un motivo oculto para ese aparente olvido, un motivo deliberadamente oculto. Quizás la mirada que ella tenga sobre su padre no sea la más gratificante. Quizás prefiera que sus verdaderos recuerdos se queden en su propia cabeza, y no se sienta capaz de sacarlos fuera, de contarlos. Quizás – aunque seguramente nunca me lo diría – espera que de ese modo mi novela sobre su padre, o la recreación novelada de la vida de su padre, o lo que vaya a ser o al menos ella imagine que vaya a ser este escrito, no correrá el riesgo de dar de él una imagen que no sea la mejor. Porque – supongo que supone ella – si algún día termino mi novela, y más todavía si algún día se publica mi novela, en Coronel López todo el mundo se va a dar cuenta de que el protagonista es su padre – mi abuelo Ramón, cosa que por otra parte no se oculta en ningún momento - y lo va a juzgar no de acuerdo a sus propios recuerdos (mi madre sin duda no ha tomado conciencia aún de que queda muy poca gente capaz de tener recuerdos de mi abuelo) sino a lo que lea en la novela.

O sea: sin que yo lo pida – pero ¿yo debiera aceptar que es así? – me está cargando con la responsabilidad de la imagen con que la posteridad recordará a mi abuelo Ramón, a su padre. Me imagino que es el riesgo de todo novelista; ni siquiera del que se refiere a un personaje de la realidad, que ya es más que lógico, sino incluso el que usa sus propios recuerdos para insertarlos en sus ficciones. Pero ¿cómo construir una novela realista sin utilizar la memoria – alguna memoria – como base de la ficción? Mi propio abuelo, que en la realidad nunca quería hablar de ello, necesita en mi novela reconstruir en su memoria el recuerdo de su padre (no hay más que ver los capítulos anteriores). ¿Cómo podría el lector comprender la realidad de mi abuelo sin saber qué pasaba en su cabeza con respecto a su propio padre? Pero en la realidad mi abuelo nunca quiso hablar de su padre, ya lo he dicho también. Así que salvo aquella oblicua referencia para contarme el origen de esos dos planos que pretenden atestiguar la olvidada posesión de unas tierras, todo lo demás me lo he tenido que inventar yo.

Leo, volviendo varias decenas de páginas atrás: *"Me pregunto incesantemente si escribir sobre mi abuelo Ramón consistirá en descubrir quién era, o si simplemente me inventaré el abuelo que yo hubiese querido"*. Quizás sea por eso, precisamente, que mi madre cambia de tema sutilmente cada vez que yo quiero indagar en sus recuerdos y sonsacarle historias de su padre, de mi abuelo Ramón.

Pero además como escritor incurro en errores de redacción de colegio. O de principiante, que es al fin de cuentas lo que soy en materia novelística. Caigo en actitudes extremas: por un lado, me encierro horas en una Biblioteca para recopilar datos históricos objetivos que puedan enmarcar la historia de mi abuelo; y por otro lado me detengo a contar recuerdos subjetivos cuya relación con él es más que arbitraria. Ya sé que la novela permite – dentro de ciertos límites – esas expansiones y desvíos. No como el cuento, que tiene que ser directo, una flecha que apunta al blanco, sin ramas. La novela gana por puntos – decía Cortázar, ese cuentista ejemplar -, y el cuento por knock out. Más teoría, ¿por qué he empezado últimamente a mezclar la teoría con lo que escribo? Al fin y al cabo no soy un profesor universitario ni un crítico literario: soy apenas un veterinario de provincias que intenta recrear la vida de su abuelo.

De mi abuelo Ramón, digo. Aunque, de más está hacerlo notar, también he empezado a contar, complementariamente, la de mi abuela Lola. ¿Y cómo podría ser de otra manera?

Previendo tener a toda la familia nuevamente reunida, el maestro Gumersindo Braña se vio en la inmediata necesidad de rentar una casa más grande.

Hasta entonces había vivido junto a sus hijos mayores, alquilando dos cuartos en una pensión cercana al centro, sobre una calle donde en las tardes de viento el polvo se arremolinaba cubriendo las veredas de esquina a esquina. La casa estaba construida a mayor altura que el resto de la cuadra, y una angosta escalinata de cinco peldaños, soportada por un grueso tubo de mampostería por donde corría el agua de la cuneta, permitía descender directamente desde la vereda embaldosada hasta la calle misma. El maestro dormía en uno de los cuartos cuya ventana daba al exterior de la vivienda, y los cuatro hijos en el adyacente, en el que una puerta se abría directamente a un amplio patio con glicinas y enredaderas. El resto de las habitaciones estaban ocupadas por un matrimonio de extremeños que habían llegado décadas antes y habían ido edificando la casa de a poco mientras ella lavaba ropa para familias vascas y él trabajaba en el campo hasta llegar a capataz. Terminada la vivienda, y cuando contaban ambos con alrededor de cincuenta años, habían dejado de trabajar y vivían de alquilar las dos habitaciones que utilizaban los varones de la familia Braña. Los extremeños – él se apellidaba Cercas y ella era siempre, para todo el mundo, "la señora de Cercas" – admiraban la cultura letrada de su inquilino y lamentaron su partida de la casa.

Isidro y Gervasio, que habían llegado con su padre alrededor de dos años antes, trabajaban en un almacén de ramos generales cerca de la plaza, el mismo en el que

Ramón Sánchez había empezado a los catorce años su vida laboral. Era entonces uno de los pocos grandes comercios de Coronel López, pero ya en los inicios del siglo el pueblo se aprovechaba de la prosperidad de los campos que lo circundaban, que producían miles de toneladas de maíz, trigo y girasol embarcados constantemente en los vagones de los trenes cargueros hacia el puerto de la Capital, donde la mayor parte seguía viaje al extranjero. Raúl, que había llegado apenas unos meses después de la primera avanzada familiar junto a su hermano Agustín – al que todos llamaban Tino –, había explotado el privilegio de saber leer y escribir desde chico, y con la mediación de su padre había obtenido trabajo como contable de una compañía inglesa de rematadores de ganado con oficinas en el pueblo. En cuanto a Tino, por el momento trabajaba limpiando la escuela de la que su padre era Director y único maestro.

Desde varios meses antes de la llegada del "San Pancracio" al puerto de Buenos Aires, don Gumersindo, que tenía en esa época ya casi cincuenta años, había investigado cuidadosamente las propiedades que se ofrecían en el pueblo, hasta que se decantó por una amplia casa de techos altos con cuatro dormitorios alineados, una sala que servía al mismo tiempo de cocina, una galería techada que corría a todo lo largo de la vivienda y en la que desembocaban las puertas de todas las demás habitaciones, y un escusado construido más lejos, al fondo del patio trasero, cerrado con ladrillo descubierto y una puerta de tablones de madera. Además de la amplitud del patio posterior, en donde había espacio mas que suficiente para que jugasen las pequeñas, la casa tenía un jardín delantero con un limonero, un naranjo y dos arbolitos de apariencia frágil que todos los veranos daban una fruta pequeña y agria de cáscara color naranja, que la gente del lugar llamaba kinotos. En lugar del habitual alambrado flanqueado de siempreverdes, el frente del terreno estaba delimitado por una baranda de mampostería de alrededor de un metro de altura, que se interrumpía al medio en una puerta de hierro forjado cuyas barras verticales terminaban en puntas de lanza. Desde allí, un sendero embaldosado unía la entrada con la parte anterior de la galería, desde la que se podía acceder a todas las habitaciones. En el patio, además, había otro árbol: un añoso sauce llorón cuyas ramas de hojas filiformes se volcaban como ansiando el suelo de tierra.

La casa era propiedad de un italiano que casi desde su llegada, unos cuantos años antes que él, había presentido el negocio en que podría convertirse la vivienda para los recién llegados, que aumentaban en progresión geométrica en esos años, y se había preocupado por comprar barato numerosos terrenos en el pueblo y mejorar los edificios existentes en ellos o incluso construir nuevos. En pocos años, los alquileres lo habían hecho rico e incluso muchas de las casas empezaban a venderse a buen precio.

La nueva casa no estaba tan cerca del centro como la anterior, pero Coronel López no era todavía tan grande como para que no fuese posible ir a cualquier sitio caminando, y ni el maestro ni su familia habían necesitado siquiera hacerse con un sulky, el transporte habitual en quienes vivían en las chacras del campo. Sólo los dos mayores, Gervasio e Isidro, habían aprendido a andar a caballo, lo que les resultaría muy útil cuando, pocos años después, dejaran el pueblo para dedicarse a la compra y venta de ganado en la provincia de Corrientes, un territorio que marcaba el límite con el Brasil.

Todos los hijos varones habían recibido educación durante su infancia y adolescencia, aunque a saltos entre sus primeros estudios en Ribadesella o en alguno de los otros pueblos por los que don Gumersindo había pasado antes de trasladarse al nuevo continente, y la escuela de Coronel López en la que su propio padre ejercía desde entonces. Terminados los siete cursos de la primaria, y aunque todos trabajaban casi desde el momento mismo de su llegada, el maestro se ocupó personalmente de procurarles el aprendizaje de tareas calificadas como llevar la contabilidad o la administración de propiedades ajenas, contratando clases particulares a quienes practicaban esas profesiones en el pueblo. En cambio las mujeres nunca habían ido a la escuela. Don Gumersindo, que no desdeñaba la importancia de tener hijas educadas, se ocupaba de su instrucción elemental en la propia casa: por las tardes, todas ellas tenían sus horas de aprendizaje cuidadoso, no menos quizás del que hubiesen recibido en un colegio, y las cuatro habían aprendido a leer y escribir desde pequeñas, así como los rudimentos imprescindibles de las matemáticas. Menos puntilloso era el maestro con conocimientos tales como la historia o la biología, que – en definitiva - no le parecían tan importantes para que sus hijas desempeñasen el papel de esposas y madres que sin duda él concebía como el futuro más deseable para ellas.

Eso sí: lo que nunca se descuidaba en casa de los Braña eran las tradiciones religiosas que habían heredado de su tierra de origen. La madre se ocupaba personalmente de ello, y cada una de las niñas estaban severamente obligadas a mantener una rutina que comprendía no sólo las preceptivas misas de los domingos a la mañana, con confesión, penitencias y comunión incluidas; sino la oración diaria antes de dormir, un Padre Nuestro y un Ave María que debían rezar cada noche de rodillas al costado de la cama; y el riguroso respeto de todas las festividades y celebraciones católicas, con sus rezos colectivos de novenas y rosarios, asistencia a vigilias y procesiones, y desde luego la abstinencia de comer carne desde el martes de Semana Santa hasta el domingo de Pascua.

Entre estos ritos absolutamente respetados en casa de los Braña sobresalía la Novena, un rezo colectivo que doña Elvira, junto a sus hijas y otras seis o siete mujeres de su edad, realizaban antes de la fiesta de la Inmaculada Concepción. Las mujeres se reunían todas las tardes durante nueve jornadas consecutivas, a la hora del crepúsculo, y se sentaban en sillas dispuestas en rueda contra la pared del principal salón de la casa. La dueña de casa dirigía los rezos, que consistían en un rosario completo, con sus correspondientes Padre Nuestros, Ave María y Salves. "Santa María, madre de Dios, ruega por nosotros pecadores", recitaba la niña fervorosamente, mirando de reojo a sus hermanas y a las mujeres con las cabezas cubiertas con una mantilla negra, sin terminar de entender cuáles eran sus pecados tan graves como para que el perdón requiriese aquella solemne ceremonia casera. Pecados familiares que, por cierto, su madre al parecer reducía cada tanto donando dinero a la iglesia y recibiendo a cambio unos documentos que llamaban "indulgencias" (que a menudo enmarcaba y colgaba en la pared del cuarto matrimonial), que no servían para nada si el Infierno era el destino final, pero sí para acortar en todo caso la inevitable estadía en el Purgatorio por la que todos habríamos de pasar hasta alcanzar el derecho al Cielo Eterno.

Más entretenidas eran las procesiones detrás de altares montados en angarillas que hombres y mujeres piadosos – ellos de traje y corbata y ellas con las testas siempre cubiertas con mantillas oscuras – llevaban a hombros durante una vuelta completa alrededor de la plaza principal, partiendo y regresando a la iglesia en una lenta caminata en la que sólo se escuchaba el rumor mántrico de las oraciones. En los días finales de la Semana Santa se concentraban la mayor parte de ellas: desde el jueves, encabezada por un ataúd de cristal completamente tapado con un pesado manto morado en el interior del cual yacía el cuerpo sangrante de Cristo; hasta la Resurrección, el domingo de Pascua, con un Jesús mucho menos trágico esparciendo bendiciones con su brazo derecho en alto.

También se procesionaba en Mayo, el día en que se celebraban las Primeras Comuniones de los niños; y el día de la Patrona, ocasión en que era la imagen de la Virgen la que presidía la piadosa comitiva. Pero al final de algunas de esas procesiones, una vez que las imágenes volvían a ser depositadas en sus sitios habituales dentro del edificio parroquial, se ponían en marcha coloridas kermesses en la plaza, con casetas en donde los coronelenses podían recompensar la asistencia de sus hijos al culto con manzanas recubiertas de caramelo cristalizado, helados de crema y otras delicias que solían verse solamente en aquellas ocasiones especiales.

Pero no eran solamente las manifestaciones rituales, más solemnes o festivas según el caso, lo que más impresionaba a la niña. Igual en eso a sus hermanas, la imagen de un dios severo y vigilante que podía estar y ver en cualquier lugar al mismo tiempo, y que no cesaba ni por un segundo de controlar las acciones de sus criaturas para tras la muerte sentenciarlos al cielo o el infierno, la había llenado de inquietud desde que tenía recuerdos. Desde su niñez misma en Asturias consideraba a los sacerdotes católicos, esos supuestos intermediarios de la justicia divina, como unos seres por encima de la categoría del resto de los simples mortales, capaces de señalar negativamente a cualquiera que se saliese de los mandamientos que la Iglesia reglamentaba con rigor. Tenía por esos hombres vestidos con negras sotanas y cuellos alzados una veneración que en realidad encubría un profundo temor, y su palabra era para ella mucho más decisiva que la de cualquier otro ser humano.

A Ramón nunca le habían gustado los curas. Aunque el muchacho difícilmente proclamaba en público su disgusto con el papel que la iglesia cumplía en la sociedad - que consideraba una servidumbre de los ricos y poderosos para mantener al pueblo en la resignación y el acatamiento del orden capitalista - Lola lo había escuchado muchas veces hablar de ello sin atreverse a replicarle, aunque un poco espantada no sólo porque aquella actitud contradecía todos los principios de su educación, sino verdaderamente temerosa de que al final tanta blasfemia terminase cansando a su Señor y le reservara el castigo del Infierno.

Pero a pesar de los temores de ella, cuando llegó el momento de bautizar a Beatriz, su primera hija, él no opuso ningún reparo. Así que pocas semanas después del nacimiento de la niña, la llevaron a la iglesia una mañana de sábado envuelta en un largo camisón de puntillas que había cosido Eloísa, la segunda de las hermanas, para que uno de los entonces ya tres sacerdotes de la iglesia local, un español de gesto enérgico que ocupaba el cargo de párroco, echara sobre la cabeza de la niña el consabido cuenco de agua bendita y la incorporase de pleno derecho a la grey de Cristo. Durante toda la ceremonia, sosteniendo la cabeza de su hija tal como se lo indicaba el oficiante, Ramón aguantó estoicamente los latinajos sin darle el gusto - ni al cura mismo, ni a su mujer, ni a los diversos parientes que rodeaban la pila bautismal - de esbozar la menos complaciente de las sonrisas.

La asamblea había sido convocada para las nueve de la noche. A las ocho, Ramón Sánchez estaba todavía tomando las medidas a un cliente que había llegado a último momento. Era un abogado joven, apenas un poco mayor que él, y en materia de horarios – en todo caso – ambos tenían el mismo dilema: Rojano, el abogado, era uno de los dirigentes prominentes del comité radical.

Ramón ya no vivía en la casa de su madre. Al final, el muchacho había conseguido el objetivo con el que soñaba desde hacía un lustro, casi desde que regresó a Coronel López después de hacer el servicio militar: conquistar a Lola, la bella hija del maestro asturiano. Pero antes de casarse había tenido que concretar el rito de la clase media argentina: comprarse su propia vivienda. No se hubiera atrevido a hablar con el maestro, un hombre de costumbres severas y conservadoras, para pedirle la mano de su hija sin haber puesto en la mesa no sólo su indudable prestigio en el oficio de hacer trajes sino también la requerida casa propia.

En aquellos tiempos y pese a ser aquella una época con grandes crisis económicas, en el pueblo todavía era posible tener acceso a una vivienda en propiedad sin demasiados problemas. Las abultadas cuentas bancarias de los ganaderos de la zona repercutían en casi todo el tejido social del pueblo. O al menos en una creciente clase media de comerciantes, empleados públicos, profesionales y pequeños industriales que se nutrían del dinero que circulaba con generosidad.

Aunque los salarios no eran mejores que en cualquier otra parte del país, esto es, miserables, cualquiera que llegase a Coronel López encontraba trabajo: si no era en los talleres de diversos oficios que pululaban en el pueblo, o como empleado de bares o en el mostrador de los comercios que progresivamente iban concentrándose en la calle San Martín, podía conchabarse en las mil faenas del campo. Y para las mujeres siempre estaba disponible la opción de entrar como sirvientas a limpiar o cocinar en casas ajenas, no sólo en los ricos chalets de la aristocracia británica o vasca, sino al servicio de las familias de clase media. Todos los días llegaban nuevos pobladores. Algunos podían comprarse un terrenito en las afueras o atrás de la vía, y construir personalmente sus viviendas. E incluso los más pobres, por ejemplo los que trabajaban en la fabricación de ladrillos, se conformaban con que el patrón les dejara levantar un ranchito en medio del campo, cerca de los hornos.

Pero para Ramón, cuya sastrería le dejaba desde hacía varios años unos ingresos relativamente importantes y sobre todo estables, no había sido cosa inalcanzable comprar – y pagar al contado – una casa pequeña pero cómoda, ubicada cerca del centro. La casa estaba al fondo de un largo pasillo que daba acceso a otras viviendas similares, atravesando una puerta metálica por la que se entraba en un pequeño patio embaldosado – los patios de cada vivienda estaban separados por una medianera de ladrillo revocado – que a su vez lindaba con otra puerta y una amplia ventana que daban acceso a las habitaciones. La primera era un salón comedor, tras el que se abrían los dos dormitorios, y al fondo una cocina. El baño, toda una novedad para Ramón (y para muchas casas de entonces), era una habitación entre ambos dormitorios que no sólo poseía un resplandeciente inodoro de cerámica blanca, sino también un lavatorio del mismo material con una canilla cromada conectada a un depósito de agua ubicado en el techo.

La boda había sido dos años atrás. Ramón había cortado su propio traje para la ocasión. Era un traje cruzado negro de solapas anchas en cuyo bolsillo delantero, a la izquierda, asomaba el extremo de un inmaculado pañuelo blanco. Un chaleco de botones encorsetaba la camisa blanca de cuello alzado rodeado con una pajarita también negra. Los zapatos resplandecientes por el betún y el pelo rigurosamente peinado con brillantina, dividido por una raya a la izquierda, completaban el atuendo ceremonial. Lola estaba ataviada con una túnica de seda blanca hasta los tobillos, tocada con un velo de muselina que le cubría toda la cabeza y se extendía en una larga cola que arrastraba por el suelo.

Aunque Ramón nunca había prestado mucho crédito a la religión (y tenía además, una inquina no disimulada con los curas), nunca se le hubiese ocurrido transgredir la costumbre de casarse por la iglesia. De hecho, para las familias de entonces el casamiento válido era, no el trámite de registrar el nuevo estado civil en los documentos oficiales, sino el que consagraba el sacerdote. Hacerlo de otro modo ni siquiera se pasaba por la cabeza de nadie.

Así que Ramón y Lola habían cumplido puntillosamente el ritual: acudir al Registro Civil en compañía de familiares directos y los dos obligatorios testigos que exigía la ley, y recién al día siguiente, el sábado, vestir sus galas matrimoniales, pasar por el estudio del fotógrafo del pueblo, un catalán que nadie sabía cómo y cuándo había llegado a Coronel López pero se había convertido en poco tiempo en el registrador oficial de cuanta ceremonia local se preciase, ir en un coche alquilado hasta la iglesia donde esperaban más familiares, amigos y curiosos, hacerse los juramentos y el intercambio de anillos de rigor, y finalmente presidir una generosa mesa alrededor de la que se juntaron medio centenar de personas, armada en el bar de María Jacinta, que para la ocasión había desplazado todas las mesas de madera habituales – o mejor, las había juntado todas bajo un mantel único – y había decorado el local con guirnaldas de papel y flores.

Tras una fugaz luna de miel en un hotel de Alta Gracia, en las sierras de Córdoba, Ramón y Lola habían empezado de inmediato a vivir en la nueva casa; aunque desde el primer día ella acostumbraba a visitar todas las tardes a doña Elvira. A decir verdad, el recién inaugurado marido no estaba tampoco mucho tiempo en la casa: durante el día lo pasaba en la sastrería, y terminado el horario de comercio mantenía la costumbre de soltero de reunirse con algunos amigos en la confitería del club social o asistir, una vez a la semana, a las reuniones del comité radical. Compartía con Lola los almuerzos y una breve sobremesa diaria en el receso del horario comercial, entre las doce y las tres del mediodía, y los fines de semana en los que a menudo iban los sábados por la noche a bailar al club, bailes que solían terminar casi siempre con Ramón prendido de una guitarra y cantando para los más remisos a volver a sus casas. Tal como era lo esperado en esas circunstancias, antes de un año de casados Ramón y Lola habían tenido su primer hijo. O hija, mejor dicho: la habían llamado Beatriz y ahora tenía catorce meses.

El muchacho estaba fastidiado con la hora en que Rojano había llegado a la sastrería: él debería haber sido el primero en recordar que esa noche había en el comité una asamblea de especial importancia, y lo más probable es que el delicado trabajo de tomar las medidas correctas para el traje que pretendía hacerse, la elección de la tela entre las numerosas muestras de diferentes texturas y colores en una especie de álbum de tapas duras con páginas textiles que reposaba a la vista sobre el mostrador, llevaría su tiempo. Se preguntó si habría algún motivo especial para que el abogado hubiera elegido ese horario incómodo.

Y muy pronto tuvo la respuesta. Mientras alzaba el brazo derecho para que Ramón extendiese el centímetro de hule entre la axila y la cadera y volviese a bajarlo para que la cinta métrica se desplegara entre el hombro y la muñeca, Rojano fue llevando la conversación al asunto que le interesaba.

Tal como Ramón suponía, Rojano era portador de directivas emanadas desde las altas instancias del partido y quería tantearlo antes de llegar al momento de la asamblea. El sastre no tenía ningún cargo ni posición orgánica dentro del comité local, pero su voz era una de las más respetadas por el grueso de la militancia radical a pesar de su juventud. El abogado fue al grano muy pronto.

—Sabés, Sánchez —le dijo con una entonación que pretendía sentar cierta complicidad —que en la capital tienen muy claro que tenemos que empezar un nuevo ciclo, levantar ya la abstención y reintegrarnos de pleno derecho al sistema político. Alvear lo ha dicho muy claro y los demás dirigentes lo respaldan: es la única manera de terminar con las persecuciones y las prohibiciones y volver a participar.

A pesar de haber apoyado el golpe y ser siempre complaciente con el régimen conservador, el principal dirigente tras la muerte de Yrigoyen había sido confinado por el gobierno conservador en la isla Martín García, un islote en medio del Río de la Plata donde iban a parar siempre los presos políticos importantes, y liberado sólo con la promesa de abandonar el país. Desde París había seguido dirigiendo al partido, siempre a la espera de un acuerdo con los que detentaban el poder tras las elecciones arregladas después de un año y medio de gobierno militar, en las que una suma de conservadores, liberales y socialistas había llevado a la presidencia a un ex radical.

Pero el principal escollo estaba en su propio partido: la mayoría de la militancia consideraba innoble aceptar formar parte de un sistema electoral corrupto y que sólo ofrecía las prebendas propias de la clase política pero jamás el acceso al poder, al menos mientras el ideario radical siguiera incluyendo las reformas que le habían dado sentido a su creación. Ramón estaba entre estos últimos, y Rojano, que llevaba muchos menos años que él como afiliado pero se había encumbrado en el comité local gracias a su título universitario, no quería tenerlo en su contra.

—Si Alvear tomó la decisión de volver al país es porque este renunciamiento es imprescindible para reconciliar a la Nación —insistió inclinándose hacia la derecha para que le tomaran la medida de la espalda —. Nosotros tenemos que ser consecuentes y apoyarlo, para poder volver a ejercer todos nuestros derechos y estar de nuevo legítimamente en la arena política.

Ramón no respondió. Seguía moviendo con parsimonia las manos con la cinta métrica a través del cuerpo del otro, apuntando en una libreta que estaba sobre el mostrador el resultado de las mediciones. Al cabo de unos minutos, dijo:

—Mirá, Rojano, vos sabés perfectamente que yo no estoy de acuerdo con eso. —Hablaba sin mirarlo, mientras parecía seguir concentrado en las mediciones — Aceptar volver al régimen electoral cuando ya comprobamos hace tres años que no tienen ningún empacho en aplicar lo que ellos llaman "el fraude patriótico", es ser cómplices. Además, ellos fueron los que rompieron la legalidad al sacarnos del gobierno y prohibir que nos presentemos a las elecciones. Pero yo voy a aceptar lo que diga la mayoría. Ante todo, voy a ser fiel al partido porque creo que es necesario seguir unidos. Y ahora, mejor no te muevas tanto que la manga del saco si no te va a llegar nada más que hasta el codo.

Mientras lo decía recordó amargamente el lema de Alem, el fundador del partido: que se rompa pero no se doble. Lo había llevado hasta sus últimas consecuencias, pero sólo a nivel personal: Alem se había suicidado agobiado por un engendro que ya entonces se doblaba con demasiada frecuencia. Pero no quiso poner esos pensamientos en voz alta.

Cuando terminaron, Ramón bajó la persiana metálica y ajustó el candado que la dejaba bloqueada. Rojano y él caminaron juntos el trayecto hasta el comité, que estaba a unas diez cuadras de distancia. A pesar de la prohibición electoral y de la persecución y exilio de muchos dirigentes, el partido había seguido manteniendo sus locales abiertos y un funcionamiento más o menos regular en esos años, incluso con los símbolos partidarios pintados en la fachada.

En la sala ya había numerosos militantes esperando el comienzo de la asamblea, que como siempre se demoraba más de media hora. Había una tensión innegable en el ambiente, nadie ignoraba que el tema era delicado y crucial y que a pesar de la relación de camaradería que los reunía las actitudes iban a ser encontradas. Ramón conocía perfectamente las posiciones de casi todos, y confiaba en que una mayoría se negaría a entrar en el juego que proponían Alvear y su camarilla. Miró a su alrededor buscando las presencias más significativas. Suárez y Peluffo estaban ya sentados en un rincón de la sala, en la parte de atrás. Ramón hizo ademán de acercarse, pero le pareció ver en ellos, desde lejos, cierto desapego, como si esquivasen disimuladamente su mirada. Prefirió no dejarse llevar por la impresión, pero finalmente permaneció en donde estaba. En ese momento entró Meléndez, que lo saludó efusivamente y se sentó a su lado.

Los miembros de la Mesa Ejecutiva aparecieron desde una salita contigua en la que habían estado reunidos. El salón ya estaba casi lleno, pero notó la ausencia de Ciechomsky, un veterano albañil que había nacido en Polonia y había llegado a Coronel López con sus padres más de cuarenta años antes, cuando el pueblo recién comenzaba a serlo. Proveniente del anarquismo como Ramón mismo, había sido uno de los primeros yrigoyenistas locales, un luchador incansable que en muchos sentidos había sido inspiración para él y siempre había reforzado el ánimo y la confianza del propio Ramón en los momentos más difíciles de aquellos años de militancia. Estaba seguro de que Ciechomsky no comulgaba con las directivas y alzaría la voz esa noche en defensa de los principios del verdadero radicalismo. Pero Ciechomsky no estaba.

Tras entonar todos a voz en cuello la marcha del partido, el presidente del comité dio por iniciada la asamblea. Era un médico cincuentón apellidado Coronel, que había llegado desde Córdoba e instalado su consulta diez años atrás. Coronel ya era afiliado radical cuando llegó y muy pronto fue ganando posiciones internas hasta que, un tiempo después de la muerte del Peludo, había asumido el liderazgo del comité local. Todos sabían que era "antipersonalista", pero nunca había exacerbado las diferencias internas que estaban larvadas entre los afiliados del pueblo. El resto de la Mesa lo integraban el abogado Rojano, un comerciante de cueros llamado Lozano, otro abogado bastante mayor de apellido Castro y un sindicalista del gremio de los maestros.

Coronel explicó la situación, mencionó el motivo de la convocatoria, que ya todos conocían, y dio paso a la primera intervención que fue la de Rojano.

El abogado se puso de pie, paseó la vista sobre los miembros de la asamblea como si estuviera tomando asistencia y permaneció un tiempo que pareció eterno antes de empezar a hablar. Su rostro reflejaba seriedad y concentración, como si estuviese a punto de exponer una cuestión de vida o muerte a las decenas de hombres allí reunidos. De vida o muerte para el partido radical, fue exactamente la argumentación central de su intervención. La UCR estaba ante un dilema de vida o muerte, insistió varias veces. Después, con arrebatos de oratoria quizás un tanto pasada de moda aprendida sin duda en las aulas universitarias, desplegó con largas adjetivaciones la explicación que alrededor de una hora antes había sintetizado para Ramón en la sastrería.

—Es hora —declamó —de dejarnos de aventuras revolucionarias y comprender que el bien de la nación reclama un acto de responsabilidad. La reconciliación de los argentinos está en las manos de los radicales, y la hora de aceptar las reglas del juego han llegado para un partido que tiene la obligación de ser maduro.

Volvió a sentarse, mientras desde el salón arreciaron aplausos no muy entusiastas. Ramón miró a su alrededor: sorprendentemente, advirtió que Peluffo y Suárez también aplaudían. Él había contado con que se manifestarían en contra de levantar la abstención. Al menos así había sido hasta la última vez que habían hablado, no hacía más de una semana. Los dos tenían un peso significativo en el partido: cumplían un papel importante en la transmisión de las ideas radicales entre el comité y la gente, y durante el segundo período yrigoyenista, antes del golpe militar, habían sido los encargados de llevar a la dirección las necesidades y las inquietudes personales de los menos favorecidos. Eran "punteros": una función de contacto directo con la gente que era clave para hacer afiliados y luego, por supuesto, para conseguir el voto.

Ramón se volvió hacia Meléndez, que estaba en la silla de al lado, como para ver si su amigo se había dado cuenta del detalle. Meléndez, en cambio, estaba concentrado en sí mismo, mirando todavía hacia adelante, hacia la figura de Rojano que había vuelto a sentarse en su sitio detrás de la mesa que agrupaba a la dirección del partido. El presidente volvió a hablar en ese momento para preguntar quienes querían intervenir en la primera ronda del debate.

Durante unos prolongados segundos que a todos les parecieron más largos de lo que en realidad eran, ninguna mano se alzó, ninguna voz reclamó protagonismo. Al fin, el único que pidió la palabra fue Meléndez.

—Nuestro correligionario Rojano —comenzó lentamente, señalando al abogado que estaba enfrente suyo, con suavidad estudiada pero al mismo tiempo con firmeza en la voz —nos viene a transmitir la propuesta que según parece, es mayoritaria en la dirección nacional. Una dirección nacional a la que respetamos, pero de la que de ningún modo podemos dejar de olvidar los vaivenes que sus dirigentes tuvieron respecto al golpe de estado que derrocó a nuestro maestro y líder hoy desaparecido, y sobre el régimen entreguista y torturador que lo siguió. No ha pasado tanto tiempo desde que esos hechos ocurrieran y ahora vienen a decirnos que tenemos que olvidarnos de todo eso, y en beneficio de una presunta "reconciliación" que no es otra cosa que acompañar y ser cómplices de la entrega del país a míster Runciman y los frigoríficos ingleses como tan bien ha denunciado el diputado De la Torre ¡y que tendríamos que haber denunciado nosotros!, a las compañías de electricidad norteamericanas, a los trust petroleros. En beneficio de esa "reconciliación", digo, quieren que nos incorporemos a su régimen haciendo de comparsa en unas elecciones que ya están arregladas de antemano, cosa que sabemos, que sabe todo el mundo, y que incluso ellos mismos justifican como hizo hace poco el señor Ibarguren, un fascista confeso, usando la palabra "patriotismo", "fraude patriótico", para defender esa iniquidad...

Hizo un silencio teatral, como si hubiera sido sorprendido por un pensamiento en mitad de la frase. Recorrió con la mirada de frente a todos los presentes y enseguida advirtió, esta vez sí, que algunos le retiraban la mirada como avergonzados. Y fue al recorrer los rostros de cada uno de los miembros de la asamblea cómo lentamente empezó a darse cuenta de que algo no encajaba en el guion, al menos en el guion natural que hubiera debido ocurrir. Meléndez sabía que la mayoría de los que estaban sentados en el salón eran partidarios de seguir la lucha, de no aceptar entrar en el juego del sistema electoral impuesto por el gobierno. Lo había hablado pilas de veces prácticamente con todos en esos años. Y sin embargo la reacción a sus palabras, la actitud reticente de sus miradas cuando recorrió la asamblea con la vista, le dio la pauta de que aquellos hombres, o al menos la mayor parte de ellos, ya habían tomado partido. Y lo habían hecho, claro, por lo que ordenaba la dirección. La repentina certeza de que todo estaba decidido antes de ese momento lo hizo dudar un momento. Pero tenía que terminar su intervención.

—Ni soñando —insistió Meléndez con furia —Ya hemos visto con claridad qué es lo que ha pasado cada vez que creímos en las mentiras de los conservadores. En el 31 tuvieron que anular las elecciones de la provincia de Buenos Aires que había ganado Honorio Pueyrredón y prohibir que los radicales nos presentáramos con fórmula propia a las nacionales, para que el traidor de Alvear aceptase al fin volver a la política de abstención con que habíamos nacido como partido hace treinta años. Y así y todo para ganar tuvieron que montar el fraude más descarado. Asesinaron y encarcelaron a nuestros mejores hombres en las revoluciones de Pomar y de Paso de los Libres. Y no nos olvidemos que después de los hechos de Santa Fe, el propio Alvear renegó públicamente del derecho de los radicales a derrocar a un gobierno fraudulento y vendepatria, que nos había echado con un golpe de estado para arreglar sus asuntos con las empresas extranjeras, y se inventó un gobierno que en realidad no eligió nadie para que mantenga sus intereses. ¿Y ahora vuelve el mismo Alvear que apoyó el golpe contra Yrigoyen para decirnos que los radicales tenemos que olvidarnos de todo eso y hacerle el juego a este régimen y convertirnos en un partido de oposición amansadito que les sirva para legitimar ese invento de la Concordancia? Los radicales de Coronel López tenemos una sola respuesta: ¡ni soñando!

Se sentó bruscamente, sin esperar siquiera la aprobación de los compañeros. Ramón lo palmeó.

—Muy elocuente —comentó, pero en sus ojos Meléndez también vio la desazón.

Hubo aplausos, pero sólo unos pocos se levantaron de sus sillas para reafirmar con fervor sus palabras. El presidente abrió enseguida un nuevo turno de intervenciones. Ramón dudó. Miró a su amigo. Sabía que Rojano volvería a la carga y esperó hasta que el abogado pidiese la palabra para pedirla él después. Pero quien la pidió fue Peluffo. Aún sorprendido, Ramón solicitó inmediatamente su intervención. No hubo más peticiones. ¿Iba Peluffo a restablecer un poco el de sentido de la dignidad?

—Queridos correligionarios —empezó Peluffo con una actitud notoriamente huidiza, como si estuviera pidiendo disculpas por anticipado de lo que estaba por decir —Siempre he pensado, y todos me conocen, que la abstención revolucionaria era el camino que el radicalismo debía transitar ante los acontecimientos posteriores al golpe, del mismo modo que la sostuvo Yrigoyen hasta que consiguió el compromiso de sancionar la ley de voto universal y secreto en 1912. Pero yo, quizás mejor que nadie, sé lo que significa no participar de las instituciones del país. Lejos de las instituciones nada podemos hacer para ayudar a nuestro pueblo, a nuestros vecinos, a resolver sus problemas, que muchas veces son inmediatos, perentorios, y no del orden de las grandes ideas. Esa negación no sólo perjudica a la gente con la que estamos en contacto diario, sino que también nos impide a nosotros contar con elementos que nos acerquen a nuestros vecinos, y por lo tanto, está claro que no podemos llevar hasta ellos nuestro ideario, y así cada vez iremos teniendo menos adhesiones entre la gente. Todo esto me ha hecho comprender que debemos resignar nuestro abstencionismo y esperar que en el próximo turno electoral seamos respetados y sean respetados nuestros votos. Por lo tanto, quiero decir que voy a aprobar la propuesta de abandonar la abstención.

Peluffo se sentó. Hubo un rumor generalizado, breves comentarios por lo bajo cruzaron el salón de lado a lado. Pero nadie respondió ni alzó la voz. Todos esperaban ahora la intervención de Ramón.

—Tiene la palabra el correligionario Sánchez —dictaminó Coronel con voz pausada desde el estrado.

Ramón sabía que la causa estaba perdida. Indudablemente, del mismo modo en que se había anticipado a la asamblea yendo a la sastrería a tratar de convencerlo, Rojano o quien fuera había hablado personalmente con todos, o con los más influyentes, para ponerlos del lado de la dirección, vaya a saber con qué promesas futuras. En esas circunstancias su voz ya poco valdría. Todo estaba preparado y cosido anticipadamente. El único que tenía la autoridad suficiente como para haber cambiado la situación – pensó - hubiese sido Ciechomsky. Pero Ciechomsky aquella noche no estaba en la asamblea. Se levantó igual, pesadamente.

—Quiero reafirmar —pronunció lentamente, mirando a todos con severidad pero sin desafío, con una especie de gesto resignado —que adhiero palabra por palabra a la intervención del correligionario Meléndez. La mayoría decidirá. No tengo nada más que decir.

—Esto ha sido una encerrona —le dijo de lado, casi en un susurro a Meléndez, convencido, cuando volvió a sentarse.

La votación – a mano alzada - arrojó el resultado esperado: treinta y dos votos por levantar la abstención, seis por mantenerla. Sólo cuatro hombres más se sumaron a los dos amigos; una actitud que el resto recibió más con actitud de disculpa que de reprobación.

—La lucha no termina aquí —señaló, también en un susurro, Meléndez al oído de su amigo —Al menos no estamos totalmente solos.

Ramón simplemente asintió. Empezaba a comprobar en carne propia – recordaría en otro momento, mucho más adelante – que la política no es sólo una confrontación de ideas.

—Ahora que hemos resuelto democráticamente, nos queda un asunto más por tratar —reclamó Coronel, el presidente, poniéndose de pie antes de que los presentes comenzaran a levantarse de sus asientos.

Los que ya no estaban en sus sillas volvieron a sentarse.

—Queridos correligionarios del partido radical —continuó Coronel con aire solemne —. Hace tiempo que vengo pensando en que llevo bastante tiempo en este cargo, y que es hora ya de que regrese a la militancia común para poder dedicar más tiempo a asuntos personales que en estos años he dejado postergados. En consecuencia, esta Mesa ha decidido proponer un nombre para la nueva presidencia, que esperamos ustedes aprueben esta noche. Aunque lamentablemente la persona elegida no ha podido venir hoy por temporarias razones de salud, les pido que accedan a investir como nuevo presidente del comité local.... —hizo una pausa durante la que no se movió un pelo en el aire del salón —al correligionario Patricio Ciechomsky.

—Cartón lleno… —fue lo único que atinó a decir, con sorna, Meléndez.

El abuelo tenía un cochecito minúsculo marca Isard, y a menudo – los sábados por la mañana, o en época de vacaciones escolares – me pasaba a buscar y me llevaba a visitar gente de su relación que no estaba vinculada ni a su vida política ni a la del club. Utilizaba esas ocasiones, evidentemente, para no perder el contacto con personas a las que apreciaba y habían compartido momentos importantes de su juventud, aunque poco a poco hubiese ido dejando de frecuentarlas. De alguna manera, pienso ahora, también era una forma de resistirse a la evidencia de la vejez que se acercaba sin piedad, y a la que todos intentamos alejar aferrándonos a los rescoldos de tiempos idos.

Yo tenía por ese tiempo unos doce o trece años. Curiosamente, no tengo un registro claro de mi propia persona, es decir, de mi propia figura física en la época de esas correrías; pero sí recuerdo que ya estaba en la secundaria, así que seguro la edad era más o menos esa. Las personas a las que mi abuelo Ramón visitaba no eran muchas, pero nunca dejaba de verlas al menos una vez al mes. Pinchevsky era uno de ellos. El violinista jorobado había ido encogiéndose cada vez más con el transcurso de los años, y a los sesenta su figura no se alzaba más de un metro y medio desde los pies a la cabeza que todavía ostentaba una mata de pelo imponente aunque totalmente encanecida. Pese a ello era un hombre de una increíble vivacidad y un humor constante, que se movía de aquí a allá como si no pudiese estarse quieto, aunque yo no pudiera evitar verlo – y me avergonzaba sin poder sin embargo dejar de sentir esa sensación – como una especie de chimpancé de nariz afilada. El judío al final había hecho dinero con la orquesta, que se había convertido en una de las más reputadas de toda la provincia en su época y todavía, más de treinta años después de haber debutado juntos, se reunía frecuentemente con el "maestro" Einmann, el pianista, para disfrutar del placer de tocar.

Pero la mayoría de los amigos que mi abuelo visitaba en ese tiempo no habían sido tan exitosos como Estradivarius. Lisandro, que manejaba un coche de alquiler casi siempre estacionado en la puerta de la estación de ómnibus de la ciudad, lo recibía en su casa alquilada de un barrio cercano a las vías del ferrocarril, tomaban un Cinzano con soda sentados a la mesa de la cocina y casi siempre terminaban cantando a dúo y recordando los tiempos idos de la comparsa de arlequines. Con el negro Dardo – que no era negro porque en Coronel López nunca había habido negros, sino sólo un hombre muy moreno con el rostro tallado a cincel propio de la gente del norte - tomaban mate sentados bajo la enredadera que coronaba una galería que se abría al patio de la casa. Entre ambos mediaba invariablemente un banco de madera de patas cortas donde se apoyaba la pavita a la que el hombre acudía una y otra vez para verter el agua caliente en la calabaza, cuidando de hacerlo lentamente para que la yerba no se lavara. Había unos cuantos más, con quienes me fui familiarizando en aquellos años. Pero aun así, hoy que me esfuerzo en recordar sus conversaciones para tratar de encontrar huellas del pasado de mi abuelo, no tengo de esas visitas mucho más que un mero cúmulo de imágenes.

Otras veces, el abuelo me llevaba en el coche por los caminos del campo que rodeaba a Coronel López, un campo que siempre empezaba inadvertidamente, como sin límite preciso: poco a poco el abigarramiento de las casas daba paso a manzanas en las que cada vez había menos construcciones, hasta que sin saber en qué momento había ocurrido, el camino había dejado de formar parte de una cuadrícula y se adentraba ya en medio de rígidas vallas de alambre que cercaban campos de girasoles y trigales, o inmensos prados verdes donde pastaban rebaños de vacunos o caballos. En la planicie casi sin altibajos se veía, cada tanto, un monte de árboles altos y frondosos rodeando alguna casita o algún tanque de agua, flanqueados invariablemente por unos molinos con aspas que parecían flores de margaritas metálicas con una veleta como la cola de un cometa, erguidas en lo alto de una torre de hierro forjado. En alguna de esas salidas, pero eso fue más adelante que la época que cuento, cuando yo ya era quinceañero, el abuelo me enseñó a usar la escopeta para cazar perdices que luego él mismo hacía al horno o al escabeche. Pero en ese tiempo, esas escapadas tenían un objetivo que era, probablemente, la única conducta contra las reglas que le conocí al abuelo Ramón en toda mi vida: meternos clandestinamente en los campos de maíz para robar choclos que más tarde roeríamos en su casa bien hervidos y recubiertos con manteca.

Una de las visitas más frecuentes – íbamos al menos una vez al mes – era a dos hermanas solteras que vivían juntas en una pequeña chacra en el campo, una chacra que con el crecimiento de la ciudad iba quedando cada año más cerca del tejido urbano, aunque las hermanas seguían manteniendo todo aquello como si el tiempo casi no transcurriese. Nunca supe exactamente cuál era la relación original del abuelo con las dos mujeres, que tenían aproximadamente su misma edad. Vestidas con faldas de tela pesada a media pierna y blusones impecables pero percudidos por el uso, casi siempre la cabeza rodeada con pañuelos estampados atados bajo la barbilla, las hermanas salían a recibirnos con una alegría perenne en sus rostros, y sus efusividades demostraban que, fuera cuál hubiese sido el vínculo que las ligaba a mi abuelo, conservaban intacto un cariño mutuo que – a pesar de las formalidades del trato – era más que notorio.

La excusa usada por el abuelo para justificar esas visitas periódicas era comprarles alguna gallina – o dos –

que por lo general terminaban en la olla de puchero de la casa de mis padres. Las mujeres criaban gallinas y también conejos, y de su venta – además de la venta de los huevos – proveían su vida, sin duda sumamente austera. Entonces en la mesa doméstica todavía no se había impuesto el avasallador imperio del pollo "doble pechuga", criado masivamente en granjas industrializadas y adquirido en las góndolas de los supermercados; el pollo era todavía un producto que – asado en una varilla que giraba lentamente en las muy recientes rotiserías – se consumía casi como un lujo festivo. En cambio la gallina, usada como base del puchero (un guisado muy característico de la dieta argentina) y que además producía un caldo riquísimo y nutritivo, era uno de los platos tradicionales. Las gallinas se compraban directamente en las granjas, vivas, y solían suscitar problemas domésticos a la hora de matarlas, porque a más de uno el acto le provocaba repugnancia y a otros – era mi caso, debo admitirlo – les daba temor tener que vérselas con ese bicho alado de un tamaño considerable y con un pico amenazante.

    En casa, la encargada de matar las gallinas era Justina, una señora que hacía de sirvienta, limpiadora, cocinera, y en gran medida de nodriza, y que trabajaba en la casa desde las nueve de la mañana, después de que mi madre y mi padre se hubiesen ido a sus respectivos trabajos, hasta que empezaba a caer la tarde. Justina, he de decirlo, daría para una novela en sí misma; pero esta es la novela de mi abuelo, así que tendré que limitarme y en todo caso, dejar – dejarme – la expectativa para otra vez. El caso es que Justina no se planteaba ni temores ni reservas éticas cuando la gallina de turno caía en sus manos: la llevaba al fondo del patio, la sujetaba fuertemente de la cabeza con su mano derecha, y con un violento y súbito giro del brazo le retorcía el cogote provocando una muerte inmediata y sin contemplaciones. Después la gallina iba a parar a una gran olla de agua hirviente hasta que las plumas se aflojaban, y Justina nos dejaba participar a los niños en la tarea más pesada: la de separar, una por una, cada pluma del cuerpo inerte del ave. Todo esto solía ocurrir, como ocurrían todas las cosas diariamente en la casa de mi infancia, sin la presencia de mis padres: papá trabajaba en un taller mecánico de coches y mamá daba clases en una escuela, y ambos salían por la mañana muy temprano. Al mediodía regresaban rato después de que la ululante sirena del molino harinero señalara las doce y comíamos juntos en una mesa del comedor diario. Justina, entretanto, compartía la comida pero en la cocina, al margen de la mesa familiar. Después de comer, papá dormía una siesta de alrededor de una hora y regresaba al taller hasta muy entrada la tarde. Mamá, en cambio, ya había terminado su horario escolar y permanecía por la tarde en casa.

Pero ya me estoy yendo otra vez por las ramas. Estaba contando – recordando – aquellas mañanas, generalmente de sábado, en que el abuelo Ramón me recogía con el coche y me llevaba con él en su periplo de visitas. Habíamos quedado, creo, en la chacra de aquellas dos hermanas solteras (se llamaban Rosita y Adela) a las que me costaba distinguir ni siquiera por diferencia de edad, porque el hábito diario las había ido haciendo cada día más a cada una una copia de la otra. El abuelo, estaba diciendo, les compraba una vez al mes algunas gallinas y alguna vez un conejo, con lo que también confiaría ayudar a la economía de sus amigas, pero la transacción en realidad era un motivo para que inmediatamente saliera a relucir un mate y una pava de agua caliente, los tres se sentaran alrededor de la mesa de la cocina, eternamente cubierta con un mantel de hule cuadriculado, y se enfrascaran en sus recuerdos. Yo aprovechaba entonces para salir de la casa y caminar por la chacra, donde reconocía una y otra vez – como si el tiempo se hubiese detenido vaya a saber cuándo – una vieja rastra de arado tan oxidada que parecía empezar a deshacerse, la llanta solitaria de un carro que alguna vez habría rodado por aquel campo, una pila enorme de latas viejas. Testimonios de un tiempo detenido al que contradecía únicamente la altura creciente de los yuyos que poco a poco iban terminando por esconderlos.

Los alrededores de la casa, construida muy cerca de la tranquera de entrada a la chacra, estaban siempre llenos de gatos de todas las edades y tamaños, que las mujeres conocían y llamaban a cada uno por sus nombres. Quizás por eso no tenían perros, una presencia casi invariable en las casas de campo. Eso me daba confianza: aunque después terminé siendo veterinario, a esa edad todavía me daban miedo los perros, sobre todo los perros del campo que acudían ladrando amenazadoramente cada vez que alguien se acercaba a su territorio.

Había un perro, en particular, que me traía de cabeza desde chico: era un cuzco pequeño de piel moteada que acechaba tras el alambrado de la casa de unos vecinos, a una cuadra de distancia de casa. El perro tenía la mala costumbre de ladrar sistemáticamente a todo quisqui que atinase a pasar por la vereda lindera al alambrado en cuestión, que – debo agregar – se extendía a lo largo de casi la mitad de la cuadra (unos 50 metros). Durante el día, y en la medida en que uno podía asegurarse de que la puerta de alambre estaba cerrada y no había ningún hueco en la valla por donde el perro pudiese escabullirse, nos tomábamos revancha: lo provocábamos pateando el alambrado y gritándole de todo. Pero cuando las sombras empezaban a ocupar el espacio de la luz solar, en la oscuridad de una calle que no alcanzaban a iluminar los pobres focos que colgaban en las esquinas, atravesar ese tramo de vereda era un auténtico chorro de adrenalina en el cuerpo, y en más de una ocasión prefería cruzar la calle y pasar por la vereda de enfrente antes que someterme a la incerteza de que algún inesperado hueco en el alambre (o la puerta que alguien hubiese dejado abierta por descuido) me arrojasen en las fauces de un perro que, bien mirado, podría haber desarbolado de una sola patada.

Pero lo que más me llamaba la atención en la chacra de las amigas de mi abuelo era el *sulky*. Se llamaba así a una especie de cabriolé descubierto de dos altísimas ruedas con espacio para una sola fila de asientos (de hecho, era un solo asiento que ocupaba todo lo ancho de la cabina), que se ataba a un caballo y era el vehículo habitual de la gente de campo para sus desplazamientos rápidos. Cada vez se veían menos sulkys por las calles de Coronel López: el asfaltado y la paulatina desaparición de los palenques para atar los caballos que hasta mi infancia abundaban frente a los comercios, iba haciendo cada vez más dificultosa su presencia. Sin embargo, aún su uso era bastante frecuente en el campo mismo. Y en alguna oportunidad, una de las hermanas (supongo que Rosita, pero ya digo que las dos se me confunden) había dado respuesta a mi curiosidad llevándome a dar unas vueltas por los caminos del campo en aquel sulky, y no sólo eso: me había enseñado cómo conducirlo, sujetando las riendas y soltándolas alternativamente de acuerdo a la velocidad y dirección que se quería llevar al caballo, además de utilizar cuando era necesario un látigo que consistía en una larga vara flexible con una fina correa de cuero en uno de los extremos.

Cuando los temas de conversación se agotaban – ya fuera con las dos hermanas o con cualquiera de los otros múltiples personajes que mi abuelo me permitió conocer en ese tiempo – volvíamos a subir al Isard y terminábamos casi siempre en un almacén que era a la vez un amplio bar, casi vacío a esa hora. Invariablemente, las dos mujeres que se alternaban en la atención de los parroquianos recibían a mi abuelo con un generoso vaso de vermú con soda (para mí era una naranjada Crush, aunque yo no era ya un niño), pronto aparecían las aceitunas y las papitas doradas, y casi sin solución de continuidad una guitarra, acompañado de la que mi abuelo Ramón se lanzaba, con su voz que ya empezaba a agrietarse, a cantar las cuatro o cinco canciones de su repertorio, siempre las mismas, las cuatro o cinco que seguramente eran las que seguía recordando de todo lo que había cantado y tocado en su juventud.

Quienes regentaban el bar en cuestión eran las hijas de María Jacinta y sus maridos. He aquí, por tanto, que aparece el bar de María Jacinta, uno de los escenarios en donde habían transcurrido muchos de los episodios que intento contar en esta novela, incluida la fiesta de la boda de mis abuelos. ¿Habían transcurrido, realmente? Nunca mi abuelo se refirió a ello en nuestras visitas a aquel bar, y no tengo más remedio que admitir que aquel sitio se convirtió para mí – muchos años más adelante, claro – en el lugar ideal en donde localizar esas escenas que quizás en realidad ocurrieron en otra parte.

O, en rigor de verdad, que quizás nunca ocurrieron.

La nueva dirección local de la Unión Cívica Radical, a pesar de las diferencias que Ramón había demostrado en los últimos debates, le había ofrecido el cargo de Secretario de Cultura del comité. La designación, decían, era el corolario lógico de sus inquietudes artísticas, que se resumían en su vocación por la canción y la poesía.

"Un caramelo envenenado", aseguraba en cambio Meléndez, cada día más descontento con quienes dirigían el partido. Para ese entonces, el gran amigo de Ramón había sucumbido también a la tentación de formar una familia. Seguía trabajando en el taller de siempre – aunque ahora su puesto era tornero, una especialización que le garantizaba un salario un poco más alto – y llevaba ya dos años casado con la misma chica que había sido su primera novia y su amiga desde la infancia. Los padres le habían cedido una parte del terreno de la chacrita, y él se había ido construyendo, con la ayuda de dos albañiles y trabajando los fines de semana, una casa pequeña pero cómoda donde alojarse con su reciente esposa, y antes del año de la boda ya había llegado su primer hijo. El grupo de amigos inseparables ya no lo era tanto: cada uno había ido haciendo su propio camino. Ramírez al final había roto su promesa de celibato y estaba a punto de hacer un "buen matrimonio" yéndose al altar con la hija del dueño de la primera concesionaria de coches Ford del pueblo, a quien le había llevado la contabilidad durante esos años; Cachilo se había mudado intempestivamente a Mendoza sin que nadie supiera muy bien el motivo; y Estradivarius – el judío Pinchensky – había formado su propia orquesta de baile junto a un joven pianista de apellido alemán que admiraba a Thelonius Monk.

Pero Ramón había aceptado el cargo de buen grado: estaba convencido de que era una buena herramienta para promover aquello que más falta hacía en Coronel López (o al menos eso pensaba él): educar a la gente, y a través de la cultura sacarla de la mediocridad que la convertía en presa fácil de las manipulaciones del poder y de las mentiras bien empaquetadas de los políticos conservadores. Había asistido tres años a la escuela, de los once a los catorce, y aunque sus ilusiones de poeta habían quedado en la cuneta de la vida, no había abandonado la lectura. Y cada día se afirmaba más en él la convicción de que sólo la educación podría llevar a verdaderos cambios en la sociedad.

Por eso había sido el más entusiasta en aceptar la invitación para participar de la comisión promotora de una nueva biblioteca que el sindicato ferroviario abriría en Coronel López. La idea surgió de la asociación mutual que agrupaba a los conductores de locomotoras, un gremio de conocidas simpatías anarquistas; pero los sindicalistas habían tenido el buen tino de incluir en la iniciativa a representantes de algunas fuerzas políticas locales, el radicalismo entre ellas, y Ramón fue inmediatamente de la partida. Después de muchos meses de planes y colectas públicas para solventar el costo de la iniciativa (aunque en realidad el grueso del dinero había sido aportado por el propio gremio), la biblioteca fue inaugurada en un local que los ferroviarios cedieron a la comisión organizadora. Constaba de un amplio salón con sus paredes cubiertas de estanterías vidriadas, atravesado por dos enormes mesas de caoba rodeadas de sillas para albergar a los eventuales lectores, y dos pequeñas habitaciones laterales que servían una de administración (donde se ubicaba el escritorio del bibliotecario) y la otra de sala de consultas especiales, que en la práctica funcionaba también como una suerte de trastienda. Una puerta trasera comunicaba con un gran patio de tierra que podía usarse como lugar de celebraciones o incluso para montar representaciones teatrales. Se ingresaba a través de una fachada austera pero modernista, revestida de zócalos de mármol blanco.

La provisión inicial de libros tenía tres orígenes, que podrían haberse detectado fácilmente a través de las características de los propios volúmenes. La Junta Comunal, que estaba totalmente integrada por representantes conservadores pero no podía ignorar una iniciativa como esa, había hecho donación de una remesa de varios centenares de libros, todos ellos de carácter educativo, técnicos o científicos, que abarcaban desde la astronomía hasta la jardinería o la mecánica de motores a combustión. Una colecta popular – de la que había participado el propio Ramón – había logrado que todas aquellas casas en donde los libros no estaban ausentes donasen alguno a la nueva biblioteca; lo que convertía ese sector en un ecléctico revoltijo donde convivían novelas de crimen y espionaje, románticas sagas ambientadas en el siglo XIX, biografías de estrellas del cine y antologías de poemas castizos, incluyendo por supuesto libros en inglés o italiano, y hasta alguno en idisch. Finalmente, el aporte adquirido por los fundadores estaba en su amplia mayoría compuesto por una bibliografía hasta entonces nunca vista en el pueblo: Marx, Feuerbach, Engels, Lenin y Trotzky, desconocidos apólogos socialistas y fugaces teóricos positivistas, Darwin y Laplace, y por supuesto las obras completas de Bakunin y Kropotkin. El comité radical también había hecho su pequeño aporte, atenuando el extranjerismo notorio de la bibliografía política con libros sobre Alberdi, Alem, Aristóbulo del Valle o Yrigoyen.

Para nombrar la nueva biblioteca, los ferroviarios y el resto de los integrantes de la comisión organizadora habían coincidido en un poeta de fines del siglo anterior, autor de versos enérgicos y asertivos, llenos de apelaciones a la voluntad y el compromiso que habían impactado a varias generaciones: Almafuerte.

La Biblioteca Popular Almafuerte se inauguró con augurios poco propicios. Una tormenta de granizo arreció ese día sobre Coronel López, dejando a la miseria buena parte de la cosecha que muy pronto había de ser recogida en las chacras y campos circundantes, y obligando durante más de media hora a los vecinos a no salir del refugio de sus casas. Cuando el granizo helado cesó, truenos y relámpagos convocaron en pocos minutos una lluvia de esas que prometen durar varios días. Pese a ello, bajo gabardinas, paraguas y sombreros desde los que chorreaban océanos cristalinos, fueron apareciendo los invitados y no pocos curiosos interesados en conocer aquel nuevo templo de la cultura.

Como secretario de cultura del radicalismo local, Ramón asistió acompañado del mismo de siempre: Meléndez; aunque entre el variado número de asistentes había algunos más de sus "correligionarios", apelativo con el que se identificaban entre sí los afiliados de la UCR, otorgándole a la pertenencia común un aire inesperadamente místico. Como toque especial, los ferroviarios habían llevado varias botellas de champán que fueron descorchadas entre brindis y animadas conversaciones, mientras el Presidente de la nueva biblioteca – un jubilado de enormes bigotes canosos de apellido Broglio – saludaba a los presentes con un discurso previsible y plúmbeo al que pocos prestaron atención. Aunque la mayor parte de los asistentes eran hombres, también se notaba la presencia de unas cuantas mujeres.

Una de ellas, una chica joven que vestía falda a media pierna y chaqueta a cuadros adornada con una especie de orquídea de tela sobre el hombro izquierdo, se acercó a Ramón con un cigarrillo en la mano. Se llamaba María Susana, pero en el pueblo la motejaban – casi siempre a sus espaldas – con el apelativo de "Mari la Roja". En un pueblo – y un tiempo – en que la vida política no era asunto de faldas, Mari la Roja era vista con displicencia por la mayor parte de las mujeres, y con secreta admiración por muchos hombres. Era, pública y abiertamente, militante del Partido Socialista. El Partido Socialista tenía una historia casi tan larga como la del propio radicalismo. Había sido fundado en la última década del siglo XIX, y rápidamente había crecido en los ámbitos universitarios y sindicales, llegando al Congreso incluso antes de la sanción de la ley de "sufragio universal". Habiendo sido uno de los sectores fundadores de la Confederación General del Trabajo, habían conseguido – por el tiempo de la inauguración de la biblioteca - la dirección de la primera central sindical unificada del país, y mantenían un fuerte bloque de diputados e incluso un par de representantes en el Senado.

Mari la Roja saludó a Ramón y a los otros tres hombres que conversaban animadamente con él, y pidió fuego enarbolando en su mano izquierda un cigarrillo importado. Meléndez, que también estaba fumando, le acercó su propio cigarro – que a diferencia del otro, blanco y largo, era un envoltorio amarillento relleno de tabaco picado - para encender el de ella con la lumbre. Sin pensarlo, los cuatro abrieron un hueco en el círculo imperfecto que formaban sus cuerpos y ella volvió a cerrarlo desplazando el suyo. Alzaron sus copas – dos de ellos no tomaban nada en ese momento – con un gesto automático. Aldana, un profesor del recientemente inaugurado Colegio Nacional – la primera escuela secundaria del pueblo – pareció molesto por la irrupción de la muchacha. Era uno de los que no estaban bebiendo, y aprovechó la circunstancia para excusarse con la intención de ir por una copa, aunque no sin antes mirar con gesto severo a la mujer como reprochándole el meterse en conversaciones de hombres. Otro de los que estaban con Ramón, un alemán de apellido Neumann, martillero de una firma de remates de ganado, hizo lo propio aunque con actitud algo más disimulada.

La muchacha advirtió el efecto que su presencia había provocado en los dos que abandonaron el grupo, pero ya estaba acostumbrada: todavía eran muchos en aquel pueblo los que seguían aferrados a la idea de que el único lugar propio de las mujeres estaba en la casa y en la crianza de los niños. De hecho, aún aquellos que jamás admitirían sostener tales convicciones – como el propio Ramón, por ejemplo – mantenían a sus propias esposas en ese papel como si ello fuese el orden natural de la sociedad. Y es que en realidad siempre lo había sido. Sin embargo, tanto él como Meléndez sintieron cierto embarazo por la huida de los otros dos, y permanecieron mudos durante unos instantes. Fue Mari quien rompió el tenso silencio.

—Me han dicho que está usted comprometido con la Comisión Directiva —dijo en tono amable dirigiéndose al joven sastre —. Lo felicito, otros radicales no se arriesgarían a eso al lado de tanto comunista como dicen que hay aquí, ¿no?

Ramón ya conocía el estilo habitual de ella: siempre había en sus intervenciones un velado gesto de provocación, siempre iniciaba su conversación en ese tono que pretendía avivar la polémica. No le disgustaba, sin embargo, ese arrojo tan poco frecuente en las mujeres de su clase. Él, que se había criado en una familia pobre, en una clase social donde las mujeres – por sumisas que fueran a los mandatos omnipotentes de sus hombres – no tenían el menor pudor a la hora de expresar sus pensamientos o sus opiniones con las palabras más descaradas, se había acostumbrado luego a compartir su tiempo con mujeres de clase media, que imitaban las actitudes y conductas recatadas y pudorosas de las damas de sociedad. Y aunque en algún lugar íntimo de su mente el desparpajo de Mari la Roja le resultaba chocante, había algo en ello que despertaba sus simpatías.

—Bueno —intentó explicar con modestia —, en realidad no formo parte de la Comisión Directiva sino de la Junta Promotora, que no es lo mismo. Pero no sé de dónde saca usted eso de que aquí son todos comunistas, al final no se trata de una asociación con fines políticos sino culturales, ¿no cree? —y bajando la voz e inclinándose sobre ella agregó con tono burlón —Y si quiere que le diga una cosa, estos son más bien ácratas, que comunistas…

Ella rio mostrando una dentadura casi perfecta que asomó de pronto en el tajo abierto entre los dos labios pintados con carmín suave. Después, echó una calada y lanzó el humo por un costado de la boca antes de contestar.

—Es una broma, Sánchez —señaló con entonación cantarina —Comunistas, anarquistas, socialistas, tendremos diferentes pensamientos sobre cómo cambiar la sociedad, pero en el fondo estamos todos por lo mismo, por acabar con la desigualdad y cambiar la competencia por la fraternidad entre los hombres. Incluso —agregó con un tono de mordacidad simulada —hasta podría decirle que hay radicales que están en la misma...

Meléndez fue quien recogió el guante, aunque siempre en el modo jocoso que había impuesto la aparición de ella.

—De eso puede estar segura, Mari. Y le aseguro que últimamente hasta mujeres...

Rieron los tres, dejando atrás la tensión generada por la salida intempestiva de los otros contertulios. Ramón dio un último sorbo a su copa de champán, pero no hizo gesto de ir a buscar otra. La mujer se pasó la mano por la frente apartando un mechón de cabellos lacios que se había deslizado muy cerca de su ojo derecho.

—Fuera de broma, abrir una biblioteca pública es un acto de fe en la gente —indicó Ramón reabriendo la conversación —Al fin, es con lecturas y educación como se podrá ir llegando a la emancipación de las masas.

—Por supuesto que es así —respondió Mari con una sonrisa complaciente —Pero admitamos que no sólo con lecturas se hace un cambio en la sociedad. La cuestión del poder y las clases sociales no son inventos de Marx, hay intereses contrapuestos que son la base del funcionamiento del capitalismo. Y de última, también las instituciones educativas y sus contenidos están organizadas y sostenidas por el Estado, que es quien ejerce el poder, y el Estado – al menos en los países capitalistas – lo tiene en todas partes la clase de siempre, la misma aristocracia del dinero que maneja la economía es la que decide en definitiva quién gobierna. ¿Ha visto usted a la clase obrera en el gobierno en alguna parte? A menos que se crea el cuento de que Stalin representa a la clase obrera.

—No sea tan simplista respecto a la Unión Soviética —intervino Meléndez con suavidad —Al fin de cuentas, la Revolución Rusa fue la única en todo el mundo que ha triunfado y derrotado al capitalismo. Y las masas rusas que lo posibilitaron tampoco habían leído a Tolstoi y a Chejov. Los pueblos necesitan líderes que los interpreten y expresen las ideas que el hombre de la calle no es capaz de expresar por sí mismo, nunca ha habido movimientos sociales espontáneos, sin dirigentes que los encaucen. De hecho, cuando ocurre eso, las explosiones populares no se cristalizan en verdaderas organizaciones capaces de producir cambios y terminan disipándose en el aire.

Ramón por su parte escuchaba con gesto inquieto, hasta que se resolvió también a aportar su pensamiento.

—Todo eso es verdad, Mele. Pero también es verdad que la necesidad de líderes y conductores que, hay que reconocerlo, muchas veces no tienen fácil tomar decisiones cuando la reacción los está acechando, no justifica que se conviertan en superhombres incuestionables, y que ejerzan el poder a su gusto y manera. Porque si es así, ¿cuál es la diferencia entre un comunista como Stalin y un fascista como Mussolini?

—El modelo, Ramón —replicó de inmediato su amigo —El modelo de sociedad que pretenden construir. No voy a caer en la trampa de decir que el fin justifica los medios, para que me caigan encima a castañazos, pero algo de eso también hay: no se puede, en determinadas circunstancias, ser débil y tolerante con quien sabes que no fue ni será tolerante contigo. ¿Qué le pasó al mismo Yrigoyen? Si cuando los oligarcas y los milicos empezaron a conspirar hubiera fusilado unos cuántos, a lo mejor la historia hubiera sido diferente. En el fondo es una cuestión de vida o muerte, y está el destino de los pueblos en juego.

—Mirá, eso del destino de los pueblos es una frase demasiado fácil de acomodar para cualquiera. Pero dejémoslo por ahora. Lo que te digo, es que cuando se forma un hueco muy grande entre el pueblo y sus dirigentes, aunque éstos sientan que representan y están haciendo lo mejor por ese mismo pueblo, hay un peligro que acecha. Otra cosa sería si los dirigentes actuaran no "en nombre" del pueblo, sino ejecutando en todo caso lo que realmente el pueblo les manda.

—Y seguimos con las frases facilonas —ahora fue Mari la que interrumpió —Y en realidad volvemos al principio. ¿No vemos todos los días que esa gente que metemos en la bolsa de "el pueblo" se deja llevar por los discursos de los politiquillos de parroquia, por los titulares de los diarios, por la influencia del chisme y la maledicencia que en este país son el deporte más practicado? Entonces, ¿qué es lo que va a mandar el pueblo? Otra cosa sería si fuera un pueblo acostumbrado a pensar por su cuenta, entrenado para razonar lo que le conviene, para hacerse su propia visión de las cosas y no para creer ingenuamente lo que le dicen los que según le dicen saben más.

En ese momento un hombre de unos cincuenta años caminó hacia ellos con toda la intención, reflejada en su rostro, de participar en el debate. Se llamaba Gramuglio, y era todo un personaje de Coronel López, uno de esos seres que llaman la atención siempre en cualquier pueblo por sus actitudes algo extravagantes, ostentosamente llamativas respecto de los grises perfiles del ciudadano común.

Avanzaba con los brazos abiertos como si quisiera abarcarlos a todos en un abrazo colectivo, pero cuando llegó al grupo bajó los brazos y estrechó rápidamente la mano a Meléndez y a Ramón, mientras alzaba elegantemente la mano derecha de Mari elevándola hasta sus labios en un gesto aristocrático.

—Llega en momento propicio —dejó caer ella —. Hablábamos justamente de un tema que a usted le interesa: qué está pasando con los cambios que sin duda se avecinan en nuestra sociedad.

—Y cómo los poderes fácticos siguen oponiéndose al verdadero progreso, que es el de la justicia social — agregó impetuosamente Meléndez.

—Y de paso, de la conveniencia o no de alentar en exceso el resentimiento, por muy justificado que sea, justificado de las masas con respecto a quienes nos gobiernan —apostilló Ramón.

—Es inútil que sigamos buscando caminos que no pasen por el entendimiento de la gente —terció Gramuglio con vehemencia. Vestía un traje a cuadros marrones y una pajarita de color a juego reemplazaba a la corbata que usaban casi todos los demás hombres que estaban en aquella inauguración. Su presencia siempre despertaba comentarios levemente burlones, estuviera donde estuviese, por aquella forma un poco estrafalaria de vestirse.

—Pero ¿a qué llama usted "entendimiento de la gente"? —replicó la mujer —¿Cómo se van a entender un pobre hombre obligado a trabajar doce horas para mantener miserablemente a su familia, y el patrón que lo explota para poder vivir en un palacete y viajar a Europa todos los años?

—Bueno, bueno —Gramuglio contestó sin que se dejase de entrever un cierto tono conmiserativo —Para empezar, Mari, ya hace tiempo que no se trabaja doce horas, los obreros han conseguido muchos logros desde el siglo pasado hasta ahora, hay leyes. Lo que quiero decir es que hay que construir un espacio en el que podamos coincidir en un punto de vista que sea común a todos. Patrones y obreros va a haber siempre, lo importante es que los dos estén de acuerdo en cumplir eficazmente sus roles: el obrero aceptando que sin empresarios no habría trabajo y dando lo mejor para que la empresa progrese, y el patrón siendo consciente de que debe darle a su empleado la posibilidad de una vida digna y satisfactoria. Pero no es así: es como si unos y otros hablasen en otro lenguaje, entonces cada uno se cierra en su lenguaje y se crea un mundo propio en donde solo entran los que son de su misma condición. No hay un concepto de *humanidad*. Deberíamos pensar en la colaboración entre clases, y no en la lucha como dice el comunismo.

    El hombre de la pajarita, aunque estaba afiliado al Partido Socialista igual que la muchacha, predicaba una idea de socialismo mucho más idealista que la de ella. Era, eso sí, un auténtico predicador, de los incansables: nadie lo había oído jamás hablar de otra cosa – al menos en las reuniones sociales – que de la humanidad, del progreso y del "entendimiento de la gente". Se sabía que adhería a la francmasonería, y que cada tanto viajaba a Rosario a las reuniones que aquella gente mantenía en una especie de templo en esa ciudad. Y en Coronel López presidía – firmaba todas sus notas y cartas con ese cargo y un sello acreditativo – una organización denominada Club de Esperanto, integrada por media docena de asociados que intentaban esforzadamente aprender el "idioma universal" que presuntamente lograría algún día romper las barreras de la incomunicación entre las diferentes naciones y culturas.

—No es tan sencillo —se sintió obligado a intervenir Ramón —En primer lugar, porque la mayoría de las veces, los intereses de uno y de otro se contradicen, creo que de eso se da cuenta cualquiera. Y en segundo lugar, porque el pobre no es sólo pobre de bolsillo, generalmente es también pobre de educación, y así es más fácil que se deje llevar por lo que le digan. Y ahí es donde interviene también un factor que estamos menospreciando, que es el de la religión. Yo no es que sea ateo, claro que creo en un Dios organizador, pero me sublevo con la actitud de la religión, de los curas que pretenden convencer a los pobres de que el orden social es lo que Dios ha decidido, y que en todo caso la recompensa la veremos en la otra vida.

Iba quedando menos gente en el salón de la biblioteca. Aunque desde el punto en que los tres estaban reunidos no podía verse claramente la calle, todo parecía indicar que la tormenta había terminado de pasar. Un rato antes, Ramón había notado que algunos pretendían irse pero al llegar a la entrada daban media vuelta, desalentados. Ahora en cambio el desfile hacia la salita lateral, donde todos habían amontonado los abrigos y gabardinas, era incesante. Las botellas de champán estaban vacías desde hacía un buen rato. No obstante, aún permanecían allí más de veinte personas, reunidas en pequeños grupos.

—Señores —anunció Gramuglio después de un rato en que la conversación siguió por los mismos derroteros —Siento tener que dejarlos, pero mis obligaciones me llaman, tengo reunión del Club esta noche misma.

Saludó a todos cordialmente, con sus exagerados gestos de elegancia algo bufonesca, y se retiró en dirección a la salita donde había quedado su gabardina impermeable. Pero antes, no olvidó volver la cabeza por última vez hacia sus interlocutores.

—Y espero fervientemente que algún día —sentenció —podamos mantener estos interesantes debates en esperanto. Ya saben que nuestro Club está abierto a todos los que quieren el progreso y el entendimiento de la gente. Están invitados...

Los tres sonrieron al mismo tiempo con la última intervención del hombre, y se dirigieron entre sí miradas cómplices. Apenas unos minutos después, ellos mismos recogieron sus abrigos y emprendieron el camino a sus casas.

Habían trabajado duro, pero el sitio estaba a punto para la fiesta. De lado a lado, varias guirnaldas de luces atravesaban la cancha de básquet del club, donde habitualmente se organizaban los bailes de fin de semana. Las bombillas habían sido pintadas de rojo, amarillo y violeta, y alternadas cuidadosamente a todo lo largo de cada uno de los cables que cruzaban la pista, evocando los colores de la bandera republicana. La bandera con que los republicanos españoles habían reemplazado a la tradicional, agregando una franja morada al rojo y gualda de siempre.

Ramón Sánchez era consciente de que no todos los españoles de Coronel López veían con simpatía aquel cambio en la bandera que el gobierno español había impuesto tras la huida del rey Alfonso XIII en 1931 y la posterior instauración de la República. Por el contrario, incluso en la antigua Sociedad de Socorros Mutuos, que los españoles del pueblo habían fundado a principios del siglo, insistían en mantener, ondeando en la fachada del edificio junto a la celeste y blanca argentina, la bandera tradicional de dos franjas rojas y una interior amarilla. Sin aditamentos, eso sí: aunque más de una familia hubiera preferido agregar el águila imperial que rememoraba antiguas glorias de los tiempos en que incluso el país en el que ahora vivían no era otra cosa que una colonia de la Corona Española.

Aquellos tiempos eran ya muy lejanos, claro. La Argentina era una nación independiente desde hacía mucho más de cien años y desde hacía más de cinco, por su parte, España había conseguido construir una república con un decidido impulso socialista, a pesar de las constantes dificultades provocadas no sólo por la resistencia de monárquicos y poderosos, sino también por la rivalidad creciente de las facciones socialistas, comunistas, radicales y anarquistas que compartían los espacios de poder. Pero unos años antes, en 1936, todo había cambiado. El golpe militar de Franco, un general megalómano que se había rebelado contra el gobierno republicano, había unido tras de sí a la vieja España que iba perdiendo sus privilegios: terratenientes, nobles en decadencia, empresarios, y sobre todo la iglesia católica que soñaba con restaurar un imperio ya en ruinas desde fines del siglo XIX, donde la ley de Dios (y del Papa de Roma y las órdenes eclesiásticas) fueran la base de la organización política y social.

Entre los cientos de miles de españoles o descendientes de ellos que habitaban el país, las opiniones estaban divididas (como siempre, las élites agrupadas en el Club Español y las cámaras empresariales eran partidarias del golpe, en tanto las relacionadas con sectores de clase media o sindicales defendían al gobierno constitucional, sumando en general también a los grupos o federaciones regionalistas como los vascos o gallegos), y las pizarras de los grandes diarios en el centro de Buenos Aires solían convertirse en batallas callejeras entre ambos bandos. Pero entre los argentinos también el conflicto español tomaba proporciones políticas imponentes y dividía las aguas. El nacionalismo católico, muy fuerte entre conservadores y militares, compartía abiertamente la ideología franquista acusando a la II República de amparar al comunismo; mientras que el resto del arco político se definió más o menos unánimemente por defender la democracia.

Desde que las tropas rebeldes se habían hecho fuertes en parte del territorio y avanzaban con el apoyo de las potencias nazifascistas, en todo el mundo se había desatado una ola de solidaridad con la República y una gran cantidad de jóvenes habían decidido viajar a España para enrolarse en las Brigadas Internacionales en apoyo del ejército republicano, conformado sobre todo por miles y miles de milicianos – hombres y mujeres - incorporados desde los sindicatos y los partidos de izquierda. En cada país se sucedían al mismo tiempo un cúmulo incesante de actividades destinadas a recoger fondos para apoyar la causa y a los soldados que la defendían.

El Comité Para la Defensa de la Democracia Española se había fundado en Coronel López apenas unos meses después del comienzo de la guerra civil. Ramón Sánchez había sido uno de los más entusiastas promotores, junto a otro muchacho aproximadamente de la misma edad (ambos estaban a mitad de la treintena), un judío llamado Schifman, que era dirigente juvenil del Partido Socialista. No estaban solos en ello: radicales, socialistas y comunistas esta vez compartían el objetivo, al que se había sumado voluntariamente también una cantidad de vecinos sin identificación política pero convencidos de lo importante que podía ser el triunfo de la República Española para frenar el avance del fascismo.

Una de las iniciativas más frecuentes consistía en reunir fondos para la alimentación de las tropas leales (la "ración del miliciano"), que se canalizaban luego a través de la embajada y de algunas organizaciones específicas formadas al efecto. Conectados con una de estas organizaciones, los militantes del radicalismo coronelense – con Ramón y Meléndez a la cabeza, como siempre en este tipo de acciones – se habían abocado a organizar todo tipo de actividades de apoyo. Por lo demás, en un país donde se perseguía sistemáticamente toda actividad considerada opuesta al régimen, las actividades solidarias con el gobierno español – toleradas a regañadientes por la policía - proveían una buena excusa para encubrir reuniones y mitines opositores.

Para muchos eran una manera, también, de fundar un eje de actuación que provocara convulsiones en la conciencia de un país estancado desde 1930 en un escenario político casi invariable, donde el yrigoyenismo – y ni qué decir las crecientes organizaciones comunistas o anarquistas – había sido clandestinizado y reprimido incluso en el seno del propio partido fundado por el viejo caudillo, cuyos dirigentes habían preferido aceptar las reglas del juego impuestas por militares y conservadores e integrado un vergonzoso pacto bautizado Concordancia, que tras la dictadura de Uriburu había reimplantado las elecciones practicando en ellas un fraude sistemático para garantizar el triunfo de los candidatos conservadores.

Aquel festival destinado a recaudar la "ración del miliciano" era una más de las muchas cosas que habían llevado a cabo en los casi dos años que llevaba ya el enfrentamiento en España. En el Comité participaban cerca de diez jóvenes – algunos ya no tanto – pero la adhesión de la gente del pueblo era mucho mayor: Ramón no tenía dudas de que una mayoría de los vecinos de Coronel López (incluso la mayoría de las familias inglesas terratenientes que conformaban la oligarquía local) apoyaban a la República. No obstante, las actitudes frente a la campaña de apoyo que el propio militante radical había visto en esos meses, le estaban descubriendo aspectos de la personalidad humana que hasta entonces no había imaginado.

En los sindicatos, por ejemplo, sin distinguir la nacionalidad propia (además de argentinos, las fábricas y talleres estaban llenos de inmigrantes de orígenes múltiples o de sus hijos) la recaudación era siempre generosa; en cambio él mismo había visitado a comerciantes españoles que habían logrado medianas fortunas en el pueblo e incluso decían simpatizar con la República, de quienes había tenido que escuchar mil reticencias para soltar algo de dinero. En uno de los casos – se trataba precisamente del dueño de los prósperos Almacenes Aramburu, donde Ramón había trabajado en su adolescencia cuando el dueño (de familia vasca) era aún el padre del actual – la respuesta fue aún más desconcertante: aunque había hecho un aporte económico significativo, pidió a Ramón reserva total sobre el mismo, temeroso de que su apoyo llegase a oídos de otros empresarios o de las autoridades.

Ramón había logrado que de manera más o menos oficial el comité radical adhiriese al acto. El radicalismo no compartía unánimemente la postura republicana, en parte por su ancestral temor al comunismo y su rechazo de la Unión Soviética gobernada por Stalin, pero ni siquiera los más conservadores de sus dirigentes se habían atrevido a manifestarse públicamente en contra, así que la coyuntura permitía un espacio de maniobra que el joven sastre había decidido ocupar. Rojano, presidente del comité local, había preferido no inmiscuirse demasiado (él tampoco profesaba ningún entusiasmo por el fascismo de Mussolini y Franco); y al amparo de esa situación Ramón se había convertido en ese tiempo en un militante antifranquista tan activo, que por momentos le parecía haber recuperado la pasión incorrupta de sus primeras épocas en el partido.

Separadas por un amplio espacio central que se reservaba para bailar en la última parte de la fiesta, a lo largo de la cancha de baldosas se extendían tres mesas a cada lado, que se iban llenando de a poco de gente de todo tipo, hombres de traje y corbata reunidos en amistosos corrillos, familias que en algunos casos incluían también a los hijos y hasta algún que otro audaz grupo de jóvenes mujeres solas decididas a poner a prueba los prejuicios de aquellos que políticamente profesaban de liberales, pero no lo eran después tanto a la hora de exigir el cumplimiento de las convenciones sociales (como por ejemplo, aquella que denigraba a las mujeres que se atrevían a presentarse sin padres o maridos en fiestas públicas o en los bares). En uno de los extremos alejados del pequeño escenario - una tarima elevada colocada para resaltar las actuaciones y los discursos – destacaba una presencia inesperada: don Gumersindo y doña Elvira, presidiendo un amplio sector de la mesa ocupada por varios miembros de la familia de Lola.

Era la primera ocasión en que la esposa de Ramón compartía con él una actividad relacionada directamente con la política. Aunque de jóvenes se los solía ver a ambos en algunos bailes del Club Social, en ciertas kermeses benéficas o en las fiestas de aniversario del municipio, Lola jamás acompañaba a su marido en las reuniones políticas. Era lo normal en esos tiempos, y a nadie llamaba la atención. Por eso, aquella ocasión constituía una auténtica novedad para el propio sastre; y mucho más lo era el hecho de que junto a ella hubiesen asistido al festival sus padres y unos cuantos de sus hermanos y hermanas, algunos de ellos con sus hijos. Ellos, en cambio, no habían traído a las niñas: aún eran demasiado pequeñas para exponerlas a la noche y habían preferido dejarlas con Catalina, la más joven de sus tías, que vivía aún en la casa de los padres. Beatriz, la mayor, tenía menos de cuatro años; y la segunda, Vilma, un poco más de dieciocho meses.

Solemnes y algo hieráticos como habían mantenido casi siempre sus apariciones públicas, los padres de Lola habían aceptado ir a aquella fiesta porque, a pesar de que durante todos los años que llevaban en Coronel López jamás habían expresado ninguna opinión política, los motivaba el hecho de que gran parte de la comunidad española del pueblo asistiría a un acto cuyo principal promotor era el marido de una de sus hijas, y faltarles hubiese parecido una falta de respeto y por qué no, un desprecio hacia él. En cuanto a los hermanos sólo uno de ellos, el coleccionista de pájaros, hablaba de política e incluso se declaraba públicamente partidario de la democracia progresista, un partido con mucho peso en la provincia que había fundado el senador Lisandro de La Torre. El resto de la familia nunca había abierto la boca sobre sus preferencias políticas ni en Coronel López ni tampoco, siquiera, acerca del país en que habían nacido. Pero allí estaban esa noche, acompañando a sus padres. Doña Elvira se había sentado a la izquierda de su esposo, e inmediatamente a la derecha de él una silla vacía revelaba el sitio correspondiente al propio Ramón.

Ramón, entretanto, no paraba de andar aquí y allá controlando diferentes aspectos de la fiesta. Cuando las mesas estuvieron a punto de llenarse, subió al escenario y ajustó a su altura el micrófono de pie mientras el vocinglerío de las conversaciones comenzaba a remitir progresivamente. Sólo frente a los asistentes, improvisó un saludo recordando sintéticamente el motivo de la convocatoria y agradeció a los presentes su participación. De inmediato, se acercó a una guitarra que reposaba contra el respaldo de una silla de madera en un rincón de la tarima, la alzó con la mano derecha mientras con la izquierda arrastraba la silla hasta el centro del escenario, elevó una pierna cuyo zapato fue a parar directamente sobre el asiento, y apoyando la guitarra sobre la rodilla se lanzó a cantar unos versos de su autoría que hablaban de justicia e igualdad pisoteadas por la bota del tirano Franco.

Hubo aplausos, enfervorizados unos, más parcos otros. Después bajó la guitarra del arco de su rodilla y la pierna del asiento de la silla, e invitó a subir al escenario a alguien que se hallaba a un costado. Un hombre de apariencia reposada, con grandes bigotes marrones que caían sobre la boca y una barba tupida que descendía hasta taparle el cuello y la pajarita que se adivinaba por debajo, dio dos zancadas hacia el centro de la escena.

—El camarada Sáenz ha venido desde Rosario para saludar esta iniciativa y agradecer nuestro apoyo a los soldados españoles que defienden la República —anunció Ramón extendiendo el brazo hacia el otro y acercándolo al micrófono —Él representa al Centro Republicano de nuestra provincia, y ha traído también ejemplares de *España Republicana*, que se pondrán en venta de inmediato. Tras sus palabras, serviremos el refrigerio que tenemos preparado para esta noche, y luego actuarán músicos y poetas que nos recordarán por qué estamos hoy aquí. No olviden tampoco que se pondrá en venta una rifa de un lechón asado al horno de leña donado por los correligionarios de la panadería López. En la mesa de entrada pueden anotarse todos aquellos que deseen participar de la suscripción voluntaria para aumentar la recaudación que irá a apoyar las raciones de los heroicos milicianos en guerra. Que pasen bien la noche, ¡Arriba la República Española!

Tras los vítores y mientras el otro hombre hablaba, Ramón se acercó ahora a la mesa donde estaba su familia: la familia de su mujer, mejor dicho. Se sentó, mientras el propio don Gumersindo le acercaba un vaso de vino tinto en el que había vertido un considerable chorro del sifón de soda que tenía frente a sí. Ramón agradeció el gesto e inició con su suegro una conversación intrascendente, como casi todas las escasas conversaciones que tenían. En verdad, podía decirse que habían hablado más cuando Ramón no era más que un joven sastre al que el maestro asturiano acudía para hacerse confeccionar sus trajes a medida, e incluso cuando el joven sastre, convertido ya en novio de Lola, compartía algunas veladas vespertinas en la puerta de la casa de los Braña al regresar de la sastrería - después de que la canícula del verano hubiese ido cediendo paso a una lenta noche poblada de cascarudos voladores y rumor de grillos -, que desde que se habían convertido en parientes políticos.

Mientras las mujeres hablaban entre ellas, con excepción de la siempre rígida doña Elvira que apenas si emitía cada tanto alguna frase breve y axiomática, los niños correteaban alrededor. Recitadores y cantantes subían y bajaban del escenario, y pronto un cuarteto de dos guitarras, un acordeón y el violín del incansable Estradivarius puso notas de baile para que las primeras parejas se fuesen arrimando a la pista.

Al rato, un muchacho bajo pero de contextura fornida, vestido de traje marrón con el cuello de la camisa desabrochado y sin corbata, se acercó al extremo de la mesa donde se sentaba la familia y después de saludar cortésmente a cada uno, dijo algo a Ramón mientras le posaba apenas la mano derecha sobre un hombro. Ramón dudó un momento muy breve, luego se levantó de la silla donde estaba sentado, pidió disculpas a sus familiares e informó que regresaría en unos momentos.

Acompañó a Schifman fuera del recinto donde se realizaba la fiesta, atravesando la puerta que – desde el interior del edificio - daba acceso a la cancha de básquet. Después de un corto pasillo sobre el que se ubicaban las entradas de dos oficinas administrativas, se llegaba a otro espacio diáfano e iluminado por una luz verdosa, el bar del club. Alrededor de la mitad de las mesas estaba ocupadas. A un lado de la sala había una barra detrás de la cual se alzaba una estantería de botellas de diversos licores y una moderna máquina de café. Justo al otro lado, dos enormes vidrieras daban a la calle por donde transitaban coches y transeúntes.

En una mesa, en el ángulo más ensombrecido del bar, esperaban dos hombres sentados, los sombreros depositados encima del mantel. Uno de ellos fumaba muy despacio, echando parsimoniosamente el humo cada vez que daba una pitada como si se entretuviese mirando aquella rutina volátil.

Los dos hombres se alzaron casi al unísono, cuando Schifman y Ramón llegaron a su lado.

—El señor Gaudino —dijo Schifman señalando a uno de ellos.

El tipo estiró una mano hacia Ramón.

—Llámeme Evaristo —dijo con una sonrisa ancha y algo artificial.

—Y el camarada Ronconi —completó, imitando la acción con el otro hombre.

Los cuatro se sentaron. Sobre la mesa había un vaso de grappa y otro de vino blanco, un cuenco pequeño con aceitunas, un platito de papas doradas, un cenicero de chapa con el sello de Cinzano. Además, los dos sombreros y un paquete de cigarrillos marca Leales.

—Ustedes dirán… —dijo Ramón después de unos segundos protocolarios.

—Vemos que el festival que ha organizado para recaudar fondos para la República ha sido todo un éxito —señaló Ronconi con un gesto de su mano que parecía señalar la cancha de básquet que no se veía desde allí. —Por supuesto, que nosotros estamos allí dentro para apoyarlo, junto a un grupo importante de camaradas y varios dirigentes de nuestros sindicatos.

—Me parece muy bien y se los agradezco —respondió Ramón. Sabía perfectamente que aquellos hombres eran los máximos dirigentes del Partido Comunista en Coronel López, aunque el Partido Comunista oficialmente estaba prohibido por el régimen. —En esta lucha estamos todos los que queremos impedir que avance el fascismo.

—Precisamente de eso se trata —intervino rápidamente Gaudino, como dando a entender que no había mucho tiempo para circunloquios. —Estamos, como usted y sus compañeros radicales, o también el amigo Schifman y los socialistas, muy preocupados porque el resultado de esa guerra terrible que ocurre ahora en España puede significar mucho para lo que ocurra en el futuro no sólo de Europa sino de todo el mundo civilizado. ¿No lo cree así?

—Sin duda —afirmó Ramón, que prefería dejar que fueran sus interlocutores quienes llevaran el peso de la conversación para que fuesen ellos los que revelaran el motivo de aquel encuentro no previsto que habían fraguado mediante el joven socialista.

—Por eso, Hitler y Mussolini les han prestado apoyo militar y político a los golpistas; y por eso la Unión Soviética está ayudando como puede al gobierno republicano —continuó Gaudino, después de echar otra lenta pitada al cigarrillo que tenía en la mano derecha. —En esa guerra se están jugando muchas más cosas que el gobierno de España, me imagino que usted lo tiene claro.

—Desde luego —insistió en su parquedad el sastre. Schifman miraba alternativamente a uno y otro, siguiendo el diálogo sin interrumpir.

—Entonces, creo que coincidiremos en que es necesario pensar más allá de la propia guerra de España. Alemania se está armando hasta el cuello y los italianos ya han demostrado en África del Norte su intención clara de extender los dominios del fascismo. Sin embargo, las naciones europeas no reaccionan, porque sus políticos están atenazados por una burguesía a la que le han hecho creer que su verdadero enemigo es el comunismo, y para barrer al comunismo les viene muy bien el fascismo, mucho mejor que esas democracias enclenques que las gobiernan —ahora era Ronconi el que tomaba la palabra.

—En eso está diciendo una verdad —ahora sí Schifman intentó meter la baza —Pero también la política de la Unión Soviética pretende expandir su régimen en toda Europa, y usted sabe que nosotros no estamos de acuerdo con el régimen soviético, donde la libertad y la democracia están limitadas por completo.

—No me interesa debatir eso ahora, Schifman —insistió perentoriamente Ronconi, con una mirada que pareció intentar recalcar la diferencia de edad entre ambos. —El comunismo y la democracia tienen ahora un enemigo común, que es el nazifascismo, y no están los tiempos para crear barreras, sino para derribarlas.

Se hizo un corto silencio mientras el rumoreo de las conversaciones en las otras mesas abrió una cuña entre los cuatro.

—¿Y entonces? —preguntó ahora Ramón, con falsa inocencia.

—Creemos que es el momento adecuado para hacer de esta solidaridad con España un catalizador de la lucha contra el fascismo en el mundo. Y en este país, por supuesto. Ya sé que en su partido hay para todos los gustos, Sánchez, sabemos perfectamente que sus dirigentes no tienen ningún interés en enfrentar al fascismo, pero…

—Está usted equivocado —interrumpió abruptamente Ramón —En todo momento nos hemos manifestado contra el fascismo y contra los nazis, demuéstreme lo contrario si no…

—Bueno, digamos entonces que no tienen ningún interés en enfrentar al fascismo en este país —intervino

Gaudino con su parsimoniosa calma —Porque los fascistas aquí están claramente en el gobierno, o por lo menos están completamente solventados desde el gobierno, y no me dirá que el fraude y la proscripción de los partidos populares es una forma de practicar la democracia, ¿no? Y ¿quién sostiene al gobierno actual mejor que los radicales, que hasta le han prestado sus candidatos?

—¿Me ha llamado para discutir sobre eso? ¿No cree que podríamos haberlo hecho en un momento menos inapropiado? —reaccionó el muchacho.

Ronconi posó su mano con delicadeza sobre el brazo tenso del otro.

—No. No, amigo Sánchez... Tranquilícese —dijo —, cuando quiera hablar sobre eso con todo gusto lo invitaré a que lo hagamos. No es eso. Simplemente, que sabemos que no todos los radicales piensan igual, usted y muchos de sus compañeros, por ejemplo, no tienen dudas sobre la importancia de la lucha antifascista en todo el mundo, aquí y ahora. ¿O me equivoco? Y no se trata de discutirle lo que pasa en su partido, eso es asunto que usted sabrá mejor que nadie. De lo que se trata es de que pensamos – y Schifman está de acuerdo, por eso es que queríamos hablar con usted – que lo que se impone ahora es unir fuerzas, desde los partidos a los sindicatos y las organizaciones sociales, para hacer un frente común en ese tema: enfrentarnos al nazifascismo como enemigo prioritario. Ya habrá tiempo de debatir diferencias luego. Al fin de cuentas es lo que están haciendo en España: ahora hay que resistir, cuando la república esté asegurada cada fuerza será capaz de desplegar sus convicciones frente al pueblo. ¿No está de acuerdo?

Sánchez dudó un poco antes de responder. Movió la cabeza. Ronconi era un elemento importante no sólo entre los comunistas de Coronel López, sino en la provincia, sabía que lo habían mandado allí específicamente para organizar el partido alrededor del sindicato de los ceramistas donde se localizaba la mayor cantidad de simpatizantes comunistas del pueblo. Meléndez había tenido muchas oportunidades de hablar con él en los sindicatos, y aseguraba que era un tipo brillante, además de un luchador auténtico. Tendría alrededor de los cincuenta años, unos quince más que él. También Gaudino andaba por allí.

—Mientras se trate de enfrentar al fascismo, de evitar que se consolide en Europa y por supuesto, también aquí, todos saben que estoy siempre dispuesto —concluyó —Yo y mis compañeros. Ahora, usted sabe que yo en el partido radical no soy más que un militante más…

—Un militante con mucha relevancia —intervino Gaudino con una sonrisa aduladora.

—Un militante más —insistió Ramón —y sobre todo fiel a un principio: la unidad de los radicales.

El muchacho tenía claras las resistencias insuperables que la palabra comunismo despertaba en algunas personas de su organización; y que resultaría casi imposible convencer a la mayoría del comité de establecer un frente común, sea para lo que fuese, con los defensores del régimen soviético. Y eso sin pensar siquiera en los dirigentes nacionales.

—Bueno, señores —dijo al fin levantándose de la silla con detenimiento, como cuidando no parecer brusco ante los dos dirigentes comunistas —creo que este será un encuentro positivo, pero ya veremos en qué pueda concretarse. En lo que a mí respecta —agregó —las puertas están abiertas, ya lo saben. Ahora tengo que volver a la fiesta.

Volvió a estrechar la mano de ambos y cruzó la sala hacia el pasillo que lo conducía de regreso a la cancha de básquet. En la entrada se cruzó con Meléndez, que en ese momento se ocupaba de atender la mesa de la taquilla y el registro de las suscripciones económicas para apoyar a los milicianos. No habían tenido oportunidad casi de hablar en toda la noche, trajinando en una y otra tarea. Se saludaron con una sonrisa y un movimiento de cabeza, pero Ramón siguió camino hasta su mesa. Las actuaciones literarias habían terminado y un cuarteto del que participaba su amigo Estradivarius tocaba música de baile. En el extremo de la mesa, todos – incluidas Lola y su madre - se habían levantado para bailar o conversar con conocidos de otras mesas y solo don Gumersindo, rígido como siempre, levemente amodorrado por el vino que había ido bebiendo con tranquila parsimonia, permanecía erguido en su silla como si su mente se mantuviese extrañamente lejos del ruido y de la música.

Ramón se sentó a su lado, aunque sabía que de ningún modo eso creaba entre ambos esa distante confianza que los años suelen generar entre yerno y suegro. En tantos años de relación, prácticamente nunca habían tenido una conversación que excediese las formalidades mutuas y la buena educación. El maestro había llegado hacía ya muchos años, se había establecido, había traído a su familia y había pasado por su carrera docente casi desapercibido. Nunca había hablado de ello con Ramón, como nunca había hablado con él de las razones por las que la vida lo había desembarcado en Coronel López, y ni siquiera de su propia familia que ya se desperdigaba por la geografía del país.

Así que se sentó a su lado, silencioso, más como un acto de cortesía deferente que por verdadero gusto. No había pasado un minuto, sin embargo, cuando una mano inesperada se posó sobre su hombro izquierdo. Ramón giró la cabeza asombrado, casi sin poder creer que su suegro incurriese en semejante acto de intimidad física. Don Gumersindo lo miraba fijamente, como si regresara de algún lugar perdido en la memoria. Empezó a hablar despacio, articulando las palabras con sonido cansado pero firme.

—Sabe, Ramón —el maestro nunca había tuteado al marido de su hija —. Cuando me fui de mi país, que es Asturias, ya había andado lo suficiente y tenía la suficiente edad para haberme dado cuenta de que en España existían dos mundos que nunca, nunca, iban a poder vivir juntos. Créame, vine pensando en que en un mundo nuevo, con todo por hacer, las cosas iban a ser diferentes. Y en cierta forma así fue, aquí también hay dos mundos no le quepa duda, y seguramente usted que anda tan metido en la política ya lo sabe, pero es como si todavía, por suerte, no hubiesen terminado de cristalizar, de cerrarse sobre sí mismos y cerrar toda posibilidad de que los de un mundo sean capaces de entender, no digo ya entender, al menos de tratar de entender, a los que se ubican en el otro. En España nunca me metí en la política, en parte porque presentía que el abismo estaba a punto de abrirse definitivamente, y esta guerra me lo ha confirmado. Si tengo que serle sincero, debería decirle que siempre simpaticé con los socialistas. Pero usted no sabe – porque está en uno de los mundos y estoy seguro que no sabe o no quiere saber cómo mirar al otro – las cosas que han ocurrido en España. No se imagina las atrocidades que han cometido, también, los que se supone que son los buenos. No creo que todo sea lo mismo, pero el horror, la falta de humanidad, sí se igualan a veces en la gente de cada uno de esos mundos que se imaginan heroicos defensores de una fe, de una creencia.

Hizo un silencio. Aunque sintió que no compartía al menos parte de sus palabras, Ramón no se atrevió a responder.

—Sabe, Ramón —insistió don Gumersindo tras una pausa breve, lo suficiente como para recuperar la respiración que parecía habérsele ido agotando en su anterior parrafada —Yo tengo otro hijo, además de todos los que usted conoce. Era el mayor de todos. Él quiso quedarse, no entendió eso de los mundos y del mundo nuevo. Fue el único de mis hijos que se quedó y la verdad es que desde entonces casi no hemos vuelto a tener contacto con él. Pero hace unos meses alguien me escribió para contarme que había muerto. Esto se lo cuento a usted pero no lo sabe nadie más, prefiero que no lo sepa ni siquiera mi señora. Murió, me contaban en una carta que recibí hace un tiempo, luchando en la guerra, como soldado. Lo que no aclara la carta, y le digo la verdad tampoco yo mismo lo sé - y es mi propio hijo -, es de qué lado estaba luchando. No sé si defendía la república o si estaba con los franquistas, no lo sé. Lo único que sé es que era mi hijo.

El maestro hizo un breve silencio, aunque en toda su actitud Ramón advirtió que parecía dispuesto a seguir adelante con aquel imprevisto rapto de intimidad.

Pero en ese momento, un tumulto se produjo en el acceso por donde los participantes del festival entraban y salían de la pista. Un grupo de personas había irrumpido repentinamente en tropel, y parecían discutir algo mientras forcejeaban con los que controlaban la entrada. La orquesta interrumpió la música y todos giraron la mirada hacia el bullicio. Entonces pudieron ver, algunos con asombro y otros – sobre todo las señoras – con vergüenza de haber sido sorprendidas en aquel acto, a uno de los curas del pueblo – de los tres que había en la parroquia local, este era el de mayor edad y había venido desde España – alzarse los bajos de la sotana y subirse a una silla mientras a su alrededor un círculo de hombres jóvenes en actitud amenazante parecían protegerlo de cualquiera que intentase hacerle cambiar de idea.

—¡Hijos del demonio! —exclamó elevando la mano derecha por sobre las cabezas de los presentes, como si estuviera repartiendo una maldición bíblica —¿Qué hacen aquí, en este sitio donde se aplaude a los que han llenado de mártires cristianos la tierra española y pretenden llevar su odio a todo el mundo, aquí mismo, para imponer el comunismo ateo e impedir el reino de Dios en la Tierra? ¿Acaso no comprenden que ha sido el propio Cristo Rey el que guía la cruzada salvadora que Franco ha emprendido contra el anticristo y por la perduración de la Fe? ¿De qué les vale acudir como sepulcros blanqueados el domingo a misa si después se dejan seducir por quienes promueven la anarquía, la desobediencia a los valores sagrados de la religión y la familia, los que destruyen iglesias y matan a los buenos católicos? ¡La causa de Franco es la causa de la Hispanidad sagrada, de la que ustedes son parte y tienen el deber de defender frente a los valores falsos que niegan a Dios! ¡Desde aquí les digo, a cada uno de ustedes, que no permitiré que ninguno vuelva a pisar la santa iglesia hasta tanto no se arrepientan y se confiesen de este pecado abominable!

No siguió hablando, porque desde distintos puntos de la sala varias decenas de asistentes comenzaron a acercarse velozmente a la entrada dispuestos a terminar con aquel discurso. Rodeado por sus guardianes, el cura desalojó el lugar con mayor rapidez todavía que la que había utilizado para entrar en él, todos se dirigieron por el pasillo y luego cruzando el bar hasta la salida del edificio.

Varios de los que habían acudido a interrumpir la arenga quisieron seguirlos a la calle, pero los integrantes del Comité organizador se interpusieron para evitar males mayores. Fue Meléndez quien, tras unos minutos de desconcierto, subió al escenario y empuñó el micrófono.

—Compañeros —dijo con pronunciación cortante—, no nos dejemos provocar por esta gente, estamos de fiesta por una causa y la fiesta debe seguir adelante. ¡Viva la República Española!

Como si hubiese querido recalcar el acento español del asunto, el cuarteto arrancó con un paso doble. Algunos volvieron a la pista de baile, aunque más por disipar el mal sabor de la irrupción del cura que con genuinas ganas de entretenerse. Ramón pasó la mirada en un breve paneo por todos los rincones de la sala. Inmóvil al lado de la mesa en la que había estado conversando hasta unos segundos antes de la entrada de los franquistas, doña Elvira mantenía como siempre su gesto altivo y severo. Pero estaba blanca como una hoja de papel, y su mano derecha acariciaba automáticamente una pequeña cruz de plata que colgaba de la cadenita que llevaba sobre la pechera del vestido.

El cura de mierda había conseguido su objetivo.

La irrupción de la Guerra Civil Española, pienso ahora, me ha dado un buen escenario para avanzar un poco más en esta historia. Una noche más, estoy sentado en la habitación que está al fondo y me enfrento a la Lettera 22 y al revoltijo de papeles con los escasos registros que ellos representan sobre mi abuelo Ramón.

De las pocas cosas que sé de su pasado esta es una de las que quizás me haya sido más fácil reconstruir, porque su odio a Franco y al fascismo español era un sentimiento que me transmitió sin vacilaciones. Creo – o al menos quiero creer – que ni siquiera su antiperonismo inmune a toda reflexión llegó a ser tan fuerte como su repulsa por el dictador español. Sin embargo, incluso en este tema no he tenido más remedio que acudir a la bibliografía: *Luis Alberto Romero, La guerra civil española y la polarización ideológica y política, Edición de la Universidad Nacional de Colombia* (es lo que encontré en la Biblioteca).

Ahora vuelvo a hurgar en los papeles del abuelo, abro uno de los biblioratos y trato de que mi mente se deje guiar, llevar por esos textos diversos reunidos azarosamente. Parece un procedimiento fácil, pero no es tan así. Por lo pronto, estos papeles amontonados en el bibliorato o en las cajas que rescaté antes de que se vendiera la casa que había sido la suya y el último local de su sastrería, pertenecen casi siempre a momentos anteriores, incluso, a mi propio nacimiento. ¿Cómo puedo unir esos papeles, sus contenidos que a veces no se explican ni siquiera por sí mismos, con la experiencia que yo mismo tengo de él? ¿Cómo puede la mera lectura de algo escrito o impreso, poner en marcha en algún sitio de mi mente imágenes de un tiempo que no tiene ninguna referencia para mí? Como he dicho, sólo me queda el recurso de la imaginación. Creo que nunca podré contar la historia de mi abuelo, como pretendo. A medida que avanzan estas páginas, soy más consciente de que la estoy inventando, estoy creando una realidad nueva que quizás no fue así sino de otro modo muy diferente. ¿Pero cómo poder cotejarlo?

A veces, en cambio, aparece algún papel que inmediatamente, como la magdalena de Proust, sube sorpresivamente el sabor de un recuerdo. Por ejemplo este volante de unos quince centímetros por ocho que, notoriamente, pertenece a una campaña electoral. En lo alto aparece el escudo del partido. Es un óvalo dividido en tres franjas horizontales, rojas la superior e inferior, blanca la del medio. Encima del óvalo resplandece un sol que podría confundirse con una corona; y todo alrededor – del óvalo - está circundado por dos haces que parecen estilizadas espigas de trigo. Debajo, como sosteniéndolo todo, un martillo y una pluma entrelazados. Las siglas (UCR) están en la franja del medio, dentro del escudo. La consigna es sencilla, pero aunque ahora la comprendo, en mi infancia – cuando por primera vez vi ese volante – me parecía incomprensible y desconcertante: "Trusts petroleros o ILLIA – PERETTE". Debajo, la frase "El 7 de Julio vote LISTA 6, Unión Cívica Radical del Pueblo".

Yo tenía cinco o seis años. La consigna debe haber sido muy importante en la campaña, porque mi abuelo había autorizado a que la pintaran sobre el gran paredón encalado que cerraba el patio trasero de su casa y daba a la calle. El cartel permaneció en la pared muchísimo tiempo después de que las elecciones – que los radicales ganaron, aunque un golpe militar los desalojara apenas tres años más tarde – hubieran pasado. Tal vez seguía allí, incluso, después del golpe. No puedo afirmarlo con seguridad, pero es posible porque ya a aquella altura mi abuelo era un personaje tan respetado en Coronel López, más allá de la política misma, que ni siquiera los representantes locales de aquella dictadura militar – la del general Onganía – se hubiesen atrevido a borrar la leyenda de la pared de su casa sin permiso.

A esa edad poco podía yo entender no sólo qué significaba aquel lema, sino cualquier otra cosa relacionada con esas elecciones. Ahora sé que las elecciones habían sido convocadas por otro régimen también manipulado por los militares, con objeto de establecer un sistema de apariencia democrática pero que dejara fuera por completo a por lo menos la mitad de la población, que era peronista.

Después del derrocamiento de Perón por la llamada Revolución Libertadora, los militares que habían dado el golpe, divididos entre facciones internas, optaron por convocar unas elecciones generales en 1958, prohibiendo la participación del partido peronista. Las elecciones las ganó la UCRI, una fracción escindida del radicalismo que había sido votada por las mayorías peronistas (tras un pacto secreto con sus dirigentes), y asumió entonces como presidente Arturo Frondizi. En 1962, convocó elecciones a gobernador de la provincia de Buenos Aires, que ganó el candidato peronista. Los militares reaccionaron anulando los resultados, obligando a dimitir a Frondizi y encarcelándolo en la isla Martín García, donde siempre iban a parar los presidentes derrocados. Asumió el vicepresidente Guido con el respaldo del ejército, y las elecciones de 1963 – de nuevo con el peronismo prohibido – lo que intentaban era disimular todo aquel embrollo. Si algún radical hubiese entonces sido consecuente con Yrigoyen – esto lo digo ahora, claro – la actitud lógica hubiera sido la abstención, como en los lejanos años fundacionales. Pero aquellos años y aquella estrategia estaban ya muy lejos de la cabeza y la mentalidad de los dirigentes cuya obsesión durante las últimas décadas había sido – igual que la de los militares – extirpar al peronismo de la política argentina. Incluida, sin ninguna duda, la obsesión de mi abuelo.

En cuanto a la enigmática consigna, no hacía más que definir el eje político de aquella campaña, que para los radicales era la oposición a entregar el petróleo del subsuelo patagónico a la explotación de los grandes "holdings" multinacionales.

Inmerso en la interpretación espontánea de aquella consigna que todavía sigue expresándose a través de este viejo impreso prendido en uno de los biblioratos de mi abuelo, no he advertido que, haciendo befa del uso de la estrafalaria palabra "trust" en un volante electoral, he intentado explicar su sentido utilizando la palabra "holding", que imagino no debe ser tampoco de amplia comprensión masiva por parte de la ciudadanía.

Quise decir, y pido disculpas a eventuales lectores futuros, que a lo que se oponía en 1963 la Unión Cívica Radical del Pueblo (y por lo tanto mi abuelo), era a dejar en manos de las corporaciones petroleras multinacionales el manejo indiscriminado del petróleo que abundaba – abunda aún – bajo amplios territorios del sur del país. O por lo menos eso era lo que prometía en su programa electoral, que ya sabemos que al final nadie lo cumple. De hecho, y como estoy escribiendo estas páginas en 1995, ahora puedo decir que paradójicamente quien terminó de consumar tal entrega fue un gobierno peronista, el de Carlos Menem, que vendió la compañía petrolera estatal a una empresa española.

El caso es, para seguir adelante con esta historia, que este incomprensible volante electoral sobre los "trusts" aparecido en un bibliorato de mi abuelo, podría considerarse el motivo de la primera actividad militante de mi vida. ¡A los cinco años!, dirán ustedes *(¿ustedes quiénes?)* sorprendidos.

Pues sí: mi vida, a decir verdad, carece de mucho bagaje militante en la política. Aunque nunca fui ajeno a ella, por lo menos desde la escuela secundaria que cursé en una época en que hasta la historia estaba dividida en bandos irreconciliables, fui – sigo siendo –apenas un observador externo. Nunca me he afiliado a ningún partido, ni mucho menos participado en alguna de las innumerables organizaciones revolucionarias o de izquierda que pululaban en mis tiempos de estudiante. Como probablemente la mayoría de los argentinos de mi generación, algunos de mis amigos se cuentan entre los miles de jóvenes secuestrados y asesinados por la dictadura de Videla o su antecedente civil, la Triple A de López Rega. "Desaparecidos", los llamaban. Pero lo cierto es que yo estoy aquí, veinte años después. No he sufrido en mi persona los zarpazos de la represión, terminé normalmente mi carrera, y heme aquí ejerciendo mi profesión al frente de una clínica veterinaria que, debo reconocerlo, me permite una vida sin sobresaltos económicos.

Pero no estoy hablando de mí, sino de mi abuelo. Estaba diciendo que, como la magdalena de Proust, las letras impresas en aquel volante de la campaña electoral de 1963 me trasladaron automáticamente a mi primera actividad política, a la sorprendente edad de cinco años.

El recuerdo es más o menos así. El abuelo me pasa a buscar en una tarde donde un sol tibio da un respiro al frio del invierno que está a punto de comenzar. Ya he regresado de la escuela, es mi primer año en las aulas, en el Preescolar de la Escuela Provincial en donde había enseñado mi propia madre. Ella - mi madre - opone un poco de resistencia, pero se deja convencer fácilmente. Subo al coche de mi abuelo, un pequeño vehículo de dos puertas que casi parece un automóvil en escala. Me siento a su lado, en el asiento delantero que, como el coche tiene la palanca de cambios incorporada en el volante, es un solo asiento que va de puerta a puerta, a diferencia de los coches actuales que tienen dos asientos delanteros separados por el espacio para la palanca de cambios que entonces sólo era usual en los deportivos, y que llamábamos "palanca al piso". Entre ambos, hay una caja de cartón llena de volantes: es el mismo volante que hoy, treinta años después, desengancho del bibliorato y expongo sobre el escritorio donde trabajo, al lado de mi Lettera 22. Mientras mi abuelo conduce el coche a través de las calles de Coronel López, mi trabajo será ir esparciendo, a través de la ventanilla abierta, manojos de propaganda electoral destinados a los transeúntes. Eso se llamaba "volantear", pero cuando pronuncio la palabra, descubro que para mí tiene otra connotación más peligrosa, clandestina, ligada más bien a los tiempos de mi vida universitaria – en plena dictadura militar (una de ellas: una de las dictaduras, quiero decir, no una de mis vidas universitarias) - donde la propaganda política callejera era sinónimo de subversión, y por lo tanto de grave riesgo personal.

Aquí no: cada tanto, sobre todo en las calles del centro donde hay una circulación permanente de personas que entran y salen de comercios u oficinas, extraigo un puñado de volantes y los arrojo por la ventanilla tratando de que se esparzan en el mayor radio posible. Tengo la sensación de que estoy haciendo algo importante, aunque no sé realmente qué importancia pueda tener aquello. Cuando vamos por los barrios, muchos de ellos con calles de tierra, mi abuelo presta atención cada vez que ve, en alguna esquina, algún grupo de niños jugando. Ahí es el sitio estratégico – me explica – donde hay que arrojar los volantes. Porque – continúa – los chicos con su curiosidad espontánea seguro que los van a recoger y después lo llevarán a sus casas, donde sus padres recibirán indirectamente la propaganda de la candidatura de Illia – Perette. Aquella propaganda sobre los "trusts petroleros" que no sólo para los niños, sino para sus padres probablemente no tendrá demasiado sentido. Pero eso lo pienso ahora, vuelvo a decir. Cuando la caja de volantes se agota volvemos a casa, pero antes mi abuelo premia mi colaboración, mi primera intervención en el activismo político, con una pasada por lo de *la Vieja Asquerosa*.

La Vieja Asquerosa – así le decíamos secretamente – regenteaba una heladería montada en un antiguo patio cerca del centro. A diferencia de otros sitios donde los helados eran de marcas industriales masivas, la Vieja tenía su propia producción artesanal, y el sabor (y el tamaño) de sus helados eran insuperables. También a diferencia de otros establecimientos atendidos por pulcros dependientes prolijamente uniformados, la Vieja usaba un delantal que originariamente debía haber sido blanco, pero que jamás pasaba por la lavadora, y en todos mis recuerdos está mugriento de chorreaduras milenarias. La mujer, de opulenta apariencia y antebrazos voluminosos como rodillos, no reparaba demasiado en los detalles de su presentación pública, y en más de una ocasión, sobre todo en los calurosos veranos coronelenses, mis amigos y yo teníamos el privilegio de asistir a la caída de gruesas gotas de sudor provenientes de su frente dentro mismo de los tachos circulares de donde extraía su inapreciable producto. Pero la heladería de la Vieja Asquerosa era el sueño de cualquiera de nosotros, en cualquier época del año. Así que allí habíamos terminado, aquella tarde con mi abuelo, mi primera (no absolutamente única, pero si inolvidable) incursión en la política.

Claro que todo esto que recuerdo ahora con la precisión de una película en colores, y que podría haber contado incluso deteniéndome puntillosamente en muchísimos más detalles, no me sirve para contar la historia de mi abuelo, porque el plan que me he hecho para ella termina el día del golpe que derrocó a Perón, el 16 de septiembre de 1955. O sea, ocho años antes del día de la volanteada y del helado en lo de la Vieja Asquerosa.

Con lo cual, y aunque juro que no lo hecho intencionadamente, una vez más estoy empezando a convencerme de que la historia de Ramón Sánchez es apenas una excusa para hablar de mí. Pero como digo, estas aviesas intenciones son, en todo caso, producto de una tendencia maligna que se intenta colar por debajo de mi voluntad misma. Y un buen narrador, lo tengo claro, no debe dejarse desviar del camino que ha elegido.

Lola tenía veintisiete años cuando el maestro Gumersindo amaneció muerto en su cama, hecho del que su mujer recién tomó conciencia en el momento de despertarse. Doña Elvira había dormido profundamente toda la noche, y fuese como hubiese sido el momento en que su esposo dejó el mundo, no había sido lo suficientemente agitado como para sacarla de su sueño. Después de comprobar la inmovilidad total de él y palpar el cuerpo que ya iba poniéndose blanco y frío, y después de unos minutos de perplejidad sin dar un solo grito y menos todavía desgarrarse en llantos, fue hasta la habitación de su hija menor, que todavía vivía con ellos, y la despertó para pedirle que fuese hasta la casa del único vecino de la cuadra que tenía teléfono y hablase al sanatorio para que enviaran un médico. El médico llegó finalmente cerca de una hora más tarde, sólo para certificar lo que todos sabían, la muerte del padre de la familia, y diagnosticar que el deceso había sido causado por un infarto fulminante del miocardio.

Ya para ese momento, Catalina había alertado también al resto de los hermanos. Era sábado y además todo había ocurrido muy temprano por la mañana, así que muy pronto los cinco hijos del maestro que vivían entonces en Coronel López llegaron a la casa paterna, algunos de ellos con sus respectivos cónyuges, para asistir a su madre en la dramática circunstancia. Mientras José, una vez el médico hubo certificado la muerte natural de don Gumersindo Braña, se marchó a la funeraria – Dabove Hnos, se llamaba la única casa de "pompas fúnebres" del pueblo – para concertar los detalles del velatorio y el posterior entierro, Lola, Eloísa y Catalina – Arantxa, la mayor, se había casado con un funcionario de banco que hacía ya algunos años trabajaba en una sucursal de Villa Teodorica, un pueblo a más de 200 kilómetros – se ocuparon de la ingrata tarea de preparar al muerto para el velatorio. Otro de los hijos acompañaba en el salón de la casa a doña Elvira quien recién entonces, un par de horas después de descubrir que su marido estaba muerto y no dormido, se había permitido dar rienda suelta – lo de suelta quizás no es la metáfora apropiada – a un débil lloriqueo que intentaba contener inútilmente. Como el pudor impedía a las hijas mujeres, a pesar de la situación, ver desnudo a su padre muerto, la esposa de José y tres vecinas generosas se ocuparon de lavarlo y vestirlo con sus mejores ropas: la camisa blanca impoluta de sus días de fiesta, una corbata azul oscura (no encontraron en su ropero ninguna corbata negra) y el terno de filafil que – como siempre – había sido cortado y confeccionado a medida por Ramón, el más afamado sastre de Coronel López y marido de una de sus hijas.

Cuando aquello ocurrió, Beatriz y Vilma eran todavía pequeñas y Lola no quiso que fueran al velorio del abuelo. Sí las llevó, después, a la iglesia donde se rezó el responso final, para que vieran cómo el féretro en cuyo interior estaba el cuerpo muerto de don Gumersindo era bendecido por el cura, subido a pulso por los hijos y yernos varones hasta la carroza fúnebre y trasladado al cementerio en las afueras del pueblo.

Tampoco las llevaron al cementerio: se quedaron en casa de una vecina, madre de dos niñas de su edad con las que solían jugar en la vereda. A pesar de la gravedad del momento y de asistir a las idas y venidas de familiares y vecinos y a sus rostros compungidos, las niñas nunca entendieron muy bien qué era aquello de la muerte. Simplemente dejaron de verlo, y ya de grandes apenas conservarían alguna imagen borrosa de quien había sido su abuelo materno.

Pero Lola sí sabía – o presentía – lo que era la muerte. Es más: hacía años que vivía secretamente obsesionada con ello, y la muerte de su padre pareció reforzar sus recónditas premoniciones. Lo cierto es que desde muy joven había vivido con la oscura sensación de que la muerte acechaba a su familia. Niña aún, cuando todavía vivían en Ribadesella, había soñado una noche con la muerte de Pepe, el hermano al que le llevaba apenas un año, y desde que despertó por la mañana recordando con todo lujo de detalles cómo el chico yacía en una especie de altar elevado, sin ataúd y rodeado de flores, y la angustia desesperante que había sentido durante el sueño, nunca pudo apartar de su cabeza el temor a ver cómo la muerte se iría apropiando gradualmente de todos los demás. No eran sus padres, curiosamente, por los que temía, sino que por alguna razón que nunca había podido explicarse vivía con la sensación constante de que la muerte lo apartaría de sus hermanos mucho antes de lo que hubiera sido normal. Y aunque el primer muerto de la familia había sido el padre – lo que finalmente era lo más natural, sobre todo porque don Gumersindo tenía ya cerca de setenta años – ese hecho no había hecho más que reforzar su obsesión.

Quizás ese sentimiento de premoniciones trágicas había nacido cuando Ribadesella – cada tanto - se volvía un territorio de lamentos y llantos apenas escondidos y ella comprendía entonces que algunos marineros ya no volverían a casa de sus familias. O cuando se asomaba – siempre aferrada a la mano de su padre – a los oscuros vórtices de las cuevas que se abrían en los montes que rodeaban al pueblo.

A ella, en realidad, nunca se le había pasado por la cabeza identificar el origen de sus miedos; pero convivía con ellos y rezaba cada noche rogando a dios que protegiese a sus hermanos – y a ella misma – de una muerte que la obsesionaba con su presencia secreta. Y en los últimos años, aunque curiosamente su propio marido, Ramón, se había librado de ser objeto de esos temores, sí los había trasladado sobre la vida de Beatriz y Vilma, sus dos hijas.

Nunca sin embargo, se había atrevido a hablar de ello con Ramón. Ese tema, como tantos otros temas de su intimidad profunda, no los había hablado nunca con nadie más que con su propia mente. Aunque sus padres le habían dado una buena educación y habían sido siempre bondadosos con ella, nunca había tenido momentos de confianza suficiente como para hablarles de sus dudas y pensamientos más profundos.

Con su padre ni qué pensarlo, pero tampoco doña Elvira se había abierto nunca a hablar con ella más allá de los deberes de su vida futura y los consejos sobre cómo afrontarla. Su madre era una mujer educada en el viejo estilo de las familias patriarcales europeas, donde los roles estaban claramente definidos: el padre era el responsable de alimentar a la familia, asegurar el bienestar y la honorabilidad de la posición social y la conducta de todos; la madre tenía por deber que el hogar fuese siempre un espacio acogedor, donde toda la familia pudiese replegarse confiadamente de los azares de un mundo hostil. Los hijos se educaban para trabajar honradamente, ascender en la escala económica y social y constituir a su vez familias honorables; y las hijas para repetir el papel de sus madres en la fundación de nuevas camadas generacionales. Nadie ponía en duda esos lugares, al menos en la familia de los Braña. Y desde luego, los temas que se salieran de esas severas cuestiones no se hablaban o se dejaban "para cuando llegara el momento" de hacerlo.

Sí había hablado mucho con sus hermanas, por supuesto, pero sus temas de conversación eran las remanidas "cosas de mujeres", que habían consistido casi siempre en confidencias sobre chicos y cotilleos sobre otras amigas. Y la costumbre de mantener sus dudas íntimas y sus angustias encerradas en sus propias cavilaciones no se había alterado con la llegada del amor, ni siquiera después de que Ramón se convirtiese en su marido.

Todo eso se había acumulado allí, en su interior, como una herida que nunca recibía suficiente aire como para cicatrizarse. O mejor no una herida: como un callo, una dureza áspera que no dolía quizás, pero crecía lentamente, y molestaba.

En su fuero íntimo, Lola suponía que sus hijas serían, alguna vez, las depositarias de todo eso que nunca podía hablar con nadie: sus temores, sus expectativas, sus sueños secretos. ¿Podría ella, de todos modos, romper ese rígido patrón que caracterizaba a las familias como la suya? ¿Podría llegar alguna vez a convertirse en cómplice y amiga de sus propias hijas, ella que nunca había podido ser cómplice y amiga de su propia madre? De todas formas, en todo caso para ello faltaban muchos años: Beatriz y Vilma eran apenas dos niñas y ciertos temas, ya se sabe, no pueden ni mencionarse al menos hasta la adolescencia.

Pero ¿por qué no podía liberar sus pensamientos más profundos con Ramón, su marido, el hombre al que había elegido para que la acompañase para el resto de la vida? El joven sastre la había seducido desde que lo conoció por su modo de ser abierto y franco, por la soltura con que se expresaba y la firmeza, respetuosa pero vehemente, con que defendía su manera de ver la vida y la sociedad. Aun cuando en muchas cosas, como la religión por ejemplo, sus opiniones chocaran abiertamente con las enseñanzas de doña Elvira. A pesar de esos desacuerdos, ella había asumido desde un primer momento el papel que le habían enseñado a cumplir; de hecho, el que todas las familias decentes enseñaban a cumplir a sus hijas: acompañar al marido y ser el apoyo afectivo y cariñoso de sus emprendimientos, y sostener la casa y la familia para que él pudiese ser más libre en sus actividades.

Así como rebelde y revolucionario era en sus ideas políticas, Ramón no había cuestionado nunca, sin embargo, esa distribución que tradicionalmente asignaba a cada miembro del matrimonio roles fijos y compulsivos. Por el contrario, era en ese terreno aún más rígido de lo que podía esperarse de un joven su edad. Alguna vez Lola había pensado, por ejemplo, en que le hubiese gustado estudiar algún oficio, incluso para colaborar de algún modo en la economía familiar, pero él la desalentó drásticamente. No hacía falta que saliera de casa, fue su inmediata y tajante respuesta: además, las niñas requerían de toda su atención, en todo caso cuando fueran mayores se vería. Pero incluso en esa ocasión, Lola no había sentido una especial insatisfacción: en cierta forma, hasta le agradaba y se sentía orgullosa de tener un marido tan responsable.

Aunque a veces, pensaba Lola, tuviese que tragarse alguna molesta sensación que se le atravesaba en la garganta, como la incertidumbre que la agobiaba cuando él regresaba más tarde de lo normal por las noches, o respondía con excesiva parquedad a alguna pregunta sobre sus actividades. Nunca se le había pasado por la cabeza que Ramón fuera un mujeriego o que le ocultase otras relaciones: tampoco el muchacho era más afecto a la bebida que cualquier otro de su edad. Ella sabía que sus tardanzas nocturnas tenían que ver, en todo caso, con la intensa vida pública de la que siempre había disfrutado: las reuniones en el partido o en el club social, los ensayos con músicos amigos, o incluso algunas ocasiones imprevistas en las que se quedaba cantando en algún boliche porque se lo pedían. Y en cuanto a ciertas cenas o actos relacionados con su vida política o institucional, su propio padre le había enseñado que no eran cosas de mujeres. Pero como ocurre con todas las mujeres, o como al menos Lola estaba segura de que ocurría con todas las mujeres, no podía evitar que la duda y los celos la acecharan en cada demora de su marido, y no pegaba ojo hasta que sentía la llave girar en la cerradura de la puerta de calle.

Y como él no solía expandirse mucho en el comentario de los asuntos que lo habían entretenido durante el día (siempre le había asegurado a Lola que los asuntos de fuera no debían interferir en la vida de la familia), tampoco ella se sentía impulsada a hablar de sus pensamientos más personales, no tanto por falta de necesidad como por respeto a esa especie de pacto por el cual se suponía que cada integrante del matrimonio debía respetar los espacios personales del otro.

Así que, aquella mañana en que Catalina golpeó la puerta de la casa para pedirle que se vistiera de inmediato y acudiera a la casa paterna donde el maestro Gumersindo había amanecido sin vida; y durante todos aquellos dos largos días que duraron las exequias, las ceremonias del sepelio y las deliberaciones familiares sobre el futuro de doña Elvira; Lola nada mencionó de aquellas fantasías que le rondaban desde niña. Pero cuando todo el ajetreo hubo terminado y cada uno volvió a su vida diaria, a excepción de doña Elvira y de Catalina, la hija menor, en cuya vida diaria ya no rondaría el reciente finado, Lola sintió más que nunca que ella y sólo ella concentraría en sí misma y en su conducta futura la responsabilidad de que la muerte, esa incómoda viajera, no se atreviera siquiera a acercarse a lo que ella más quería: sus hijas.

Cuando Casareto llegó a Coronel López, los Pelossi tenían desde hacía años una imprenta en la que se editaban la mayor parte de los carteles de propaganda, folletos publicitarios, tarjetas de visita, bodas y comuniones, y otros impresos relacionados con la vida mercantil, profesional y social del pueblo. Como según la ley todas las resoluciones judiciales y edictos municipales tenían que ser – para entrar en vigor – publicados en algún medio de acceso público, los tres hermanos, tipógrafos de toda la vida, habían fundado una hoja informativa semanal a la que habían bautizado "La Comuna", que se nutría de lo que le cobraban al Juzgado y a la Municipalidad por publicar sus documentos, y además – más por cuestión de imagen que de interés – completaba sus apenas cuatro páginas en tamaño sábana con algunas noticias sociales, horóscopos y breves misceláneas a menudo copiadas de otras revistas. Periódico e impresos varios se componían a mano por parte de los tres hábiles tipógrafos – y su padre - que con inusitada destreza eran capaces de armar toda una tira de texto en cuerpo once, letra por letra, en una columna que iba tomando forma línea a línea dentro de una caja de madera de seis centímetros de ancho por sesenta de altura, mientras hablaban entre ellos sobre los partidos de futbol del domingo.

Ordenadas mesas de madera divididas en compartimentos en los que los tipos de plomo se agrupaban por letra y tamaño, ocupaban la mayor parte de aquella imprenta en donde las estrellas eran las dos máquinas impresoras. La más moderna era una esbelta minerva de uno de los modelos más recientes, la Heidelberg. Las minervas eran las máquinas de impresión más populares desde fines del siglo anterior, pero la Heidelberg había sido toda una revolución: era el primer modelo que contaba con su propio motor. Un rodillo entintaba la pletina en donde se encajaban las letras de molde, y luego la pletina se desplazaba encima de un tímpano circular donde reposaba el papel haciendo una leve presión para dejarlo grabado. El motor aceleraba el proceso, y el ajuste adecuado de la presión era la clave de la calidad definitiva del resultado.

La minerva se usaba principalmente para impresiones pequeñas, pero era en la otra máquina, la verdadera reina de la sala, donde se imprimían los carteles de mayor tamaño y también las páginas de "La Comuna". Los hermanos llamaban simplemente a la máquina "la plana", y era un aparato de tamaño considerable que ocupaba prácticamente todo el centro de la sala: las planchas tipográficas, armadas como siempre a mano, ocupaban uno de los extremos. Un operario debía entintarlas permanentemente para que no se secaran, mientras controlaba el descenso de una lámina horizontal que hacía presión sobre el papel que una cinta deslizante iba disponiendo por encima. Una vez retirada la lámina superior, unas aspas levantaban la hoja de papel, de dimensiones correspondientes a una doble hoja del periódico, y la trasladaban al otro extremo de la máquina. Cuando estaba impresa la cantidad programada, el operario debía devolver la resma completa a la cinta original y repetir el proceso con la otra cara si la impresión era por los dos lados. Luego la resma impresa se llevaba a otra máquina que la doblaba al medio.

Los hermanos Pelossi eran hijos de un italiano llegado al pueblo con su familia después de la Primera Guerra, en una de las últimas grandes oleadas de inmigración europea. Los dos hermanos mayores, Luigi y Giaccomo (a quienes todos en el pueblo llamaban Luis y Jacobo), habían nacido en Italia y llegaron con sus padres siendo niños de corta edad. El más chico, bautizado ya con nombre local como José, entró en el mundo poco después de que la familia se asentara en Coronel López y el pionero, cuyo oficio como podemos ya imaginar era también el de tipógrafo, pusiera en marcha la imprenta en un cuarto de su propia casa. Unos años después habían trasladado el negocio a un local ubicado en una calle cercana, en la esquina de la misma cuadra en la que el sindicato ferroviario fundaría más adelante la primera biblioteca pública. José era todavía un adolescente cuando su padre le enseñó las artes del oficio, y cuando tenía quince años ya se había sumado a la tarea de manipular a velocidad impensable las letras de plomo. Pero además lo habían hecho tempranamente responsable de la plana, y esa responsabilidad era uno de sus mayores orgullos.

Casareto, un hombre aún joven, espigado aunque algo encorvado de espalda, moreno y de cabeza redonda que intentaba alargar luciendo encima del labio superior unos gruesos mostachos, había llegado desde Buenos Aires con un nombramiento como maestro de primaria en la Escuela Provincial, la segunda escuela pública que el gobierno abrió en el pueblo. Eso ocurrió a finales de los años 30, y él tenía treinta y cinco cuando fue destinado a Coronel López.

Había nacido en Cañada de Suárez, un pueblo bastante más chico que Coronel López, hijo de una familia de chacareros de buen pasar económico y bien conectados socialmente, pero antes de los veinte años se había marchado a Buenos Aires y estudiado la carrera de maestro en una Escuela Normal de la Capital. Buenos Aires lo había desilusionado finalmente, y acudió a ciertas relaciones de su padre en el gobierno provincial para conseguir el contrato en Coronel López cuando se abrió la nueva escuela.

Casareto había sido siempre una persona llena de grandes esperanzas en la humanidad y ansiosa por ser protagonista de los cambios sociales y políticos. Mientras vivió en la Capital había militado en el radicalismo, y cuando en 1935 un grupo de jóvenes intelectuales del partido formaron un núcleo interno que pretendía reactivar el ideario yrigoyenista, al que denominaron Fuerza de Orientación Radical para la Joven Argentina, Casareto adhirió en seguida a la iniciativa, y aunque no estuvo entre los principales protagonistas quizás porque todavía era muy joven para ser tomado en cuenta, participaba de sus ideas y de las actividades de difusión de las mismas.

Recién llegado a Coronel López, el maestro se acercó al comité local del partido al que estaba afiliado, pero le disgustó comprobar que los dirigentes (y el grueso de los militantes) seguían a pie juntillas la línea marcada por los jerarcas porteños. Así que buscó relacionarse con los menos complacientes a la línea partidaria oficial, y pronto comprendió que Meléndez y Ramón eran prácticamente los únicos que disentían de ella.

Meléndez trabajaba por entonces como tornero en una herrería artística que un inmigrante piamontés llegado después de la Gran Guerra había montado en un galpón adosado a su vivienda. La pequeña fábrica, que era una de las primeras del pueblo, estaba apenas a una cuadra de distancia de la imprenta de los Pelossi, y con frecuencia a la salida de su turno de trabajo el muchacho encontraba a alguno de los hermanos tomando el fresco en la puerta del local y se detenía a conversar; tanto que finalmente había consolidado una buena amistad con uno de ellos, Jacobo, el del medio. Entre los muchos temas de sus conversaciones no estaba ausente la política. Jacobo Pelossi, como toda su familia, se había criado leyendo libelos comunistas, y aunque en realidad no tenía demasiado apego por las cuestiones partidarias sí poseía una cultura rudimentariamente revolucionaria que le hacía compartir ciertos fervores de su reciente amigo. Disentían en su imagen del yrigoyenismo. Para Meléndez el presidente derrocado había sido el portador de la única y verdadera resistencia a la oligarquía y el imperialismo británico y norteamericano; para Pelossi, mas por lo que escuchaba de su padre que por auténtica convicción o análisis, había sido un demagogo al servicio de la burguesía nacional. Pero la relación entre ambos fue la ocasión que aprovechó Casareto para que Meléndez intermediara entre él y los tipógrafos, en beneficio de un proyecto que le rondaba casi desde que había llegado al pueblo.

 El maestro quería difundir en Coronel López aquellos pensamientos que había ido absorbiendo durante sus últimos años en Buenos Aires en las reuniones de la FORJA. Al llegar al pueblo, la chata y opaca realidad, tan diferente al movimiento constante del activismo político en la Capital, lo había aletargado por un tiempo. Mientras más pequeño es un sitio, parece que su gente estuviera más alejada de las cuestiones que mueven la vida institucional, pero en realidad se trata sólo de una cuestión estadística. Mientras vivía en Buenos Aires casi toda la vida de Casareto había transcurrido en contacto con grupos de amigos relacionados con la militancia política. Esos mismos grupos, en realidad, constituían un micromundo relativamente aislado de la vida diaria de la gran masa de los porteños, aunque sin duda podían llegar a tener una influencia considerable en ese pequeño universo que en el fondo mueve los hilos de la política.

Si son seguramente miles los activistas que se mueven en el escenario cambiante de una ciudad de millones de habitantes, el hecho de que sólo sean un puñado en un pueblo de quince mil vecinos es, como decía, una sencilla cuestión estadística. Pero en el primer caso, se genera la ilusión – a menudo irreal, por cierto – de estar arropados por otro montón de personas que comparten, incluso a pesar de las diferencias de matices ideológicos, una voluntad común. En los pueblos, por el contrario, ser uno de los pocos que proclama la necesidad de una participación en la política activa, y mucho más si se lo hace desde discursos que reclaman la solidaridad con ideas que la mayoría juzga abstractas, es convertirse en pasto fácil de la burla y el escarnio. El "revolucionario" es un ser marcado por el resto de la sociedad: si no es un "idealista" al que se le respeta pero se desprecian sus ideas y actitudes, es – casi siempre – un tipo peligroso para la vida de los demás, una mala influencia para los hijos, alguien que debe ser evitado al máximo e incluso, si hace falta, denunciado ante las autoridades.

Pero pasados algunos meses de chocar con esa circunstancia, volvió a prender en Casareto la chispa del revolucionario y en poco tiempo descubrió por dónde circulaban aquellos que podían compartir sus inquietudes. En Coronel López no faltaban tampoco, como no faltan en ninguna parte. Y el maestro los identificó enseguida.

Había por entonces un núcleo de militantes comunistas, centralizado en los gremios de los albañiles y ceramistas. Otro núcleo, más pequeño y cuyos miembros pertenecían a sectores de clase media excepto algún que otro gremialista ferroviario, eran miembros del Partido Socialista creado por Juan B. Justo. Casareto estaba afiliado al radicalismo, como he dicho; pero dentro de su partido encontró muy pronto que sólo podía contar con los dos amigos.

La amistad de Meléndez con los Pelossi, finalmente, resultó fundamental para el proyecto que rondaba la cabeza de Casareto. En la familia propietaria de la imprenta todos los hijos eran tipógrafos, pero aunque eran jóvenes no exentos de inquietudes ninguno de ellos tenía conocimientos de periodismo. Ni falta les hacía, ya que las páginas de "La Comuna" se nutrían básicamente de notas de la Municipalidad, bailes y eventos sociales y deportivos organizados por los clubes, edictos oficiales y necrológicas que les enviaba la única empresa funeraria del pueblo. Los aconteceres propios del mismo pueblo ni siquiera eran considerados noticias por los vecinos, y de las noticias nacionales se ocupaban las radios y la edición de *Crítica* que llegaba con un día de atraso. ¿Quién necesitaba periodistas?

Pero como todo joven intelectual, Casareto no concebía la vida ciudadana sin medios que difundieran las novedades y el debate de las ideas. Así que casi desde que llegó y conoció a Ramón y a su amigo Meléndez, se le había metido en la cabeza que tenían que tener un periódico. Sus posibilidades económicas difícilmente podían solventar su empeño, pero Meléndez encontró una solución mejor todavía que la que el propio maestro podía imaginar.

Fue él quien convenció a Jacobo Pelossi, y tras él al resto de la familia de tipógrafos, de que "La Comuna" tenía que superar su mera presencia como vehículo de notas sociales e institucionales, para convertirse en un periódico de verdad, "como los de Buenos Aires". Casareto sería el nuevo Redactor (aunque sin cobrar salario, al menos por el momento) y él mismo se encargaría de ir reclutando la participación de todos aquellos que en Coronel López quisieran colaborar y expresar sus ideas y creatividad. Los Pelossi se convencieron de que esa expansión, y el hecho de que personas de la comunidad se viesen publicadas y reflejadas en el proyecto, resultaría también un aliciente para que los comercios locales se interesasen más en publicitar, así que dieron vía libre a la nueva identidad de "La Comuna".

Al menos al principio, los Pelossi acogieron la idea con entusiasmo. Limpiaron y ordenaron un cuchitril separado del resto de la imprenta por un tabique de aglomerado, le pusieron una mesa, una silla giratoria de madera, una lámpara de pie flexible y hasta una máquina de escribir para que Casareto pudiese trabajar allí cuando quisiera; aunque el maestro prefería escribir en su propia habitación de la pensión en donde residía y llevarles los artículos una vez a la semana.

Cuando llegó al pueblo para asumir su puesto de maestro en la escuela, sabiéndose un hombre sólo e incluso con propensión a la soltería, en lugar de alquilar una vivienda había optado por rentar una habitación espaciosa y cómoda en una casa que ofrecía cuartos en alquiler con derecho a utilizar la cocina y el baño. Allí vivía frugalmente, en la silenciosa compañía de una cama, una biblioteca adosada a una de las paredes y un escritorio de madera donde se sentaba a leer o escribir, siempre a mano.

Como era previsible, los problemas empezaron de entrada. En el año 1936, en uno de los muchos escándalos de corrupción que el gobierno y los dirigentes de los partidos políticos mantenían ocultos bajo la alfombra del poder, la mayoría de los concejales de la ciudad de Buenos Aires, incluidos los de la UCR, habían recibido suculentos sobornos por parte de una empresa española para asegurarse la concesión de los servicios eléctricos de la Capital. Entre los sobornados estaba el entonces ministro de Hacienda Roberto Ortiz, quien pocos años más tarde sería la carta fuerte del radicalismo para encabezar una fórmula presidencial en la llamada Concordancia. Aquel escandaloso caso de soborno a favor de una empresa extranjera fue el primer tema que Casareto eligió para inaugurar el nuevo perfil del periódico. Pero para ese entonces, el presidente era el propio Roberto Ortiz, y el artículo resultaba un ataque frontal contra él.

Aquel artículo, encabezado por una sucinta declaración de principios de lo que – al menos según el propio autor – sería la nueva actitud de "La Comuna", resucitaba una denuncia que la opinión pública ya había archivado como se archivan mentalmente todas las noticias después de que han ocupado algún esporádico estrellato en las portadas. Para colmo, aquel asunto ni siquiera había llegado nunca a las primeras planas, y la gente común consideraba que, en cierta forma, así era como habían funcionado siempre la política y los negocios públicos. Como en todo caso los que más perdían si el tema volvía a llamar la atención eran precisamente los radicales, la aparición del artículo en "La comuna" no cayó nada bien en el comité local. Menos aun proviniendo de la pluma de un afiliado propio. Así que el presidente del comité – que ya no era el albañil Ciechomsky, quien había muerto tres años atrás, sino el abogado Rojano – pidió a Ramón Sánchez que hablara con su amigo.

En la esquina de San Martín con la calle Castelli había por aquel tiempo un bar que además de una moderna máquina de hacer café con manijas plateadas albergaba en el fondo una mesa de billar. Por las noches, y sobre todo los fines de semana, el lugar era la cita casi obligada de los jóvenes de clase media de Coronel López, que tomaban un aperitivo o jugaban unas bolas antes de salir de recorrida por los bailes del club social o algún salón de barrio. Pero durante el día el movimiento era escaso: algún que otro parroquiano que se tomaba un descanso entre trámites bancarios por la mañana, o algún viajante aburrido que esperaba la hora de una entrevista en los comercios que tenía que visitar. Allí se habían dado cita después del mediodía, mientras la mayoría de la gente dormía la siesta antes de la reapertura vespertina del horario comercial.

—Rojano me pidió que te sugiriese tocar temas menos delicados, ya te imaginás —empezó Ramón mientras el mozo iba en busca de los cafés que habían pedido para beber —Dice que para qué nos vamos a meter con temas que dejan mal al radicalismo justo ahora que estamos en el gobierno, que no es oportuno. Y a mí, que querés que te diga, me parece que algo de razón tiene...

—Che, Ramón, si empezamos así a la primera de cambio más vale dejarlo, ¿no? —protestó de inmediato Casareto con fastidio —Suponía que la idea de meternos en el diario era para tratar de rescatar el ideario yrigoyenista, pero si empezamos así...

—No te lo tomes con tanto drama, Casareto —insistió Ramón con parsimonia, tratando de aplazar la vehemencia con que el otro había encarado el diálogo — Habíamos quedado en que ibas a escribir artículos que hicieran pensar, que desarrollasen algunas ideas que, es cierto, últimamente están siendo olvidadas, la idea de la soberanía, de la política vista como servicio a la gente y no como profesión o negocio. Que abrieran el debate. Pero te largás de entrada con un tema que toca nada menos que al Presidente, y encima un asunto que ya está casi olvidado. Además, ¿vos te creés que va a servir para algo remover ese asunto en un diario de este pueblo perdido?

¿Nos vamos a buscar problemas justo entre nosotros, los radicales, en vez de pensar en el futuro?

Casareto se removió en la silla, era obvio que se sentía incómodo y esta conversación le costaba. Torció brevemente la cabeza hacia el mostrador, donde el mozo estaba ya poniendo los dos pocillos de café sobre la bandeja de acero inoxidable, y volvió a la carga.

—¿Qué futuro? —cuestionó haciendo con la boca una mueca irónica —Si sabés perfectamente que quien gobierna es la oligarquía de siempre, aunque el presidente sea del radicalismo y nos hayamos prestado en las elecciones a una farsa más de las tantas que venimos soportando desde Alvear.

Ramón Sánchez se movió incómodo en la silla. Sabía que el otro estaba diciendo la verdad, todo el mundo sabía que la elección de Ortiz a la cabeza de la Concordancia se había fraguado a través de un fraude escandaloso y público.

—Tenemos las elecciones legislativas encima, Casareto —insistió —. Para los radicales estas elecciones son muy importantes, es la primera vez desde Yrigoyen que podemos participar plenamente, y seguro que vamos a conseguir muchos diputados en el Congreso.

—¿Y para qué queremos muchos diputados en el Congreso si después lo que hacen es ayudar a vender el país a las empresas extranjeras o encubrir a los corruptos que gobiernan? ¿Para tapar a los que se llenaron los bolsillos con la venta de El Palomar, por ejemplo? ¿Para eso querés los diputados?

Unos meses antes, el gobierno de Ortiz había sido sacudido por una nueva denuncia. El Ministerio de Guerra había comprado unos terrenos en El Palomar, cerca de Buenos Aires, para ampliar instalaciones del Ejército; pero el precio había sido artificialmente inflado para que buena parte del dinero fuese a parar a manos de algunos jerarcas militares comprometidos en la operación. La estafa fue posible gracias a que el Congreso votó el precio sin cuestionamientos. Una comisión investigadora impulsada por un diputado socialista, apoyada por un sector conservador que quería tomarse venganza de la anulación de las elecciones de la provincia de Buenos Aires, descubrió que la anuencia de los legisladores se había logrado gracias al pago de cuantiosas sumas de dinero al propio presidente de la Cámara y a un puñado decisivo de legisladores radicales. Cuando saltó el escándalo, Ortiz estaba provisionalmente licenciado de su cargo por una diabetes feroz que lo aquejaba, pero había sido él quien firmó el decreto autorizando la compra.

Ramón Sánchez levantó los hombros y dejó caer con desaliento las manos encima de la mesa.

—¡Sólo falta que en tu próximo artículo hables de eso! —dijo con temor y fastidio al mismo tiempo.

—¿Por qué no? Me estás dando una buena idea —replicó Casareto, provocador. Pero después intentó rebajar la tensión.

—Ramón, ¿qué nos está pasando? —reclamó, acudiendo ahora a un tono más íntimo —. Si los propios radicales no denunciamos la corrupción y la puesta en venta del patrimonio nacional, aunque los corruptos y vendepatrias sean nuestros mismos dirigentes, ¿para qué estamos metidos en la política? Alguien tiene que mantener los principios para los que se fundó el partido. Y si no, irnos a otro lado porque está visto que el partido ya se olvidó cuáles eran sus objetivos.

Ramón no respondió inmediatamente. La UCR - pensó - había pasado por muchos momentos difíciles, contradictorios, pero siempre había una expectativa de renovación. Muchos apostaban por ello.

Pero él había comprendido en todos esos años, que todo era posible sólo si el partido se mantenía unido y leal a sí mismo. Era su convicción. Se lo había dicho una vez, cinco años atrás, a Rojano y nunca había cambiado de opinión.

—Es un momento difícil —intentó argumentar tratando de desviar algo el tema de la conversación y dijo, con un poco de grandilocuencia —No podemos pensar solamente en la Argentina, el mundo está envuelto en una guerra donde se juega su destino. No es momento para convulsiones internas, tenemos que pensar en que la prioridad es parar a los nazifascistas.

Aunque mejor no lo hubiera dicho, se dijo de inmediato al oír la respuesta de Casareto:

—Claro, ¡y a los nazis justo los va a parar un gobierno que acaba de ordenar oficialmente a sus diplomáticos en Europa que no den visados a los judíos y otros "indeseables" que intentan escapar de ellos! ¿Y quién es el gran antifascista que dio esa orden, eh? ¿Acaso Cantilo, el canciller del gobierno, no es también uno "de los nuestros"? Todos esos tipos no son radicales, no merecen ser radicales, Ramón, y si no, los que no podemos seguir siendo radicales somos nosotros...

Ramón dejó pasar unos instantes sin hablar. Después se levantó de la silla dando por finalizada la conversación. Apretó con la mano derecha el hombro de Casareto, que seguía sentado y dijo:

—Los radicales no hemos olvidado nuestros objetivos. Pero el que no quiera estar en el partido no está obligado a seguir, Casareto. Pensátelo, y ya sabés que sea como sea seguimos siendo amigos.

Esa misma noche, Casareto pasó a buscar a Meléndez a la salida del taller, y juntos se fueron a la imprenta. En el recientemente habilitado despacho se reunieron con los hermanos Pelossi que en aquella ocasión, dada la importancia de la cita, estaban los tres. Casareto contó la conversación con Ramón y la "apretada" proveniente desde la UCR. La posición de Meléndez estaba clara desde el principio: apoyaría sin fisuras al maestro para seguir adelante con el proyecto. Los principales perjudicados, en todo caso, podrían llegar a ser los propietarios del periódico. Y no se lo ocultaron.

Pero los hermanos Pelossi, que no entendían mucho por qué el primer artículo de Casareto había molestado tanto a Rojano, no le tenían ninguna simpatía al presidente de los radicales de Coronel López. Como no le tenían simpatía, en general, a ninguno de los políticos encumbrados del pueblo.

Así que, aunque más no fuese por llevar la contra, consintieron en seguir adelante.

SEGUNDA PARTE
Casareto

Cuando terminó su turno – tenía clases por la mañana - Casareto se quitó el guardapolvo blanco que usaban todos los maestros, lo enrolló prolijamente, recogió el portafolios de cuero negro en el que trasladaba sus útiles escolares y se dirigió a la casa de la señora Iturbide. La señora Iturbide era una viuda que había pasado los cincuenta, vestida siempre de riguroso luto por un marido que había muerto ya cuatro años atrás. El marido le había dejado la casa y unas pequeñas rentas, pero ella completaba su sustento cocinando para gente que, como Casareto, vivía sola y prefería recoger todos los días el menú preparado en su cocina antes que abocarse a la fatigosa tarea de hacerse el almuerzo.

    La comida consistía en dos platos y un postre, que la señora Iturbide entregaba en un recipiente compuesto de varias bandejas cerradas de metal enlozado, apiladas mediante un mecanismo que terminaba en un asa también metálica, al que llamaban "la vianda". El maestro retiraba la vianda todos los mediodías al salir de la escuela, la llevaba a su cuarto alquilado, y comía lentamente acompañando los distintos platos – que la señora Iturbide tenía la delicadeza de no repetir más de una vez a la semana – con un vaso de agua de la canilla.

Comía en una mesa tendida a toda hora en la cocina de la casa de pensión donde vivía. Dejaba el portafolios y el guardapolvo en una silla, al lado de la que se sentaba para comer, disfrutaba parsimoniosamente pero sin ningún especial deleite de los contenidos de la vianda, y luego recogía todo y se lo llevaba a su pieza. Generalmente, se echaba unos minutos en la cama a descansar: no más de media hora, en todo caso. Después, dedicaba varias horas a la lectura que escogía entre los libros que ocupaban una estantería adosada a uno de los muros o entre los que extraía de la Biblioteca Almafuerte, o se sentaba a escribir en un escritorio de madera barnizada colocado justo debajo de los estantes.

Cuando comenzaba a caer la tarde se ponía el saco, casi siempre sin corbata, pasaba a devolver la vianda vacía y caminaba hasta el club, donde se sentaba a leer el diario de Buenos Aires y a tomar una ginebra en una mesa junto al gran ventanal que daba a la calle San Martín. Allí se encontraba casi todas las tardes con alguien: ya hubiese sido por una cita concertada de antemano, o porque sus pocos amigos sabían dónde encontrarlo y a qué hora. Algunas noches asistía a las reuniones del comité radical o a alguna de las espaciadas actividades culturales organizadas por la Municipalidad o la Biblioteca de los ferroviarios.

Como si se tratase de un módico Kant argentino, los movimientos y horarios de Casareto eran casi calcados uno y otro día. No se le conocía relación alguna con mujeres, salvo las propias de su vida social – que no era especialmente activa - y de su trabajo, donde todas eran maestras menos él. Y por añadidura, no frecuentaba nunca los bailes de los sábados, a excepción de alguna que otra vez que lo había hecho sólo por acompañar a otros.

Pero no siempre había sido así.

Casareto había escapado del pueblito en el que había nacido – poco más que una calle larga bordeada por unas cuantas decenas de viviendas circundadas por campos de maíz, cebada y otros cultivos - y de la chacra de sus padres a los dieciocho años. Escapar es, claro, una manera de decirlo. En realidad, había logrado convencer a sus padres que lo enviaran a seguir sus estudios a la Capital, después de unos años de aburrimiento en los que habían intentado convencerlo de que se fuera haciendo cargo de las tareas de la granja. Como todos los inmigrantes llegados a principios de siglo al país, los padres de Casareto tenían la secreta ambición de que su hijo fuera "doctor", pero en realidad no eran muchos los que se podían permitir pagar los estudios universitarios. Así que la mayoría se conformaba con adiestrarlos convenientemente para que terminaran administrando las explotaciones – agrícolas, comerciales o industriales – que ellos con esfuerzo habían ido haciendo crecer desde que llegaron. El turno de la Universidad, suponían, correspondería a la generación siguiente, la de los hijos de sus hijos.

Con dieciocho recién cumplidos el muchacho había logrado que los padres lo mandasen a una Escuela Normal, que era la que formaba a los maestros. Vaya a saber con qué hábiles artimañas (lo que no puede dudarse de Casareto era de que tenía un pico de oro) los había convencido de que aunque había escuelas en ciudades más cercanas que Buenos Aires, lo apuntasen finalmente en una de la Capital. Alquilaba un cuarto compartido en una pensión de la calle Jujuy, cerca del Congreso pero como yendo hacia Parque Patricios, que quedaba cerca de la escuela a la cual podía llegar todos los días caminando. Sus padres le enviaban una suma de dinero módica pero suficiente, y él regresaba al pueblo a visitarlos más o menos todos los meses, aunque de a poco las visitas se fueron espaciando.

El ambiente político en Buenos Aires era intenso en esos años: por primera vez en la historia, la nación estaba gobernada por un hombre que no representaba a la aristocracia ganadera y militar que había gobernado siempre. Era Yrigoyen, cuya trayectoria antes de llegar a la Presidencia estaba nimbada de una aureola de perseverancia y arrojo revolucionario que seducía a los jóvenes de la clase media y obrera, la mayoría de ellos hijos de los inmigrantes que habían ido llegando por millones a finales del siglo anterior. Casareto se sumó rápidamente al radicalismo, al principio como mero simpatizante y luego como afiliado.

Pero si el muchacho de Cañada de Suárez había llegado en medio del tumultuoso primer gobierno del caudillo de la UCR, cuando se recibió de maestro seis años después las cosas habían cambiado, y los partidarios de Yrigoyen se encontraban enfrentados de hecho a las políticas de su sucesor, Alvear, quien estaba restaurando los privilegios de la casta aristocrática y lo que era aún peor, regresando a los tejemanejes y manipulaciones a escondidas del pueblo propios de la política tradicional.

Casareto no era una persona extrovertida, en absoluto. Criado sin hermanos en la soledad de la chacra de sus padres, que sólo se interrumpía para ir a la escuela a la que su madre lo llevaba y traía en sulky, había desarrollado una personalidad tímida y reconcentrada, aunque paradójicamente desde chico se destacase por la facilidad de palabra que desplegaba cuando rompía su mutismo. Le entusiasmaba leer, y los padres nunca lo desalentaron. Así cuando terminó la escuela, cosa que ocurrió alrededor de los quince años, ellos continuaron facilitándole los libros que le ocupaban su tiempo a través de un viajante que vendía colecciones a plazos.

En Buenos Aires su hábito de lectura se hizo más intenso y se acostumbró pronto a frecuentar al menos una vez a la semana las numerosas librerías que pululaban en las calles Corrientes y Lavalle. También se acostumbró a leer todos los días los periódicos y a dejarse llevar por el ritmo frenético de las portadas. Leía con admiración una columna diaria publicada en el diario El Mundo en la que se retrataban con humor e ironía las costumbres y la forma de ser de los habitantes de Buenos Aires. Se llamaba "Aguafuertes porteños" y había tenido la oportunidad, en una ocasión que no olvidaría, de que le señalaran una tarde en un bar al autor, un escritor de obras de teatro menores llamado Roberto Arlt. Él hubiera querido escribir cosas como esos "aguafuertes", pero aceptaba resignadamente que no podría lograr ni de lejos – aunque lo intentaba secretamente - el tono zumbón y caricaturesco de aquellos artículos.

Fue por aquel tiempo cuando una mujer entró, quizás por única vez, en la vida de Casareto y lo dejó señalado para siempre.

Se llamaba Mariela, y era maestra en la misma escuela en donde el joven Casareto daba clases. A la chica le resultaba intrigante aquel muchacho silencioso y parco, que sin embargo intervenía con entusiasmo en todas las actividades que se planteaban en la escuela. Organizando y participando de ellas, Casareto cambiaba por completo su forma de ser, se abría a los otros, los ojos parecían hacérsele más grandes y al parecer encontraba una excusa adecuada para dar rienda suelta a su conversación, que era - como ya dije – verbosa y seductora.

En los minutos de recreo, cuando los chicos salían a jugar al patio de cemento alrededor del cual se disponían las aulas, Casareto casi siempre permanecía dentro de la suya repasando lecciones o corrigiendo cuadernos. En alguna ocasión Mariela había pasado frente a la puerta de madera de la sala y viéndola entreabierta había entrado sin timidez con cualquier excusa inverosímil – preguntarle algún horario que todos sabían, o acerca de algún libro de texto que todos conocían – para obligarlo a una charla entre ambos que fue ella quien se ocupó de empezar. De a poco las charlas se habían vuelto más extensas, e incluso solían salir juntos cuando sonaba la campana de la última hora lectiva y caminaban hasta la parada del colectivo donde se separaban cada uno hacia su domicilio. Luego fueron las citas en El Molino, la coqueta confitería de Congreso donde servían té y masas de hojaldre en bandejas de acero inoxidable.

La experiencia sexual del muchacho era más bien escueta. Cuando todavía vivía en Cañada de Suárez, él y un amigo habían salido una noche con dos hermanas que eran famosas por dejarse manosear por cualquier adolescente del pueblo. Todos las conocían como "las Cucarachas". Casareto, su amigo y las dos chicas anduvieron dando unas vueltas por entre los maizales, metiéndose mano al abrigo de las ochavas silenciosas, y tendiéndose al final en un baldío tupido donde crecían matas de hinojo. Nunca olvidaría el aroma a hinojo a su alrededor mientras forcejeaba con la ropa de una de ellas (o más bien, para ser sinceros, ella con la de él). Pero menos venturoso en el recuerdo sería el hecho en sí: cuando entre ambos lograron que su verga penetrase en la vagina húmeda de ella, casi no había empezado todavía a moverse cuando sintió una especie de rayo que lo atravesaba y eyaculó de inmediato (o al menos eso pareció ser aquel cimbronazo nunca antes experimentado). Ella no se había inmutado tampoco: cuando sintió que la tensión de Casareto se aflojaba salió bajo de su cuerpo y se sentó a su lado mientras en la oscuridad manoteaba los yuyos hasta encontrar las bragas. Casi no dijeron palabra, como por otra parte había ocurrido la mayor parte del tiempo que habían pasado juntos. Él se abotonó la braqueta y se puso de pie confuso y sin estar realmente seguro de qué era lo que había ocurrido.

La segunda vez fue ya en Buenos Aires y había sido con una prostituta. Fueron con su compañero de pensión y otros dos muchachos a un prostíbulo barato, en el Bajo. Participaba de la excursión con poco entusiasmo porque casi no sentía ni siquiera curiosidad por aquello que traía de cabeza a todos los varones de su edad, pero ya se sabe que hay situaciones en las que uno no puede dejar de hacer lo que hacen todos. Así que subió finalmente a un cuarto donde sólo había un catre cubierto con una frazada y una mesita ratona con una toalla mugrienta, se sacó tímidamente la ropa mientras la puta, que debía ser al menos veinte años mayor, se desnudaba sin ninguna ceremonia, y se dejó conducir hasta el catre enarbolando una verga enhiesta y tiesa que, como en la primera y ya lejana ocasión se descargó apenas encontró la rajadura de la entrepierna femenina. Esta vez Casareto sabía perfectamente lo que había pasado, pero no le importó demasiado.

Desde entonces nunca más había estado en la cama con una mujer, y lo más sorprendente – incluso para sí mismo – era que nunca había sentido que estarlo fuese un asunto perentorio y urgente como para casi todos los otros hombres que conocía. Ni siquiera acudía al habitual (aunque siempre culposo) recurso de masturbarse por las noches. Como si en cierta forma el sexo fuera algo lejano a su propia vida: un tema recurrente – porque era el tema recurrente de todos sus amigos – pero en el que entraba sin saber muy bien de qué estaba hablando. Sin embargo estaba convencido de que un día llegaría el amor, ese gran amor que todos soñamos alguna vez, y su persistente indiferencia se rompería en pedazos como estalla un capullo cuando lo acosan los rayos de sol de la primavera.

Y Mariela, pensó entonces, podía ser aquel sentimiento que esperaba. Huidizo al principio, había terminado por ceder a la insistencia de la chica y con el correr de los días empezó a sentir que su presencia lo contenía, le hacía ganar confianza y desanudaba los hilos de una lengua que tan brillante había sido siempre para expresar sus ideas como parca para transmitir afectos. Imaginó que en alguna parte de su ser habitaba una ternura oculta que sólo estaba esperando el momento de desbordarse e intuyó, o quiso intuir, que podía volcarla toda junta sobre la maestrita. En suma: se entregó al amor.

En realidad, el tiempo que él vivió como interminable en el que su relación fue pasando de la confianza al amor y de las palabras – como se verá inmediatamente - a los hechos, no habían sido más que un par de semanas. Tras la primera cita en El Molino la acompañó hasta la puerta de la pensión en la que ella vivía y en la penumbra del zaguán tuvieron sus primeros encontronazos cuerpo a cuerpo. Muy pocas citas después, aprovechando una tarde en que la dueña de la pensión estaba de viaje, ella se atrevió a sugerirle que entrase al cuarto. Un desenlace tan apresurado no entraba en los planes del muchacho, pero Mariela no era ninguna mojigata y no se andaba con tantas vueltas como las "señoritas que van de finas", como ella misma se encargó de decirle. Ella era una mujer liberada y le importaban poco las convenciones de la sociedad, por eso trabajaba y por eso había venido a Buenos Aires aunque tuviera que vivir lejos de su familia.

Todo ocurrió de un modo muy distinto a como había sido su fugaz encuentro con la prostituta del Bajo.

Se desnudaron entre besos, uno al otro fueron descubriendo con lentitud y torpeza los rincones de sus cuerpos que hasta entonces habían permanecido ocultos, se metieron juntos bajo la frazada temblando más por la ansiedad que por el frío del otoño. Hasta que bajo la manta, la urgencia del deseo pudo más que la mesura y él se montó sobre la chica buscando el hueco para introducir su pene a punto de estallar.

Y estalló. Estalló apenas se abrió paso entre la pelambre enmarañada del pubis y las paredes sedosas del cuerpo abierto de Mariela. Estalló tan pronto que ella no alcanzó siquiera a sentir que la verga caliente terminara de tocar fondo en su cavidad. Casareto sintió una vez más el cimbronazo atravesarlo de lado a lado y su cuerpo se aflojó en un segundo. Ella, en cambio, no tuvo tiempo de sentir nada más que un exasperado malestar cuando advirtió que el otro la obligaba a interrumpir el gozo sin siquiera haber empezado a sentirlo. Sin embargo ella, que ya sabía lo complicadas que eran las cuitas del sexo, refrenó el primer impulso espontáneo y después de unos momentos de desconcierto de ambos llevó la mano hasta la cabeza de Casareto, que estaba hundida de cara en la almohada al lado de la suya como si se no se atreviese a voltearse para mirarla, y le acarició el pelo mientras le decía intentando transmitir una ternura que se forzaba a sentir:

—No te preocupes, amor. A veces pasa la primera vez. No te pongas mal…

Algunos días después alquilaron un cuarto en un hotel de Paseo Colón. El miedo atenazaba los músculos de Casareto, pero el deseo nunca es prudente. Intentó concentrarse en las ternuras con las que el tacto y los labios avanzaban hacia su objetivo. La chica hizo las cosas lo mejor que pudo para que esa vez todo fuera diferente.

Pero no fue diferente. Y en esta ocasión ella no le acarició el pelo ni se detuvo en palabras de aliento. Esperó unos minutos interminables, sin moverse, hasta que él resbaló el cuerpo hacia un costado y se quedó tendido de lado, con los ojos cerrados. Entonces ella se sentó en la cama, recogió las medias y las bragas y se las puso lentamente, con fastidio y desazón al mismo tiempo. Después fue hasta la silla donde había dejado desprolijamente colgada su ropa y se vistió. Se abotonó por la espalda, sola, sin pedir ayuda, y se calzó los zapatos metiéndolos en los pies sin usar las manos. Descorrió el cerrojo de la habitación y echó la mano al pestillo. La puerta se abrió con un crujido de maderas húmedas. Él seguía en la cama, desnudo, tendido sobre un lado del cuerpo sin animarse a abrir los ojos.

—Lo siento —dijo ella con tristeza, y cerró la puerta.

Al día siguiente, en la escuela, se saludaron con frialdad disimulada. Nunca más volvieron a estar juntos, como no fuese en las obligadas reuniones de la escuela. Ni ella ni él cruzaron jamás el mínimo reproche, y si algo se notó alguna vez en los ojos de cada uno, ambos hicieron lo posible por ignorarlo.

Suficientes años después como para que aquel remedo de amor se hubiese convertido en apenas un dolor anestesiado en el fondo de su mente, Casareto se desató los cordones y se quitó los zapatos para echarse en la cama, con el resto de la ropa puesta, después de haber terminado su horario en la escuela y haber comido lentamente su almuerzo en la cocina de la pensión. Antes de recostarse encendió la radio que ocupaba un ángulo del escritorio y giró el dial entre chasquidos y voces entrecortadas hasta que encontró una emisión de música clásica en Radio del Estado. Estaban pasando una selección de *prelu-*

dios para piano de Chopin, una música que lo confortaba y lo regresaba a sus mejores sentimientos.

Pero esa tarde ni siquiera la música de Chopin lograba quitarle sus preocupaciones. La situación del país estaba entrando en un momento especialmente árido, difícil de interpretar pero al mismo tiempo desafiante, que parecía por primera vez dar respuesta a aquellas ideas que había adoptado cuando, viviendo recién en Buenos Aires, se había acercado a los Forjistas. Perón, un coronel al que en su momento se le habían adjudicado simpatías por las ideas del fascismo italiano (y que de hecho, había estado varios meses en Italia años atrás, perfeccionando su expediente castrense), se había encumbrado dentro del esquema de poder instaurado después del último golpe militar. Casareto, desde luego, siempre había sido reacio a las dictaduras y los golpes militares, pero en esta ocasión debía admitir que sus ideas estaban confusas. El Ejército había desplazado en 1943, menos de dos años atrás, a la democracia fraudulenta de la Concordancia, conformada por el conservadurismo más cerril con el apoyo del propio partido radical al que pertenecía, clausurando más de diez años de gobiernos entreguistas que habían terminado de poner la economía del país al servicio de los capitales ingleses y norteamericanos. La cúpula militar golpista no era homogénea, y dentro de ella el coronel Juan Domingo Perón se había asignado, además de una vicepresidencia, el cargo de Secretario de Trabajo y Previsión Social, desde donde había puesto en marcha políticas favorables a los trabajadores que nunca hubieran sido siquiera imaginadas pocos años atrás. Había dado un estatuto laboral a los peones del campo, había implementado la jubilación para todos, había puesto a los sindicatos a la misma altura que las patronales. Y todo ello, en el marco de un discurso antimperialista que coincidía casi puntualmente con las reivindicaciones que el grupo que había integrado en su primera juventud – y cuyas ideas continuaba manteniendo – defendía desde fines de la década anterior.

Para el maestro, la difusión de aquel ideario había sido una obsesión desde que llegara a Coronel López, una obsesión que le había causado más disgustos que satisfacciones. Cuando concibió el proyecto de cambiar la monotonía del periódico de los hermanos Pelossi introduciendo temas que motivasen al debate a los vecinos, su idea había sido hacerlo paulatinamente, ir acostumbrando a los lectores a encontrar en las páginas de *La Comuna* algo más que las consabidas noticias de sociedad y los edictos municipales. Pero en la práctica, no había sabido manejarse con la habilidad y la prudencia necesaria, y desde aquel primer artículo en donde denunciaba la participación del propio presidente de la Nación en coimas y sobornos a favor de una empresa norteamericana, no sólo los sectores más conservadores – que eran mayoría entre quienes dominaban la opinión pública del pueblo – sino los propios dirigentes de la Unión Cívica Radical a la que pertenecía, se habían volcado en su contra. De hecho, en lugar de alentar la expresión de los vecinos, sus columnas sólo provocaron que arreciara permanentemente sobre el diario la acusación de haber perdido la objetividad y estar al servicio de "ideas contrarias al sentir nacional", hasta el punto de que él mismo había preferido tiempo después dejar de publicarlas para no perjudicar más a los editores de *La Comuna*, que más allá de las ideas que tuvieran vivían de su diario. Aunque eso no significaba que no hubiera seguido insistiendo en lo que consideraba casi una misión ética: denunciar la iniquidad de un sistema injusto y la manipulación que los intereses extranacionales hacían de la política argentina. Ahora lo seguía intentando a través de unos Cuadernos que cada tanto, a costa de su propio salario de maestro, editaba y distribuía.

No obstante, sentía que su vida había entrado en los últimos tiempos en una espiral de desencanto. Se revolvió un poco en la cama, dobló la almohada en dos y en lugar de echarse horizontalmente como era su costumbre, permaneció un poco reclinado, con la nuca apoyada en el respaldar de hierro y la almohada sosteniéndole la espalda. Su vida, pensó, era un constante vaivén movido por una insatisfacción que no podía dominar ni terminar de comprender. Había conseguido que sus padres lo sacaran del pequeño pueblo en el que había nacido para lograr su ambición infantil de ir a Buenos Aires; pero cuando Buenos Aires comenzó a resultarle un peso difícil de sostener a las espaldas, pensó que volver a la tranquilidad de la provincia le brindaría la ocasión de reencontrarse con sus inquietudes originales. Desde chico había fantaseado con escribir, incluso en su adolescencia había redactado algunos cuentos siguiendo la manera de Horacio Quiroga, a quien admiraba por sobre todos los escritores. Pero pronto fue dándose cuenta de que, más que las ficciones lo que le atraía era hablar de las cosas que veía en la realidad, a su alrededor, y especialmente penetrar los entresijos enmarañados de la vida política para abrir los ojos a los demás sobre todo lo que se ocultaba tras los floridos discursos y las invocaciones solemnes de quienes componían esa élite a la que habitualmente se daba el nombre de "clase política".

Arrastrado por la fascinación y el aura revolucionaria de Yrigoyen, se había afiliado a la Unión Cívica Radical y había militado tenazmente en las filas de quienes se sentían traicionados por el alvearismo. Poco a poco, había llegado a conocer a muchos jóvenes disconformes con el giro que los "antipersonalistas" (así se llamaban a sí mismos los que renegaban del liderazgo del caudillo radical) pretendían dar al partido. Alrededor de los veinticinco años, había empezado a conocer en su propia carne ese sistema de maquinaciones oscuras y alianzas movidas por el interés personal. Y lo peor es que lo conoció entre sus más cercanos. Militaba en un comité del barrio de Parque Patricios, y cuando en las elecciones de 1928 en las que había sido uno de los más firmes puntales del yrigoyenismo entre los afiliados, sus compañeros lo postularon para un cargo en el Concejo Deliberante, bajó rápidamente desde la dirección la orden de retirar su candidatura en favor de un dirigente de Balvanera, cuya inclusión en las listas era considerada "vital para el partido". Su reemplazante no reunía mayor mérito que el de ser el hijo, recién salido de la Facultad de Derecho, de otro dirigente encumbrado del partido. Pero entre los propios "correligionarios" que lo habían postulado, ni siquiera uno se resistió a las directivas "de arriba". Casareto, que había visto nacer en él casi involuntariamente la apasionante ilusión de ser protagonista de la vida institucional de la ciudad, se lo tomó con calma y tampoco opuso ninguna objeción, una objeción que de todos modos hubiese resultado inútil.

A pesar de ese primer choque con la realidad del funcionamiento partidario, el muchacho continuó trabajando por el radicalismo incluso después de que muchos de los principales dirigentes, a cara descubierta o con patético disimulo, apoyaran el golpe de Uriburu en el 30 que despojó a Yrigoyen de la Presidencia. Años después, siguiendo al dirigente joven que más admiraba entonces, un estudiante de abogacía llamado Gabriel Del Mazo, se acercó a FORJA. FORJA abrió un sótano en la calle Lavalle al 1700 donde se organizaban actos y conferencias con el objetivo de difundir las ideas antiimperialistas de sus fundadores. En aquellas jornadas, Casareto había tenido oportunidad de conocer, y a menudo congeniar, con agudos ensayistas políticos que ya despuntaban, pero también con escritores y poetas. El verdadero ideólogo del grupo era un escritor de apellido Scalabrini Ortiz; pero Scalabrini no pertenecía orgánicamente porque no había querido afiliarse a la UCR, un requisito que en esos primeros tiempos era irreductible.

La vida de Casareto empezó por entonces a convertirse en una alternancia entre las clases que daba por las mañanas en una escuela primaria y sus frecuentes asistencias a las actividades del sótano de la calle Lavalle, en donde había cultivado una relación que se parecía bastante a la amistad con Arturo Jauretche. Jauretche era un joven abogado, más o menos de su misma edad, que llevaba sobre sí el aura mítica de haber participado en el levantamiento de Paso de los Libres, en el que algunos militares y civiles habían intentado restaurar la Constitución después del golpe militar de Uriburu. Luego de fracasar el intento pasó un tiempo en prisión, encierro durante el que aprovechó para relatar aquella módica epopeya en versos gauchescos, que a su salida fueron publicados con un prólogo escrito por Jorge Luis Borges, otro escritor que ya por aquella época se estaba haciendo un sólido prestigio entre la intelectualidad porteña.

Jauretche se había afiliado al radicalismo de la mano de su amigo Homero Manzi, otro poeta joven, y cuando entre los disidentes con la línea alvearista surgió el proyecto de crear una agrupación para investigar los mecanismos de quienes desde el poder hacían negocios entregando a los capitales extranjeros las claves de la economía, no tardó en ser de los más activos. Algunas tardes en la semana, Jauretche y Casareto se encontraban en Los 36 billares, una sala de juegos de la Avenida de Mayo, y allí el maestro fue aprendiendo de las palabras de su amigo escritor, entre tacos y carambolas, todos los entresijos de aquel tiempo que fue llamado, años después, la Década Infame.

Al tiempo, colaboraba con la difusión de unos Cuadernos que se vendían y corrían mano a mano entre la militancia. Aunque nunca se atrevió a escribir y publicar en ellos, el muchacho ayudaba en tareas como las correcciones de pruebas y las revisiones de imprenta, y tratando de vender ejemplares en los escasos espacios sociales que frecuentaba. Pero durante el tiempo en que colaboró con ellos, su habitual introversión no le dio la oportunidad de establecer relaciones más personales con aquellos que compartían sus inquietudes, a excepción de la de Jauretche. Y esa misma timidez que le dificultaba hacer amigos, lo echaba para atrás cuando se proponía participar de una manera más protagónica, con sus propios escritos y sus propias opiniones, en las actividades del grupo. Siempre había sentido que no estaba a la altura de los demás, aunque ni siquiera fuera mucho más joven que la mayoría: no había logrado romper esa oscura cadena que lo condenaba, sin que fuese consciente de ella, a sentirse un provinciano trasplantado artificialmente en una sociedad que siempre le haría sentir esa diferencia. Había soñado toda su adolescencia con vivir en la capital del país, con transitar sus calles multitudinarias con la sensación de ser un ser anónimo a quien ninguna convención social podría ya controlar, limitado solamente por el tamaño de sus propias alas; y tenía sin embargo después de esos años en los que había concretado su sueño la sensación de que seguía siendo - que seguiría todo el resto de su vida siendo - un mero pueblerino inadaptado.

Así, y casi inadvertidamente, también su relación con los forjistas se fue debilitando poco a poco. Cada vez iba menos a las reuniones del sótano de la calle Lavalle, cada vez vendía menos ejemplares de los Cuadernos, cada vez iba menos a Los 36 Billares. Hasta que una mañana, al terminar su horario de clases, mientras enrollaba el guardapolvo blanco y contaba las monedas para tomar el colectivo, descubrió casi sin sorprenderse que esa noche - mientras sus compañeros explicaran las claves del negocio de los frigoríficos ingleses que explotaban las carnes argentinas – él en cambio comería una milanesa en algún copetín al paso y luego se iría a ver – solo - alguna película a un cine de la calle Lavalle. Quizás, incluso, muy cerca de la reunión que habían organizado sus hasta entonces camaradas.

Mientras la música de Chopin seguía sonando suavemente en la radio, sumiéndolo poco a poco, la cabeza semiapoyada sobre el respaldo de la cama y la almohada doblada en dos sosteniéndole la espalda, en una somnolencia aún turbada por los listones de luz que entraban a través de la persiana del dormitorio, Casareto volvió a recordar su fugaz paso por las reuniones del sótano de la calle Lavalle y su precaria pero fértil amistad con Arturo Jauretche, que en muchos sentidos había dado un giro a su vida. Fue entonces, poco antes de tomar la decisión de irse de Buenos Aires, cuando se había vuelto a encontrar, después de mucho tiempo, con una muchacha que había conocido tiempo atrás.

Caminaba un sábado de junio por la Avenida de Mayo bajo la persistencia de una garúa que, casi sin mojar, hacía sentir sobre la cara sus flechazos tenues pero molestos, cuando entró – más por refugiarse un rato de la llovizna que por verdadero interés – en una librería de viejo que flanqueaban dos mesones de libros bajo un toldo azul extendido sobre la vereda y se continuaba hacia dentro con otras tantas mesas y estanterías repletas de viejos volúmenes y revistas de todo tipo. En el fondo, revolviendo ediciones arrugadas de *Caras y Caretas*, advirtió la presencia de la mujer. Se llamaba Mirta y se habían conocido años antes, después del entierro de Hipólito Yrigoyen, cuando regresando del cementerio de la Recoleta se había cruzado con Alberto Ponzani, un inspector del Ministerio de Educación que cada tanto caía por la escuela y con el que habían hecho, si no amistad, al menos lo que se llama buenas migas. Mirta era la novia de Ponzani, y en aquel anochecer del 6 de julio de 1933 los dos habían estado presentes también en el sepelio, sin que hubieran tenido oportunidad de verse antes, perdidos en la inmensa multitud. A instancia del inspector, los tres habían compartido un café en un bar de la calle Córdoba y hablado de temas que él ya no recordaba.

El anciano caudillo radical había muerto tres días antes, pasado el mediodía, rodeado de un puñado de familiares y un desfile de dirigentes oportunistas, en un primer piso de la calle Sarmiento al 800 en el que se había instalado luego de su largo encierro en el presidio de una isla en medio del Río de la Plata, donde lo había confinado la dictadura, y luego de un fugaz período en Montevideo. Pero mientras Yrigoyen agonizaba, una gigantesca multitud se había ido reuniendo en la calle hasta bloquear completamente todo el paso por la zona. De pronto, el silencio se hizo abrumador y rápidamente la multitud, quitándose los hombres sus sombreros sin preocuparse de la llovizna que caía en gotas finas sobre Buenos Aires, se lanzó unánimemente a corear el himno nacional. El viejo revolucionario había muerto.

La vigilia duró más de dos días, durante los cuales miles de personas pasaron frente a la casa, aunque la mayoría de ellos no habían podido acceder hasta la sala velatoria. El gobierno envió al velorio a un ministro que en el pasado se había dicho radical pero participaba entonces del gobierno fraudulento del general Justo, heredero de la dictadura de Uriburu; pero la propia hija del fallecido lo había obligado a dar media vuelta antes de llegar a la misma puerta. No hubo declaración de duelo oficial, no hubo permiso de asistir al entierro para los empleados públicos, el principal periódico de la oligarquía gobernante – La Prensa – ni siquiera mencionó su muerte.

Casi tres días después, doscientas mil personas se congregaban en la zona para acompañarlo hasta la tumba. A lentísimo paso, el cortejo había avanzado por las calles céntricas, primero hasta la Plaza del Congreso y luego, todo a lo largo de la avenida Callao, hasta el extremo norte de la ciudad: el cementerio de la Recoleta. La enorme carroza fúnebre era arrastrada por diez caballos negros, pero la multitud había querido que el féretro fuese llevado a pulso durante todo el trayecto.

Alrededor de cuatro horas tomó el traslado hasta la morada final. "No puedo callar mi emoción al ver partir para siempre al amigo que en cuarenta años aprendí a querer y a admirar – se atrevió a decir Marcelo de Alvear, el dirigente que había apoyado a los golpistas que lo quitaron del poder en 1930, y agregó con patética retórica: - Como la cordillera andina que destaca su cumbre en la vasta extensión del continente, Hipólito Yrigoyen es una cumbre inaccesible a las mezquindades que pretendan empañar su memoria, incorporada al panteón de nuestros próceres...".

Casareto no alcanzaba – por fortuna para su indignación - a escuchar esas palabras. Veía a lo lejos, por encima de las cabezas de la multitud, al traidor y otros de su calaña intentando sacar rédito político del interminable desfile de ciudadanos que había acompañado el féretro a través de todo el centro de Buenos Aires, y su sola presencia le repugnaba. Pero se preguntaba al mismo tiempo cuántos de aquellos miles y miles de personas que ahora habían llenado las calles, la Plaza del Congreso y el cementerio, habrían participado – también – de las masas vociferantes que, el día después del golpe militar que había derrocado al anciano presidente, invadieron con la permisividad de la policía su casa de la calle Brasil y la vaciaron arrojando a la calle hasta los muebles.

Los habitantes de la ciudad de Buenos Aires – había pensado entonces – eran marionetas sin ideas ni convicciones, gente de humores variables capaces de endiosar sin límites a un político, un boxeador o un artista de vodevil (pensaba en Carlos Gardel, que acababa de estrenar apoteóticamente *Melodía de arrabal*, una mediocre película producida en París), y tiempo después, arrullados por el viento seductor de los titulares de los diarios y las opiniones escuchadas como verdades reveladas en las confiterías de moda y en las reuniones de sociedad, pasaban a abominarlo con la ferocidad de quien necesita cebar en un chivo expiatorio las frustraciones de su fracaso personal en el empeño de "ser alguien".

¿Pero qué había entonces detrás de las convicciones de toda aquella gente que oscilaba de un punto de vista a otro con la misma actitud categórica y la ferocidad de quien nunca antes hubiese defendido lo contrario? ¿No había algo de fantasioso, de ridículo incluso también – pensaba Casareto, sorprendido de no haberlo descubierto antes – en creer que toda esa multitud que sobrevivía en oficinas y bancos, en comercios y empleos públicos, intentando comer a diario pero también ahorrar lo suficiente para acceder a la soñada "casa propia", podía llegar a actuar movida por principios racionales acerca de la justicia, de la igualdad social, de ideales altruistas y solidarios? Por supuesto que era fantasioso, y hasta ridículo. El grueso de la gente actuaba por motivos bien concretos y palpables: casa, comida, algún pequeño momento para el entretenimiento al menos una vez al mes. Y en la creciente clase media, que eran la mayoría de los habitantes de Buenos Aires, también la patética envidia dirigida a quienes los miraban desde la altura de las mansiones del Barrio Norte y los rotograbados sepia de los suplementos de Sociedad y las revistas femeninas.

Esa oligarquía que gobernaba el país desde que se estabilizase su predominio tras la batalla de Pavón, más de medio siglo antes, y que se basaba en las inmensas fortunas de los estancieros de las provincias, dispuestos a entregar sus productos a los capitales ingleses a cambio del mantenimiento de sus privilegios sociales, y cuyos hijos – educados en Europa o en los colegios aristocráticos de la capital – componían esa "clase política" que manejaba el gobierno, los ministerios y hasta el Congreso de la Nación. Y que eran, en realidad, quienes ordenaban y mandaban y ponían la economía y el poder a su servicio para perpetuar esa diferencia. Porque eran ellos, esos aristócratas – pensaba Casareto - quienes tenían en sus manos todas las riendas: ellos quienes decidían los candidatos de los partidos políticos permitidos, y por lo tanto los presidentes, los ministros, los diputados y senadores del Congreso; ellos los que hacían estudiar Derecho a sus hijos para que fuesen los futuros Jueces; ellos los dueños de los periódicos y revistas, y de las radios cuyas opiniones y criterios eran seguidos por esa clase media como palabra sagrada; ellos, también, los dueños de la palabra sagrada de los obispos y sacerdotes que en las misas de los domingos predicaban la resignación y el respeto al orden social existente. Y ellos, claro, los que llamaban en su auxilio a los militares cuando de los sectores más populares surgía algún intento de poner límites a sus privilegios, como había sido el caso de Yrigoyen. Entonces – se preguntaba Casareto - ¿qué cuento era este de la democracia? ¿Cuándo había habido democracia en la Argentina?

Casareto y la mujer no habían vuelto a verse desde entonces, hacía ya más de dos años, pero se reconocieron mutuamente apenas se cruzaron en los pasillos abiertos entre las mesas de libros usados. Con sorpresa al principio y con confianza después, estrecharon las manos y Casareto se quitó el sombrero con la mano izquierda apoyándolo en el costado de su abrigo. Sabía por Ponzani, que había seguido pasando por la escuela cada tanto en cumplimiento de su función, que no habían alcanzado a casarse y que la relación se había interrumpido tiempo atrás. La muchacha era espigada, casi se diría que flaca, pero tenía un rostro de rasgos finos, una nariz agradable y unos ojos marrones que daban calidez a su figura. Su peinado denotaba el paso reciente por la peluquería, y no llevaba sombrero como estaba de moda por entonces.

—¡Que sorpresa de verlo, Casareto! — dijo ella abriendo los ojos muy grandes y sonriéndole con amabilidad mientras le extendía su mano derecha —Más de una vez hemos hablado de usted con Alberto, cada vez que nos acordábamos del entierro de Yrigoyen. Sé que sigue en la escuela, ¿no? Al menos hasta la última vez que él lo mencionó, porque no sé si sabrá que hemos roto.

El muchacho dudó qué decirle. No sabía si debía admitir o no que ya conocía la ruptura, quizás demostrar demasiado énfasis en el asunto podía dar a entender algún especial interés en ello. Pero al fin de cuentas, era ella la que había sacado el tema. Prefirió no obstante ser discreto.

—Bueno, creo que Ponzani me hizo algún comentario, pero me pasó un poco desapercibido —respondió. Y de inmediato pensó si ese supuesto desinterés, por el contrario, no habría sonado grosero para ella.

—¿Qué lo ha traído por aquí? —continuó ella con desenfado —Yo estoy completando la colección de *Caras y Caretas*, es una manía que me dio un tiempo atrás, y cuando veo una librería de viejo siempre revuelvo un poco a ver si encuentro números que no tengo.

Él admitió entonces que había entrado por entrar, por resguardarse un poco hasta que la llovizna de la calle amainase. Como reforzando su argumento, miró hacia afuera y vio que, efectivamente, la garúa ya prácticamente había cesado. Hizo además de salir, aunque dudó porque de nuevo le pareció una grosería dejar a la muchacha plantada sin más.

—Oiga, Casareto —sugirió ella en ese momento —La verdad es que tengo ganas de tomar un café, y usted sabe que no se ve muy bien a una señorita entrando sola a un café. ¿Por qué no me acompaña y de paso conversamos un rato? Yo lo invito...

—Faltaba más... —replicó él enérgicamente — Por supuesto que es un placer acompañarla, pero el que invita soy yo.

Ella mantuvo la comisura de los labios abierta en una sonrisa franca y levantó los hombros.

—Bueno, si usted prefiere así, como usted diga... —aceptó.

Salieron de la librería y caminaron unos metros por la Avenida de Mayo, en el frescor húmedo de un otoño que ya derivaba ostensiblemente en invierno. Los plataneros que circundaban la calle apenas si mantenían todavía algunas hojas amarillentas, y una multitud espesa caminaba como siempre a lo largo de las veredas.

Enseguida encontraron un café abierto: tenía una hermosa marquesina de estilo belle epoque, hecha de cristales coloridos unidos por junturas de plomo o estaño, y dos vidrieras amplias a través de las que, desde la calle, podían verse una veintena de mesitas redondas de madera con dos o tres sillas cada una.

—¿Usted era muy amigo de Alberto? —lo interrogó la mujer apenas se hubieron sentado y ordenado dos cafés con leche con medialunas de manteca.

Casareto admitió que no era así. Su relación, aunque cordial, se había limitado casi nada más a los encuentros que tenían cuando Ponzani realizaba la inspección periódica por orden del Ministerio, y ello pareció desilusionar un poco a la muchacha. Pero igual Casareto tuvo que escuchar durante casi una hora el relato de su frustrada relación con el novio que había dejado de serlo, sus coincidencias y desencuentros, sus pormenores a lo largo de varios años, e incluso algunas anécdotas un tanto confidenciales. La chica necesitaba hablar, y él la dejó que hablase interrumpiendo apenas con monosílabos que demostraban un interés que realmente no sentía. En ningún momento se le cruzó por la cabeza la idea de que esa repentina intimidad que la muchacha le estaba franqueando pudiese tener continuidad o ser el inicio de una relación más cercana entre ambos.

Cuando el monólogo de Mirta comenzó a espaciarse, Casareto consideró llegado el momento propicio para despedirse. Se prometieron volver a repetir el encuentro, y ella le escribió en una servilleta de papel el número de teléfono de la casa de sus padres, con quienes vivía. Delicadamente, el maestro metió la servilleta en el bolsillo de su abrigo, de donde probablemente nunca más saldría.

Recordando aquel encuentro, Casareto se preguntó una vez más por qué nunca había podido compartir con el resto del universo masculino ese sentimiento que movía casi todos los actos de sus amigos desde que era apenas un niño: la ansiedad por las mujeres. Casi desde que tenía memoria de las conversaciones casi siempre a escondidas sobre el asunto, que habían ido creciendo vertiginosamente a partir de una edad temprana, los diez años digamos, las fantasías sobre el sexo eran prácticamente el principal tema entre ellos, un tema al que se volvía una y otra vez, atendiendo al progresivo aprendizaje de los términos con que iban transmitiéndose una sabiduría vulgar que durante mucho tiempo no había sido más que pura fantasía.

Como todos los chicos, participaba de las reiteradas conversaciones en los recreos de la escuela o en ese espacio distendido que se da con ciertos compañeros que van en la misma dirección de tu casa, después de la salida de las clases, y que suele ser la semilla de las amistades de toda la vida. Todavía en la primaria, los compañeros de Casareto imaginaban las más variadas versiones de las prácticas sexuales, casi siempre con un absoluto desconocimiento de la cuestión, pero conscientes de sentir extrañas sensaciones cada vez más perturbadoras en la cercanía de las chicas de la clase o de las que frecuentaban en el barrio. Y como siempre, nunca faltaba alguna niña que sintiese también su propia necesidad de experimentar recursos ingenuos como levantarse las faldas hasta la cintura ante algún varón para ver cuál era la reacción del chico. Pero ya entonces, aunque compartía con los demás la curiosidad por unas prácticas – las del sexo – de las que no se podía hablar en público, y cuyo sólo pensamiento era considerado un pecado, nunca había compartido el entusiasmo y ese cosquilleo ansioso que parecía someter la voluntad de sus compañeros.

—¿Has tenido pensamientos impuros? —era lo primero que le preguntaba el padre Ismael cuando se arrodillaba ante la caseta de madera labrada del confesionario, en una de las naves laterales de la parroquia del pueblo. Esto ocurría todos los domingos desde que había hecho la primera comunión a los ocho años, y la confesión de los pecados de la semana era la rutina obligatoria antes de la misa de once, en la que invariablemente debía repetir, junto a varias decenas de hombres y mujeres de todas las edades, la ingestión de la hostia consagrada que simboliza el cuerpo de Cristo. Después de más de media hora de ritos que el oficiante pronunciaba en una lengua incomprensible, oraciones varias y genuflexiones según la variada coreografía que imponía desde el altar un cura ricamente vestido con una casulla de color verde brillante y una estola estampada de adornos que provocaban reflejos dorados, el niño Casareto abandonaba su banco y se ponía en la fila de fieles que desfilaban lentamente frente a la barra de madera que separaba el altar del resto de la nave, detrás de la cual el sacerdote ejecutaba mecánicamente el acto esperado por todos: extraer la hostia – una delgada lámina circular, un poco más grande que una moneda, que tenía una consistencia como de cartulina pero sabía a un hojaldre insulso y neutro – del gran copón de plata reluciente que sostenía un monaguillo colocado a su lado, y depositarla en la lengua extendida del comulgante pronunciando unas cortas palabras en latín. Después, cada uno se retiraba de nuevo hacia el sitio que había dejado, uno más en los largos bancos de madera que se alineaban en la nave central, a practicar el preceptivo minuto de reflexión arrodillado sobre el reclinatorio, con la cabeza baja y las palmas juntas. Ya podía entonces afrontar la semana entrante con la protección divina asegurada.

Pero para ello había que pasar antes por el calvario de la confesión, en el que el padre Ismael no olvidaba nunca hacer aquella pregunta fatídica:

—¿Has tenido pensamientos impuros?

A decir verdad, las confesiones de Casareto nunca habían presentado muchas variantes: me he portado mal varias veces, le contesté mal a mi tía, el miércoles no hice los deberes, la maestra me retó y yo no se lo conté a mamá. Sólo una vez, que recordara, había pecado con más gravedad que aquellas minucias que repetía todos los domingos ante el confesionario, pero eso lo descubrió después, porque había sido antes de tomar la Primera Comunión, y ni siquiera había tenido que admitirlo entonces ante el sacerdote. Había ocurrido en los meses previos, cuando tenía que asistir todos los sábados, a media tarde, a las clases de Catecismo que daban las monjas del colegio.

A pesar de lo atrayente del libro de ilustraciones, presididas por un dios barbudo de cabellera aureolada sentado en una nube, sus angelitos rubicundos y sus descripciones del significado de la misa - que transcurría en latín y en la que sin esas enseñanzas no hubieran siquiera sabido qué pasaba - las clases nunca le habían resultado interesantes. Así que después de las primeras lecciones había decidido que era más entretenido pasar el tiempo jugando a las figuritas con un grupo de chicos que tenían por costumbre encontrarse a esa hora junto al paredón de la tienda de ramos generales, que quedaba a la vuelta de la iglesia.

La deserción sistemática duró tres semanas, hasta que la monja que daba el catecismo se presentó conduciendo un sulky en la chacra misma, alertada por la ausencia del futuro comulgante. La herejía, claro, le costó una soberana paliza, de esas que su madre aplicaba muy de tanto en tanto, y durante otras tantas semanas no pudo salir de su casa más que para ir a la escuela y, naturalmente, al catecismo. Pero como en ese tiempo todavía no había empezado a recibir la eucaristía y por lo tanto a confesarse, nunca debió relatar ante el padre Ismael aquel pecado que, comprendió más adelante, había sido probablemente el más grave de su infancia.

Casareto había tenido una relación cambiante y confusa con la religión. Como todos los chicos, había sido bautizado y desde muy chico estaba obligado a asistir a la misa una vez a la semana, al principio acompañando a su abuela y por su propia cuenta desde los seis o siete años. Aún antes de tomar su Primera Comunión (a los ocho años, como era la costumbre), el chico se había sentido atraído por los fastos del rito católico, los gestos grandilocuentes y el brillo de las vestiduras del sacerdote, el recogimiento silencioso que se percibía durante la misa; aunque después, una vez atravesada la puerta principal y descendidos los cuatro grandes escalones de mármol que daban acceso a la misma, todos parecieran haber olvidado repentinamente la solemnidad vivida durante más de una hora y dedicarse sin intermediación ninguna a los actos más prosaicos de la vida social.

Durante un tiempo incluso jugaba a que era sacerdote, imitando la casulla con una capa hecha con alguna toalla de la casa, la estola con un echarpe de su padre, el cáliz de la consagración con una lata de pintura vacía, y hasta había fabricado pacientemente, dibujándolas primero con el contorno de una moneda y recortándolas con su tijerita de la escuela, algunas hostias para repartirlas entre sus imaginarios feligreses. Luego, alrededor de los diez años, había asistido voluntariamente a unos cursillos de cristiandad que una vez a la semana (esta vez no se quedaba en la esquina a jugar a las figuritas) daba un cura que venía expresamente desde Rosario. Y hasta se había vestido varias veces con el alba blanca y el roquete rojo de los monaguillos, y asistido al padre Ismael en algunas misas.

Pero antes de cumplir los trece años había tenido repentinamente una crisis en la que comenzó a preguntarse por qué todo el mundo creía en Dios simplemente porque así se lo enseñaban, y a nadie se le ocurría pensar, en cambio, que las cosas funcionaban como funcionaban en el mundo por sus propias leyes naturales, sin necesidad de que alguien las estuviese dirigiendo. De allí en más, su fe había ido oscilando permanentemente, hasta que al fin había optado por afirmar que creía en un Dios personal, una suerte de principio universal en el que todo tiene origen, pero que no tiene una incidencia directa en nuestras vidas, y por lo tanto no merece ser objeto de ritos y disciplinas reglamentadas por instituciones como las iglesias. En el fondo, no creía que hubiese ningún dios y estaba convencido de que el hombre está sólo e indefenso ante su destino, pero en Cañada de Suárez la idea no hubiese tenido muy buena recepción, y su propia madre hubiese sido la primera en rechazarla, así que había preferido siempre pasar sobre el tema de puntillas para no ofender la conciencia de nadie.

De modo que desde su Primera Comunión en adelante, las confesiones de Casareto ante el padre Ismael transitaban siempre por un corto y ya aburrido repertorio. Pero entonces era cuando el cura, invariablemente, espetaba el temido:

—¿Has tenido pensamientos impuros?

Los "actos" impuros, bien lo sabían Casareto y todos aquellos niños ya consagrados en su momento por la santa comunión de la Iglesia, consistían básicamente en hacerse la paja. Algo que había empezado a ser frecuente a aquella edad, pero que ni siquiera entre ellos los chicos se atrevían a contar. Así que el momento de tener que admitirlo frente al confesor se había convertido en el peor momento de la semana para todos. Sin embargo no era ese el problema de Casareto, quien recién se había masturbado por primera vez casi a los doce años, y más por curiosidad que por deseo. Pero respecto a los "pensamientos", la respuesta era, desde luego, más difícil de interpretar. ¿Quería decir, quizás, que uno no podía imaginarse besando a una chica? Pero, ¿cómo se hace para no pensar? La pregunta torturaba al chico, que hacía tiempo había descubierto que lo único que no podemos controlar ni manejar a voluntad son precisamente los pensamientos, que vienen cuando quieren y no cuando uno quiere que vengan. Pero de todos modos, él no tenía "pensamientos impuros" con mucha frecuencia, así que su cita dominical con el cura no le resultaba en el fondo mucho más molesta que la obligación de hacer todas las tardes los deberes que les daba la maestra.

Más adelante, como todos, había participado de las experimentaciones sexuales típicas en el baño del colegio o el gimnasio: masturbaciones colectivas al impulso de las revistas eróticas que alguien introducía entre sus cuadernos y carpetas. Pero era más por seguir la corriente y no parecer diferente. No se sentía a gusto en esas ocasiones, como no se sentía a gusto tampoco cuando tenía que desnudarse en el vestuario del gimnasio del club donde hacían –dos veces a la semana por la tarde – la clase de Ejercicios Físicos.

Mientras otros, los más descarados, se medían las vergas comparando sus tamaños, él se volvía disimuladamente hacia la pared cuando se bajaba los calzoncillos para ponerse unos calzones elastizados llamados "suspensores", que eran de uso obligatorio para la clase. Sentía una cierta incomodidad al tener a la vista la desnudez de sus compañeros, lo cual le había hecho pensar – pero eso mucho más adelante, cuando ya estaba en edad de atreverse a pensarlo – si no habría en él una homosexualidad latente. Pero había llegado a la conclusión de que no: estaba claro que los hombres no le atraían.

El asunto es que, siendo franco consigo mismo, tampoco le atraían demasiado las mujeres: no al menos en ese terreno que llevaba a los otros varones a desesperarse y dejarlo todo por un culo proporcionado o unas tetas envaradas. Sí, en cambio, pensaba en el amor. Como todo adolescente, Casareto también fantaseaba con enamorarse y pasearse de la mano con una noviecita entre los setos de la plaza después de la misa de once. Sin embargo, nunca, ni en la etapa final de la infancia ni en la propia adolescencia, había tenido una novia ni había hecho esfuerzos por conseguirlo.

Después vino el episodio de las Cucarachas, un desvirgue casi inadvertido con olor a hinojos; el burdel de Paseo Colón, ya veinteañero; su relación frustrada con la maestra. Y punto. La vida sexual de Casareto se había desvanecido casi sin empezar, y cuando comprendió que sin deseo el amor – al menos el amor de pareja – era inalcanzable, terminó por aceptarlo, por resignarse a ser un solitario, un soltero al que ya ninguna mujer persigue porque todos conocen su apatía. Algunas noches, en sueños, se veía en brazos de alguna mujer joven y su corazón se inundaba de ternura y de una suave satisfacción que le recorría los sentidos; y se había acostumbrado a aceptar que ese, el de aquellos sueños poco frecuentes, era el único momento de amor que estaba destinado a dar y recibir.

Y aunque ya, con los años, a nadie le parecía "raro" por su indiferencia respecto al sexo, posiblemente porque a nadie le importaba de él mucho más que lo que él mostraba a los demás, él mismo no podía dejar de seguirse preguntando por qué había sido siempre así y no como todos. Si la vida le había ahorrado las ansiedades y las a menudo dolorosas angustias del sexo (aunque también sus placeres, claro), no era por ello más feliz: vivía la angustia de sentirse diferente.

Casi veinte años después de haber llegado por primera vez a Buenos Aires, Casareto se encontró una mañana viajando al pueblo donde había nacido y adonde casi nunca había vuelto por más de cuatro días seguidos. Un telegrama urgente le había informado del fallecimiento de su madre. La enfermedad la había atacado menos de seis meses antes y su deterioro había sido acelerado. Tenía sesenta años pero siempre había tenido una salud envidiable, hasta el día en que unos fuertes dolores en la ingle la llevaron al médico que aconsejó operarla de inmediato. Le extirparon todos los órganos reproductores, pero el cáncer siguió avanzando inexorablemente. Él la había visitado inmediatamente después de la operación, le dijeron que la convalecencia no sería larga y pronto volvería a su vida habitual. Su madre también estaba convencida de lo mismo: nadie había querido decirle que la suya era una enfermedad irreversible. La verdad se escamoteaba, entonces, por un discutible prurito de compasión. Y ni siquiera su entorno cercano, la propia familia, hablaba del tema.

Cuando recibió el telegrama pidió diez días de licencia en la escuela y se marchó esperando llegar a tiempo antes del entierro. Viajó en un ómnibus achacoso que lo dejó en Pergamino y desde allí tuvo que esperar unas horas hasta enganchar otro, más ruinoso todavía, hasta el pueblo. Cuando llegó, casi todos los conocidos habían pasado ya por el velorio, que habían instalado en la habitación delantera de la casa. La cara de su madre, en el ataúd, asomaba apenas entre los pliegues de una mortaja con encaje y estaba tomando la apariencia de un muñeco de cera. O quizás, pensó cuando esa sensación le vino a la cabeza, la muerte es tan inadmisible que preferimos reemplazarla por imágenes artificiosas, porque ¿cuándo había visto él un muñeco de cera si no era en alguna película de terror?

Pero como fuese, le resultaba imposible concebir que aquella cara blanca como el papel blanco, con una consistencia que a la vista aparecía como algo en lo cual un dedo podría entrar sin resistencia, fuera la cara de su madre, la parte apenas visible de un cuerpo que había sido para él el calor de una infancia ya lejana que se había ido desdibujando lentamente día a día, en esas dos décadas de casi perpetua ausencia. Hacía tiempo ya que sus dos padres (aunque se comunicaba con ellos por carta y algunas veces – pocas en los últimos años – había venido a visitarlos al pueblo) eran para él poco más que figuras que, si no se habían grabado definitivamente como fotos congeladas, era por los cambios que encontraba en sus esporádicas visitas.

Una sola vez, en todo ese tiempo, ellos habían ido a Buenos Aires. Él estaba a punto de terminar sus estudios de maestro, y ambos permanecieron allí un fin de semana, alojándose en un hotel de Constitución y aprovechando para conocer la calle Corrientes y para ir por única vez en su vida a un teatro de revistas, asistencia casi obligada para cualquier provinciano que viajara a la Capital. Los había recibido en la Estación Retiro, los acompañó al teatro y les mostró además los bosques de Palermo: pasaron dos días agradables, pero nunca se repitieron. Sus padres, aunque habían ido haciéndose de una posición económica estable y cómoda, seguían siendo gente apegada al campo y a sus monótonas rutinas.

Unos cinco años atrás habían comprado una casa en el pueblo y por primera vez en décadas dejaron de vivir en la chacra, que con el tiempo había ido incorporando terrenos de otros campitos vecinos cuyos propietarios habían tenido menos éxito que el padre de Casareto, quien criando cerdos y gallinas había ido consolidando una riqueza creciente. No obstante ello, el hombre seguía levantándose diariamente al alba y recorriendo cada mañana el camino hasta el campo para atender la explotación. Cañada de Suárez también había ido creciendo, y la calle donde en su infancia se agolpaban la mayoría de las casas estaba incluso adoquinada y se había ramificado formando un damero en el cual las viviendas se incrementaban en la misma medida en que retrocedía el campo circundante. En la calle principal, además del almacén de ramos generales que permanecía desde tiempo inmemorial, se habían abierto unos cuantos comercios de alimentación y hasta el taller de un zapatero.

Casareto había estado ya en la vivienda nueva dos o tres veces desde la mudanza, pero en ella se sentía extraño, como si se alojase en un hotel o en una posada y no en su casa. Y es que no era, realmente, su casa: su casa, si es que podía seguir llamándola así después de tantos años de ausencia, era en todo caso la vivienda principal de la chacra, donde por la mañana se despertaba oyendo el ronco gruñido de los chanchos en el chiquero cercano y el mugido de las vacas molestas por la ordeñada. Pero en esta oportunidad en particular, la amplia casona con un jardín vallado al frente y una azotea falsa simulada con una baranda de columnas de estuco en la parte superior de la fachada, le resultaba más ajena que nunca.

Aquella noche intentó permanecer junto al cadáver. Habían puesto el féretro sobre dos pilotes en el centro de la habitación principal, en la cabecera había un enorme crucifijo flanqueado por dos velones que iban consumiéndose formando lágrimas de sebo que se derramaban. Varias coronas de flores y otras tantas palmatorias con cintas moradas y dedicatorias estampadas en dorado se apilaban en el frontal. En toda la sala flotaba un olor empalagoso a gladiolos y claveles, el olor de los velorios que jamás se olvida cuando se lo ha experimentado por primera vez, como si el rito de la muerte tuviera también sus ceremonias de iniciación.

A Casareto nunca le habían gustado los velorios y trataba de evitarlos, pero ya de adolescente le había tocado asistir a varios: familiares de amigos de sus padres, los abuelos de algún compañero de escuela. Así que ya sabía, aún antes de entrar en la sala donde su madre era el centro (su madre no, pensó con un sentimiento de rabia y desconcierto: sólo el cadáver de la que había sido su madre) qué olor invadiría sus fosas nasales y se quedaría con él hasta que cerraran el cajón y se lo llevaran al cementerio. Pero estaba muy cansado, tantas horas de viaje lo habían dejado agotado y no pudo aguantar toda la noche. Pasada la medianoche, su padre, que había ido a descansar un rato, regresó y lo relevó. Durmió sin quitarse la ropa, con un sueño extrañamente profundo y sin imágenes. Cuando se despertó fue hasta el baño y se lavó la cara. Atravesaba los cuartos de la casa con la impresión de que eran irreales, como las escenas de una alucinación: el ataúd, las flores, la llama de las velas en medio del salón lo habían trastocado todo misteriosamente y por arte de la muerte de su madre (o quizás, más bien, por arte de la escenografía de aquella noche inexplicable) todo había cambiado de identidad, de sentido.

A media mañana, los empleados de la funeraria cerraron el cajón. Un primo, menor que él en edad y al que había tratado poco mientras vivió en el pueblo, le había estampado un momento antes un último beso a la que había sido su madre. Ni su padre, que en todo momento se había mantenido serio y como distante, ni él mismo, lo imitaron. El último beso de la familia era un gesto habitual, casi un protocolo ritual de los velorios, pero Casareto no sentía ninguna especial motivación por rozar con sus labios esa cara lívida y cerúlea, ya impropia de un ser humano. Es más, con culpa y hasta con vergüenza reconoció que la idea le causaba un poco de repugnancia. Tal vez ocurría lo mismo en la mente de su padre, pensó.

Quitaron las flores que se amontonaban delante del ataúd y se acercaron rápidamente seis de los varones presentes, los responsables de asir las gruesas argollas con las que el féretro sería trasladado hasta la carroza fúnebre, y luego en el cementerio desde la puerta hasta la tumba misma. También el traslado era parte de un ritual muy rígido, no cualquiera podía agarrar una de las argollas y Casareto sabía que él era uno de los que tenían ese derecho - no derecho, obligación más bien -. Dejó que su padre se ubicara a la derecha del cajón y aferró la primera argolla de la izquierda. Un hermano de su madre, su hijo que era aquel primo que había besado el cadáver antes de que cerraran el ataúd, y tres amigos muy cercanos de la familia se hicieron cargo de las demás. En la puerta de calle, rodeada de un número importante de hombres trajeados y mujeres vestidas con sobriedad y colores oscuros, aguardaba una carroza completamente negra, flanqueada por cuatro columnas de madera labrada y cerrada por un techo de texturas barrocas rematado en una cruz. Dos caballos también negros sin una sola mancha, con la piel y las crines relucientes de betún, uncidos a la carroza, esperaban nerviosamente el momento en que el cochero de librea y galera les soltara la rienda para avanzar.

Casareto recordó otros momentos, en su infancia, en que había mirado con admiración y alelamiento estético la perfecta apostura de esos caballos fúnebres, engalanados con plumas y herrajes, pifiando ansiosos y golpeando sus cascos contra la tierra de la calle, como auténticos enviados del infierno para trasladar al muerto hasta su residencia definitiva. Los había visto innumerables veces en la puerta de la iglesia, desafiantes y siempre con las testas altas como controlando lo que ocurría a su alrededor, mientras los cocheros se mantenían alertas para evitar cualquier desbordamiento: dos, tres o cuatro caballos, eso dependía de lo que hubiera pagado a la funeraria la familia del finado: hasta la muerte tiene jerarquías, es mentira eso de que la muerte nos iguala. Igual que como transcurre la vida, la entrada en la muerte también divide a los que van pobremente a su última morada en un nicho o una tumba que a veces ni merece la piedad de una lápida, y los que son conducidos hacia el lujoso panteón familiar en medio de toda la pompa y fastos que da la riqueza.

El entierro de la madre de Casareto no era de los más fastuosos, pero el padre no había escatimado tampoco los gastos. Tras la carroza fúnebre, otra carroza un poco más modesta acarreaba las ofrendas florales; y por fin dos modernas limusinas marca Chrysler ronroneaban sus motores en espera de que subiesen los familiares más cercanos. El cortejo había pasado primero por la iglesia, donde el cura rezó un breve responso, y luego continuó hacia el cementerio. El cementerio, como en todos los pueblos de la Argentina, estaba en las afueras, rodeado de un muro blanqueado que en el verano reverberaba los rayos del sol. Llegaron a paso lento, en una media hora. Algunos vecinos acompañaban a la finada caminando detrás de las carrozas, otros se acercaron hasta el camposanto en sulky. La carroza se detuvo frente al portón abierto y los elegidos volvieron a aferrar las argollas del féretro. Tras cargarlo unos minutos por un pasillo entre pequeños panteones y tumbas en superficie lo introdujeron en una de ellas, propiedad de una familia amiga que les había prestado, hasta que construyeran la propia tumba, un sitio provisional en su edificio funerario.

Después, cuando salieron del cementerio, las carrozas ya no estaban, aunque sí las limusinas negras. Subió a una de ellas, mientras el resto de los asistentes – una treintena de personas que, pasada ya la ceremonia ritual del sepelio, habían relajado las dolientes expresiones de pesar y conversaban animadamente entre sí o quizás hasta hacían citas para encuentros menos luctuosos – subían a su vez a sus autos – los que lo tenían – o a los sulkys cuyos caballos, mucho menos empavesados y altivos que los de la carroza funeraria, esperaban con ojos aburridos ramoneando lo que encontrasen a su alcance.

Había pedido algunos días de licencia en la escuela, y decidió pasarlos en la casa acompañando la soledad inevitable de su padre, con quien probablemente nunca había tenido una conversación de igual a igual, propia de hombres maduros y no ya de aquellos tiempos en que eran solamente padre e hijo. Pero se convenció casi de inmediato, apenas superado el momento inmediato del dolor y de las ceremonias fúnebres, que tampoco ahora iban a tenerla. Desde que su mujer había quedado postrada por la enfermedad, el hombre había contratado un servicio de vianda que le traían dos veces al día, y una chica que por la mañana hacía la limpieza, lo que le evitaba tener que ocuparse de la casa. Su jornada empezaba, como había empezado toda la vida desde que llegaron a Cañada de Suárez, poco después del amanecer; y tal como lo había venido haciendo prácticamente desde entonces, se repetía en los quehaceres propios del campo: un campo que había aumentado en extensión y mejoraba sus rendimientos año a año con nuevas tecnologías y acertadas inversiones.

En eso su padre era un hombre intuitivo y exitoso, y como tal se lo reconocía en el pueblo con respeto. Hasta su traslado a la nueva casa había ido al pueblo una o dos veces a la semana, dejando todo al cuidado de un capataz que lo acompañaba desde que no había podido convencer a su propio hijo para encarar la gestión de la chacra, y - antes en un sulky y después en una camioneta traqueteante - acudía al pueblo para sus trámites bancarios o administrativos. Antes de volverse, bebía una caña espesa y dulce en un bar del pueblo, siempre el mismo, donde rompía muy incidentalmente su silencio relacionándose apenas con otros parroquianos. Después viviendo ya en el pueblo, el camino era inverso: todas las madrugadas subía a la camioneta e iba hasta la chacra, menos las mañanas – las mismas – que antes usaba para sus trámites y sus cañas en el mismo bar de siempre.

Tras la muerte de su esposa, y salvo en los días del velorio y entierro, el padre de Casareto no había variado sus costumbres; así que cuando Casareto se levantaba él ya no estaba en la casa, y recién lo veía cuando llegaba al mediodía. Comían juntos casi sin hablar, y él luego echaba una siestecita hasta eso de las tres, antes de volver a sus tareas. Por la tarde, llegaba cuando el sol empezaba a bajar, tenía la costumbre de bañarse casi a diario, ponerse un piyama de algodón y sentarse a la mesa con una botella de vino tinto. Casareto había comprendido, muy pocas noches después del entierro de su madre, que por mucho que lo intentara no podrían hablar más que de trivialidades. Y la verdad, tampoco lo intentaba, porque era él mismo quien en el fondo no encontraba tampoco algo que realmente sintiese perentorio hablar con su padre.

Y como tampoco el propio Casareto se sentía motivado para salir de la casa, andar por el pueblo en donde ya sus amigos de la infancia no estaban o se habían convertido en personas a las que ni siquiera conocía, o incluso acompañar a su padre a recorrer las faenas del campo, los días fueron agotándose para él con una extraña sensación de desconcierto. Porque también se daba cuenta, en medio de esas encontradas sensaciones, de que no sentía ninguna urgencia en volverse.

Una noche de aquellas soñó con la pensión de Buenos Aires. En el sueño advertía bruscamente que llevaba muchos meses viviendo en su cuarto de niño en Cañada de Suárez (el de la chacra, no el de la casa donde habían velado a su madre), como si se hubiera olvidado de que esa ya no era su casa desde hacía casi dos décadas. Asombrado, se preguntaba por qué no había vuelto a la Capital: ¿cómo había podido olvidar la rutina de su trabajo en la escuela en dónde – comprendía con sorpresa – ya debían haberlo reemplazado frente a su ausencia reiterada? ¿Y qué habría hecho con su propio cuarto la dueña de la pensión, a la que llevaba meses sin pagar el alquiler? Y su ropa, sus pertenencias escasas pero queridas, sus libros ¿dónde habrían ido a parar?

Cuando despertó, agitado como siempre que se sale de una pesadilla, tardó unos minutos en recordar que sólo hacía menos de una semana que había llegado al pueblo. Esa misma tarde decidió hablar con su padre. El hombre, con los años, había establecido buenos lazos con ciertos políticos de la zona con alguna influencia en los ministerios. Y sí, hablaría con ellos para que en el menor tiempo posible le consiguieran a su hijo un traslado a una escuela de la provincia. No en Cañada de Suárez, le había pedido Casareto a su padre, mejor en alguna localidad un poco más grande, pero fuera del ahogo febril de una Buenos Aires cruel que al final lo había derrotado.

Y así fue como Casareto, a fines de la década del 30, fue designado maestro en una escuela de Coronel López.

Ya habían pasado más de cinco años desde aquel tiempo. Casareto advirtió que en la radio hacía rato habían dejado de oírse los Preludios de Chopin y ahora sonaba una opereta en la que le pareció reconocer a Meyerbeer. Entendió entonces que sus recuerdos lo habían ido deslizando inadvertidamente hacia el sueño, aún en la posición incómoda que había elegido en la cama. Su cabeza se había inclinado hacia la derecha como la de un muñeco articulado, pero el resto del cuerpo mantenía la postura original: apenas tendido en ángulo con la espalda sostenida por el bulto de la almohada doblada en dos y recostado sobre los barrotes de hierro forjado de la cabecera.

En ese espacio de tiempo, durante el que había permanecido fuera de la realidad consciente, soñó que jugaba a las figuritas en un campito baldío, en la esquina de la iglesia, tal vez frente al murallón lateral del almacén de ramos generales donde había jugado en lugar de ir al catecismo. Las figuritas eran unas estampas coloridas, con dibujos de animales exóticos, jugadores de fútbol o boxeadores, casi siempre rectangulares, que venían dentro de los envoltorios de una marca de chocolatines. En el kiosco de golosinas se podía además comprar un álbum donde las estampas se iban pegando en su sitio, hasta formar una colección que, una vez completa, se podía canjear por una pelota o una muñeca. El objetivo del juego era, pues, aumentar la cantidad de figuritas propias, sobre todo para conseguir las menos frecuentes, las "difíciles". Jugaban varios jugadores a la vez, así que el que tapaba podía hacerse con unas cuantas, aunque casi nadie ponía en juego las "difíciles", que se reservaban para cambiarlas ventajosamente – si estaban repetidas – por una cantidad mayor de ejemplares. Si las figuritas eran redondas (una novedad que había incorporado una marca de la competencia), también se podía jugar la variante de la "arrimadita-tapada", que tenía el mismo mecanismo con la diferencia de que los cromos, en lugar de lanzarse desde la altura, se arrojaban desde una distancia horizontal, lo que había dado lugar a la invención de singulares técnicas de las cuales la más apreciada era lanzar la cartulina circular con un hábil movimiento que consistía en curvar el dedo índice e impulsarla con la uña del pulgar.

Los demás jugadores eran chicos como él, pero en lugar de ser los compañeros de sus escaramuzas infantiles eran personas que había ido conociendo en diferentes etapas de su vida. Jauretche, el abogado escritor que había conocido en Forja, por ejemplo, lo había dejado casi sin cromos en una partida de "tapadita". Además de Jauretche, que al final del sueño había sido el que se llevó la parte del león, entre los jugadores reconoció a Meléndez y a uno de los hermanos Pelossi, y estaba seguro de que también los demás eran personajes conocidos, aunque cuando se despertó ya los había olvidado. Ramón, por su parte, miraba el juego sin intervenir, pese a que en la mano derecha sostenía una pila considerable de figuritas. De repente, cuando estaba empezando a recuperarse de las pérdidas y su suerte – o efectividad – parecía empezar a cambiar, llegaban corriendo el padre Ismael y el abogado Rojano, y no les quedaba más remedio que recoger apresuradamente y salir por piernas antes de, vaya a saber el motivo, recibir un previsible castigo. En la esquina, mientras se apresuraba a guardar en el bolsillo las figuritas que todavía le quedaban, vio que una mujer le hacía alguna recriminación, apuntándolo y moviendo el índice de la mano derecha de una manera reiterada. Pensó que debía ser su madre, pero cuando pasó a su lado, más cerca, se asombró al ver que quien lo reprobaba era la novia de Ponzani. En ese momento se había despertado.

Según el reloj, un aparato redondo y metálico sobre el que se alzaba como un hongo la campana del despertador, había dormido casi una hora. Le costó un poco mover el cuerpo: la posición lo había dejado tensionado y cuando se irguió y se sentó en el borde de la cama, los músculos y algunos huesos tardaron en acomodarse del todo.

Salió del cuarto y fue al baño, abrió la canilla del lavabo y se lavó la cara con fruición: el espejo le devolvió un rostro aún soñoliento, con el pelo revuelto a pesar de que lo usaba muy corto. Volvió a recorrer el pasillo hasta su cuarto. La radio seguía emitiendo música clásica, casi toda la programación de la Radio del Estado consistía en música clásica y boletines informativos horarios. Giró una de las perillas y la apagó. Aunque todavía el verano no había llegado en toda su plenitud, el calor empezaba a resultar molesto y Casareto decidió poner en marcha un ventilador de aspas metálicas que reposaba sobre la mesita de luz.

Apuntando el ventilador hacia el sitio en donde estaba sentado, abrió el libro que le habían mandado hacía unos días desde Buenos Aires, en donde había dejado encargado a su librero de confianza, el mismo al que le compraba siempre cuando vivía allí y que compartía su simpatía por los forjistas, que le enviara las novedades que considerase de especial interés. El libro se llamaba *La cabeza de Goliath*, y hablaba de las consecuencias de la desmesurada diferencia entre Buenos Aires y el resto del país. Acomodó la silla giratoria como para que el sol que entraba por la ventana diera de lleno en el libro que se proponía seguir leyendo. Antes, prendió el hornillo Bram Metal que tenía en el suelo, en uno de los rincones de la pieza, y puso a calentar agua para tomarse un café con leche. Mientras la cafetera de filtro alcanzaba el hervor, buscó la lata de leche en polvo que tenía en la estantería, junto con los libros, y un jarrito de lata que le servía de taza. Llenó el jarrito con el café hirviente y echó dentro el polvo color crema, revolvió con una cucharita y se lo tomó sin azúcar.

Cuando terminó, lentamente, de beber el café con leche y se disponía ya a dejar la taza sobre el escritorio para recoger el libro, un zumbido intermitente distrajo su atención hacia la ventana. Una tela de araña casi imperceptible cruzaba uno de los ángulos del vidrio formando un triángulo en medio del cual había quedado atrapada una mosca. La mosca trataba de liberarse pero cada movimiento hacía que se quedase más enganchada en la pegajosidad de aquella tela sutil. El bicho pataleaba y movía las alas desesperadamente, pero solo de a ratos. Cuando se agitaba, el roce de los élitros y las patas producía un zumbido molesto, hiriente. Casareto acercó la vista a la escena, y vio que una pequeña araña, más pequeña todavía que la mosca, se acercaba haciendo equilibrio con sus finas y largas patas tensando el hilo en la cuerda floja de su propia baba.

El zumbido de la mosca le molestaba: siempre le había molestado el sonido que producen los insectos cuando vuelan alrededor. Sus sensaciones estaban incluso más allá de la presencia del insecto en cuestión: si había mosquitos por la noche, no era tanto la posibilidad del picotazo lo que lo alteraba, sino el ruido que hacían en sus desplazamientos. Bien podía taparse con la sábana hasta la cabeza, con lo cual garantizaba que ninguno lo picase, que igual no podía dormirse mientras el zumbido no cesara. Lo mismo con las moscas o los cascarudos que por la noche rebotaban en las farolas de las esquinas. Frente al sonido de la mosca, lo normal hubiera sido apresurarse a sacar el aparato de flit que tenía debajo de la cama y espolvorearla sin contemplaciones.

Pero esta vez Casareto pareció quedar repentinamente fascinado por la escena que le ofrecía el ángulo de la ventana: la mosca debatiéndose y la arañita acercándose sin apuro, como esperando que el otro bicho terminase con su inútil resistencia antes de emprender la tarea de succionarla hasta dejar sólo una carcasa seca. Sin embargo, en el momento en que la araña llegó al punto en donde la mosca atrapada aún se debatía en espasmos, decidió que lo mejor era evitarle el sufrimiento y se puso en cuclillas manoteando bajo la cama hasta tantear la máquina del flit. El aparato constaba de un recipiente un poco más grande que una lata de conservas donde se depositaba un insecticida letal, cruzado por un tubo de unos diez centímetros de grosor con un émbolo que lo pulverizaba al exterior mediante una corriente de aire. El efecto de la pulverización se mantenía durante un buen rato. Pero también su acción era inmediata.

Casareto, entonces, extrajo el pulverizador debajo de la cama, lo sostuvo con la mano izquierda, y con la derecha aferró la manija que accionaba el émbolo. Su objetivo era matar a la araña antes de que atacara a la mosca, aunque sabía que por supuesto la mosca también sufriría los efectos mortales. Echó hacia atrás el émbolo y luego lo presionó con fuerza contra el borde posterior del tubo. Una nube de mínimas partículas líquidas se esparció por delante del aparato y roció toda el área donde mosca y araña mantenían su desigual desafío. Durante unos segundos, pareció no ocurrir nada y Casareto continuó con la vista fija esperando el efecto de su ataque.

Muy pronto, vio cómo el instinto de la araña, advirtiendo el cambio de situación, hacía que retrocediera e intentara alejarse del lugar en donde el flit había hecho centro. La mosca no pudo hacer más que intensificar sus espasmos: estaba definitivamente atrapada. Casareto pensó entonces que había logrado su objetivo: había evitado el ataque de la araña. Podría haber hecho más: por ejemplo, pensó en un instante, liberar a la mosca de su trampa pegajosa. Pero se dijo que hubiese sido una tarea inútil (además de bastante asquerosa), porque también la mosca había recibido de lleno la acción del flit y aunque quedase libre, no tardaría en morir por sus efectos. ¿Iba a darle a la araña el privilegio de escapar indemne?

La arañita ya había subido por el filo de su tela lo suficiente como para alejarse del sitio de mayor concentración venenosa, cuando Casareto volvió a dirigir hacia ella el pulverizador y rociarla por completo. La crueldad del insecto merecía ese castigo, se escuchó decir interiormente con asombro, como si hubiera estado oyendo las voces secretas de alguien diferente a él. La araña ahora empezó a moverse con más lentitud, tambaleándose un poco como si estuviera borracha, pero así y todo siguió alejándose hacia el extremo de su tela. ¿Había hecho justicia? Al fin y al cabo morirían víctima y verdugo. En el momento de aquella inesperada cavilación, descubrió que lo que ahora sentía era la necesidad de ver cuál de las dos moría antes y cuál tenía mayor capacidad de resistencia. Fascinado, aunque asombrado de sus propias sensaciones, dejó mecánicamente el aparato de flit sobre la cama y se concentró en aquella escena minúscula que transcurría en un ángulo de su ventana como si en ella estuviese a punto de develarse alguna secreta clave de su propia vida. ¿Y por qué? se preguntó. Pero no pudo darse una respuesta satisfactoria.

Duró más la araña. La mosca, al cabo de un par de sacudones y un zumbido prolongado hasta la quietud terminal, dejó de moverse muy pronto. Él siguió atentamente, sin pestañear casi, los cada vez más torpes intentos del otro insecto por escapar a su suerte: ya casi alcanzaba el marco de la ventana, en donde se asentaba la trama que había tejido con su baba durante quién sabe cuánto tiempo, pero las patitas ya no le respondían. Cada vez las fue moviendo menos, y cuando al fin se desmoronó, una de las patas quedó pegada en su propio hilo pegajoso y la mantuvo colgada sin caer al suelo. Casareto calculó rápidamente que entre una muerte y la otra, habría pasado probablemente casi un minuto. Cuando todo movimiento cesó, recién recuperó la normalidad y se pasó gravemente la mano derecha por la cara como despertando de un sueño que no supo si leer como pesadilla.

Después volvió la vista hacia el interior de su cuarto, retiró *La cabeza de Goliath* del lugar de la estantería donde lo había dejado, y se sentó en la silla mientras el sol penetraba tibiamente por la ventana. No se ocupó, ni se ocuparía por muchos días más, de quitar de la ventana a los dos insectos. Ni siquiera, la verdad, de quitar la tela de araña.

Los zapatos estaban al borde de la cama, las punteras estaban descoloridas y pensó que debería pasarles un poco de betún, pero sintió pereza y decidió dejarlo para la noche. Sobre el escritorio, al costado de unos papeles desordenados y del portafolio de cuero que usaba para llevar las cosas de la escuela, había quedado boca abajo *La cabeza de Goliath*, el libro que había dejado de leer para seguir los movimientos de la araña. Todas las tardes invertía un par de horas – a veces más – en la lectura, y después esparcía sobre la mesa el contenido de su portafolio marrón y corregía los deberes de sus alumnos. Se aseguró de que la luz de la tarde penetrase por la ventana abierta sin interferencias y se sentó, descalzo, en la silla de madera frente al escritorio. Era una silla singular, que él mismo había comprado y traído a la pensión: tenía apoyabrazos y en lugar de las cuatro patas habituales, se sostenía sobre un mecanismo que permitía un leve movimiento reclinatorio. Sobre la madera lacada del asiento había un cojín mullido de color morado.

Al fin, se sumergió con interés de nuevo en las páginas del libro por más de una hora casi sin interrupción. Hizo un alto en la lectura para ir de nuevo al baño y en el camino se encontró con la dueña de la pensión, que lo saludó con amabilidad. La mujer pasaba la mayor parte del día en su cuarto escuchando la radio. Cruzaron algunas frases sobre el tiempo, como era habitual, y después él siguió su camino, entró en el baño, meó cuidando de no salpicar los bordes de la taza enlozada, se cerró la bragueta, se lavó las manos y regresó al cuarto. Pero no siguió con la lectura: prefirió abrir el portafolios, extraer los cuadernos de deberes de sus chicos y comenzar la aburrida tarea diaria de corregirlos.

Cuando terminó, el sol ya había descendido un buen trecho en la ventana. Apagó el ventilador y buscó con la mirada sus zapatos. Metió los dos pies en los botines y se ajustó los cordones cuidadosamente. En algún patio vecino se oyó el ladrido repetido de un perro. Fue hasta el armario ropero y abrió una de las dos puertas: en el lado interior de la puerta un enorme espejo reflejó su imagen de perfil. En las perchas, pendientes de un listón cilíndrico que atravesaba el armario de punta a punta, había varias camisas y pantalones, dos sacos y, en uno de los extremos, el terno impecable que casi nunca usaba. Casi todas las perchas tenían estampadas sobre la madera, en letras doradas, una inscripción publicitaria que revelaba su origen: Sastrería Sánchez.

Su relación con Ramón, una de las pocas relaciones afectivas que había logrado construir desde su llegada a Coronel López, se había ido resintiendo durante el último tiempo por culpa de la política. Desde el día aquel en que Ramón se había hecho cargo de transmitirle el reclamo de la dirección del partido contra el primer artículo que había publicado en *La Comuna*, algo se había ido resquebrajando, aunque ambos seguían actuando como si no se hubiesen dado cuenta. Y lo lamentaba. De eso había pasado, de todos modos, ya mucho tiempo: casi tres años.

En cuanto a Meléndez, el otro amigo y aliado que había adoptado en su vida pueblerina a poco de haber sido designado para su puesto de maestro en Coronel López, la relación había sido más consecuente, al menos políticamente. En la misma medida en que Sánchez había ido apegándose más a la dinámica de la UCR - cuyas políticas parecían obsesionadas en oponerse al creciente poder que el sindicalismo comenzaba a asumir en desmedro de los partidos tradicionales - el proceso inverso ocurría respecto de Meléndez. Tras haber decidido convertirse en el delegado de los trabajadores del taller en el que se había desempeñado casi desde la adolescencia (no eran, en todo caso, más de cinco asalariados), Meléndez había empezado a asumir un papel protagónico en la sindicalización del gremio metalúrgico, que en Coronel López crecía rápidamente con la aparición de algunas fábricas de herramientas y maquinarias para el campo. Y coherente con ese proceso y con lo que estaba ocurriendo en todo el país, sentía que una nueva fuerza estaba surgiendo de aquella masa obrera que lentamente se abría paso y se hacía escuchar, cuando hasta hacía nada sólo parecía escucharse la palabra de los patrones, los mismos que desde siempre habían manejado los resortes de la opinión pública y del poder.

Esa nueva voz compartía, de alguna manera casi espontánea, muchos de los pensamientos que lo habían movido en su primera juventud a acercarse al yrigoyenismo: sobre todo, la sensación de que los hilos de la economía argentina estaban trazados por los intereses de grandes monopolios extranjeros, aliados y respaldados políticamente por los terratenientes locales, por los conservadores de toda la vida, por los enemigos declarados de los trabajadores. Y esa intuición que vivía a diario en sus relaciones con otros de su clase, lo había ido alejando paulatinamente de las políticas vacilantes y temerosas de un partido que parecía asustado por una nueva realidad que desafiaba las teorías y las formas políticas tradicionales.

Sobre todo, cuando nuevos protagonistas estaban modificando esa realidad a través de caminos inesperados. Uno de ellos era el secretario de Trabajo del gobierno militar que ocupaba el poder desde dos años antes, el coronel Perón. Perón no era precisamente el tipo de figura política que Casareto hubiese elegido para seguir: de joven había adherido al golpe contra Yrigoyen, no ocultaba demasiado su notorio interés por las formas originales de hacer política que estaba desarrollando el fascismo en Italia, y – en definitiva – era un militar y los hombres de botas y gorra de plato hacía al menos más de medio siglo que no eran sino otra cosa que el brazo armado de la oligarquía y el patriciado terrateniente. Pero no podía ignorar el maestro, que el pensamiento antiimperialista expresado por el hombre que más poder estaba adquiriendo en el gobierno en los últimos tiempos, y las mejoras auténticas que su lugar en ese gobierno estaba logrando para los trabajadores, eran lo más parecido a los ideales que habían promovido aquellos jóvenes forjistas con quienes había compartido su iniciación en la política.

Meléndez y Casareto, todavía afiliados a la Unión Cívica Radical, habían hablado mucho sobre este nuevo escenario. Y los acontecimientos de los últimos días en Buenos Aires requerían una toma de posiciones decidida por parte de los radicales de Coronel López. O al menos, asentían ambos con escepticismo, de aquellos radicales dispuestos a ser protagonistas de un momento tan especial como ese.

Había quedado en encontrarse con Meléndez para tomar un vermú a la hora en que la tarde caía. Como todas las semanas, hablarían de las clases en la escuela y de las reuniones del sindicato, de las hijas de Meléndez y nunca de la solitaria soltería de Casareto, y de las venturas y desventuras de la política del país. Pero esta vez habían citado a Ramón, quien era ya vicepresidente del comité local. Eligieron un barcito cerca de la pensión, que daba acceso a una cancha de bochas y a una pista al aire libre donde solían hacerse a veces bailes, bodas y otras fiestas privadas. La concesión del bar la llevaban dos hermanos mellizos a quienes el gracejo popular había bautizado con los sobrenombres de Cinzano y Gancia, las dos marcas de vermú más populares por entonces. Sólo los ricachones, se dijo Casareto, toman Martini en este país. O los personajes de la literatura. Hasta en eso se veían las diferencias sociales, pensó. El bar era la sede social de un pequeño club social y deportivo: Sportivo Belgrano, se llamaba, con una curiosa mezcla de idiomas como pasa tantas veces en la Argentina.

Eligió el saco que usaba habitualmente: uno marrón de tela suave, menos caluroso para los días de verano. Se lo puso sin mirarse al espejo y después de dudar unos segundos sobre si ponerse o no corbata, volvió a cerrar el armario. En la puerta de la habitación, del lado de adentro, colgaba un pequeño perchero también con la propaganda de la sastrería de su amigo Ramón. Uno de los soportes sostenía un sombrero de fieltro tocado con una cinta de tela negra; otro una gorra de lona a cuadros; el tercero estaba vacío. Antes de salir, eligió el sombrero y se lo calzó sobre la cabeza con un movimiento mecánico. Después abrió la puerta, salió del cuarto y volvió a cerrar. La casa estaba en silencio, el salón comedor que había que atravesar necesariamente para llegar a la puerta cancel que daba acceso al jardín delantero estaba vacío, probablemente la dueña de la pensión habría salido a hacer compras o estaría en su propio dormitorio.

Caminó la vereda ajedrezada de baldosas amarillas y azules que atravesaba el jardín delantero, en donde varios rosales y un jazmín impregnaban el aire de aromas dulces y un paraíso ostentaba sus racimos de flores de pistilos amarillos y pétalos blancos, manipuló el pestillo del portal abierto en la reja que separaba el jardín de la vereda, y salió a la calle.

Ocho años después de aquella tarde, un abatido Casareto recorrería el camino inverso con la mirada ensombrecida de un hombre que ha perdido todos los restos de su entusiasmo por la vida. A diferencia de esta, en que salía de su cuarto de pensión para encontrarse con sus compañeros de militancia y amigos, en aquella tarde sería invierno y ya la noche habría caído hacía rato sobre las calles del pueblo. Sin embargo, en algo coincidían los dos momentos: como si un salto imposible hubiese ocurrido entre ambos, Casareto volvería del mismo sitio adonde había ido aquella primera vez: el bar del Club Sportivo Belgrano.

Pero no basta una coincidencia para crear simetrías: ni siquiera el bar sería ya el mismo. El frente del local estaría pintado – ocho años después - de un intenso color durazno; donde una vieja puerta de madera daba paso al interior habría ahora una moderna y elegante puerta giratoria de vidrio; y la mesa de billar que supo haber al fondo habría sido reemplazada por un metegol donde por las tardes se reunirían algunos adolescentes a empuñar las manivelas que sujetaban rígidos jugadores de plomo vestidos con los colores de Boca y River. Cinzano y Gancia, los mellizos, ya no estarían y en su lugar un gallego silencioso y casi solemne atendería al mismo tiempo la barra y las mesas. A la hora en que Casareto atravesaba habitualmente la puerta del club – ocho años más tarde - los que acudían a su partida de bochas y los más jóvenes que entrenaban en la cancha de básquet ya estarían en sus casas esperando que sus mujeres o sus madres les preparasen la cena, y sólo alguna mesa albergaría todavía algún grupo de varones jugando al truco, el chinchón o la brisca. Muy pronto, sólo parroquianos solitarios permanecerían en mesas aisladas, como el propio Casareto, con la mirada hundida en un vaso de grappa, o la botella de vino tinto y el sifón de soda como inmóviles acompañantes. Como permanecería el propio Casareto, una noche más – aquella noche ocho años más tarde – hasta levantarse de su mesa, salir del local y hacer, abatido y por última vez, el camino inverso al que ahora recorría.

Pero ahora, en esa tarde de primavera del año 1945, Casareto empezó a andar, a paso lento y mientras el sol daba las primeras señales de ir declinando hacia el crepúsculo, las seis cuadras que lo separaban del Club Sportivo Belgrano para acudir al encuentro que había concertado ya unos días atrás. Sabía que desde entonces, los acontecimientos ocurridos en Buenos Aires habrían cambiado, quizás decisivamente, los temas de conversación. Y no se equivocaba.

TERCERA PARTE
El peronismo

Lola fue hasta la heladera, abrió la pesada puerta blanca en cuyo rincón derecho unas letras de aluminio certificaban la marca Westinghouse, y dudó observando el interior. Después de unos segundos en que su mente repasó velozmente las diferentes posibilidades abiertas, extrajo una bandeja plástica y de su interior sacó un plato con una pila ordenada de chuletas de carne de vaca – costeletas, era el nombre con que se conocía aquel corte en las carnicerías del pueblo -, y lo puso sobre la mesada de mármol artificial adosada a la pared frontal de la habitación. Sin cerrar la puerta del refrigerador, sacó cuatro huevos de una huevera que ocupaba el espacio interior de la puerta y los alineó también en la mesada. Al fin sacó también una planta de lechuga, dos tomates y una cebolla. Después, cerró con cuidado.

Había hecho calor durante el día, el verano parecía adelantarse, pero estaba acostumbrada a que allí las estaciones del año no tuvieran límites muy precisos. Eso sí: el verano era verano y el invierno invierno. En las mañanas de agosto, cuando se levantaba para preparar el desayuno a las niñas antes de que saliesen para la escuela, la escarcha helada formaba una capa sólida sobre los charcos de la vereda; y durante las navidades, mientras ellas armaban un arbolito al que colgaban jirones de algodón y echaban talco sobre el pesebre para simular la nieve, en el patio el calor podía llegar a los treinta y cinco grados. Pero las transiciones entre unas estaciones y otras solían ser de lo más variables, y en un mes de octubre como el que transcurría ahora nunca se sabía qué tiempo esperar.

Cuando pensó en las navidades le sobrevino un recuerdo: se veía a sí misma, aún pequeña y rodeada de hermanos y hermanas, armando un belén en el salón de altísimos techos de su casa de piedra en Ribadesella, al fondo del edificio de la escuela. Su padre todavía no había partido para América, pero el maestro Gumersindo nunca participaba de aquellas ceremonias casi rituales que los chicos esperaban con tanta ansiedad. Sí en cambio su madre, Elvira, quien se encargaba de dar las instrucciones para que cada cosa estuviera en su lugar: la ubicación correcta de las figuras de la Sagrada Familia, el burrito y el buey que según el evangelio calentaban con su aliento al niño Jesús, la hilera respetuosa de los tres Reyes Magos con sus regalos invariables (nunca había logrado saber, ni siquiera hasta el día de hoy, qué diablos era la mirra). Y el momento más creativo, en el que cada uno ponía en juego su imaginación y su arte para convertir frazadas en colinas nevadas, espejos de mano en lagos encantados, y hasta las muñecas que el resto del año hacían de hijas, travestidas en pastorcitas gigantescas. Y la estrella, por supuesto, recortada en cartón e iluminada con lentejuelas brillantes pegadas con engrudo de harina.

El armado del belén (que con el tiempo, y a partir de haberse amoldado a las costumbres de la nueva tierra adonde habían emigrado, había pasado a llamarse "pesebre") era probablemente lo más importante en aquellas navidades transcurridas al norte de su España natal, en aquella Asturias lejana y borrosa. De hecho, cada familia competía en el orgullo de mostrar año a año el mejor y más completo de los belenes. Aunque los que llevaban las de ganar, claro, eran siempre los belenes de las familias más ricas, las de los tres armadores que poseían la propiedad de casi todos los barcos que salían a faenar desde el puerto. Y Lola recordó entonces, mientras el filo del cuchillo separaba en rodajas sangrantes la pulpa roja de los tomates, cómo los chicos del pueblo, acompañados casi siempre de sus madres (los padres, una vez más, quedaban fuera del rito), peregrinaban a través de las calles heladas de diciembre para admirar los fastuosos belenes con docenas de personajes, puentes sobre ríos con agua de verdad, y hasta soldados romanos rondando en las cercanías. Y para recibir además, de manos de las criadas de los señores de la casa, los preceptivos polvorones que se diluían en la boca dejando un regusto seco y delicadamente dulce.

Las navidades en Coronel López, en cambio, transcurrían bajo el sopor de las altas temperaturas, que apenas daban un respiro por la noche si acertaba a soplar alguna brisa. Y sin embargo, igual que en la vieja Europa, la tradición imponía hartarse de nueces y avellanas, de pan dulce esponjoso con pasas de fruta desecada, de las confituras propias del frío de los inviernos y no de la estación en la que caía la fiesta en estas latitudes, como si todo hubiera debido estar acorde con la nieve simulada de los pesebres. Quizás para recordar implícitamente de dónde habían venido la mayoría de aquellas familias que se reunían invariablemente una vez al año para esa fecha. Como lo hacían los miembros de su propia familia, los Braña, que aún después de la muerte del maestro Gumersindo seguían festejando juntos la Nochebuena, incluso los hermanos mayores que venían desde la lejana Corrientes trayendo a sus propias familias cada año más numerosas.

La aparición intempestiva de Vilma en la cocina interrumpió los recuerdos placenteros de su madre. La chica alzaba un brazo en cuyo extremo los dedos aferraban varios cuadrados de papel coloreado.

—Mamá —dijo con un tono de enfado en la voz— me quedé sin más hojas de papel satinado y no voy a poder terminar los deberes de Dibujo. ¿Y ahora qué le digo a la maestra?

Lola paró de cortar el segundo tomate, dejó por un momento el cuchillo sobre la mesada y se limpió las manos mecánicamente en el delantal de cocina.

—Lo tendrías que haber pensado antes —dijo a su hija con resignación—. A esta hora ya no hay nada abierto para ir a comprar. Eso pasa por dejar los deberes de la escuela para último momento.

En ese momento oyó el sonido del receptor de radio desde la habitación contigua, que había sido una galería y habían cerrado un tiempo atrás para convertirla en sala de estar. Pensó que Ramón debía estar buscando algo en la radio, porque se lo adivinaba manipulando el dial de una emisora a otra, provocando una mezcla desatinada de voces y músicas bruscamente interrumpidas. Esa tarde su marido había regresado a casa más temprano que de costumbre, aunque después de los saludos e intercambio de cuestiones domésticas habituales, se había ido a la otra habitación arrastrando una silla y se había sentado junto al aparato de radio.

Cuando él desplegó la edición de *La Razón*, que llegaba a Coronel López por la tarde, Lola ya había terminado de planchar la ropa y sin hacer comentarios la dobló y llevó a cada dormitorio para guardarla en los roperos correspondientes. De paso por el cuarto de las niñas, había controlado que ambas estuvieran haciendo los deberes, que casi siempre hacían antes de la cena. Les habían instalado una mesita baja con dos taburetes al lado de una de las paredes de la habitación, sobre la que colgaba una repisa con varios estantes y divisorias donde podían guardar y ordenar cuadernos y lápices. Además, en la cara interior de la puerta que separaba el dormitorio del resto de la casa, dos ganchos metálicos servían para colgar los portafolios de cuero que las chicas usaban para llevar sus enseres a la escuela. Después Lola había ido a la cocina y abierto el refrigerador para preparar la cena.

—Mañana tendrás que decirle a la señorita que te olvidaste de comprar un sobre nuevo de papel satinado y por eso no pudiste hacer todas las figuras —insistió ahora adoptando un tono severo frente a su hija menor —Tenés que aprender a hacerte responsable de tus errores y tus olvidos, no vale buscar excusas.

A pesar del tono rígido de su frase, Lola sonrió para sí misma. Estaba segura de que su marido habría aprobado categóricamente el mensaje que acababa de intentar transmitir a la niña: hay que hacerse responsable de tus actos, sean cuales fueran las consecuencias. Era uno de los principios que Ramón repetía constantemente. Él había sido siempre, desde que lo había conocido hacía ya unos quince años, un hombre de principios rígidos, y a medida que pasaba el tiempo se reafirmaba en ellos. A Lola, a decir verdad, siempre le había parecido un poco exagerado el empeño obsesivo que él ponía en demostrar y promover el cumplimiento de aquellas expresiones a las que acudía con severidad: la honestidad, la caballerosidad, el trabajo, la solidaridad, eran palabras que nunca se le caían de la boca.

Y para él no eran simples palabras: eran una preocupación permanente acerca de sus actos. Pero también de los actos de los demás. En Coronel López, y eso sí ella podía percibirlo, esa coherencia sobre su propia conducta – más aun tratándose de un político, de los que en general la gente no tenía buen concepto – le había valido el respeto de casi todo el mundo, incluidos sus rivales. No ocurría lo mismo, claro está, cuando era él quien exigía tal conducta a los demás, y esa intolerancia era precisamente la que le había generado sus enemigos. Pero - al menos eso sentía Lola - Ramón no tenía mucha gente a la que pudiera llamarse enemigos. Y en eso, ella no podía menos que sentirse orgullosa. Orgullosa de tener un marido como Ramón Sánchez; orgullosa de ser Lola, la señora de Sánchez: Dolores Braña de Sánchez, como decía su libreta cívica.

Vilma bajó la cabeza y volvió a su cuarto a seguir haciendo los deberes, y la madre se elevó en puntas de pie para abrir la alacena y sacar la plancha de asar carne. Después abrió una caja de fósforos que estaba al lado de la cocina de kerosene, sacó una cerilla y raspó la cabeza en el borde áspero de la caja hasta que brotó la llamita y la arrimó a la hornalla. La hornalla se desplegó en una llama azul sobre la que depositó la plancha, y cuando ésta empezó a crepitar puso sobre ella las cuatro costeletas. Mientras la carne se asaba lentamente, volvió a la tabla de madera que estaba sobre la mesada, asió el cuchillo y retomó su tarea de cortar las hojas de lechuga. Metió lechuga, tomates y cebolla picada en un bol de loza, le agregó sal, aceite y algo de vinagre y revolvió. Después sacó de la alacena cuatro platos y del cajón inferior cuatro juegos de cuchillo y tenedor y los distribuyó sobre el mantel de hule de la mesa, y en el centro puso el bol con la ensalada.

Mientras la carne terminaba de alcanzar su punto, hirvió aceite en una sartén, partió los huevos cascándolos contra el borde y los echó en el aceite. Rápidamente la clara esparció su consistencia de pura blancura y la yema amarilla brilló en el centro.

—La comida está en la mesa —dijo Lola en voz muy alta, como para que la oyeran tanto las niñas como su marido. Beatriz y Vilma dejaron a un lado los cuadernos y recogieron solícitamente los útiles que estaban dispersos sobre la mesa del cuarto. En menos de un minuto, habían dejado preparadas sus carteras de la escuela para la mañana siguiente. Juntas fueron al baño a lavarse las manos y entraron, una tras la otra, a la cocina donde su madre estaba terminando de servir la ensalada.

Ramón, en cambio, seguía sentado en la silla con la cabeza levemente inclinada sobre la enorme radio de madera, cuya parte superior semejaba algo así como los arcos de medio punto de una catedral gótica. Prestaba atención con gesto reconcentrado a las voces que salían de la radio, mientras con la mano derecha movía con cuidado la perilla del dial para sintonizar mejor la audición.

—Ramón, la cena está en la mesa —anunció también allí Lola, preguntándose qué noticia sería la que tanta concentración provocaba en su marido. Él la escuchó y volvió la cabeza.

—Por una vez, los militares han acertado —le dijo entonces, apartando el oído de la gran caja de la radio, que sobre la tela tensa que cubría el altavoz destacaba una calcomanía de Carlos Gardel y otra de Hipólito Yrigoyen —Perón ya fue destituido.

"Perón ya no constituye un peligro para el país". El enorme titular atravesaba de lado a lado la parte superior del diario. La edición de *Crítica* llegaba un día más tarde desde Buenos Aires a Coronel López. El diario daba cuenta de que el coronel Perón, secretario de Trabajo del gobierno militar, había sido encarcelado y enviado a la prisión de la isla Martín García. El ejemplar estaba doblado en dos sobre el mostrador del bar.

Ramón entró en el salón del Club Sportivo Belgrano mirando a todos lados. En una mesa del fondo reconoció a Meléndez y Casareto que le hacían señas. Aunque el maestro no albergaba ya el más mínimo optimismo sobre las posiciones de Sánchez, Meléndez había insistido encarecidamente en que hablaran con él. Hacía tiempo que los amigos disentían cada vez con mayor distancia sobre la política del país. Aunque formalmente los tres seguían formando parte de la agrupación local del radicalismo, sus posicionamientos se diferenciaban cada día más desde los tiempos en que Ramón había terminado por incorporarse a la estrategia de la dirección nacional del partido. De hecho, había terminado por convertirse en el vicepresidente local.

A los cuarenta años Ramón ya no era el muchacho fervoroso que había esperado con sus poemas y su guitarra la nunca concretada visita del Peludo Yrigoyen a Coronel López. No es que hubiese perdido la fuerza de sus ideales libertarios, su precoz vocación por la libertad y la justicia, ni los principios que lo habían movido desde la adolescencia; pero tantos años de militancia lo habían convencido de que las grandes palabras como "libertad" y "justicia" podían no ser más que abstracciones oportunas para adornar discursos, si no se encarnaban en situaciones que afectasen a las personas concretas y no ya a la tan vapuleada "humanidad", otro concepto que había terminado por sentir como un término hueco, como una mera gesticulación retórica.

Cuando había elegido – muchos años atrás – la política como la principal de sus pasiones, el campo le parecía diáfano y transparente: las instituciones habían sido siempre el coto de unas pocas familias aristocráticas asentadas en sus inmensas posesiones territoriales, de las cuales por herencia y manipulación salían los dirigentes partidarios, los senadores y los gobernantes. Si en el siglo anterior los grandes terratenientes provinciales convertidos en caudillos guerreros habían disputado el mando de la nación a la oligarquía porteña alimentada por el capital extranjero, tras la Constitución redactada después la batalla de Caseros lo único que había variado era que los hijos de esos mismos terratenientes, sin dejar de ostentar un poder omnímodo sobre los recursos de sus provincias, ahora distribuían y regulaban su utilización con la aristocracia porteña mediante una serie de mecanismos pactados, a través de las instituciones de una república falsa y controlada al completo por ellos mismos.

El Senado de la Nación, espacio privilegiado de pactos y componendas, había reemplazado a las luchas de montoneras federales y ejércitos unitarios, permitiendo que una élite dirigente - impenetrable para quienes no pertenecieran a esas familias poderosas o a lo sumo se constituyesen en sus lacayos intelectuales - manejara el país como una gran propiedad compartida. Los gauchos incultos y envilecidos que habían sido - según los dirigentes porteños - la causa del atraso nacional, habían sido convertidos en peones rurales de las estancias y empleados de los mataderos de carne, o en cuchilleros electorales leales a los jefes políticos de los diferentes territorios, cuya lealtad y coraje perrunos defendían las espaldas de esos jefes políticos y les garantizaban que peones y matarifes depositaran el voto adecuado – el de los aristócratas a los que los jefes políticos territoriales obedecían – en cada una de las citas electorales de una democracia sólo aparente.

Para Ramón, el radicalismo de Yrigoyen había sido la quiebra de ese inveterado pacto aristocrático, la irrupción de un nuevo tipo de políticos salidos de las filas de la creciente clase media, herederos de la cultura contestataria de sus padres inmigrantes, llamados a acabar con el sistema de intercambios y favores restringido a la clase terrateniente. Pero veinte años de militancia le habían demostrado que en la generación de políticos salidos de esa nueva forja vegetaban las mismas ambiciones y las mismas ansias de privilegio que en los políticos conservadores, y que de a poco lo que era fervor justiciero y voluntad de cambio se iba adocenando e integrando dócilmente a las prácticas de antaño, con la sola diferencia de que esos nuevos políticos podían ahora acceder también ellos al espacio en donde se amañaban favores, componendas y riquezas.

Aquellos años en los que el país había vivido sumido en dictaduras militares o gobiernos fraudulentos, y en los que había visto cómo los propios dirigentes de su partido no sólo aceptaban la continuidad de un régimen vergonzoso sino incluso cómo algunos de ellos habían participado directamente en la corrupción y el latrocinio de los propios recursos del Estado, le habían demostrado también que los cambios políticos no siguen las reglas transparentes de las teorías juveniles, sino un camino mucho más tortuoso, discontinuo, con avances y retrocesos impredecibles y en el que muchas veces había que apretar los dientes, tragar bilis y esperar tiempos más propicios.

Había seguido siendo yrigoyenista cuando los demás cedían al "antipersonalismo", había sido abstencionista cuando el alvearismo optó por legitimar el régimen del general Justo, simpatizaba abiertamente con los firmantes de la Declaración de Avellaneda que unos pocos meses antes había proclamado un grupo de dirigentes jóvenes oponiéndose a la intención de la dirigencia de pactar un acuerdo con los conservadores y la Sociedad Rural. Nadie podría decir de él – por lo tanto - que había sido un seguidor silencioso de las directivas partidarias. Pero sin embargo había visto progresivamente cómo todos los intentos divisionistas habían terminado en el fracaso y la dispersión, y en cambio con todas sus controversias y contradicciones la UCR continuaba todavía visualizada como una alternativa por muchos sectores de la población. Por eso había hecho de la unidad su bandera, su casi absoluta obsesión a través de todos aquellos años: y de ese modo, casi inadvertidamente y sin proponérselo, había llegado a convertirse al mismo tiempo en uno de los dirigentes en que más confiaba la militancia y en vicepresidente del comité local.

Meléndez confiaba todavía en esa honestidad probada y esa actitud altruista que su amigo había certificado en toda su vida política, para hacerle cambiar su posición en esos momentos críticos. Así que había insistido a Casareto en que hablasen con él antes de dar el siguiente paso; aunque Casareto, por su parte, parecía tener claro que iba a ser una conversación inútil y en cierta forma quizás hasta contraproducente.

Era un atardecer verdaderamente primaveral. Ramón saludó a ambos con un apretón de manos y se sentó ocupando una de las sillas que rodeaban la mesa.

Los tres hombres perdieron unos minutos en las trivialidades habituales. Casareto hizo hincapié en el calorcito que ya parecía adelantar un verano prematuro, Ramón se interesó por la familia de Meléndez y su situación en el taller, y Meléndez preguntó por Lola y las niñas. Después fueron al grano. Perón estaba preso y los sindicatos preparaban fuertes movilizaciones – quizás una huelga general – para reclamar su libertad. Casareto informó que esa misma mañana, la FOTIA, el gran sindicato tucumano de los trabajadores del azúcar, había comenzado una huelga indefinida. En Rosario había decisión tomada de lanzar la huelga esa noche. En el conurbano industrial de Buenos Aires, el ambiente estaba conmocionado y podía pasar cualquier cosa. Se hablaba de convocar una huelga general en todo el país para unos días más tarde. La filial coronelense de la CGT, de la que participaba Meléndez como representante de la Unión Obrera Metalúrgica, apoyaba la medida. Había llegado el momento de las definiciones, insistió Casareto, y tanto él como Meléndez consideraban que la agrupación radical tenía que tomar partido.

—¿Cómo pueden ustedes pretender que nos involucremos en las peleas internas de unos militares golpistas? —lo interrumpió Ramón con calma, apoyando las dos manos sobre la mesa —Estamos bajo un gobierno militar que se formó para evitar que la Argentina participase junto a los Aliados en la guerra contra el nazifascismo — agregó sin esperar respuesta —Los radicales nos hemos sumado a las fuerzas que piden lo que hay que pedir en este momento: que se celebren unas elecciones ya y sea el pueblo, los ciudadanos, los que elijan a quien los gobierne. Y mientras tanto, que el poder se entregue a la Corte Suprema. Todo lo demás son asuntos internos entre ellos, peleas mezquinas por los sillones, que es lo único que les interesa. ¿Por qué tendríamos que tomar partido justo ahora?

—Dejemos por ahora de lado el tema de la guerra mundial, que ya terminó afortunadamente —dijo Casareto entonces, rascándose la barbilla en un gesto que trataba de disimular el nerviosismo que le tensaba las mandíbulas. La guerra había terminado apenas unos meses antes — Estamos de acuerdo en que este no es un gobierno democrático, seguro, pero la verdad es que el gobierno anterior, lo sabés tan bien como yo, era una farsa con elecciones arregladas y "fraude patriótico" en la cual los radicales participamos a cambio de las migajas del poder. Y de lo que se trata es de que la realidad del país ha dado un vuelco inesperado, que quizás ni nosotros mismos esperábamos hace unos años nomás. Está Perón.

—¿Perón? —replicó Ramón poniendo cara de incredulidad, aunque era una cara forzada, artificialmente expresiva —Pero si justamente Perón es el problema. Un militar que se educó en las escuelas de Mussolini, que vino de Italia fascinado con el fascismo y se puso a trabajar inmediatamente para implantarlo aquí. ¿Qué otra cosa creés que es su estrategia de seducir a los sindicatos con promesas y discursos vacíos? Perón es un demagogo, y en el fondo los milicos nos están haciendo un favor quitándolo de en medio antes de que sea tarde.

Meléndez se removió inquieto en su silla. En los últimos tiempos había intentado evitar toda discusión directa con su amigo de juventud, pero sabía que llegaría el momento en que el enfrentamiento iba a ser frontal. Y sintió que ese momento había llegado. Las palabras de Ramón reproducían fielmente el discurso de la dirección del partido, y *ese* era justamente – para él – el discurso vacío.

—¿Promesas? —interrumpió, intentando ser lo menos brusco posible —La realidad es que Perón ha hecho en un año y pico por los trabajadores más que ningún gobierno desde Yrigoyen hasta aquí. ¿No era que antes los patrones podían dejarnos en la calle cuando se les diera la gana? Pues ahora si quieren hacerlo, nos tienen que pagar una indemnización según los años que hayamos trabajado. ¿Cuántos antes de Perón podían jubilarse? Ahora todo el mundo tiene derecho cuando llega su edad. Impuso los convenios colectivos para que los trabajadores podamos discutir de igual a igual los salarios con los patrones. Reglamentó el trabajo del campo, que antes eran feudos de los estancieros. Por decir apenas cuatro cosas. Esas no son promesas, Ramón, eso es hacer lo que siempre dijimos: luchar contra el capitalismo. Hay que ser muy cerrado para pensar que todo eso es sólo una estrategia para tener más poder.

—No es difícil darse cuenta por qué el gobierno se lo quiere quitar de encima —terció ahora sí con entusiasmo Casareto —Las presiones vienen de los mismos de siempre, los oligarcas, los que nunca aceptaron que se les pongan límites a sus negocios, las empresas extranjeras que no quieren perder los privilegios que siempre tuvieron para explotar los recursos del país a su antojo, los abogaduchos, tenderos y políticos que viven de los que los oligarcas les pagan. ¿O no te acordás por qué fue el golpe contra Yrigoyen?

—Un golpe del que participó Perón — recordó con ironía Ramón.

—No sé, no es el caso ahora analizar lo que hizo Perón hace quince años —continuó Casareto inclinando el cuerpo hacia adelante y moviendo las manos agitadamente —Ahora Perón es el principal enemigo del imperialismo capitalista, y por eso los oligarcas han hecho fuerza para conseguir que lo encarcelen. ¿No te parece significativo que los que lo apoyen sean los sindicatos obreros, Borlenghi, Cipriano Reyes; y en cambio los que están contra él sean la Sociedad Rural, la Unión Industrial, la Bolsa de Comercio, y que se reúnan a cada rato en la embajada yanqui?

—No todos los sindicatos —reaccionó esta vez el otro con vehemencia —. No lo apoyan ni los ferroviarios, ni los textiles, ni los empleados de comercio, por decirte sólo gremios grandes. No lo apoya la Federación Universitaria. Y entre los partidos, no sólo los conservadores están contra Perón, en realidad lo están *todos* los partidos: incluidos los comunistas y los socialistas.

—Y los radicales, ¿no? —corroboró secamente Casareto —Nosotros, los que nos decíamos intransigentes con la explotación del pueblo, los que fundamos empresas básicas nacionales para evitar los monopolios de las multinacionales extranjeras, los que decíamos luchar contra la oligarquía, ahora resulta que nos complotamos con el imperialismo y los conservadores para cerrarle el paso a las conquistas sociales, a los derechos de los trabajadores. ¿No te bastó tener que agachar la cabeza y admitir que fuimos cómplices de la Década Infame, cómplices de la corrupción y el fraude porque Alvear y sus traidores preferían repartirse los privilegios con los patrones? Alvear ya se murió, a Dios gracias y ya va siendo hora de que lo enterremos del todo. Si seguimos creyendo en los principios de siempre, tenemos que oponernos a esta maniobra del gobierno acordada con los oligarcas.

—No es una mera ocurrencia de algunos —terció Meléndez, tratando de que el debate no quedara sólo a nivel de los tres amigos —Hay muchos radicales que piensan que no podemos ponernos en la vereda de enfrente a los trabajadores. Digan lo que digan los burócratas unionistas, las bases radicales están con la intransigencia, con la declaración de Avellaneda.

—Nadie se opone a las conquistas sociales —insistió Ramón rechazando el argumento—. Pero la trayectoria y la ideología de Perón son muy evidentes. No podemos dejar el gobierno en manos de un coronel admirador de los fascistas y protector de los nazis. El riesgo es mayor que la ventaja. Y no olvides que muchos otros, aún en el sector intransigente, opinan como yo: Balbín, Frondizi, el mismo Sabattini. Y no me dirán que Balbín y Frondizi son aliados de los conservadores: ellos mismos renunciaron a su banca para repudiar el fraude del gobierno en las elecciones. No sólo es el pensamiento de los unionistas, ustedes saben muy bien que yo nunca fui unionista aunque haya acatado siempre la línea del partido para mantener la unidad.

—Seamos realistas, Sánchez — lo increpó Casareto —. Con tu actitud de los últimos años, más que apoyar la unidad le hiciste el juego a los alvearistas dentro del partido. Y si ahora los radicales no nos oponemos al encarcelamiento de Perón, le estamos haciendo el juego a los oligarcas y a los yanquis. Lo demás es teoría.

—Puedo reunir el comité, si quieren —ofreció Ramón —O intentarlo, no creo que Rojano esté de acuerdo.

Rojano había terminado por auparse a la máxima dirección del partido en Coronel López, después de la muerte de Ciechomsky muy poco después de haber sido nombrado Presidente. Se decía en el pueblo que tenía negocios secretos con la administración municipal conservadora, pero en realidad nadie tenía pruebas de que así fuera.

Desde aquella asamblea una década atrás, Ramón Sánchez había mantenido la palabra que había dado al abogado mientras le tomaba las medidas en la sastrería: no iba a romper la unidad de los radicales. Y no lo había hecho; por el contrario, hasta ahora había evitado las posibles sangrías de la agrupación local manteniendo la expectativa de los más remisos.

Meléndez bajó la vista un momento, como para pensar algo. Después la alzó, pero para mirar a Casareto pidiendo su anuencia en lo que estaba a punto de decir.

—Mirá, Ramón, vamos a hablar claro —sentenció —Si la UCR no reacciona, nos vamos del partido. Y no vamos a salir solos, lo sabés. Tal vez no seamos mayoría en el comité, pero somos unos cuantos los que tenemos claro que es un momento para tomar partido por la gente.

Y la gente, ya lo estás viendo, lo que está haciendo concretamente hoy es movilizarse para que suelten a Perón.

Ramón pareció sorprenderse desagradablemente por el tono que había empleado Meléndez.

—¿Me están chantajeando? —dijo con un leve matiz de sorna.

—Estás agarrando todos los vicios de los políticos argentinos —contestó sin más su amigo de toda la vida —. La política de verdad no se mide en términos de presiones, componendas o chantajes, Ramón. La política de verdad está para defender las ideas. Y es lo que estamos haciendo.

"La política de verdad...", se encontró Ramón pensando casi sin darse cuenta. "La política de verdad... ¿cuál es la política de verdad?"

Casi al unísono, comprendiendo que ya no quedaba mucho por hablar, los tres se levantaron de sus sillas y se dirigieron en silencio hacia la puerta del café.

—Veremos qué puedo hacer —dijo finalmente Ramón, en el momento en que empezaban a separarse —Hablaré con Rojano y trataré de que el tema se debata en el comité.

Pero el comité nunca se reunió. Y el 17 de octubre, al día siguiente, miles y miles de trabajadores de los barrios industriales de Buenos Aires, apoyados por otros tantos miles de obreros en huelga a todo lo largo del país, conseguían que el gobierno dejara en libertad al coronel Juan Domingo Perón, el futuro presidente.

¿Determina realmente la vida de una persona la posición geográfica, histórica, social de su nacimiento? Casi todos conocemos aquella famosa frase de Ortega y Gasset, aquel filósofo español de principios de siglo del que tan enamorados estaban los intelectuales argentinos de entonces: *yo soy yo y mi circunstancia*. En este siglo el pensamiento dominante ha sido dar por hecho que las acciones de los individuos – las acciones importantes, determinantes de su vida – son el producto de su cultura, es decir, del contexto social, geográfico e histórico en el que se ha criado. No fue siempre así. En el siglo XIX se pensaba por ejemplo que las características físicas podían definir la personalidad de un ser humano, y hasta se construyeron teorías delictivas sobre esa base.

Pero la antropología, la ciencia de moda en el siglo XX, barrió con todos esos prejuicios y edificó otros: demolió en cierta forma la idea de que existe una "naturaleza humana" y le cargó a la sociedad y a la educación toda la responsabilidad por las virtudes y porquerías de cada uno. Aunque desde que se descubrió el ADN los estudios parecen demostrar que, aún antes de la influencia de la cultura, también hay una herencia genética que hace que los hombres y las mujeres nazcan con una personalidad bastante definida.

Yo, les recuerdo, soy veterinario y no filósofo, así que lo mejor que puedo hacer en estos casos es escudarme en la ignorancia. O sea, tirar la pelota afuera. Pero lo que no me permite tirar la pelota afuera, al menos como aprendiz de escritor, es la necesidad de inventar los sucesos que rodean la vida de mi abuelo Ramón, de mi personaje que sólo se sostendrá narrativamente, creo, si al menos yo mismo me creo su vida, una vida que al fin y al cabo me estoy inventando. Curiosa paradoja.

Hoy he trabajado más que nunca en la novela. Cuando empecé a escribir, guiado sólo por dos antiguos planos de autoría desconocida y unas cajas de papeles desordenados, no había pensado que me sentiría obligado a indagar con tanto rigor unos hechos que al principio me habían parecido secundarios, meros escenarios donde la vida de mi abuelo transcurriría con los avatares propios e individuales de cualquier otra vida parecida, de cualquier otra vida de cualquier otro personaje real o de ficción que hubiese vivido en una ciudad mediana de una provincia argentina en la primera mitad del siglo XX.

Pero a medida que esta historia va avanzando, me siento más y más comprometido a saber las circunstancias reales en las cuales se desarrolló la vida de mi abuelo, y tomo conciencia de lo poco que sé al respecto. Mi conocimiento de la historia argentina, ya lo he dicho, está limitado a lo aprendido en la escuela – la primaria, con sus veinticinco de mayos fríos y lluviosos y su sargento Cabral muriendo con palabras solemnes en la batalla de San Lorenzo; la secundaria recitando la seguidilla de próceres y tiranos distribuidos según los criterios de la ideología oficial - o a lo sumo en las polémicas juveniles de los años setenta edificadas sobre el surgimiento de unas corrientes revisionistas que, al calor de la coyuntura política, no dejaban indiferente ni a los que practicaban la indiferencia como estandarte.

En ese sentido nunca he sido un indiferente, como lo fueron muchos en mi generación. Pero tampoco fui, no obstante, un joven de los que entonces se llamaban "comprometidos", como también lo fueron tantos en esa misma generación. Nunca formé parte de ninguna organización política: ni las extraparlamentarias izquierdas que florecieron en aquellas décadas; ni las clandestinas – ligadas algunas a organizaciones armadas revolucionarias – producto del desencanto de una juventud que veía a la democracia como un cuento chino manipulado por el poder. Ni siquiera a los partidos políticos tradicionales que vertebraban, quizás artificiosamente, la vida institucional. Desde que empecé a leer, descubrí las injusticias del mundo mejor a través de las novelas que en contacto con el mundo mismo; y siempre sufrí y compartí más las penurias de los amigos que quería que las de ese abstracto conglomerado denominado "humanidad".

Pero como para muchos jóvenes de mi tiempo, los mecanismos propios de la democracia eran palabras sin referencia real: de hecho, cuando en 1973 se realizaron las primeras elecciones libres después de veinte años de dictaduras militares apenas pausadas por un par de años de gobiernos electos mediante la proscripción del peronismo, yo todavía no era mayor de edad. Y cuando al fin estuve en edad de votar, dos años después, ya el efímero veranillo democrático había sido clausurado por otra Junta Militar. Con lo cual pude por primera vez ejercer el "derecho al voto" recién en 1983, cuando tenía ya más de 25 años.

Es cierto que tampoco estuve en esos años completamente aislado de la política del país, y aunque durante la infancia y el principio de mi adolescencia sólo había escuchado en mi entorno familiar el repiqueteo de un discurso ferozmente antiperonista, el contacto con nuevos amigos en el colegio secundario y luego la universidad, y la efervescente politización de una juventud que al amparo del triunfo de la Revolución Cubana imaginaba el inminente arribo del Hombre Nuevo y el Socialismo Universal, pusieron patas arriba mis ideas y cambiaron profundamente mis convicciones. En suma: que me hice peronista. O para decirlo con más certeza: simpatizante del modelo de país que había propuesto y proponía el peronismo, o por lo menos sus sectores más progresistas. Aunque como he repetido desde el principio, nunca participé activamente en ningún grupo político, ni siquiera entonces.

Pero lo que nunca lograría entender es cómo tanta gente sobre la que yo no tengo dudas de su integridad personal, de su honestidad ética – mi abuelo Ramón, por ejemplo – no comprendieron hasta qué punto habían terminado por ponerse del lado de los opresores (y también, como se vio muy pronto, de los asesinos). Pero quizás esto es fácil de ver ahora, muchos años después de que los acontecimientos sucedieran. ¿Cómo hubiésemos actuado, en medio de la circunstancia real, los mismos que ahora gozamos de una perspectiva histórica desde donde fundar nuestras convicciones? Pienso a menudo, incluso, si las convicciones que puedo afirmar ahora no se demostrarán a su vez erróneas en el futuro. ¿Cómo juzgará el futuro a tantos jóvenes que en los setenta se embarcaron en una guerra idealista por una sociedad mejor, con pistolas y bombas en la mano, y que murieron a millares asesinados por la represión, pero también mataron? De nuevo la pregunta sobre la que me detuve hace un rato: ¿hasta qué punto la circunstancia determina las ideas y la mirada sobre la realidad de cada individuo?

Pero sigamos en lo nuestro. Cuando esta tarde pasé por la Biblioteca para seguir consultando en el libro de Busich los capítulos referidos al primer gobierno de Perón, encontré allí al profesor Carlos Bonasento. El profesor Bonasento fue mi profesor de Historia Argentina en el Colegio Nacional, a principios de los años setenta. Había llegado de fuera y no tenía buen prestigio entre sus colegas. Había sido docente universitario en Córdoba pero en 1966, inmediatamente después del golpe militar del general Onganía, lo expulsaron de su cátedra y la necesidad lo llevó a recalar en la escuela secundaria de Coronel López. Para ello había tenido que ocultar todo lo posible su incómoda situación de cesado de la Universidad. Pero todas las cosas se sabían en una ciudad pequeña como ésta, y algunos de los otros profesores se habían encargado de difundir la versión de que lo habían echado por enseñar una versión "revisionista" de la historia que negaba las verdades de la historia oficial.

Una "historia oficial" que, en aquel tiempo en que empecé la secundaria, todavía no había sido demolida por la evidencia de haberse construido como un mero sustento de la ideología liberal que regía en la educación, sobre todo después del derrocamiento de Perón en el año 1955. Por entonces – y desde fines de los años sesenta – ya avanzaba un fuerte cuestionamiento a esa versión de la historia en la que los héroes, libertadores y demócratas eran los políticos de la aristocracia liberal (de la que se jactaban de formar parte los mismos que habían apoyado los golpes militares antidemocráticos que usurparon el poder durante casi todo el siglo), aristocracia liberal que según esa historia había fundado y hecho progresar la nación desde la Revolución de Mayo de 1810 sólo interrumpida por luctuosos y afortunadamente breves períodos de "tiranía".

Pero ese "revisionismo", cuyas expresiones políticas abrían un inquietante espectro ideológico que iba desde la extrema derecha católica hasta la nueva izquierda, era palabra prohibida todavía en la enseñanza pública.

Entre los mismos profesores, quienes más duros eran a la hora de denostar a los "tiranos" (que en realidad tenían nombres muy concretos: Juan Manuel de Rosas en el siglo XIX y Juan Domingo Perón en el siglo XX), acusándolos de haber cercenado la libertad de expresión, de prohibir el pensamiento de quienes disentían y de reprimir la circulación de ideas, eran precisamente los más sistemáticos en cercenar, prohibir y reprimir la expresión de quienes intentaban plantear otras miradas sobre aquellos períodos denostados. Y si lo mejor de las cátedras universitarias habían sido desmontadas durante la dictadura de Onganía por ese motivo – que era el que había llevado a Bonasento a ser expulsado de la Universidad -, estaba claro que la sospecha de ser "revisionista" podía destruir la carrera docente de cualquiera que recibiese su sueldo del Estado.

Cauto y temeroso acerca de su pan cotidiano, Bonasento nunca había dado signos de contradecir ninguna de las aseveraciones canónicas de la historia argentina, y sus clases eran mas bien un aburrido repertorio de lecciones casi repetidas del libro de texto. Pero ahora estaba ya jubilado y los tiempos habían cambiado desde entonces, así que encontré propicia la ocasión para interrogarlo.

Salimos de la biblioteca y recalamos en un café que estaba a no más de media cuadra, sobre la calle Castelli. Como si hubiese vuelto a mis épocas de estudiante – digo esto casi por convención, porque en realidad durante mis épocas de estudiante nunca le habría preguntado nada parecido – le pregunté cuál era su versión sobre lo ocurrido en aquellas elecciones de febrero de 1946, en las que Perón iniciaría sus casi diez años de "tiranía". Le di a entender que yo adoptaba, al menos en principio, la tesis de mi abuelo sobre la necesidad de parar el avance del nazifascismo que, para él, significaba la llegada al poder del peronismo. Le expliqué lo de la segunda guerra, la ideología filofascista del grupo de militares que integraba el futuro presidente, la participación de Perón en cursos de estrategia en la Italia de Mussolini, e incluso la comentada protección que durante su gobierno se había brindado a jerarcas nazis huidos tras la derrota.

Bonasento vaciló al principio. No negó ninguna de esas afirmaciones, ni siquiera demostró excesivo entusiasmo por la figura del líder justicialista, y manifestó educadamente su comprensión hacia muchos que habían convertido su repulsa por los regímenes fascistas en antiperonismo militante.

—Lo que sin embargo seguramente ellos no sabían... —comenzó a decirme a continuación...

No, así no. Empecemos de nuevo. Estaba por intentar reproducir de la manera más textual posible el extenso comentario de mi antiguo profesor, pero de pronto me he dado cuenta de que hay momentos de un relato en que el realismo es imposible.

Por consiguiente me abstendré por unos párrafos de hacer literatura: lo que sigue es nada más que una versión, un posible resumen de lo que me dijo esta tarde el profesor Carlos Bonasento acerca de aquellas elecciones.

Escuchémoslo:

"Lo que sin embargo seguramente ellos no sabían —dijo, en fin, en resumen, mi antiguo profesor de historia —era que otras cuestiones se ocultaban bajo el discurso oportunista de frenar el avance del fascismo. Cuando Perón se hizo cargo de la Secretaría de Trabajo y Previsión empezó a desarrollar una política que, con fines demagógicos o no, cambió radicalmente las condiciones de la vida obrera, lo que se hizo notar rápidamente en el apoyo de una gran porción del sindicalismo, incluso del sindicalismo de origen anarquista. La inmediata acusación que lanzaron los empresarios, apoyada como ocurre casi siempre por los medios de comunicación, fue que esa política estaba dirigida a crear 'resentimiento' por parte de los obreros hacia sus patrones, creando una 'división artificial' del país con fines inconfesables. En junio de 1945, las patronales encabezadas por la Bolsa de Comercio lanzaron un manifiesto público en ese sentido, pero los sindicatos reaccionaron con una multitudinaria manifestación contra la 'reacción capitalista'. La embajada de los Estados Unidos, que vio en esta deriva una peligrosa tendencia no hacia el fascismo sino más bien hacia el comunismo justo cuando la Guerra Fría daba sus primeros atisbos, decidió tomar parte activa. El embajador entonces era Spruille Braden, acérrimo partidario de la política intervencionista. Braden comenzó a reunir en la propia Embajada a los opositores a Perón. Allí se juntaban empresarios de la Unión Industrial, terratenientes de la Sociedad Rural, la derecha conservadora agrupada en el

PDN, y – atraídos por el mensaje pretendidamente antifascista - algunos despistados del Partido Socialista, el radicalismo y hasta comunistas. Y los estudiantes universitarios, que como casi siempre en este país se enteran de la realidad cuando ya es demasiado tarde. Como era evidente que el eje sobre el que podía organizarse esa oposición era la UCR, las presiones fueron acentuadas en esa dirección. Los ex alvearistas, que mantenían la cabeza del partido, se plegaron gustosamente, pero otros sectores internos, como los que lideraban Balbín, Frondizi o Sabattini, se resistían. Aunque no eran suficientemente fuertes, consiguieron la concesión de excluir del frente antiperonista a los conservadores, aunque por supuesto los conservadores igual votaron a la Unión Democrática. Organizaron una gran manifestación en septiembre del 45, y basándose en ella, y con el apoyo explícito de Braden que pidió a Gran Bretaña que interrumpiese sus tratos comerciales con la Argentina para provocar el derrumbe de la economía, una asonada militar en Campo de Mayo exigió el 8 de octubre a los militares que gobernaban la expulsión de Perón y su detención en la isla Martín García. Lo que pasó el 17 de octubre del 45 como respuesta, no es necesario que te lo cuente. De todos modos, fueron convocadas inmediatamente unas elecciones para que la Unión Democrática pudiese gobernar. Tanta era la confianza que se tenían, que incluso los radicales pararon un golpe militar que estaba preparado para febrero del 46, unas semanas antes del acto electoral. Entretanto, los sindicatos que apoyaban a Perón habían organizado de la nada un Partido Laborista que contó con el apoyo de un sector de radicales que se negaron a sustentar a la Unión Democrática y del que salió el candidato a vicepresidente, Raúl Quijano. El peronismo y sus aliados no tuvieron más que centrar la campaña en una consigna inequívoca: "Braden o Perón". Ante el pasmo de conservadores, militares prooligárquicos, radicales y demás, Perón ganó con casi el 60% por ciento de los votos. Todos los sectores pretendidamente progresistas que apoyaron a la Unión Democrática bajo la consigna de parar el fascismo, tardaron décadas en comprender que en realidad lo que habían apoyado era la defensa de los privilegios de estancieros, empresarios capitalistas y multinacionales norteamericanas. Y algunos no lo comprendieron nunca".

Eso fue, en apretadísimo resumen, lo que me explicó esta tarde mi antiguo profesor el señor Bonasento, ya jubilado y sin las prevenciones propias de quien tiene que defender el pan de cada día como cuando me daba clases en la escuela secundaria. "Algunos no lo comprendieron nunca", había recalcado en sus conclusiones. Si la interpretación del profesor Bonasento es la adecuada, no hay duda de que mi abuelo entraba dentro de estos *algunos*.

Salimos del bar y caminamos juntos algunas cuadras. Después Bonasento entró en la peluquería y yo continué rumbo a casa donde me esperaba mi mujer para la cena. Mientras ella trajinaba con la vajilla y el horno y entretanto cortaba un salamín en rodajas y sacaba unas aceitunas del bote para servir una picadita con un vaso de vermú, yo me senté en el sillón del salón, aflojé los cordones de los zapatos y encendí el televisor. Era un gesto automático, porque en realidad no me interesaban en lo más mínimo las participantes de un concurso en el que la ganadora recibía cada semana un juego de ollas de aluminio; pero enseguida bajé el volumen y mientras las figuras coloridas se movían en la pantalla seguí pensando en mi abuelo, el protagonista de la novela que cada vez con mayor nitidez iba tomando forma en los folios que entraban y salían del rodillo de mi Lettera 22. Mejor dicho: seguí pensando en Ramón Sánchez.

Pero cuando Silvia llegó portando los platitos con salamín y aceitunas en una mano y el vaso de Cinzano en la otra y los depositó sobre la mesita ratona de vidrio negro, mi pensamiento giró hacia ella. Llevábamos cerca de quince años casados y no teníamos hijos aunque habíamos hecho todos los intentos posibles. Finalmente, el dictamen médico indicó que mis espermatozoides tenían problemas de fecundidad, y nos resignamos. Algunos nos sugirieron la posibilidad de adoptar, pero después de darle muchas vueltas habíamos llegado a la conclusión de que por el motivo que fuera – prejuicios, seguramente, por qué negarlo – no nos gustaba la idea. Habíamos empezado a noviar después de que yo volví de Rosario, una vez que terminé la carrera, y nos casamos más o menos un año más tarde. Silvia era profesora de Literatura en el Colegio Nacional. También ella había empezado una carrera universitaria – entonces la licenciatura en Literatura se estudiaba en la Facultad de Filosofía y Letras - pero después de un año optó por regresar a Coronel López y terminar en un Profesorado local.

Nos hicimos novios y nos casamos después de terminar nuestras respectivas carreras, pero nos conocíamos de antes. Y lo más singular es que una parte importante de nuestra relación previa había sido una verdadera paradoja cruzada de nuestro posterior destino: donde el adolescente que quería ser escritor se transformó en veterinario, y la muchacha que admiraba a Palito Ortega terminó enseñando literatura.

En efecto, como ya he contado varias veces en esta novela, cuando tenía quince años yo había escrito un par de libritos de detectives y agentes secretos en la destartalada Underwood de mi abuelo Ramón. Tampoco había desdeñado hacer algunos intentos con la poesía, aunque debo admitir que en ese terreno nunca confié demasiado en mis posibilidades. A excepción de algún acróstico que circuló entre mis compañeros de aula, ni siquiera llegué a atreverme a mostrarle a las chicas que me gustaban los versos románticos que les dedicaba en las tardes de mi cuarto. Pero leía cada vez con mayor fruición, eso sí.

Había empezado, como supongo que la mayoría en aquel tiempo, por el preceptivo *Corazón* de Edmundo de Amicis en la edición de tapas amarillas de la colección Robin Hood, alternado con novelas de aventuras editadas en esa misma colección, como las de *Bomba*, una especie de hijo de Tarzán, o las del inolvidable *Sandokán* de Salgari. En otra colección, editada por Billiken (unos libritos de tapas jaspeadas en color violeta), descubrí a Louise May Alcott, que canalizó mi romanticismo preadolescente; y más adelante un profesor de Anatomía que pasaba por ser muy entendido en lecturas, me introdujo en la literatura contemporánea a través de Morris West, un autor australiano de best-sellers con tramas que – como todos los best-sellers – implicaban conflictos de la actualidad como la religión o la política, enmarcados desde luego en historias de romance y misterio, pero en el que aprendí una literatura prolija y no sin cierta profundidad. Tras pasar por *El principito* llegó a mis manos *El túnel* de Sábato, momento en el que comenzó realmente mi verdadera formación literaria. Tenía entonces alrededor de los trece años.

Yo estaba en la plenitud de esa etapa cuando conocí a Silvia. Nuestros padres formaban parte de un grupo de amigos que acostumbraban reunirse los domingos del verano en la quinta de uno de ellos, donde comían asado, tomaban baños en un tanque australiano, bebían a mansalva, jugaban a las bochas y se divertían bailando hasta la medianoche. Los hijos los acompañábamos a esas fiestas que eran todavía juergas de jóvenes (nuestros padres estaban entonces entre los treinta y los cuarenta) y también disfrutábamos a nuestro modo, jugando a la pelota, bañándonos en la piscina, haciéndonos confidencias y ensayando los futuros lances del amor. Y por supuesto, ingresando un poco con permiso y otro poco clandestinamente en el mundo del alcohol, tomando de la sobra de los vasos o directamente robando las botellas de cerveza, vino y sidra de los tambores metálicos llenos con barras de hielo, y abriéndolas al abrigo de setos y arbustos que nos dejaban por un rato fuera de la vista de nuestros padres.

Éramos un grupito estable de unos siete u ocho chicos y chicas, a los que se agregaban puntualmente los hijos de otros invitados que compartían circunstancialmente la fiesta. Silvia era dos años más chica que yo. Con el tiempo fuimos estableciendo una relación de mutuas confidencias, que no llegó al noviazgo adolescente porque yo estaba enamoradísimo de una compañera de colegio y no veía otra mujer en mi vida que a ella. Silvia amaba la música moderna y desde chica era una admiradora incondicional de un programa de televisión llamado El Club del Clan, en el que destacaban Johny Tedesco con sus pulóveres multicolores, Jolly Land con su melena blonda y lacada, Violeta Rivas, Lalo Fransen, Chico Novarro. Y sobre todo, Palito Ortega, un veinteañero moreno de rasgos longilíneos y voz levemente aflautada, que había venido de la lejana provincia de Tucumán imponiendo canciones triviales pero pegadizas, una fórmula que siempre funciona entre los adolescentes.

A lo largo de esos breves años en que solíamos también vernos con frecuencia durante la temporada de clases, nuestros temas de conversación fueron girando cada vez más perceptiblemente hacia los libros, y Silvia fue cambiando a su Palito Ortega por mis recomendaciones literarias, a la vez que modificaba su gusto musical incorporando a una nueva camada generacional de músicos volcados al rock. Entonces fue que yo terminé el colegio secundario y me fui a estudiar Veterinaria a Rosario. Cómo fue que opté por esa carrera aparentemente tan diferente de la literatura que yo consideraba mi verdadera vocación, daría motivo para otra novela que quizás algún día me decida a escribir. Pero no para ésta, que es la novela de mi abuelo, de Ramón Sánchez.

Aunque yo ya no estaba en Coronel López, el entusiasmo de Silvia por la lectura continuó creciendo y obsesionándola. Empezó a invertir gran parte de las horas que otras chicas de su edad dedican a hablar de novios y de ropa a tragarse páginas y páginas de los libros que tenía a su alcance, casi siempre obtenidos en las estanterías medianamente actualizadas de la Biblioteca Almafuerte o la de la Junta Comunal. Pero sus lecturas eran singularmente erráticas.

Una vez al mes, que era cuando yo volvía a mi casa, Silvia se presentaba puntualmente para atestiguar los libros que había leído durante mi ausencia. La escena era invariable: yo me sentaba en un sillón del salón, y ella se sentaba en la alfombra, a mis pies, y extraía una lista extensa de títulos que me iba describiendo. *Aeropuerto* de Arthur Hailey, *Bon jour tristeza* de Francoise Sagan, *La náusea* de Sartre, *La bastarda* de Violette Leduc, *Juan Salvador Gaviota* de Richard Bach, *La cruz invertida* de Marcos Aguinis, *Cumbres borrascosas* de Jane Austen, *Los crímenes de la calle Morgue* de Edgar Alan Poe, *Crimen en el Orient Express* de Agatha Christie, *Cuentos para leer sin rimmel* de Poldy Bird, *Sobre héroes y tumbas* de Ernesto Sábato, *Setenta veces siete* de Dalmiro Sáenz, *Tiburón* de Peter Benchley, *Odessa* de Frederick Forsyth, *El lobo estepario* de Hermann Hesse. Esa podría haber sido más o menos una de esas listas mensuales, muestra de un eclecticismo difícilmente equiparable. Después, escuchaba silenciosamente mis observaciones y mis críticas como si yo fuese su particular gurú.

Tan especial relación se interrumpió, como ya dije, cuando ella misma acabó la secundaria y se fue ¡a estudiar Literatura, por supuesto! a la Universidad de Córdoba; luego de lo cual regresó a terminar su carrera en el profesorado de Coronel López. Más adelante nos reencontramos y terminamos casándonos. Pero esto también lo he contado ya: sólo quería hacer notar esa paradoja, la de que yo, el supuesto literato, haya terminado como veterinario, y fuese ella quien de algún modo asumió mi deseo y lo ejerció por mí. De todas formas, el tiempo lo cambia todo, o quizás sea mejor decir que lo aplana todo. Quince años después, Silvia ha dejado muy atrás el vertiginoso eclecticismo de aquellas lecturas, y se limita a los libros que le dictan los programas oficiales que tiene que enseñar en la escuela. Y yo, quizás demasiado tarde, soy ahora quien se empecina en retomar aquella pasión pavimentada durante años por una profesión lucrativa.

El vaso de Cinzano llega a los labios sedientos, las manos recogen papitas doradas del plato colocado sobre la mesa, Silvia y yo entrecruzamos comentarios triviales sobre el día que se acaba, y en la pantalla luminosa tres señoras animosas compiten en silencio por sus ollas de aluminio. Ya está bien de novela: la vida es esto.

El 24 de febrero, Ramón volvió a su casa después de la medianoche. Hasta esa hora habían estado en el local partidario recibiendo los datos que traían los fiscales apostados en los diferentes lugares de votación. Unos pocos días antes de las elecciones una enorme masa de manifestantes había recorrido el centro de Buenos Aires para apoyar a los candidatos de la Unión Democrática, la coalición de partidos a la que se había integrado la Unión Cívica Radical, el partido del que Ramón era vicepresidente local. Era – pensaba el hombre, ahora traspasados los cuarenta años – la continuación de la lucha contra el nazifascismo, aunque la guerra hubiese terminado.

Durante años, los radicales se habían opuesto a la neutralidad bélica mantenida por el gobierno argentino, ocupado desde dos años antes por los militares. De hecho, sostenía Ramón, el golpe contra el gobierno de Castillo había ocurrido porque las presiones estaban obligando al presidente a reconsiderar esa posición, justo cuando la entrada de los Estados Unidos en la guerra después del ataque japonés en Pearl Harbour había determinado un giro que comenzaba a socavar el aparente avance imparable de los ejércitos de Hitler. Y Perón, el candidato que se había fortalecido precisamente durante ese gobierno militar, no era otra cosa que el emblema de aquellos que – con la neutralidad – en la práctica habían sido defensores de los gobiernos fascistas.

Es verdad, consentía él en admitir con desagrado, que oponerse a la candidatura de Perón obligaba a los radicales a alzar las banderas junto a políticos conservadores que siempre habían defendido solamente los privilegios de la oligarquía, *sus* privilegios. Pero en ese momento el eje de la lucha política había cambiado, por lo menos circunstancialmente: parar el intento de establecer un régimen fascista en el país era la prioridad, después seguirían hablando de otra cosa. La mejor prueba era que incluso socialistas y comunistas también se habían alineado con la Unión Democrática en esta ocasión.

La gigantesca manifestación de la capital había alentado la expectativa de los radicales, que encabezaban la candidatura presidencial con dos de sus principales dirigentes. Aunque antes de las elecciones algunos radicales disconformes habían abandonado el partido y apoyado la candidatura de Perón. En Coronel López eran muy pocos, pero entre ellos estaban Casareto y Meléndez, y

Ramón no había podido dejar de sentirse herido por la actitud de sus camaradas de tantos años.

Pero lo peor era que a medida que los fiscales que el partido había destinado a controlar las mesas electorales regresaban al comité trayendo los resultados, la decepción se hacía mayor: ya era evidente que el Partido Laborista y sus aliados, que sostenían a Perón, iban a ganar la elección. El recuento en todo el país no se sabría hasta el día siguiente, pero por lo que habían podido intercambiar telefónicamente con otros distritos, la tendencia era clara y definitiva.

Al terminar el recuento, Ramón había acompañado a otros miembros del comité a tomar un vino para sacar algunas conclusiones y pensar cuáles iban a ser los siguientes movimientos después de los resultados. Pero todos estaban de mal humor y aunque compartieron una copa en un bar que todavía a esa hora estaba abierto en la calle San Martín, permanecieron silenciosos casi todo el tiempo, con gesto huidizo. Ninguno parecía tener ganas de hablar, así que a la media hora se despidieron y cada uno se volvió a su casa.

La noche era calurosa y algunas familias todavía estaban sentadas a la puerta tomando el fresco. Todos saludaban a Ramón a su paso, pero a diferencia de otras noches el hombre apenas respondía hoscamente, embargado por un humor poco propicio a las relaciones sociales.

Abrió con su llave la puerta de chapa que daba a la galería y vio que la luz de la casa estaba encendida. No le asombró: Lola acostumbraba dejar una luz encendida hasta que el último que entraba – que era siempre su marido - se fuera a dormir. Pero esta vez ella estaba sentada en el sillón del comedor, escuchando a bajo volumen un programa musical de Radio Splendid. Una revista ilustrada en tonos sepia estaba abierta a su lado. Era una revista que hablaba, precisamente, de los programas de radio más conocidos y de las vidas y los chismes de sus principales protagonistas, en especial de los radioteatros, que Lola se había aficionado a escuchar desde aún antes de casarse.

La mujer estaba adormilada con la cabeza levemente ladeada hacia su hombro izquierdo, el pelo colgando desordenado sobre la frente, respirando con ritmo pausado por la boca algo entreabierta. La música bailable que salía del aparato de radio brotaba muy tenuemente, como si Lola se hubiese asegurado de que no despertase el sueño de las niñas que estarían durmiendo en su habitación.

Ramón se acercó al sillón mientras se quitaba el saco y le dio un beso en la frente. Lola suspiró espontáneamente mientras alzaba la vista.

—¿Comiste algo? —preguntó esbozando una sonrisa —Hay unas milanesas preparadas, te las recaliento en un minuto con un poco de ensalada.

Se levantó despacio. Él la acompañó hacia la cocina mientras terminaba de quitarse el saco y la corbata y los colgaba en el perchero.

—Tenés cara de preocupado —adivinó la mujer —¿No fueron bien las elecciones?

—No, parece que va a ganar Perón nomás —contestó Ramón sin avanzar mayores detalles.

Por un momento pensó en hablarle de las sensaciones que había vivido ese día, finalmente aciago; de la desazón de encontrarse frente a un futuro sin aristas claras; la incertidumbre de que empezaran a sucederse sus peores temores. Pero no dijo nada. Aunque la política partidaria era posiblemente el asunto que más tiempo ocupaba su mente, casi nunca hablaba de ello con su mujer.

Como casi todas las mujeres al menos en Coronel López, Lola no tenía ni idea de lo que pasaba en la política del mundo, ni del país, y menos todavía del propio pueblo donde vivía. La habían educado bien – era hija de un maestro - sabía leer y escribir desde chica, había aprendido el gusto por la música, pero jamás nadie le había hablado de política, que era cosa de hombres. Ella estaba muy conforme de que así fuera y su marido también prefería mantenerla al margen.

Lola sabía que Ramón era importante en el Partido Radical, y a veces asistía junto a él a comidas o reuniones sociales con otros políticos y sus mujeres, pero aún en esas ocasiones, mientras ellos comentaban sus asuntos ellas hablaban de enfermedades, intercambiaban consejos sobre la crianza de los hijos, o despellejaban disimuladamente a otras señoras.

Mientras Lola sacaba de la heladera un plato con algunas milanesas y las echaba a freír en una sartén, él se sentó a la mesa en su sitio habitual de la cabecera. La bombilla eléctrica, protegida y apenas velada por una pantalla de tela, echaba luz sobre toda la cocina, una luz que se concentraba especialmente encima del centro de la mesa a través del hueco que la pantalla dejaba en su parte inferior. Mientras las milanesas se calentaban, Lola volvió a la heladera y preparó algo de ensalada.

—¿Cómo anduvieron hoy las chicas? —preguntó él al rato. La más pequeña, Vilma, había estado en esos días con un poco de fiebre, seguramente una gripe de verano tan común en esa época.

—Vilma ya está mucho mejor —contestó Lola— Si no hubiera mejorado llamaba al doctor Luna, pero no hizo falta. Y Beatriz ya sabés, entusiasmada esperando que se termine el verano para empezar el colegio. La verdad es que nunca la había visto tan ansiosa por que terminen las vacaciones a esta chica.

"Es que este año empieza la secundaria", pensó él, pero permaneció en silencio. Beatriz iba a ingresar en la Escuela Normal, donde los alumnos cursaban un año más pero salían con el título de maestros. Para una mujer la docencia era una de las salidas laborales más interesantes. No se imaginaba a sus hijas empleadas en algún taller de costura, mucho menos en una fábrica. Y tampoco quería que terminaran como dependientas en cualquier comercio. Las estaba educando para que sean mujeres con su propia personalidad. No independientes, claro, la independencia era una palabra linda pero para una mujer era más bien un castigo. Cuando alguien decía de una mujer que era "independiente", en realidad lo que estaba diciendo es que era una solterona.

¿Las estaba educando? Se detuvo de pronto en medio de su pensamiento y algo como un alerta resonó en algún lugar de su conciencia. ¿Realmente se estaba ocupando de sus hijas? Seguramente no lo suficiente. Desde chicas había tratado de inculcarles su propio sistema de valores, un sistema en el que seguía creyendo con empecinamiento: "Ser bueno, honesto y trabajador", era la frase con la que resumía esos principios. ¿Había sido honesto siempre él mismo? Estaba seguro de que sí, si alguna vez se había equivocado no lo había hecho con mala intención y siempre había actuado según sus convicciones. Trabajador también: de hecho ganaba su propio sustento y ayudaba a su madre desde los catorce años. La sastrería le había permitido una vida no desahogada pero sí medianamente segura no sólo para él, que no era lo más importante, sino para Lola y las chicas. Todo lo que había emprendido en la vida, ya fuera en la política, en las asociaciones, en el club, lo había hecho comprometiéndose sin límite, siempre en la primera línea del esfuerzo. ¿Y bueno? ¿Había sido bueno? ¿Pero qué era, a fin de cuentas, ser bueno?

Todo eso estaba seguro de habérselo transmitido a sus hijas. Pero pensó entonces si bastaba con el mensaje, con la firmeza de sus convicciones y con la rigidez de conducta que les exigía. Porque ¿cuánto tiempo había estado con ellas en esos años? Es verdad que las mujeres, en una familia, se crían mejor con la madre. Los hombres no entendemos algunas cosas de las mujeres – se dijo mientras oía a sus espaldas a la suya aderezar la ensalada – y es lógico que cuando una chica quiere hablar algo de su intimidad, no lo haga con el padre. No le molestaba haber tenido sólo mujeres, si Dios lo había dispuesto así, se dijo con ironía repitiendo la frase usual de su mujer y de tantos otros, él que nunca había sido muy dado a la religión, aunque en Dios sí creía, o por lo menos pensaba que alguien tenía que haber organizado así el mundo, de una manera tan perfecta. No la vida cotidiana de los seres humanos, la sociedad en que vivían, que en el fondo era una auténtica porquería tan injusta y caótica que si fuera Dios el que la había dispuesto bien habría que reclamarle; sino la naturaleza, esa perfección tan incomprensible del universo, del ciclo de la vida, de las cosas. Aunque pensándolo bien, tampoco era todo tan perfecto, teniendo en cuenta que cada tanto un terremoto, una inundación, mandaban miles de personas al otro barrio sin comerla ni beberla. Él no era de aquellos que pensaban que hasta las cosas malas tenían que tener algún sentido en la organización del mundo, y que si ocurrían era porque Dios lo disponía de ese modo, eso le parecía una resignación injustificable, que en realidad era lo que las religiones habían pretendido siempre, que la gente pensara que todos los males que soportaban eran parte de algún incomprensible pero inteligente designio divino. "Los caminos de Dios son inescrutables", decían los curas, y así todo se justificaba.

El caso – como fuere - es que había tenido solamente hijas mujeres, y ese era el motivo por el que no podía compartir muchas cosas con ellas. De haber sido varones de seguro hubieran estado más cerca suyo, desde muy chicos podrían haber compartido algunas de sus actividades, los habría llevado alguna tarde a cazar perdices al campo, a ver las carreras de motos o incluso los hubiera entusiasmado con jugar al fútbol o al básquet en el club. Pero con las chicas, qué iba a hacer. ¿Ir a la misa de once los domingos? ¿Comentar las novedades de la vida de los artistas que salían en las revistas para mujeres? No, claro, para eso estaba Lola. Y Lola lo hacía muy bien, así que en ese sentido podía estar tranquilo.

Cuando las milanesas terminaron de freírse, ya Lola había preparado un bol con ensalada de lechuga y tomate. Colocó el bol en el centro de la mesa y fue poniendo las milanesas, una a una, sobre una fuente cubierta con papel absorbente.

Ramón estiró el brazo derecho en cuyo extremo la mano enarbolaba un tenedor de cuatro dientes y pinchó la que estaba encima de todas. Con un movimiento lento la llevó hasta el plato que tenía delante de sí. Lola se sentó y le sirvió ensalada. Ella no se sirvió nada pero permaneció sentada a la mesa, en un lateral del sitio que ocupaba su marido.

Él comió en silencio y ella lo miró comer hasta que, después de la segunda milanesa, cruzó los cubiertos sobre el plato: eso significaba que ya estaba satisfecho. Lola recordó que alguna vez le habían enseñado que la gente fina jamás cruza los cubiertos, los alinea paralelamente, el tenedor y el cuchillo, en una posición que atraviesa el diámetro del plato. Cuando acompañaba a su marido a alguna comida de sociedad, a la que solían invitarlos dado el cargo político de él, nunca olvidaba poner en práctica este protocolo, aunque como no estaba muy segura antes miraba lo que habían hecho los demás que se sentaban a la mesa.

Cuando él cruzó los cubiertos, ella se levantó de la mesa y retiró el plato, la fuente y el bol con restos de la ensalada, que vació con un tenedor en el recipiente de la basura.

—Me voy a la cama —anunció casi sin levantar la cabeza. —¿Venís?

Él se revolvió apenas en la silla, e hizo ademán de alcanzar el vaso de vino con soda, que todavía no había vaciado.

—Enseguida —respondió —En un ratito estoy...

Lola dijo rutinariamente "buenas noches" y salió de la cocina. Pronto se oyó cómo se abría y cerraba la puerta del baño, y muy poco después el sonido de la cadena y el chorro de agua despejando el inodoro. La puerta del baño volvió a abrirse y unos segundos después los pasos leves de Lola atravesaron el pasillo y entraron en el dormitorio.

Él, en cambio, permaneció durante algún tiempo más sentado en la silla, frente a la mesa y el vaso de vino a medio vaciar, concentrado en sus pensamientos. Pero al cabo de unos veinte minutos, se dijo a sí mismo que estaba realmente cansado, que mejor era dejar ya de darle vueltas inútilmente a lo mismo, que debía irse ya a dormir y que el día siguiente sería otro día.

Así que fue hasta el dormitorio, se desvistió despacio, colgó la camisa en el respaldo de una silla tapizada que estaba al lado de la cama y dobló los pantalones encima. Se metió bajo la sábana, con la mano izquierda tanteó el bulbo en el que terminaba el cable del velador y apretó el botón con el dedo pulgar. Sentía la respiración suave de Lola a su derecha, ya entrando de nuevo, rápidamente, en el sueño que él había interrumpido a su llegada.

Mañana, pensó con resignación y cansancio, empezaría otro día, un nuevo día, un día en el que su peor pesadilla, ese militar apellidado Perón, se convertiría en el nuevo Presidente.

Me he empeñado en estos días en leer algunos libros sobre técnicas narrativas, sobre las mejores maneras de lograr que un relato llegue al lector, para ver si puedo depurar un poco mis ideas. Pero he descubierto que mientras más leo, más dudas me entran acerca de esta novela, la novela de mi abuelo.

Antes de dedicarme a la Veterinaria, en aquellos tiempos adolescentes en que fantaseaba con convertirme en escritor, ya habían pasado por mis manos algunos textos didácticos, o los consejos de escritores famosos para nuevos aficionados, como el famoso decálogo de Horacio Quiroga, algunas declaraciones de Cortázar, o del mismo William Faulkner, en una época en que ni siquiera había leído todavía novelas de Faulkner. Después, durante mucho tiempo dejé de pensar en ello. Pero en los últimos días, como digo, he intentado encontrar más libros que hablen de cómo contar una historia, con la esperanza de que me ayuden a mejorar cómo contar esta, la historia de mi abuelo.

Pero está claro que por mucha teoría que intente aplicar, se me va la olla cuando menos lo espero. Quizás sea, como dije, que no puedo evitar defectos de principiante, pero la verdad es que resulta muy difícil traer a la superficie los recuerdos de la vida de mi abuelo sin que al mismo tiempo vengan mezclados otros muchos. No hay duda de que no soy un profesional. A ver si logro centrarme de una vez. Lo que en realidad debería preguntarme en algún momento, es ¿qué tuvo de especial la relación con mi abuelo Ramón, para que me haya sentido durante tanto tiempo en deuda con su memoria hasta tal punto de decidirme al fin a acometer esta reconstrucción de su vida, que se vuelve más dudosa a medida que avanzan las páginas?

Está claro que uno siempre, de chico, elige un modelo para seguir. Y yo había elegido, sin duda, la figura de mi abuelo. Admiraba entrañablemente su presencia cuando a veces, en las noches de verano, el abuelo y la abuela venían a casa después de la cena y él terminaba cantando y tocando la guitarra que me había regalado en cuanto aprendí los primeros acordes. Era la guitarra que lo había acompañado siempre, desde su juventud en los arlequines. Algún día la había traído para alguna fiesta familiar (siempre había quien le pidiera cantar) y en casa se había quedado, así que cuando quería tocar tenía que hacerlo allí, en nuestra casa.

Yo tendría diez años, quizás, cuando después de innumerables sesiones clandestinas en las que intentaba sacar algún sonido de aquellas cuerdas sin tener la menor idea de lo que era la música, me atreví a pedirle al abuelo que me transmitiese su sabiduría. Una sabiduría que, rememoro ahora con ternura, no era tal: mi abuelo apenas si sabía acompañar sus canciones utilizando tres o cuatro tonos convencionales, y sus punteos eran precarios y sin la menor técnica instrumental. Pero yo quería hacer lo mismo que él: acompañarme y cantar. Y fue él quien me enseñó a poner los dedos en las cuerdas de tal modo que al menos aprendí los acordes imprescindibles para hacerlo (siempre que la canción, claro está, no derivase a escalas menores, lo que siempre escapó a mi alcance). Apenas logré imitar con alguna soltura aquellas tonalidades elementales, el abuelo declaró solemnemente transferida la propiedad de la guitarra, que todavía espera en un rincón del salón de mi casa actual las cada vez más contadas ocasiones en que me da por sacarle sonidos.

Pero aquella guitarra, que nunca aprendí a tocar más allá de esos cuatro o seis acordes elementales, fue un arma invalorable de mi adolescencia: con ella acompañé a grito pelado los estribillos de Horacio Guaraní o Jorge Cafrune que cantábamos en las noches de asado y discretas borracheras junto a un coro de desafinadas almas gemelas, o intenté seducir (cierto que por lo general en vano) a púberes apetitosas entonando las melosas baladas de Leonardo Favio. Mis años en Rosario, en la Universidad, provocaron un corte del que mi vocación musical nunca se repuso. Aunque no faltaron en aquellos años las ocasiones de empuñar una guitarra y cantar junto a mis nuevos amigos y ampliar incluso el repertorio folklórico con canciones de Sui Generis (el Flaco Spinetta ya me resultaba demasiado complicado), otros guitarreros más expertos me fueron desplazando del protagonismo, y poco a poco un sabio sentimiento de pudor me fue llevando a silencio.

Las salidas con el abuelo, que a veces me invitaba a acompañarlo en sus recorridas por el espinel de viejas relaciones de su juventud y que terminaban casi invariablemente en la guitarra y el canto, me habían ido figurando un horizonte en el que me veía a mí mismo rodeado de gente que admiraba mi voz y mi creatividad literaria, la que no sólo expresaría en las letras de mis canciones, sino en mis escritos.

Tardé relativamente poco en descubrir que por el primer camino no tenía mucho futuro, de manera que lo que se fue acentuando fue la variable de las letras. Y antes aún de terminar la escuela primaria fui apropiándome de otra de sus pertenencias significativas: la máquina de escribir. Aunque en este caso nunca tuve el privilegio de que me traspasara la propiedad como en el caso de la guitarra: los viernes por la tarde él venía personalmente en su Isard a traerme la vieja Underwood, que tenía que devolverle puntualmente los lunes. Yo era entonces, como suele decirse con un cierto dejo menospreciativo, un escritor de fin de semana.

Entretanto, mi madre ejercía como intercesora de aquellas transmisiones completando los huecos intelectuales de esa relación con su voluntad de convertirme en un chico culto. Con su abigarrada paciencia de maestra, nos había enseñado a leer desde muy chicos a los dos hermanos, y tempranamente incorporó a mi vida un mueble que, en sus diversas variantes, ya nunca dejó de acompañarme el resto de mi vida: la biblioteca. Todas las noches, después de cenar y acostarnos, mamá se sentaba al borde de una de las dos camas – las alternaba con sabiduría estratégica – y nos entretenía durante un rato con juegos que siempre giraban alrededor de las palabras: concursos de preguntas y respuestas sacadas de nuestra precoces lecturas de *Lo Sé Todo*, una enciclopedia ilustrada de tapas duras cuyos volúmenes iban llegando cada mes por correo; secciones del "Readers Digest" donde se ponía a prueba la amplitud de nuestro vocabulario; e incluso sesiones de lectura donde éramos nosotros quienes teníamos que llevar la voz cantante. Todo eso, como digo, eran costumbres casi diarias hasta que murió mi hermana.

Mi hermana Nora era dos años mayor que yo, había nacido casi puntualmente a los nueve meses de la boda de nuestros padres y apenas tres antes del golpe militar que derrocó a Perón en el año 1955. Mis recuerdos son los de una niña reconcentrada en sí misma, que nunca lloraba pero tampoco tenía manifestaciones de alegría ni de esa felicidad espontánea que explota en cualquier momento de la infancia sin que sepamos por qué, y mucho menos sepamos que se trata de eso que los mayores llaman felicidad. La recuerdo frágil, lejana, apenas preocupada por la vida de un hermano que le había llegado a la edad en que se supone que es bueno que los chicos tengan compañía.

Tenía yo ocho años cuando una mañana un conserje de la escuela donde cursaba quinto grado la trajo a casa en su coche, antes de hora, con vómitos y mareos que nadie había podido escrutar. El estado de Norita era tan preocupante, que la maestra – de acuerdo con el director de la escuela – había preferido no esperar a que vinieran a buscarla al fin del horario lectivo, y le había pedido al conserje que la trajera urgentemente en coche a casa.

Llegó con una fiebre atroz, me quedé con ella mientras Justina cruzaba a la casa de unos vecinos que tenían teléfono para llamar a mamá quien a su vez llamó al médico de cabecera, el doctor Suárez; y en ese momento ella empezó a hablar en voz alta, como sonámbula, preguntando algo que no entendí sobre un globo que – decía - flotaba por encima del cuarto donde dormíamos ambos.

Una altísima fiebre había invadido su cuerpo que se estremecía en escalofríos. Mamá, papá y el médico, cada cual por su lado, llegaron muy pronto. El doctor la revisó, recetó unas medicinas de las cuales dejó varias cajas, y prometió regresar al día siguiente. Cumplió estrictamente pero mi hermana ardía cada vez más, no podía mirar de frente la luz del velador que estaba junto a su cama, y el cuello había comenzado a ponérsele rígido. La llevaron al sanatorio y la dejaron internada. Cuatro días después, sin haber mejorado en ningún momento, estaba muerta.

De ella me han quedado unas pocas fotos en blanco y negro, las que alcanzaron a ocupar sitio en las páginas de los álbumes que algún padrino había regalado a cada uno de los dos, y que con el tiempo pasaron del suyo al mío, que todavía conservo. Es curioso volver a mirar fotos viejas a través del tiempo. Intuimos que una foto es la congelación definitiva de un instante vivido, y por eso nos esmeramos en fijar ese momento con la ilusión de que existe algo que podrá trascendernos y hacernos eternos. Pero cuando miras una foto y vuelves a mirarla tiempo después (sobre todo si el intervalo entre ambas miradas es grande), ya la foto ha ido perdiendo la nitidez de esa presencia original: la imagen se hace turbia, los colores o las sombras se opacan o cambian de gama, el papel envejece y comienza a amarillear haciéndonos comprender con horror que un día también la foto se desvanecerá, terminará por convertirse en una pátina borrosa que poco a poco se disuelve entre los dedos. Y lo que es peor aún: a veces no logramos siquiera reconocernos en ella.

¿Puedo reconocer a mi hermana en esas cinco o seis fotos que todavía no se han ajado lo suficiente y que permanecen en el álbum que heredé de mi madre y atesoro desde chico? ¿Quién es en realidad esa niña de ojos tristes y casi inexpresivos, a veces sola y a veces con otra gente, a veces sentada y otras de pie, a veces con una capelina y otras con un moño y otras con el pelo lacio cayéndole a los lados de la cara? Más aún: ¿es la imagen que conservo de ella la que realmente mis ojos vieron durante todos los años – ocho exactamente – en que compartimos el mismo cuarto, el mismo patio, la misma casa, o es acaso la que veo en aquellas fotos – aún ajadas, aún al borde de la disolución – como si el hábito de verlas hubiera configurado mi memoria?

Sea como fuere, Norita murió antes de cumplir los diez años y eso fue quizás lo que hizo que mis cuatro abuelos – los abuelos y los nonos - cerraran filas sobre mí y me prestasen una atención privilegiada. Como he dicho, en el caso de los nonos ese trato privilegiado se concretó entre otras cosas, en aquellas vacaciones de verano en las sierras de Córdoba que duraron hasta que empecé la secundaria. Y en el caso de mi abuelo Ramón, en una cercanía que – lo descubrí con el paso del tiempo y las anécdotas – no había tenido ni siquiera para con sus propias hijas.

En suma, quizás escribo esta historia, esta trabajosa y ya claramente imposible reconstrucción de la vida de mi abuelo, para tratar de descubrir qué era exactamente, qué mecanismos funcionaron en mí para que yo eligiera su figura como el arquetipo de lo que deseé ser para mi vida. Y tal vez también, por qué no, para tratar de comprender en qué recodo de esa vida se torció el camino. Podría evidentemente (pero me niego) cerrar las cuentas con una ecuación que más de un lector ya puede haber resuelto: recibí esa herencia como sustitución del deseo inconsciente hacia mi madre, quien a su vez me transmitía el suyo hacia su padre. Un caso habitual de Edipo puro y duro. No sé, y si así fuera, qué más da. Lo que importa, al menos en esta historia que intento contar, es mi abuelo.

—Don Ramón —dijo el otro hombre con toda la amabilidad que pareció reunir, quitándose el sombrero pero manteniéndolo sin embargo sujeto en la mano derecha y apoyándolo apenas en la superficie de la barra mientras saludaba a Sánchez —Esta noche vamos a hacer un homenaje a Evita, se cumple un año de su muerte. Le recomiendo que no venga, para qué va a pasar un mal rato…

Ramón Sánchez asintió apenas, como cumpliendo una formalidad, pero inmediatamente se sintió obligado a endurecer el gesto ante la sugerencia de su interlocutor. Hizo el empeño por que las comisuras de los labios, arqueadas hacia abajo, revelasen disgusto por las palabras del otro. Su respuesta fue cortante, afilada.

—Ya consideraré lo que corresponda —respondió con frialdad.

El otro hombre permaneció unos segundos en silencio. Se lo veía como avergonzado, aunque intentaba que no se notara. Después de un lapso de tiempo, volvió a encasquetarse el sombrero, saludó con una inclinación de cabeza y se dirigió a la puerta de entrada.

Aquel hombre que salía del bar del Club Social atravesando la doble puerta batiente era Nacaratti, el más joven de los concejales del Partido Justicialista en la Junta Comunal. Tenía apenas algo más de treinta años, y había hecho una carrera política fulgurante después de regresar a Coronel López tras estudiar arquitectura en Córdoba.

Había sido dirigente estudiantil, uno de los pocos en esa época que había adherido fervorosamente al peronismo en una universidad donde el sabatinismo radical o la izquierda se imponían entre los jóvenes. En las elecciones de noviembre de 1951, las mismas en las que Ramón había sido elegido concejal por la minoría radical, el arquitecto ocupó un lugar destacado en las listas peronistas, que ganaron las elecciones locales mientras Perón iniciaba un segundo mandato como presidente de la Nación.

A pesar de la sequedad de su respuesta, Ramón apreciaba a Nacaratti. Lo consideraba una persona de convicciones, no un arribista como muchos otros que – según su personal punto de vista – habían aprovechado su fidelidad al peronismo para encontrar un lugar en la política que nunca hubieran logrado por mérito propio. Sabía además que Nacaratti compartía esa estima. Y sabía que la advertencia de Nacaratti para que no se presentase esa noche en la sesión de la Junta Comunal no era una bravata ni mucho menos una suerte de amenaza, sino todo lo contrario: una expresión auténtica del deseo de evitarle un mal trago en una situación en la que el oficialismo aprovecharía para desplegar toda su batería de elogios al gobierno, y él se vería obligado a contradecirlos. Al fin y al cabo, no se trataba del debate de ninguna política ni medida concreta, sino un simple homenaje conmemorativo al que Ramón ya había decidido por su cuenta no asistir. Pero la observación de Nacaratti le produjo una sensación contradictoria: por un lado, le agradecía la buena intención; por otro, consideraba indignante la sugerencia.

Ramón Sánchez pinchó con un escarbadientes el último dado de queso que quedaba en el pequeño plato de loza encima de la barra, apuró de un trago el vaso de Cinzano con soda, y después de saludar con la mano levantada al barman salió a su vez del Club. Era presidente de la Comisión Directiva, y había pasado buena parte de la mañana en una reunión con el Contador escuchando cifras y presupuestos que no terminaban de ajustarse frente al gasto que supondría un Torneo de Básquet que la entidad organizaba todos los años. El Club Social y Deportivo Sarmiento, que existía casi desde sus tiempos de juventud pero había comenzado a hacerse grande cuando él se involucró personalmente, había terminado por consumirle más horas de las previstas. Siempre pasaba lo mismo: uno se metía en algo para dar una mano y terminaba haciéndose responsable de todo. Pero no se arrepentía.

Caminó por la calle San Martín saludando mucha gente. Le gustaba caminar por las calles, ver cómo iba cambiando y creciendo el pueblo casi con desmesura. Aunque la economía local seguía haciendo eje en los inmensos territorios adyacentes donde se criaba ganado o se cosechaba trigo, maíz y girasol, cada vez era mayor el desarrollo de una industria liviana, relacionada en principio con el mundo agrícola, pero que iba generando nuevos negocios y oportunidades. El comercio, por su parte, había adquirido un enorme poder que había convertido a la localidad – ya más ciudad que pueblo – en el centro de toda la zona. Concesionarias de coches, empresas productoras de semillas, frigoríficos cárnicos, elegían Coronel López para asentarse y desarrollarse.

Y con ello, la afluencia de una gran cantidad de gente que venía de los pequeños pueblos y villas en busca de trabajo había cambiado la fisonomía de los habitantes, que ya no eran mayoritariamente aquellos espigados irlandeses, robustos vascos, retacones gallegos y carajeadores italianos de su juventud.

Aunque los resultados de la sastrería se lo hubieran permitido, Ramón nunca había querido comprarse un coche. Prefería caminar y, cuando tenía que ir a alguna chacra o a algún sitio demasiado alejado, utilizaba el taxi de su viejo amigo Lisandro, que permanecía de la mañana a la noche esperando frente a la estación de autobuses junto a otros coches de alquiler – algunos todavía de caballo – o se hacía llevar por algún otro conocido. Conocía a Lisandro desde su juventud, y en más de una ocasión habían tocado juntos la guitarra en alguna fiesta de los viejos tiempos. Cada viaje era un reencuentro, y el sastre añoraba en esos momentos aquellas juergas cantoras y los corsos juveniles.

A la altura de la calle Alsina torció el rumbo para dirigirse a su casa. Unos años antes, cuando las niñas ya empezaban a hacerse grandes, había vendido la casa en la que vivían desde su boda y comprado una nueva, un poco más grande y en una esquina que albergaba un salón independiente donde instaló la sastrería. Pasaban la una del mediodía de un frío mediodía de agosto, y almorzaría – como casi todos los días – con Lola y sus dos hijas.

Lola estaba en la cocina terminando de preparar un guiso de arroz con azafrán. El aroma dulzón de la especia invadió el olfato de Ramón apenas metió la llave en la cerradura y abrió la puerta de calle. Atravesó el comedor pasando al lado de la gran mesa y las sillas de caoba oscura, mientras los reflejos de la luz que entraban por las rendijas de una persiana cerrada hacían caleidoscopios en las lágrimas de cristal esmerilado que adornaban la araña de seis brazos. Una apertura daba paso a un angosto pasillo interior en donde se abrían varias puertas: a la izquierda del pasillo una de ellas comunicaba con el local de la sastrería, y otras dos con los dormitorios. Al fondo la puerta del baño, y por la derecha se entraba a la cocina. Colgó el saco en un perchero y se dirigió hacia Lola.

Ella saludó sin darse la vuelta. Estaba concentrada en remover con una cuchara de madera la olla donde se hacía el arroz. Desde la galería a la que se accedía directamente por la cocina lo saludó Vilma, la hija más chica. Estaba en el penúltimo año de sus estudios, y a diferencia de su hermana había optado por hacer la escuela secundaria en el Colegio Comercial, que en cinco años habilitaba a los estudiantes como Peritos Mercantiles, lo que les abría posibilidades más o menos inmediatas de trabajo en la contabilidad de las muchas empresas coronelenses. El tío Raúl, uno de los hermanos mayores de Lola, había hecho una carrera exitosa en ese campo, y era gerente comercial de una importante compañía de subastas de ganado, lo que de algún modo le garantizaba a la muchacha un futuro laboral relativamente asegurado. Beatriz en cambio, desde el año anterior, apenas terminados sus estudios en la Escuela Normal de Maestros, se había incorporado al plantel de la Provincial 293, la última que había abierto el gobierno en uno de los nuevos barrios del pueblo.

Ramón respondió con una sola palabra al saludo de su hija y fue hasta la heladera. Sacó del refrigerador la botella de vino y un sifón de soda y los puso sobre la mesa con mantel de hule que ocupaba el centro de la habitación. Fue hasta la alacena, en la parte superior de la pared sobre la que estaban también la cocina y el fregadero, abrió una de las portezuelas y sacó un vaso. Se sirvió vino y echó en el vaso un chorro chispeante de soda.

—¿No estuviste esta mañana en la sastrería? —preguntó Vilma por romper el silencio y preguntar algo.

—Solamente temprano —dijo Ramón después de haber echado un largo trago de vino a la garganta. —Tenía una reunión en el Club, estamos viendo de dónde va a salir la plata para el torneo de básquet. Últimamente hay muy pocos socios nuevos, y eso se nota —agregó pensativo.

—Mmm, papá —intervino la muchacha —¿No será que los peronistas le están haciendo boicot al club porque vos sos el presidente?

Ramón no contestó. Para decir la verdad, pensó, él mismo se lo había planteado algunas veces. Quería convencerse de lo contrario, pero sabía que la sugerencia insidiosa de su hija no era descabellada. Peores cosas se estaban viendo en la política en esos tiempos. Pero lo cierto era que hasta el propio Intendente peronista, un notario conocido en el pueblo de toda la vida, era socio del club, y aunque no participaba habitualmente en sus actividades nunca había dado señales al menos, de mezclar el club y la política municipal.

Pero probablemente dentro de la dirigencia peronista del pueblo habría quienes no vieran con simpatía que el club, que en muchos sentidos era un centro de la vida de muchos hombres – sobre todo hombres – de la clase media local, estuviera en manos de un radical, de un opositor notorio.

De todos modos, la comprobación la iba a tener muy pronto: iba proponer a la Junta Comunal, como concejal de la UCR, una subvención económica para financiar el torneo de básquet. El gobierno municipal no tendría motivos razonables para oponer reparos, y si los oponía entonces él tendría la certeza de que lo estaban boicoteando. Pero entonces también tendría un arma en sus manos para denunciar el manejo partidista de los fondos públicos por parte del gobierno peronista.

Odiaba esa manera de hacer política, que terminaba por convertir a los vecinos en rehenes de las componendas de los partidos. Pero debía reconocer que tantos años en la actividad partidaria le habían demostrado que esas eran las reglas del juego, y por su parte también las había tenido que jugar cada vez que era necesario. Las manipulaciones impúdicas, los arreglos entre camarillas o dirigentes, los favores o rechazos en función de eventuales apoyos electorales, eran el pan de cada día y en eso se había transformado la vocación política de muchos, originariamente nacida de la indignación contra la injusticia y la prepotencia del poder. Y eso, las camarillas, las traiciones, también eran cotidianas en su propio partido, al que a pesar de todo había seguido siendo fiel y leal durante ya casi treinta años. Y al que era necesario seguir siendo fiel – estaba convencido - ahora más que nunca, cuando oponerse al gobierno peronista podía poner en riesgo la propia libertad, como lo habían podido comprobar ya muchos dirigentes partidarios.

El líder del radicalismo, Balbín, había pasado un año en la cárcel y había sido indultado por el propio Perón menos de un año antes. Nadie ignoraba la tendencia hacia un control policial cada vez más cerrado en la que estaba derivando el gobierno. Algunos años antes, la mayoría oficialista había aprovechado un discurso encendido de Balbín en Rosario para acusarlo de "desacato" y retirarle los fueros parlamentarios; y apenas unos meses después, cuando salía de votar en unas elecciones donde era candidato a gobernador de la provincia de Buenos Aires, lo habían detenido y encerrado en el penal de Olmos. Lo condenaron a cinco años de prisión, pero al año siguiente, antes de las elecciones nacionales donde revalidaría su mandato, Perón decidió dejarlo en libertad. Incluso quienes habían sido puntales del ascenso del antiguo Secretario de Trabajo, como el mitológico sindicalista Cipriano Reyes, habían sufrido la represión y la cárcel por discrepar de las políticas oficiales y llamar a la rebelión.

Ramón estaba a punto de contestar a su hija, aunque durante los minutos en que había permanecido en silencio probablemente Vilma ya se hubiese olvidado del asunto, cuando se oyó el sonido de una llave que giraba en la cerradura de la puerta de calle, y al cabo de unos segundos entró Beatriz, con un portafolios de cuero colgando de la mano derecha y el delantal de la escuela arrollado en el brazo izquierdo. Era una muchacha de rasgos suaves y un rostro convencional pero bonito, quizás no tanto como había sido el de su madre cuando joven. El cabello era oscuro, casi negro, y lo usaba con ese peinado que llaman "permanente", que le daba volumen merced a un enrizado artificial que implicaba largas horas de tratamiento, con ruleros y secador, en la peluquería de señoras.

Beatriz dejó el portafolio y el delantal sobre una silla y le dio un beso en la mejilla a su padre y luego a su madre, que seguía prestando atención a la comida.

—¿Qué tal? —preguntó rutinariamente la señora Lola girándose hacia ella, mientras una espiral de humo subía desde la olla que bullía en la hornalla.

Beatriz hizo un gesto de desagrado y metió la mano en el bolsillo del guardapolvo que había colgado en el respaldo de la silla, mirando ahora en dirección de su padre.

—Esto —afirmó extrayendo un lazo de cinta negra con un alfiler cuya cabeza sobresalía en el centro del lazo —Obligados a llevarlo durante todo el horario de clases. Y toda esta semana. O-bli-ga-dos... —recalcó acentuando la palabra.

—¡Qué vergüenza de país! —reaccionó la señora Lola, mientras cubría la olla del arroz con una tapa de aluminio. Cambió rápidamente de tema —Esto ya está. Cinco minutos que se asiente y comemos. ¡Vilma!, ¿podés poner la mesa?

—¡Ya voy! —se oyó la voz de la otra chica desde la galería.

Se sentaron a la mesa y comieron con satisfacción, aunque sin comentarios, el arroz amarillo que la señora Lola había ido distribuyendo en los platos.

—¿O sea que tenían que ponerse el luto quisieran o no? —dijo Ramón después de los primeros bocados en silencio, retomando con su hija el tema abortado minutos antes —.¿No es acaso eso una invasión sobre la conciencia personal? ¿Por qué hay que llevar luto porque hace un año se haya muerto Eva Perón, o el que sea, si uno no quiere llevarlo?

—No sé qué te asombra, papi —respondió la muchacha que todavía no había logrado quitarse el malestar en el gesto de la cara —La excusa es que en la vida privada cada uno puede hacer lo que quiera, pero en las instituciones públicas hay que aceptar lo que decida el gobierno porque es el que representa lo que piensa la gente. Y la escuela es una entidad pública, claro. Así que si no te ponés el lazo negro porque hace un año se murió Eva Perón, y ellos han decidido que hay que llevar lazo negro en su memoria, te aplican una sanción. Y nadie se busca una sanción administrativa que va a complicarte tu escalafón, por no ponerte una escarapela negra una semana en el guardapolvo. Así que ya ves, toda la mañana dando clases amargada avergonzándome de andar con la cinta puesta.

—Y bueno, Betina —intervino con resignación la señora Lola mientras cortaba una hogaza del bollo de pan francés que había sobre la mesa —total por ponerte unos días una cinta negra tampoco te va a pasar nada…

—¿Cómo le decís eso? — interrumpió Ramón dirigiéndose secamente a su esposa —¿Y la libertad de la persona dónde la dejamos entonces? ¿Somos corderos que bajan la cabeza y hacen lo que les manden sea lo que sea? ¿Hasta dónde vamos a llegar? Mirá, esta noche pensaba no ir a la Junta Comunal, pero voy a ir sólo para presentar una moción de que retiren esa directiva dictatorial.

Se produjo un corto silencio después de la furibunda declaración de intenciones de Ramón, pero enseguida, con un asomo de sorna que no pudo evitar, se oyó la voz de Vilma.

—¡Para el caso que te van a hacer! Y además, te van a decir que eso no es decisión de la Junta, sino una disposición de orden nacional. ¿O no los conocés?

La muchacha se encogió de hombros y se concentró de nuevo en el plato de arroz. El rostro de Ramón, en cambio, se había endurecido; pero no quiso seguir hablando. No le gustaba hablar de política con su familia, sentía que debía preservar su espacio más íntimo contaminándolo lo menos posible. Pero a medida que las hijas habían ido creciendo, imperceptiblemente y poco a poco la calle había ido penetrando entre las paredes de su casa.

Y sobre todo desde que Beatriz había empezado a dar clases en una de las escuelas provinciales de la ciudad, ella misma había empezado a renegar de la manera en que desde el ministerio se planteaba la educación. No tenía dudas de que desde su acceso al poder el peronismo había hecho crecer el sistema educativo: nuevas escuelas y grandes recursos nunca antes invertidos por otros gobiernos habían sido puestos al servicio de la educación popular. Pero a Beatriz le repugnaba el acento propagandístico con que los maestros eran inducidos a educar a los niños, exaltando de manera escandalosa la figura del régimen y sobre todo de Perón y de Evita.

—Mirá el nuevo texto obligatorio que mandaron del Ministerio —le había enseñado una tarde Beatriz a su padre con indignación.

Era un libro de lectura para primer grado. Beatriz lo había abierto al azar, en una página cualquiera. En la página de la izquierda un dibujo en colores representaba a una Eva Perón rodeada de un grupo de infantes. "Evita mira a la nena", era el texto, impreso en letras de molde. Más abajo, en letra manuscrita, se leía "El nene mira a Evita". En la página de enfrente, era Perón el que conversaba con unos niños, todos ellos varones. "Perón ama a los niños", decía el epígrafe. Y más abajo, para que los alumnos aprendieran a leer y escribir: "Mi mamá. Mi papá. Perón. Evita".

Retrocedió algunas páginas hacia el comienzo del texto: "Veo a mamá. Mi mamá me ve. Eva amó a mamá. Eva me amó", decía en una; "Papá y mamá me aman. Perón y Evita nos aman". El objetivo era transparente, aunque sin duda hasta ingenuo: que la figura de ambos líderes penetrase en los chicos al mismo nivel que las referencias familiares. Perón y Evita eran el Gran Padre y la Gran Madre de la sociedad argentina. Beatriz lo consideraba intolerable: "Nuestra Patria es un nidito / nuestra Patria es un hogar / los chiquillos hermanitos / ¡y es Evita la mamá!".

No sólo los libros para enseñar a leer abundaban en estos mensajes. Todo, en los manuales de enseñanza primaria que el gobierno imponía a los maestros de las escuelas oficiales, contribuía a crear la imagen de una sociedad tutelada y protegida por las dos figuras paternales. "Mientras se duerme, Santiaguito sonríe feliz y piensa: ¡Cuánto trabajé hoy! ¡Ahora sí soy digno de Perón!", terminaba un ejercicio de redacción de un libro para tercer grado.

Ramón no sólo compartía, sino que alimentaba la indignación de su hija. La imposición de símbolos y mensajes partidistas y - aún más - el endiosamiento personalista del líder justicialista, semejaban sin duda los despropósitos de lo que habían sido regímenes como la Alemania de Hitler o la Italia de Mussolini. El desmesurado aparato propagandístico del gobierno lo abarcaba todo, y casi nada podía escapar de su control.

Y no sólo la propaganda utilizaba el gobierno para desacreditar a quienes no asentían a sus políticas: la intimidación y la persecución eran - a él le constaba por testimonios directos, no porque nadie se lo hubiese contado - un sistema que la policía política aplicaba sin ser limitada siquiera por los jueces; y no sólo la policía ejercía ese estado de cosas, sino que organizaciones afines al régimen como la llamada Alianza Libertadora se ocupaban de amedrentar con su presencia en las calles cualquier manifestación de disidencia.

No obstante, se admiraba ingratamente Ramón mientras comía con su mujer y sus dos hijas en aquel mediodía del año 1952, eran muchos - entre otros, antiguos amigos como Meléndez - los que justificaban esas políticas de degradación de la libertad en función de los cambios que el gobierno peronista había ido introduciendo en la estructura económica y social del país: habían crecido sin duda los derechos de los trabajadores, las obras sociales de los sindicatos proveían una mayor seguridad sanitaria a la población, se había dado el derecho al voto a la mujer ya en 1947.

Pero todo, incluso lo que podría haber resultado positivo en otro contexto - pensaba Ramón - sólo era el producto de una estrategia demagógica para mantener y consolidar el poder personal del tirano y sus amigos más cercanos, que se beneficiaban en algo de cada medida del gobierno. Cada circunstancia, cada paso del gobierno -

continuaba pensando - estaba cuidadosamente planificado para aumentar su poder.

La oprobiosa cinta negra que el ministerio obligaba ahora a llevar a su hija para recordar el primer año de la muerte de Eva Perón, significaba para él la prueba más palpable e inmediata de las prácticas autoritarias de la tiranía. Unas prácticas que no sólo sus convicciones, sino su estómago mismo le imponían denunciar, y es lo que haría esa misma noche en la sesión de la Junta Comunal.

La decisión estaba tomada: asistiría.

Héroes o villanos, austeros o ladrones, todos los protagonistas de los grandes hechos de la humanidad se han confiado alguna vez, de auténtica o mala fe, al juicio de la historia. ¿Y en que debiera consistir, entonces, ese supuesto juicio universal que permitiría algún día comprender sus designios y sus acciones?

Porque hasta el peor de los asesinos tiene una motivación, es el resultado de un pensamiento que lo lleva a creer en la justificación de sus actos. Ni el mismo Hitler, pienso, (o los más cercanos y módicos Videla o Pinochet, por dar ejemplos) eran personas poseídas por el Demonio ni por el Mal Absoluto, suponiendo que una y otra cosa signifiquen algo. Eran, por lo contrario, personas convencidas de que actuando como actuaban daban cumplimiento a una misión en beneficio de la Humanidad, del Hombre, de la Raza, de Dios, o cualquiera de las múltiples abstracciones con que se recubre ese deseo de ser protagonista de la historia. Y entonces, que la Historia nos juzgue. ¿Habrá pensado alguna vez el abuelo en el juicio de la historia?

Meditaba yo en ello mientras leía en la Biblioteca Almafuerte un estudio referido a la suerte que había corrido el líder radical de entonces, Ricardo Balbín, en el período peronista, tema que incluí en el apartado anterior de esta mi novela (como me he propuesto desde un principio, cito las fuentes: *La despedida de un viejo amigo, Mario Claros, Ediciones Prieto, 1975*). Balbín, efectivamente, sufrió prisión dos veces durante el período entre 1945 y 1955, y le quitaron sus fueros parlamentarios al igual que a otros varios diputados de la oposición. El dirigente radical había sido uno de los aliados civiles más firmes de los militares que derrocaron a Perón, y mantuvo su postura sin fisuras durante los casi veinte años de proscripción del peronismo.

Sin embargo, después de que Perón fue autorizado a regresar al país, e incluso se convirtió por unos pocos meses en Presidente de la Nación, su actitud personal tuvo un cambio que difícilmente alguien hubiera imaginado. Balbín mantuvo frecuentes reuniones con Perón en ese tiempo, e incluso asumió la responsabilidad de pronunciar el responso en el entierro del creador del justicialismo, en julio de 1974, ocasión en la que afirmó: "Frente a los grandes muertos tenemos que olvidar todo lo que fue el error, todo cuanto en otras épocas pudo ponernos en las divergencias; pero cuando están los argentinos frente a un muerto ilustre, tiene que estar alejada la hipocresía y la especulación para decir en profundidad lo que sentimos y lo que tenemos. Los grandes muertos dejan siempre el mensaje". "Este viejo adversario – dijo entonces en una frase que ha pasado a la historia - despide a un amigo".

¿Había querido Balbín anticiparse al "juicio de la Historia", o simplemente era un gesto oportuno que lo devolvía al centro de la escena en papel protagónico? ¿Cómo saberlo? ¿Habría recordado Casareto aquel discurso fúnebre de Marcelo de Alvear frente a la tumba de

Hipólito Yrigoyen, apenas a un año de haberlo traicionado? ¿Cuánto había de autenticidad y cuánto de pose en cada uno de ellos? Y en todo caso, fuese cual fuese la respuesta, ¿por qué?

Quizás lo que estoy intentando, en el fondo, es simplemente entender a mi abuelo. Como me gustaría poder penetrar no sólo en las circunstancias, sino también en la profundidad de la mente de esos protagonistas confiados al juicio de la historia, para entender realmente cuáles eran sus sentimientos, sus justificaciones, la conciencia que volcaban sobre sí mismos. Tarea imposible, desde luego.

¿Cuál es el objetivo de la literatura, entonces? Desde luego, no hay acuerdo al respecto. Al menos, entre los comentaristas que he alcanzado a leer en este período de muchos meses desde que, a partir de una caja con papeles sueltos y dos planos del siglo pasado, me decidí finalmente a llevar a cabo una reconstrucción de lo que – supongo – ha de haber sido la vida de mi abuelo. Entretenimiento. Sí, por qué no. Pero si la literatura se quedase sólo en la función de entretener no sería más que una telenovela de media tarde. Hay quienes dicen que al final de cuentas leer (y escribir) son sólo una forma más de pasar el tiempo. Igual que la telenovela de la tarde. Claro que, incluso reduciendo la literatura al entretenimiento, a una forma de rellenar el tiempo vacío de la vida, no es difícil darse cuenta de que no todo el mundo se entretiene de la misma manera. ¿Qué pasa si a mí no me entretiene la telenovela de la tarde, como la entretenía tanto a mi abuela Lola y a tanta gente en el mundo, y para entretenerme necesito, por ejemplo, leer *Cien años de soledad*? ¿Y si incluso un García Márquez me resultase trivial, demasiado atiborrado de guiños sentimentales, y sólo me dejase entretener por el lenguaje de un Beckett o un Lezama

Lima (a los que no he leído, reconozco, pero supongo me suenan a néctar y ambrosía)?

Contar historias, dicen muchos sobre todo en los últimos años, es el único y verdadero objetivo de la literatura. Lo demás son agregados. Puedo entender, desde mi modesto sitio de lector consecuente pero no compulsivo y de recuperado escritor aficionado, que esa pasión por la literatura que denunciaba las lacras sociales y enviaba bienintencionados mensajes de rebeldía, haya terminado fagocitada y convertida en fetiche por el mismo sistema de mercado que pretendía denunciar. Pero ¿significa eso que debamos, los que nos proponemos escribir, abandonar toda intención de desentrañar la trama de la realidad, que es siempre una realidad social, y limitarnos a jugar con el lenguaje y las sugerencias del inconsciente? Dice sobre eso un libro que leí en estos días (digámoslo con exactitud: el fragmento de un libro, citado en un artículo periodístico de una revista cultural): "A diferencia de los demás lenguajes artísticos, el soporte material de la literatura son las palabras: y por mucho que las palabras sean en sí mismas una realidad material, no hay palabras que carezcan de un significado, esto es, que no remitan a un referente externo a sí mismas. Es una mera figura retórica hablar de 'la música de las palabras' ignorando que detrás de ellas hay siempre un significado, o sea una realidad mundana. Entonces, ¿cuál es el elemento determinante del arte literario, la 'musicalidad' o el sentido?" (*Cesare Montino, La música de las palabras, citado por Carlos Alberto Scapuzzi*).

En suma, que he tenido claro en todo este proceso que no me da miedo invadir – en todo caso - el territorio de otras disciplinas (la historia, la sociología, el ensayo, lo que cada uno prefiera) para acercarme en lo posible a mi objetivo literario. Claro que el asunto entonces se vuelve más complicado, porque ¿cuál es mi 'objetivo literario'?

¿Recuperar la memoria de mi abuelo Ramón para gloria y apología de la posteridad? Y sin embargo, parece claro hasta ahora que me he ido encontrando en esa presunta reconstrucción más de una cosa que – si ese fuera el propósito - haría mejor en barrer bajo la alfombra. ¿Y si en el fondo, aunque sea inadvertidamente, el propósito estuviese siendo el de aclararme a mí mismo de qué lado (del de los malos o del de los buenos) estaba ese personaje al que tanto admiré? Tampoco es sensato. Lo que sí voy desentrañando, quizás, es que más que poner a mi abuelo en un sitio u otro, más que pretender un juicio sobre su vida y sus actitudes, el resultado de esta novela parece estar convirtiéndose en un intento de entenderlo, de comprender por qué fue quien fue e hizo en su vida lo que hizo.

Mientras pienso todo esto, reclinado ahora en la salita trasera de mi consulta de Veterinaria frente a la Lettera 22, la historia cesa por un momento porque de repente, en el aire más o menos silencioso de las calles, ha comenzado a sonar estridente la sirena de los Bomberos. Puede que haya ocurrido algún accidente grave en la carretera nacional que pasa bordeando la ciudad, o que el fuego haya hecho presa de una nave industrial, de una casa particular. La sirena se oye especialmente aguda desde mi consulta, porque el cuartel de bomberos está cerca, de hecho cada vez que suena la sirena sé que en unos minutos la autobomba pasará frente al edificio donde estoy. Y detrás de ella, invariablemente, irán sumándose coches de vecinos ansiosos de presenciar el inusitado espectáculo, del mismo modo que si siguieran la caravana de un circo ambulante.

¿Mera curiosidad, morbo o simplemente necesidad de ser parte de algo que rompe con la abrumadora rutina? Es verdad que no todos los días se incendia una casa en Coronel López, pero siempre me ha llamado la atención ese apremio de la gente por asistir a la puesta en escena de la tragedia ajena. Mientras lo pienso, oigo efectivamente acercarse el camión de bomberos ululando a lo largo de la calle. La sirena se acerca, irrumpe y empieza a alejarse: detrás, tal como lo preví, el zumbido de motores en busca del espectáculo inminente.

Cosas de pueblo, claro. Pero ¿por qué debo suponer que algo similar no ocurre en cualquier barrio de la *gran ciudad*? De Buenos Aires, de Nueva York, o en fin, de Rosario para no irnos demasiado lejos. ¿Por qué alguien de Rosario (o de Buenos Aires, o de Nueva York) no iba a dejarse arrastrar sin siquiera pararse a pensarlo por esa curiosidad morbosa, por esa ansiedad inexplicable de, simplemente, presenciar el espectáculo de algo inusual, de algo a lo que no se asiste todos los días, de camino al trabajo, o a la hora del noticiero de la tele. ¿No somos todos, unánimes casi, las personas o los "seres humanos" (por ponernos más grandiosos), en desesperar por no quedar fuera de los "momentos históricos"? ¿Quién se ha acostado a dormir temprano el 11 de junio de 1969, sabiendo que más o menos a la medianoche la pantalla de su televisor en blanco y negro le mostraría la imagen increíble de dos hombres posando sus plantas en la mismísima Luna? ¿Y por qué no, entonces, correr detrás del camión de los bomberos para ver, quizás por tan única vez como la pisada de Neil Amstrong, cómo el fuego devora la casa de un desconocido (o conocido, eso es lo de menos)? ¿Y qué me autoriza a pensar – para volver a lo que estaba diciendo – que en ese territorio del asombro un habitante de la *gran ciudad* actuaría diferente que mis vecinos?

Y más aún: ¿cuánto tiene de verdad para mí, para casi todos nosotros, la *gran ciudad*? Qué mito recurrente poblado de gente entrevista en las novelas de televisión, en la literatura, en las revistas semanales. ¡Si habremos gastado palabras en los bares, los sábados por la noche, hablando de la alienación, del frío anonimato, de la soledad de la gran ciudad! Pero era una gran ciudad que sólo conocíamos en las letras de rock; porque lo nuestro, lo de todos los días, era el aburrimiento de los días unos tan parecidos a los otros, de las mismas caras de siempre, los ojos vigilantes de los familiares o los vecinos, la abrumadora sensación de saber que en el pueblo todos te conocen, la desesperada necesidad de encerrarte en tu cuarto para poder estar solo, lejos de ese compulsivo gregarismo de la edad. Y todos al fin y al cabo soñando con lo mismo: escapar de allí, levantar el vuelo para fabricarse un nuevo destino en un nuevo paisaje donde ser libres y autónomos. O sea: irnos a Buenos Aires. A la gran ciudad, a la anónima y alienante y despersonalizada ciudad que odiábamos, que no parábamos de escarnecer porque lo decían las letras de nuestros grupos de rock favoritos.

Pero yo me quedé, y aquí me tienen: escribiendo la novela de mi abuelo. Soy, ya lo he dicho, Leandro Santiago Speziali. Leandro, como Leandro N. Alem. Soy el narrador de esta historia.

Una tarde, cuando la noche comenzaba ya a caer, Ramón había entrado en un almacén cerca de la estación de ómnibus para comprar algo antes de volver a su casa. Algunas mesas de madera, hacia el fondo de la antesala, hacían las veces de bar; y en una de ellas, sólo frente a un vaso de ginebra, vio a Casareto con la mirada perdida en la pared de enfrente, una pared color durazno sin ventanas y de la que sólo colgaba una gran foto del equipo de River Plate enmarcada y protegida por un cristal.

Casi no habían vuelto a hablarse desde aquella tarde de octubre de 1945 cuando él y Meléndez lo habían convocado para tratar de convencerlo de que el radicalismo de Coronel López debía apoyar la libertad de Perón. No sólo Rojano, el presidente del partido por entonces, sino él mismo, no compartían la idea. Pero había intentado convencer a Rojano de que, al menos, se reuniese el comité para discutirlo.

El comité no se reunió, y sus amigos se unieron a los sindicatos en la vasta movilización nacional que terminó de encumbrar a Perón como nuevo líder político. Apenas unas semanas más tarde, Casareto, Meléndez y una decena de afiliados más presentaron una carta renunciando al partido. Ya hacía tiempo que Casareto había dejado su aventura periodística en *La Comuna*, que había retornado sin dolor a su antigua identidad de semanario de edictos municipales, cartelera de espectáculos y necrológicas. Durante un tiempo, sin embargo, había continuado publicando sus ideas en pequeños pasquines que se imprimían cada tanto merced al apoyo económico de los sindicatos, en uno de los cuales, la Unión Obrera Metalúrgica, Meléndez había ganado creciente protagonismo.

Pero casi imperceptiblemente al principio y mucho más aceleradamente después, la vida de Casareto se había ido derrumbando en una rutina de desesperanza y alcohol. Empezó a ser visto en estado de ebriedad cada vez más con más frecuencia. Era una ebriedad serena, pacífica y mesurada, que practicaba en mesas cada noche más solitarias; y que incluso no parecía dejar rastros cuando – a la mañana – el hombre acudía rigurosamente a su aula de maestro primario.

Aunque la habitual maledicencia se prodigó vaya a saber en quiénes para intentar desacreditarlo ante el ministerio, la realidad es que su desempeño seguía siendo tan correcto y profesional como siempre, y nunca había perdido su puesto.

Ramón dudó, intentó convencerse a sí mismo de que no había visto la figura silenciosa de Casareto absurdamente erguida en su silla al fondo del salón, pero finalmente se acercó a la mesa. Casareto lo vio aún antes de que él estuviera al lado. Alzó la vista y la dirigió hacia el otro esbozando espontáneamente una sonrisa triste pero auténtica.

—Sánchez... —dijo sin sobresalto, como si no hubiesen pasado años desde la última vez que habían hablado.

—¿Cómo te va? —respondió él extendiendo ceremoniosamente la mano derecha hacia donde Casareto permanecía sentado.

Casareto le estrechó la mano sin entusiasmo. Por unos segundos se hizo un silencio incómodo.

—Sentáte —dijo Casareto señalando con la otra mano la silla que estaba al otro lado de la mesa —Si no estás muy apurado, claro...

Lola y las chicas (Ramón seguía pensando en "las chicas" cuando se refería a sus hijas, aunque ya las dos se acercaban a los veinte años) lo esperaban en la casa para cenar, pero aceptó la invitación. Le hizo una seña al hombre que estaba en el mostrador y pidió un vermú. Le costaba encontrar una manera de empezar la conversación, y pensó que a Casareto le pasaba lo mismo. Preguntarle sobre las alternativas de su vida personal hubiese sido un poco artificioso: en el pueblo todos conocían la vida de cada uno.

—¿Seguís viendo a Meléndez? —fue lo primero que se le ocurrió.

Casareto volvió a sonreír. La tristeza que brotaba de esa tenue sonrisa se trasladaba a toda la cara.

—Casi no —respondió arrastrando un poco las sílabas como con desidia —Como todo el mundo sabe, hace ya un tiempo que dejé de relacionarme con el sindicalismo. Y con la política en general —agregó de inmediato.

Ramón se atrevió entonces a preguntar:
—¿Dejaste el peronismo?
Casareto no respondió enseguida. Parecía no estar seguro de la respuesta. Se movió un poco en la silla, tomó un trago de ginebra y alzó los hombros.
—No —dijo —no lo llamaría así. El peronismo sigue siendo la realización del proyecto social y económico que siempre defendimos, el que venimos defendiendo desde la época de Yrigoyen. Aunque muchos, como vos, nunca lo entendieron, pero no es momento para ponernos a reverdecer viejas discusiones, ¿no?

Ramón asintió, aunque fue apenas un movimiento casi imperceptible, involuntario, de su cabeza.
—¿Entonces...? —preguntó.
—No sé, Ramón. Quizás el peronismo fue el que me dejó a mí. O mejor todavía: en algún punto descubrí que las cosas por las que yo había luchado siempre no podían hacerse de la manera como lo había soñado siempre. Perón ha estado haciendo, en estos diez años, mucho de lo que siempre hemos querido para nuestro país: darle dignidad y mejores condiciones de trabajo a los obreros, reforzar su sentimiento de protagonismo y unidad, recuperar el patrimonio nacional que siempre se había entregado al capital extranjero, no hace falta que te haga una enumeración prolija, hasta vos, que sos un gorila recalcitrante, lo sabés y yo sé que en el fondo admitís que es así.

Casareto hizo una pausa y alzó el brazo derecho para llamar al hombre que atendía la barra. Mostró el vasito de ginebra y con la otra mano hizo un gesto como de girar el índice sobre sí mismo, un modo de indicar que le trajeran otro igual. Después pareció volver a centrar su atención sobre Ramón, quien entretanto no había abierto la boca.

—Hizo todo eso, hizo todas las cosas que nosotros siempre teorizamos pero nunca conseguimos —

continuó entonces Casareto lentamente, con un dejo de cansancio en la voz - Nadie lo puede negar y me saco el sombrero. Pero hay otras cosas, Ramón, otras cosas que para algunos no tienen la menor importancia, pero sí para mí. La dignidad de las personas no puede estar solamente en que coman todos los días. Hay valores que no pueden dejarse de lado. La libertad, por ejemplo. Es verdad que ha sido siempre una palabra bastardeada, usada por los liberales para justificar sus privilegios y para legitimar la injusticia. Esa cantinela liberal que habla de la libertad como libertad para explotar a la gente como quiera, y que cuando la llevan a la política la reducen a libertad para elegir entre los candidatos que ellos mismos ponen. Todo eso lo rompió Perón; ya los ricos, los empresarios, los oligarcas, no tienen libertad para joder a los demás, hay límites, hay leyes, hay un orden. Pero cuando se quiere reemplazar los dogmas liberales por otros dogmas tan rígidos como esos, cuando en lugar de crear en las personas una conciencia crítica para que cada uno piense por su cuenta, lo que se hace es obligarlos a ser simples ejecutores de otro pensamiento ajeno, ya la cosa se va al carajo, Ramón. Y yo me fui al carajo por eso, ¿podés entenderlo?

—Lo sé y lo comparto —se atrevió ahora a decir el otro, sintiéndose solidario con el pensamiento de su antiguo amigo —Por eso es que lucho contra esta tiranía. Lucho contra un régimen que encarcela a los que no piensan como ellos, a los que limitan la libertad de expresión, a los que fomentan un asqueroso culto a su personalidad, a los que prefieren que los pobres sigan siendo ignorantes.

—Eh, pará, che —le reclamó el otro sorpresivamente —Que nunca en la historia se abrieron tantas escuelas, nunca hubo tanta educación para todos como en estos años, no es precisamente eso lo que hay que reprochar. Además, entiendo que los enemigos, los que quieren que todo vuelva a ser como antes, que los ricos sigan mandando a su gusto y las empresas extranjeras vuelvan a ser las dueñas de la economía, son muy poderosos. Y actúan, actúan sin escrúpulos, o te pensás que a esa gente le roe la conciencia saber que moralmente lo que pretenden es incorrecto. Pero me pregunto, ¿si el enemigo actúa sin escrúpulos, podemos nosotros responder usando sus mismos principios? ¿Entonces, si no es para cambiar los principios, si no es para devolverle un sentido ético a la vida, para qué carajo luchamos? Y por otro lado, vos decís la libertad de expresión, los libros y todo eso. Y después ves a la gente real, los trabajadores que siempre fueron nuestra bandera, ves que han tenido en estos años lo que nunca en la historia tuvieron, que pueden hacer cosas que antes sólo los ricos podían, que tienen derechos, que se toman vacaciones, que comen todos los días. ¿De qué libertad de expresión les vas a hablar? ¿Qué carajo les importa a ellos que haya unos intelectuales presuntuosos a los que no les dejan hablar en público o les cierran sus pasquines donde hablan mal del gobierno? Y después de todo —pareció agregar maliciosamente —¿No fue lo primero que me reclamaste cuando empecé a escribir en *La Comuna*? En ese momento, te importaba más lo que decía el partido, que no se perjudicasen sus dirigentes. Y no digo que no creyeses que tenías razón, pero entonces, ¿por qué unos sí y otros no?

Ramón no abrió la boca.

—La cuestión —siguió diciendo Casareto imperturbable —es que cada uno está convencido de que está haciendo lo mejor, y que si los otros, los que no creen lo mismo, perjudican el proyecto que cree válido, hay que cortarles las manos. Y en el fondo, todos están de acuerdo, a nadie le importa de verdad a menos que el perjudicado sea el que está en el otro bando. Pero a mí sí me importa, Ramón. Porque a esta altura del partido ya no me juego por nadie, se me acabaron las ilusiones en la gente, pero al menos lo único que quiero es que me dejen ser, pensar y decir lo que quiero y como quiera. Y que no me obliguen a ser, pensar y decir lo que quieran otros, los que dictan las normas desde el poder, sean aristócratas, capitalistas, justicialistas o comunistas. Y aquí, en estos años, está pasando lo contrario: cada día te ponen la vida más pautada, y siempre hay alguien dispuesto a denunciarte, o al menos a despreciarte, si cuando llaman a la plaza preferís quedarte en tu casa.

—¿Y entonces por qué en vez de hacerte a un lado no te enfrentás con esta mierda?

—Claro, porque seguro está mejor lo que hacen ustedes ¿Darle pasto a los conspiradores, a los fachos, a los milicos, a todos los hijos de puta que quieren quitarle a los trabajadores todo lo que consiguieron para quedárselo ellos otra vez sin que nadie les ponga límites? Sabés perfectamente que van a ser ellos, y no los cuatro intelectuales de izquierda o los que hablan tanto de libertades los únicos que realmente saquen algo de la caída de Perón.

Entonces Ramón pensó que no tenía sentido continuar por el camino de un diálogo en el que no había posibilidades de encontrar un punto de encuentro. Cada uno, estaba claro, se aferraba a su punto de vista como suele pasar cuando las posiciones se enconan al punto de no encontrar retorno. Casareto, pensó, había entrado en esa etapa y seguramente no había razonamiento capaz de hacerlo reflexionar en otras posibilidades. Pero, ¿y él, entonces? ¿Quién podía asegurarle que no estaba actuando de la misma manera?

—Tengo que irme —dijo bruscamente —A ver si nos vemos un poco más...

Y se levantó de la silla al tiempo que llamaba al hombre de la barra con un gesto de la mano.

—Cóbreme, por favor. Y póngale otra ginebra al amigo —dijo, y de pronto sintió que su frase sonaba sospechosamente similar a las de los políticos que escarnecía.

Casareto dijo "gracias" y apenas levantó la mano izquierda para saludarlo. Ramón salió del almacén sin mirar hacia atrás. Tanto, que incluso olvidó cuál era el propósito original que lo había llevado hasta allí. Imaginó que a sus espaldas Casareto volvía a alzar el vaso y se llevaba a la garganta otro trago de ginebra.

No había vuelto a verlo cuando, menos de un mes después, lo encontraron muerto en su cuarto de la pensión donde vivía desde hacía quince años. Al día siguiente, el doctor Díaz Grey, que había extendido el certificado de defunción, aseguró en una mesa del club social que Casareto se había tragado una cantidad de arsénico como para matar un caballo. Agregó, para el morbo de quienes compartían su mesa y seguramente también de quienes escuchaban desde las mesas aledañas, que tenía que haber pasado un calvario antes de morir, que las tripas habrían crujido de dolor. Sin embargo, en la pensión esa noche nadie había escuchado nada extraño, quizás solamente – dijo la dueña reflexionando otro día, en otra conversación mucho más adelante – le había parecido, al comienzo de la noche, oír un débil llanto.

Después de un otoño indeciso, el invierno había empezado a penetrar con fuerza en el aire de las mañanas. Aún a mediodía, el tibio sol que atravesaba el cenit no lograba todavía calentar las veredas polvorientas por donde transitaban apenas aquellos que no tenían más opción que salir a la calle. Un rato antes de que Ramón bajase la persiana metálica de la sastrería para almorzar con su familia, un hombre bajo, vestido con un pulóver de cuello volcado y una chaqueta de cuero marrón, abrió la puerta principal de entrada y atravesó el salón hasta el mostrador detrás del que el sastre, sentado en un sillón rebatible, ojeaba una revista.

Scolnick era uno de los más apasionados afiliados radicales del comité local, y uno de los que desde algunos meses antes integraba un grupo que se declaraba dispuesto a tomar las armas si era necesario para contribuir a la caída del peronismo. Hacía tiempo que grupos civiles de diversa extracción política se venían organizando espontáneamente; pero en los últimos meses en que habían recrudecido las conspiraciones contra el gobierno, habían terminado por integrarse en una estructura más o menos coordinada, alentada por los partidos de la oposición.

A su convicción antiperonista Scolnick sumaba la amenaza que algunos sectores del movimiento liderado por Perón – abiertamente antisemitas - representaban para su condición de judío. A Ramón no le había parecido extraño, por lo tanto, que el muchacho estuviese dispuesto *a todo* (eran sus palabras) para derribar al *tirano*. Quizás por eso, aquella conversación en la sastrería a principios de julio le había dejado una impresión profunda y por momentos lo había hecho dudar de sus propios sentimientos.

Pasadas las elecciones de 1951 en las que Perón volvió a revalidar su presidencia, habían arreciado los intentos de golpe organizados desde las Fuerzas Armadas, que contaban con un extenso apoyo civil motorizado desde algunos partidos como el propio radicalismo e incluso socialistas y comunistas. Los principales jefes militares hacían la vista gorda y permitían que las conspiraciones crecieran y se organizasen con toda facilidad en los casinos de oficiales de los cuarteles. El clima de incertidumbre se había apoderado desde hacía meses de la vida política de la nación, y el "ruido de sables", como se conocía eufemísticamente este tipo de movimientos, era más que audible.

En junio de 1955, aprovechando la festividad del Corpus Christi, la oposición había organizado una gran marcha con apoyo de la Iglesia. Los manifestantes arriaron la bandera argentina del mástil central de la plaza del Congreso, e izaron en su reemplazo la bandera amarilla del Vaticano. Algunos prendieron fuego luego a la enseña celeste y blanca, lo que le vino como anillo al dedo al gobierno, que decidió organizar un gran acto público de desagravio. Quizás como una provocación a los militares críticos de los cuales se sabía formaban parte sectores de la Aviación, el acto incluiría un desfile aéreo sobre la Plaza de Mayo.

Pero los conspiradores interpretaron la situación como oferta divina: la mañana del homenaje un piquete de aviadores de la Marina de Guerra asaltó la base de Morón, la más cercana a la Capital Federal, y lanzó una treintena de aviones sobre la plaza. La intención estaba clara: bombardear la casa de gobierno y matar a Perón y a sus ministros.

Scolnick, que era viajante de comercio, había ido justo en esos días a Buenos Aires; y aquel día había estado en la Plaza de Mayo. Pero Scolnick no estaba aquella mañana para sumarse al intento de derrocamiento del peronismo. No estaba enterado - ni siquiera - de las maquinaciones que los militares y sus aliados civiles a los que en teoría pertenecía habían determinado. No: Scolnick, como todo provinciano que viaja cada tanto a Buenos Aires, se había tomado la mañana del 16 de junio para dar una vuelta por el centro y hacer trámites en alguno de los edificios públicos de la zona. Y en ello estaba, cuando comenzó a oírse el sordo rumor de los aviones acercándose y el repentino estallido de las bombas.

La primera dio en un autobús escolar haciéndolo volar por los aires. En los primeros momentos Scolnick no comprendió lo que estaba pasando, pero cuando descubrió a los aviones que descendían en picada ametrallando todo lo que estuviera delante, se lanzó desesperadamente a buscar refugio en las recovas de los ministerios o de la Catedral, mientras hombres y mujeres saltaban por los aires y el suelo empezaba a cubrirse de cadáveres y heridos cuyos alaridos de dolor se escuchaban apenas por el fragor de las bombas. En las alas y los motores de los aviones los golpistas habían pintado una cruz cristiana sobresaliendo de la parte superior de una letra "V". Era, comprendió Scolnick recién entonces, la señal de "Cristo Vence", la consigna que habían utilizado los manifestantes antiperonistas la semana anterior.

Los aviones no cesaron durante horas de hacer vuelos rasantes y ametrallar la plaza. Scolnick había permanecido cuerpo a tierra, acurrucado tras un murete de mármol de la fachada de la Catedral, sin atreverse a mover un músculo, hasta que durante un corto receso en los bombardeos corrió hacia una de las diagonales que desembocan en la plaza y logró alejarse.

El golpe fracasó porque finalmente una parte de los jefes militares se echó atrás y dejaron casi sola a la Marina de Guerra, cuyos aviones eran los que habían ejecutado el ataque. Y el objetivo de asesinar al Presidente se frustró también, porque los servicios de inteligencia habían detectado algo raro y aconsejaron a Perón que ese día no fuera a la Casa Rosada. Pero entretanto, cerca de quince toneladas de bombas y metralla fueron descargadas en unas horas sobre la Plaza de Mayo y los edificios que la rodean.

Scolnick había tardado más de dos semanas en decidirse a hablar con Ramón. Le había contado el horror y la repugnancia que había sentido aquella mañana, no sólo por temor a perder su propia vida, sino viendo cómo centenares de cuerpos destrozados yacían en las calles sólo por haber estado allí casualmente en ese momento. Entonces – le diría luego a Ramón Sánchez – había tomado súbita conciencia de que el odio de aquellos pilotos y de quienes los habían mandado no era sólo contra un presidente o un gobierno, sino hacia cualquier persona que se cruzase en su camino o en el camino - si realmente en algo servía ese término para suavizar tanta crueldad - de sus convicciones. Y en ese momento había comprendido también que él, heroicamente dispuesto *a matar por la causa* – al menos en su fantasía militante – era en el fondo igual a ellos.

En el bombardeo a la Plaza de Mayo hubo casi cuatrocientos muertos y cerca de mil heridos, reseñaron más tarde los historiadores. Pero desde entonces Scolnick, uno de los que se afirmaban dispuestos *a todo* para derrocar al régimen peronista, había decidido desertar de toda actividad política. Después de aquel encuentro, Ramón se había preguntado profundamente si en esas circunstancias también él habría perdido la fe - como le había asegurado su correligionario - no sólo en quienes planeaban el derrocamiento de Perón, sino incluso en la humanidad misma.

Pero como siempre había creído, en los momentos decisivos las vacilaciones podían tener resultados catastróficos. Como tantas veces en su vida, Ramón se impuso la necesidad de actuar sin dejar, por el momento, espacio a la duda. Si tenía una convicción, era la de que la máxima responsabilidad moral y política que imponía el momento era terminar de una vez por todas con el régimen autoritario en el que Perón había sumido al país.

Así que sus convicciones permanecían firmes cuando apenas unos meses después, el 14 de septiembre de 1955, alguien hizo retumbar el aldabón en la puerta de entrada a su casa. Eran alrededor de las ocho, la hora en que la oscuridad comienza a caer perezosamente sobre la ciudad asomando por encima de las ramas de las tipas que bordeaban las calles.

El que llamaba a la puerta era un hombre de entre cuarenta y cincuenta años, bajo, enjuto y algo encorvado, de nariz rapaz y frondosos bigotes amarilleados por el tabaco. Vestía unos pantalones de algodón grises, una campera de gamuza de color marrón con la cremallera desabrochada, y usaba gruesos lentes con montura de carey de color oscuro.

Ramón abrió la puerta y pareció sorprendido ante la presencia de Schifman. Sin embargo reaccionó rápidamente, le estrechó la mano y con un gesto lo hizo pasar dentro. En el centro del amplio salón al que daba acceso la puerta de calle había una mesa de caoba con patas talladas y seis sillas a juego. Señaló una de las sillas con un gesto de la mano, y luego que el otro se hubo sentado sin quitarse el abrigo hizo lo mismo al otro lado de la mesa. Las formalidades propias de cualquier encuentro duraron apenas segundos: el visitante fue al grano.

—Sánchez —lo interpeló directamente por su apellido, revelando que la relación entre ambos era de cierta distancia, no al menos de una amistad íntima. —Ya sabrás por qué vengo, o al menos te lo imaginás.

Schifman se había convertido, con los años, en el presidente del Partido Socialista de Coronel López. En esos días Ramón había sido advertido de que era inminente un nuevo intento de derrocar a Perón, y que esta vez la oposición política también jugaría un papel protagónico. Los grupos de militantes encuadrados en los "comandos civiles" debían estar preparados para intentar tomar a su cargo algunas instituciones claves de la ciudad. Un grupo de comandos socialistas también se estaba organizando; y todos deberían actuar conjuntamente llegado el momento.

Ramón permaneció en silencio, sin asentir ni negar, con la mirada atenta a las palabras de Schifman. Sin embargo, sus ojos brillaban de excitación.

—Es cuestión de días —continuó hablando el otro, también conteniendo una evidente excitación. —No nos han informado exactamente cuándo, pero sí que la revolución ya no tiene más demora. Y tenemos que estar preparados. El partido me ha pedido que tome contacto con vos para organizar el operativo. Todo tiene que ser coordinado para que apenas se dé la noticia del levantamiento actuemos inmediatamente. Lo primero será ocupar la propaladora y emitir el manifiesto revolucionario. Otro grupo irá enseguida a la Junta Comunal y la Municipalidad. Y finalmente, tendremos que controlar los sindicatos que podamos, especialmente la UOM.

La propaladora era un sistema de bocinas instaladas en las principales esquinas, comunicadas con un edificio central desde donde se emitía, desde las once de la mañana hasta las seis de la tarde, una programación musical interrumpida cada quince minutos con cortes que difundían mensajes publicitarios de los comercios locales. Cada hora se podía oír también un rudimentario boletín informativo compuesto principalmente de descripciones del tiempo, necrológicas, anuncios municipales y farmacias de guardia.

—Con la propaladora no va a haber problema —agregó Schifman —Allí todos, empezando por Langner, son antiperonistas. Langner, un hijo de inmigrantes alemanes, era el dueño de la empresa concesionaria —En la Municipalidad cada uno hará un poco de circo, pero tampoco habrá mucha historia. Lo más arriesgado serán los sindicatos, allí sí que nos pueden recibir a los tiros —concluyó.

Ramón no pudo disimular su malestar. Recordó los años de su juventud, recordó a aquellos trabajadores junto a quienes había abrazado los ideales anarquistas. Colocchini, aquel sindicalista piamontés que había frecuentado en Buenos Aires y que lo había convencido de que el camino pasaba por sumarse a Yrigoyen. Las actividades compartidas con muchos de esos obreros y empleados en la denuncia de la dictadura franquista que asolaba a España desde antes de la Segunda Guerra. Y también – durante la Guerra - contra el neutralismo de los gobiernos argentinos dominados por militares y conservadores, que encubría sus simpatías por el nazismo y el fascismo. ¿Cómo es que había cambiado todo y ahora, en apenas diez o quince años, esos sindicatos eran los principales defensores del gobierno peronista?

Recordó también las discusiones con Meléndez, que desde diez años atrás los habían ido distanciando inexorablemente. Había sido Meléndez quien empezó a tomar distancia cuando Ramón se negó en el año 45 a dejar el radicalismo, mientras él junto a Casareto y otros decidían adherirse al movimiento por la libertad – y después a la candidatura - de Perón. ¿Cómo podía quien había sido siempre su mejor amigo y camarada, identificar aquellos ideales libertarios con el rejunte de sindicalistas oportunistas, arribistas y lúmpenes que había armado Perón? ¿Era esa la clase obrera organizada que había fundado la Confederación General del Trabajo y había impulsado las primeras leyes sociales? ¿Ese aluvión de gente analfabeta que en poco más de una década había engrosado los barrios y las villas miseria alrededor de Buenos Aires, y que devolvía con votos algún colchón o alguna bicicleta que les hubiese regalado Eva Perón en sus eternas giras demagógicas, manipulados por sindicalistas con estómagos agradecidos cuyo único objetivo era enriquecerse con las prebendas del gobierno? ¿Eran acaso ellos los mismos que quince años atrás donaban parte de sus pobres salarios para solidarizarse con la resistencia española contra Franco?

Es cierto que tampoco seguía teniendo aquella visión idílica de unos "proletarios del mundo" junto a los que, en plena adolescencia, había decidido sumarse a la lucha anarquista. La idea de una conciencia de clase que guiaba el pensamiento de unos seres revestidos de heroísmo mítico se había ido desdibujando lentamente, casi sin que tomase conciencia de ello. Casi cuarenta años después de abrazar entusiastamente el compromiso político y social, había tenido tiempo de sobra para comprobar con amargo desengaño que en todas partes y en todos los sectores, hombres y mujeres eran seres dominados por mezquindades e intereses individuales, más que por la solidaridad o la convicción de una lucha en común. Todo hombre parecía tener su precio, y más de tres décadas inmerso en el cenagoso mundo de la política le habían hecho perder aquella entusiasta fe en la Humanidad, así con mayúsculas y – porque en definitiva era eso – en abstracto.

En cambio, el mundo parecía haber ido evolucionando en sentido contrario: cada vez más la gente de la calle, el hombre común, iba declinando su propia capacidad de pensar en favor de sentimientos colectivos inducidos por la radio y las revistas de moda, por los discursos floridos de los políticos, por la publicidad que mostraba un mundo fantasmal en donde la ambición no era la de ser más educado o mejor persona sino la de tener un auto, una aspiradora y un combinado para hacer envidiar a los vecinos. Donde la educación y la cultura eran un lastre y los que triunfaban en los negocios o en el espectáculo se jactaban de no haber leído un libro en su vida.

No era ese el mundo por el que había luchado desde que era adolescente. Pero ese, y no otro, era el que le tocaba vivir.

Y a pesar de ello, Ramón seguía empeñado - aunque a veces se preguntaba si no era una forma de soberbia, de orgulloso amor propio que no aceptaba la idea de haber elegido una mirada equivocada – en ver al mundo como un territorio de injusticias, una sociedad donde los poderosos se hacían más poderosos y los pobres eran sometidos más y más a la fuerza absoluta del dinero. Y continuaba convencido de que merecía la pena seguir luchando por sus convicciones; nunca dejaría de hacerlo – se dijo – hasta su último suspiro. Aunque en algún momento todo había tomado un camino equivocado, y nunca había logrado terminar de entender por qué.

—¿No tenemos nadie en los sindicatos con nosotros? —preguntó volviendo al tema que los ocupaba.

—En algunos sí —aseguró enérgicamente Schifman — Los tipógrafos son todos comunistas, y en La Fraternidad también es mayoría la oposición al gobierno, pero el problema van a ser los gremios fabriles, vos sabés perfectamente que el peronismo los tiene fagocitados. Así que con los sindicatos mejor no contar, seguro van a ser los que más resistan.

Un breve silencio pareció atravesar la sala. Fue como si ambos se hubieran dado, coincidentemente, un inesperado momento de reflexión.

—Así que lo que hay que hacer ahora, Sánchez — Schifman interrumpió con firmeza el paréntesis —es ver uno por uno a todos los que se han comprometido a participar de los comandos para que estén listos a lo que sea. Con discreción, creo que no hace falta que te lo diga…

Ramón despidió al dirigente socialista y fue al baño, abrió la canilla y tras remojarse la cara con las dos manos retocó con un peine una mata de cabellos que amenazaba con caerle sobre la frente. Volvió a asegurarse de que la gomina sostuviera el flequillo por encima, el pelo peinado siempre hacia la derecha. Se fijó atentamente en el espejo y se sorprendió de descubrir cuánto tiempo hacía que no se miraba con atención, de encontrar nuevas arrugas en las que últimamente no había reparado. De joven su apariencia le preocupaba más que ahora. Nunca había perdido la costumbre de andar bien vestido, siempre elegante y prolijo, lo que no dejaba de ser importante dada su profesión; pero los detalles físicos ya casi no le importaban: hacía rato que había comprendido que contra los años no es posible hacer resistencia. ¿Pero qué importancia podía tener la apariencia en un momento como ese?, se preguntó inmediatamente, asombrándose de que tal preocupación le hubiese venido a la mente. Es que la mente tiene esas cosas, se dijo: a veces actúa por su cuenta.

"Tengo miedo", admitió Lola en silencio. Durante un largo rato, su mente había elaborado complicados rodeos, tratando de explicarse a sí misma un sentimiento que Ramón hubiese descalificado. Él era - había sido siempre así desde que lo conocía – una persona de convicciones firmes, de decisiones sólidas, y difícilmente antepondría un sentimiento a una razón. De manera que, sin quererlo, durante un buen rato su cabeza había tratado de convertir en argumentos la sensación que la atormentaba desde la mañana, cuando su marido le advirtió que iba a estar fuera de casa por algunos días. Eran momentos muy importantes para la revolución, le había dicho como toda explicación. Y ella sabía, otra vez, que no tenía sentido preguntar más. No porque no le interesase qué es lo que estaba pasando. Ni siquiera porque pensase que Ramón, a pesar de su habitual parquedad para hablar en la familia de sus asuntos políticos, iba a negarse a ofrecerle más explicaciones. Simplemente, pensaba Lola, conocer más o menos el detalle de lo que Ramón estaba a punto de hacer en esos posibles días en que, según acababa de decirle, iba a estar fuera de la casa, no iba a cambiar nada, no iba a aportar nada de nuevo ni de bueno a la situación. De manera que mejor dejar hacer a su marido tratando de parecer lo menos preocupada por ello.

Así que desde la mañana Lola había estado dándole vueltas a la cabeza tratando de convertir en argumentos esa sensación horrible, de súbito desamparo, que la acechaba como un malestar que no aceptaba paliativos. Las hijas no estaban tampoco con ella: Beatriz, la mayor, se había casado el año anterior y hacía apenas unos meses les había dado la primera nieta; Vilma, la más pequeña, estaba en el colegio donde cursaba el último año antes de recibir su título de Perito Mercantil. Ramón nunca les había contado de forma directa, precisa – como en realidad, casi no lo había hecho con ella misma – su participación en esos grupos de civiles que, llegado el momento, estaban dispuestos a participar activamente en el derrocamiento del gobierno; pero las hijas tenían ya suficiente edad y relaciones propias como para saber algo que, la verdad, sabía todo el mundo en Coronel López. Incluso, pensaba Lola, seguramente las chicas hasta se sentirían orgullosas del papel que su padre había elegido asumir.

Pero toda argumentación, todo rodeo, había sido en vano. Y Lola había terminado por admitir el más simple y elemental de los sentimientos: que tenía miedo. En los últimos meses el país estaba patas para arriba. La última gran convulsión había sido la quema de las iglesias. Antes del invierno los militares habían intentado una vez más derrocar al gobierno, apoyados sin disimulo por la iglesia católica. Pero el intento había fracasado y a la noche miles de personas azuzadas por algunos sindicatos habían asaltado las principales iglesias en la Capital, destrozando las imágenes y quemando las instalaciones como represalia. Aunque el enfrentamiento del peronismo con la iglesia era abierto y público desde mucho tiempo antes, nadie pensaba que se llegaría hasta ese punto. La cosa había quedado sólo dentro de los límites de la Capital, pero Doña Elvira, su madre, había reunido al día siguiente en su casa a un grupo numeroso de devotas católicas que conocía de su sistemática asistencia a las misas del domingo, para consagrarse a varias horas de oración en repudio del agravio. La matrona ni siquiera entendía bien por qué habían sucedido los hechos, pero el ataque y la destrucción de los símbolos religiosos eran para ella señal de la cercanía del Demonio. Y si el Demonio era el mismo presidente, que según lo que se decía había sido el verdadero promotor de la quema, estaba segura de que Dios no lo perdonaría.

Aquella tarde, Lola había participado de los rezos junto a su madre, a su hermana Catalina y a una veintena de mujeres del pueblo, todas ellas cubiertas en la ocasión con severas mantillas negras mientras deslizaban en sus dedos las cuentas del rosario y murmuraban las repetidas estrofas del Padre Nuestro. Y en esta otra mañana, después de que Ramón la había dejado advirtiéndole que quizás no regresaría por algunos días porque eran momentos decisivos para la revolución, la mujer pensó que quizás compartir algunas oraciones con su madre – a la que visitaba todos los días – podía ser una forma adecuada de contener – ya que no de disipar – ese miedo que acababa de reconocer en su forma más elemental y directa.

Doña Elvira y Catalina seguían viviendo en la casa que el maestro Gumersindo había comprado poco antes de que toda la familia volviese a reunirse en Coronel López después de trasladarse paulatinamente desde Ribadesella, el pueblo pesquero de la costa asturiana.

Desde la muerte del padre de familia, doña Elvira se había reconcentrado en sí misma y cada día estaba más pendiente de sus prácticas religiosas. Casi no salía de la casa en donde sólo quedaba la hija menor que nunca se había casado, si no era para asistir los domingos a la misa en la iglesia parroquial, frente a la plaza principal del pueblo; o en algunas contadas ocasiones en las que la familia – ya ampliada por los matrimonios de casi todos sus miembros - se reunía para fiestas tradicionales como los cumpleaños o las Navidades.

Con alrededor de ochenta años, seguía teniendo la consistencia robusta y severa de toda su vida, pero las fuerzas de su cuerpo ya no eran acordes con su apariencia. Estaba casi ciega y aunque todavía caminaba con equilibrio y resistencia, le costaba hacer ciertos movimientos como subir escaleras, lo que obligaba a sus hijas – o a quienes las acompañaran en esos momentos – a servirle de sostén e impulso cada vez que los domingos se veía obligada a ascender lentamente la escalinata de la iglesia, a la que debía llegar bastante antes del comienzo de la misa misma, para que le diese tiempo suficiente a hincarse en el confesionario, mientras el sacerdote de turno – detrás del tabique con ranuras que impide ver los rostros – sonreía silenciosamente por la insistencia de esa mujer, cuya voz conocía de memoria, en confesar sus inexistentes pecados.

Doña Elvira se había ido volviendo, por tanto, una mujer silenciosa, casi hierática, con la que ya sus mismos hijos tenían dificultades en comunicarse. No es que hubiese sido alguna vez una madre expansiva y conversadora, claro que no. Pero la verdad es que Lola, que tampoco había hecho muchas amigas en las dos décadas que llevaba convertida en la esposa de Ramón Sánchez, no tenía grandes alternativas y pensó que la cercanía de ella podría al menos ayudarle a desviar sus temores.

De todos modos, que Lola fuese allí por la mañana era algo que se había ido repitiendo casi todos los días desde su casamiento, y tampoco tenía mucho que pensar para decidirlo. Así que después de dar una repasada a la cocina y controlar que todo estuviera en su sitio, se dirigió al dormitorio para ponerse un saco de hilo y unas chatitas de cuero flexible, antes de salir rumbo a la casa de su madre que estaba apenas a tres cuadras de distancia.

Mientras caminaba, sintió en la piel el sol de una primavera que había llegado con fuerza (de hecho, según el almanaque apenas estaba llegando, se dijo comprobando la fecha: recién 18 de septiembre), y se preguntó qué podría decirle a su madre y qué no sobre la situación que la tenía al borde de la angustia desde esa misma mañana. Probablemente nada, se dio cuenta rápidamente. No podía hablarle a su madre en forma directa de lo que estaba ocurriendo. En primer lugar, porque hubiera sido trasladarle innecesariamente su propio miedo a una persona a la que, por su edad, había que preservar en lo posible de preocupaciones. Y además, ¿cómo iba a revelar, aunque fuese a alguien de su propia familia, que su marido estaba embarcado en una conspiración con quienes se proponían derribar al gobierno?

Es cierto que, mirado en sus justas proporciones, aquello de derribar al gobierno como meta de las maquinaciones –y probables acciones – de Ramón y sus compañeros, le sonaba como palabras fuera de la dimensión de aquel pueblo (ya no tan pueblo, pensó, pero al final de cuentas no más que cualquier otro pueblo). El gobierno, el presidente, los militares, todo eso le había parecido siempre un espacio lejano del que se enteraba por los diarios, por la radio, por los comentarios y conversaciones de la gente, pero que no alcanzaba realmente a comprender (sí quizás a comprender, claro: no era una ignorante ni una estúpida; pero no a sentir) qué influencia real, concreta, inmediata, podían tener sobre sus vidas de cada día, sobre la sastrería de Ramón, sobre el futuro de sus hijas, sobre los cotidianos actos que componían la actividad de las personas comunes. La política era parte de las actividades de su marido, sí, y sin duda a él sí que lo que sucediese en la Casa Rosada o en los cuarteles le afectaba de modo directo, pero ¿no era acaso porque él mismo se lo había buscado?

Pero de allí a pensar, además, que lo que conspirasen unas docenas de personas dedicadas a la política en una pequeña ciudad de veinte mil habitantes podía tener alguna incidencia en aquel mundo centrado en Buenos Aires, le sonaba casi a broma. O le hubiese sonado, se dijo, si no fuese porque en eso estaba involucrado su marido. A pesar de escuchar a diario los ácidos comentarios de Ramón sobre el régimen peronista y sus maldades, a pesar de que sus propias hijas habían seguido en los últimos años el pensamiento de su padre y, relevadas del deber autoimpuesto por él de no mezclar la política con la vida familiar, habían hecho que los acontecimientos externos penetraran a mansalva en una casa que hasta entonces siempre había estado en cierta forma preservada de esas contaminaciones, ella había seguido sintiendo que todo aquello le era ajeno. Pero ahora esa sensación se había roto intempestivamente: esta vez la política sí que había entrado en la casa, en la familia, no como un hecho anecdótico, sino para romper el equilibrio tan cuidado durante tantos años.

¿Y qué si le ocurría algo a Ramón? Nunca hasta ahora había pensado en esa posibilidad. Su fijación casi obsesiva con el temor de que algo les pasara a sus dos hijas, que había ido reemplazando con los años a su precoz sentimiento de que la muerte acechaba desde siempre a sus hermanos, nunca había incluido, sorprendentemente, a un marido envuelto desde que era su marido (y antes de eso, en rigor) en los impredecibles avatares de la política, y que en todos esos años en los que habían pasado dictaduras militares, clientelismos sostenidos por matones armados y conspiraciones de todo tipo, había estado sin duda más cerca del riesgo que muchos de sus congéneres. Pero Lola, en cierta forma, no era consciente de todo aquello, y en el fondo se había sentido más amenazada por la vida del Ramón juerguista, guitarrero y poeta de los primeros años, que por su vida de político en tiempos difíciles.

Pero esa mañana otra realidad, mucho más acuciante y atemorizadora, había irrumpido súbitamente cuando comprendió que Ramón estaba a punto de participar en algo que siempre había estado allí como posibilidad, pero hasta entonces no había sido más que una especie de fantasía romántica, un poco novelesca en todo caso: un levantamiento armado. De pronto, entendió lo que eso significaba: no sólo un eventual enfrentamiento donde los bandos tirasen a muerte, sino algo quizás peor: la posibilidad de ser arrestado, encarcelado, torturado, o vaya a saber qué más, cosas que ocurrían a diario en el país al menos según los rumores que corrían en la boca de mucha gente. Durante años, Lola había escuchado hablar a su marido sobre la gesta histórica del radicalismo en sus orígenes, desde la Revolución del Parque hasta los alzamientos en los tiempos de la proscripción. Y en otras ocasiones, había oído historias acerca de la manera en que los caudillos conservadores reclutaban el voto en el campo o en los barrios pobres, a fuerza de asado, vino y revólver sobre la mesa. Incluyendo, por supuesto, las mil cosas que se esparcían a diario en la calle sobre la actuación de la policía y los matones de los sindicatos contra quienes no apoyaban al gobierno de Perón. Pero todo le había parecido siempre algo perteneciente a una realidad que no era la suya, a pesar de saber que Ramón estaba relacionado con ese mundo: una realidad distante y cuyas aristas no se tocaban con las de la suya propia. Hasta ahora.

Y ahora, en esa mañana de septiembre del año 1955, descubría con una extraña sensación de irrealidad que había vivido dos décadas sin haber presentido que podría haberse enfrentado alguna vez – más de alguna, se decía a sí misma ahora sorprendida por su propia inocencia, por su propio desconocimiento o quizás su negación empecinada – a la circunstancia con la que ahora se encontraba enfrentada: que el marido aplicado y caballeroso que siempre le había dado un motivo para vivir, el prestigioso profesional cuya sastrería había sido siempre la garantía de su seguridad económica, el padre severo pero bondadoso que le hacía sentir que sus hijas serían sin duda personas de honestidad y provecho, el hombre que se había hecho respetar y querer por todas las gentes de bien de su ciudad, estaba repentinamente involucrado en una situación que podía cambiar absolutamente la normalidad de su vida.

¿De *su* vida?, se preguntó de repente. ¿O quizás, realmente, lo que podía estar a punto de cambiar no era la normalidad de la vida de Ramón, sino la *suya*? ¿Y si para Ramón la posibilidad de morir de un tiro o ir a la cárcel mañana mismo había sido todo el tiempo una circunstancia presente en el terreno de lo posible, presente en la perspectiva de su propia historia, pero *ella* era la que nunca había contado con eso para *su* vida? La revelación pareció despertarla de un sueño, un sueño que tal vez había estado soñando despierta durante veinte años y del que recién ahora, ante la concreta posibilidad de una variación tan radical como la de perder a su marido, tomaba súbita conciencia. ¿Había vivido la mitad de su vida – que era más o menos el tiempo que llevaba como esposa y madre – compartiendo la vida de Ramón sin darse cuenta de que en realidad la vida de Ramón estaba en otra dimensión? Y entonces, se preguntó también, admirada de que todos aquellos pensamientos estuviesen brotando casi de un golpe, a borbotones, como una herida que se abre sin aviso y en la que empieza a manar la sangre en un chorro incontenible, ¿había realmente Ramón compartido la vida de ella, la verdadera vida de ella, o simplemente había caminado, también él como ella, veinte años creyendo que lo hacía, pero en verdad, más allá de las rutinas, de los hijos, del cumplimiento de sus deberes matrimoniales y sociales, no habían hecho más que dos vidas paralelas, adosadas y relacionadas, eso sí, pero tan individuales y solas y confinadas a lo que cada uno de ellos había imaginado o sentido que esas vidas eran, que nunca habían logrado advertir que en el fondo, habían seguido siendo vidas diferentes aunque cada uno imaginara que la del otro estaba contenida en la suya?

Pero, agregó su pensamiento en medio de una excitación extraña, como si estuviese experimentando una revelación en un plano en el que nunca había penetrado, ¿acaso era realmente posible que dos personas viviesen la misma vida? No, seguramente que no, seguramente nadie estaba suficientemente capacitado para entrar en la vida de otro. Ella -ahora lo comprendía por primera vez - nunca había estado capacitada para entrar en la vida de Ramón, pero tampoco en la de su padre ni de su madre, ni siquiera en la de sus hijas. Ni ellos en la suya. Estábamos irremediablemente solos y solos nos encaminábamos hacia el único momento en que alguien podría ser capaz de entrar en la vida de alguien: Dios, quizás el día del Juicio Final.

Abrió el portoncito de hierro forjado que daba paso al jardín delantero de la casa de su madre, la misma casa a la que ella había llegado antes aún de entrar en la adolescencia y que había compartido con sus padres y hermanos hasta el día de su boda; y golpeó con el llamador que figuraba la cabeza de un león sobre la puerta de madera de la entrada.

Pensó que Ramón en ese momento se estaría encontrando con otros hombres como él, dispuestos a morir por lo que creían su causa. ¿Era cierto eso, pensó también en ese mismo instante? ¿Era cierto que esos hombres eran seres tan egoístas que habían decidido olvidar a todos aquellos que los rodeaban en la vida diaria, a sus mujeres, a sus familias, a sus amigos, a quienes los querían o no, y habían decidido que estaban dispuestos *a morir* por ello? No quiso seguir pensando. Sólo restaba esperar que algo sucediera, fuera lo que fuese, y era algo en lo que ella tomaría parte sin proponérselo, sin ni siquiera haberlo tenido en su perspectiva. Le esperaban horas de ansiedad y de angustia. Pero era *su* vida.

"En nuestra opinión, la literatura siempre es ficción, en virtud de ese contrato establecido por el género. Se puede narrar, utilizando recursos propios de la literatura, la crónica de un hecho real; pero el resultado no será Literatura sino Periodismo (o Biografía, o Historia), porque el objetivo comunicativo es la información. Exactamente el mismo texto, planteado como Novela, por ejemplo, partirá del objetivo de entretener (y todos los objetivos colaterales propios de la Literatura, por supuesto), y por tanto el lector no podrá exigir al autor (ni se lo planteará siquiera, por principio) la corroboración histórica, geográfica, etc, de cada uno de los episodios que se narran. Esta diferenciación es esencial para ubicarnos en el plano de la Literatura y saber de qué estamos hablando y cuál es nuestro objetivo cuando nos planteamos ser escritores en el sentido de 'autores de obras literarias' (es decir, escritores en el sentido de artistas)".

La cita está extraída del libro *La escritura creativa, Enrique D. Zattara, Ediciones El Ojo de la Cultura.* Reconozco que en las últimas semanas, el objetivo prioritario de reconstruir la vida de mi abuelo ha ido cediendo paso a otras – nuevas – obsesiones. He vuelto a sumergirme durante horas en la Biblioteca Almafuerte y navegado por el novedoso e imprevisible océano de Internet. Pero esta vez, en lugar de seguir sumando referencias y estudios históricos que me permitiesen localizar mejor los aconteceres de mi novela, la necesidad me ha llevado a la busca de más opiniones y comentarios sobre la creación literaria, y sobre todo sobre los procedimientos de la narración.

Tengo que decir que ni cuando escribía mis novelitas en la Underwood, más o menos en ese momento de transición que significa el paso de la escuela primaria a la secundaria, ni cuando muchos años después (unos veinticinco, para ser más explícito) empecé a intentar organizar de algún modo mis memorias sobre el abuelo junto con todos los papeles dispersos que habían quedado como testimonios de su vida, me había imaginado que las cosas se torcerían de tal manera. Ahora debo admitir, no sé si a mi pesar o realmente con gran curiosidad por dónde terminará todo esto, que cada día me interesa menos la vida del abuelo en sí y cada vez más resolver la perplejidad que me produce, a medida que avanzo en este libro, descubrir qué finas son las líneas – si es que hay líneas siquiera – que separan la realidad de la ficción, o mejor dicho, lo que creemos es testimonio de la realidad y lo que, porque así nos lo dice la tapa del libro o la crítica, es mero invento de un fabulador imaginativo.

Insisto, ¿se puede contar una historia, la historia de un o unos personajes, prescindiendo de su anclaje en un momento concreto de la historia? ¿Podría haber Manzoni escrito *I promessi sposi*, Tolstoi *Guerra y paz*, Víctor

Hugo *Les misserables*, sin referirse a lo que ocurría en el mundo y en la época en que viven sus personajes? (¿Viven, he dicho? ¿Se puede decir "viven" de unos personajes creados en base a tinta e imaginación?). En estos casos, es evidente, no serían los libros que son sino, en todo caso, otros muy diferentes. Pero como posicionamiento general, ¿por qué no? ¿Qué pasaba en Buenos Aires mientras Juan Pablo Castel mataba a María en *El túnel*? ¿Qué pasaba en Francia mientras la hipocresía de la sociedad tejía su tela macabra sobre la indiferencia de Mersault? Todo es posible en la ficción, aunque en el fondo, voy comprendiendo lentamente, sólo es posible lo que contribuye a llevar adelante la historia. Pero entonces, ¿cuál es el secreto, cuál es la línea de demarcación que nos permite – en esta novela, por ejemplo – asegurar que una escena, una descripción, sirve o es desechable para la trama?

Por cierto, las reflexiones sobre este punto que hace en el libro citado me llevaron a averiguar un poco más sobre este Zattara, que al parecer nació en Venado Tuerto, una ciudad muy parecida a Coronel López, y a pesar de unos pocos años de diferencia pertenece a mi misma generación. He encontrado un libro suyo publicado en 1989 (*Fotos de la derrota, Enrique D. Zattara, Ediciones de la Pluma*). Uno de los relatos de ese libro, *De la dura relación entre el arte y la vida*, desarrolla – probablemente; nunca se conoce la intención real del autor de una ficción – un poco más alguna de estas cuestiones que me he estado planteando, atónito, frente a las dificultades que va presentando la escritura de mi novela. Es un cuento en donde prácticamente no se hace ninguna mención concreta a un entorno histórico, salvo alguna referencia al recuerdo de una escena que, presumiblemente, tiene que haber sido de principios de los 70. Todo lo contrario, por ejemplo, de ésta, donde uno de los permanentes conflictos de su construcción está siendo la referencia constante a los acontecimientos históricos y por tanto el cotejo a que me siento obligado con los datos de la realidad que puedo corroborar en los libros.

En el cuento de Zattara, el protagonista – un joven intelectual de provincia - está en su cuarto pensando y escuchando música, mientras fuera se festeja el carnaval. Eso es todo: fuera de eso, del hilo de los pensamientos del protagonista, no ocurre nada más. Y el protagonista vuelve una y otra vez, recurrentemente, a otros protagonistas de libros o películas que, sin ninguna duda, le han marcado señales decisivas. Por fin, el sueño y quizás el hastío de sus propias maquinaciones lo vencen y decide irse a la cama, no sin antes imaginarse de nuevo personaje de una ficción ("Pensó, en un rapto fugaz, que si ahora se pegase o un tiro o se arrojase por la ventana - era imposible, estaba en una planta baja y hubiera sido completamente ridículo – habría logrado un gran final, tipo cuento de Salinger". Al fin, se duerme reprochándose a sí mismo esa vida remitida siempre a la literatura, pero – sugiere el final del cuento - ¿acaso no es él también pura literatura?

"*Me pregunto incesantemente si escribir sobre mi abuelo Ramón consistirá en descubrir quién era, o si simplemente me inventaré el abuelo que yo hubiese querido*". Aquel interrogante que ya fue enunciado casi al principio de mis disquisiciones, se me está incluso quedando corto. Sí, porque en verdad a estas alturas casi me estoy preguntando más bien: ¿me inventaré el abuelo que yo hubiese querido, o el que me parece que resultará más interesante para atrapar la atención de mis lectores? Es lo que tiene el elegir la ficción como género: siempre habrá, aunque sea en la imaginación, un lector preparado para juzgar, y diga uno lo que diga, cuando te sientas a escribir no dejas en ningún momento de tener en mente al lector que tendrás enfrente. Pero ¿cómo se elige el lector al que uno destina lo que escribe? Entiendo que haya escritores que lo tengan muy claro: hay allí fuera un público mayoritario cuyo gusto está formado por las convenciones, del que no es difícil conocer sus preferencias, basta con acudir a las estadísticas de venta. No tengo ningún reparo que oponer: como tampoco puedo oponer reparo alguno a que un dibujante brillante elija la publicidad en vez del arte, ni que cualquier persona elocuente elija para su futuro la carrera de abogado. O de veterinario, elocuencia al margen. Onetti, el gran escritor uruguayo, decía que su lector ideal era "él mismo". O sea: su ambición era llegar a escribir las cosas que a él le gustaría leer.

¿Para quién escribo entonces este libro?, he empezado últimamente a preguntarme. Podría darme algunas respuestas inmediatas: es obvio que el motivo central ha sido recuperar la vida de mi abuelo. ¿Pero con qué sentido? ¿Acaso he sentido la necesidad de reivindicar en la memoria una personalidad que siempre sentí como una influencia decisiva en mi propia vida? ¿O tal vez hay una oscura culpa detrás de este sufrido intento: la de que este veterinario provinciano que trata de esquivar cualquier compromiso político en que me he convertido, no está ni estará ya a la altura del nieto que mi abuelo hubiera soñado? Tampoco hay que descartar, puestos en plan de hipótesis, que esta admiración por mi abuelo Ramón en realidad esté encubriendo la intercesión que me llevó a ella: la figura de mi madre, con lo cual llegaríamos al tan popular complejo de Edipo. ¿O realmente de lo que se trata – me extrañaría – es de intentar desentrañar a través de esta novela los entresijos, las contradicciones y las claves de la historia de mi país en el siglo XX, lo que señalaría como mínimo una ambición desmesurada? ¿Y si, como aventuré en algún momento ya, no fuese más que un pretexto para colar entrelíneas mi propia vida que por sí misma no parece que pueda interesar a nadie? Javier Cercas, un escritor español que leí recientemente, quizás me estaba ofreciendo una respuesta: "La realidad mata; la ficción salva". ¿Es cierto que la ficción salva?

En fin, aquí va otra sugestiva cita del libro que he mencionado al principio de este apartado:

"... este ejemplo nos pone en bandeja una diferenciación más que debemos tener clara, aunque en este caso no parece ser tan obvia como la anterior, o al menos no suele serla al principio para muchos de los aprendices del género narrativo. Toda historia, evidentemente, está contada por alguien. Pero ese alguien está dentro del texto. Ese alguien tampoco es el autor, sino que no es más que un personaje más, que a veces protagoniza –con centralidad o como figurante- la propia historia, y otras veces permanece fuera de ella (de la historia) pero siempre dentro de la narración. Ese alguien es el Narrador, y forma también parte de la ficción creada por el autor, quien inventa una voz que cuenta la historia. El autor (el escritor) es quien escribe, crea los personajes y la historia, pergeña la trama narrativa y utiliza con habilidad (o sin ella) sus técnicas y sus estrategias. Pero el autor está siempre fuera del texto. El narrador es quien, desde dentro del texto mismo, cuenta la historia y supone la mirada desde la que la historia es vista e interpretada. Es importantísimo (fundamentalmente para el escritor) no confundir ambas figuras: Autor y Narrador. El narrador es una creación del autor, figura que debe mantener en todo momento la coherencia y la lógica elegida por el autor para contar la historia. Aún cuando el autor juegue a hacer trucos de prestidigitador para confundir al lector y para (generalmente) reforzar la verosimilitud que, como veremos en su momento, es la clave de la estructura narrativa".

Qué cosa, ¿no? Nunca lo había pensado de esa manera. Pero entonces, ¿quién soy? ¿quién es, finalmente, Leandro Speziali? ¿Qué hago yo en esta novela?

Todo se había acelerado en las últimas horas. Las radios difundían confusamente los acontecimientos: las del gobierno siempre escamoteando parte de lo que realmente ocurría; y las que ya estaban en poder – o siempre habían estado a favor – de los golpistas, exagerando los hechos y tratando de crear la sensación de que el alzamiento ya había triunfado.

Cuando en la radio oficial se anunció que Perón había delegado el poder en una Junta Militar y refugiado en una embajada extranjera, Ramón Sánchez y los miembros del comando que ocupaba la Municipalidad no pudieron contener la alegría. Gritos y abrazos saludaron la caída del régimen contra el cual se habían juramentado combatir, y la sensación de estar protagonizando un momento histórico inundó los pechos.

Algunas horas antes, Ramón y los ocho hombres que estaban bajo su mando habían llegado al edificio comunal en un camión con la caja cubierta por una lona, habían descendido empuñando las escasas armas que tenían, y sin resistencia alguna se habían hecho cargo de las instalaciones en las que sólo encontraron al Intendente y a uno de los concejales peronistas del gobierno. Sin órdenes precisas a las que ceñirse, el propio Ramón había decidido permitir al hombre de barriga prominente que durante los tres últimos años había ocupado el sillón de regidor regresar a su casa o – más probablemente – a la Unidad Básica peronista en donde seguramente estarían reunidos los dirigentes del partido depuesto. El otro concejal también se fue con él. En la soledad del edificio ocupado sólo por los nueve integrantes del comando, Ramón, que tantas veces había estado en esas salas como concejal de la oposición, pensaba ahora en su familia a la que no veía desde hacía varios días, exactamente desde el momento en que había dejado su casa para ocultarse en el galpón tras la farmacia de Grinberg.

Pensaba en Lola, en aquellos días ya lejanos en que la cortejaba a la salida de la misa de once bajo la mirada escrutadora de doña Elvira. Pensaba en sus hijas: Beatriz, la mayor, que ya estaba casada y hacía apenas unos meses había tenido una hija, su primera nieta; y Vilma, la más chica, que terminaba este mismo año el Colegio Comercial y sólo pensaba en los muchachos que le gustaban. ¿Serían ellas capaces de comprender por qué él estaba ahora allí, un hombre de más de cincuenta años ya abuelo, haciendo de revolucionario? ¿O en realidad pensarían que no era más que un imprudente, un irresponsable incapaz de darse cuenta todo lo que aquella locura que él llamaba sus ideales podía terminar significando para su familia, para ellas mismas?

En eso llegó un coche, un destartalado Ford que traía a dos de los hombres del comando que habían ido con Schifman. No habían tenido problemas con la policía, aseguraron, en ningún momento los agentes habían actuado y aunque permanecían acuartelados en la comisaría la orden parecía ser esperar el simple transcurso de los hechos. El resto del pueblo estaba en total orden. Pero quedaba un solo foco de resistencia que se negaba a entregar su sede: era el local de la UOM, el gremio de los metalúrgicos. Dentro se habían atrincherado al menos veinte personas, presumiblemente armadas. Schifman pedía a Ramón que dejara sólo dos hombres en la Municipalidad y viniera en su apoyo.

Ramón temió lo que efectivamente habría de suceder: que entre los resistentes estuviera Meléndez. Meléndez, el antiguo amigo de la adolescencia y juventud con el que ya casi no se trataban en los últimos años a raíz de sus diferencias políticas, pero al que no podía dejar de seguir estimando como antaño. Meléndez, que nunca había entendido que su compañero de tantas luchas se hubiera convertido en un gorila, como los peronistas llamaban a todos aquellos que se oponían a su régimen. Del mismo modo que Ramón nunca había entendido que aquel orgulloso militante yrigoyenista hubiese terminado defendiendo una tiranía demagógica como consideraba él al gobierno de Perón. Y Meléndez, claro, estaba entre la veintena de militantes gremiales que permanecían encerrados en el local de la UOM. No sólo eso: era él quien dirigía el grupo que se negaba a aceptar la caída del gobierno.

Los hombres del comando dirigido por Schifman, casi todos ellos miembros del Partido Socialista, estaban reunidos en la vereda frente a la sede gremial, detrás del camión que había sido colocado a modo de precaria barricada. Comenzaba a hacerse de noche, algunos fumaban cigarrillos y conversaban entre ellos. El otro camión, en el que viajaban los radicales al mando de Ramón, estacionó al lado. Cinco hombres bajaron de la caja; el que conducía y Ramón, de la cabina.

Schifman lo puso rápidamente al tanto de la situación: los gremialistas afirmaban que sólo dejarían el edificio si se lo solicitaba la autoridad constitucional, es decir un representante del gobierno elegido en las elecciones. De lo contrario, resistirían con las armas si fuera necesario. Uno a uno, le fue mencionando los nombres de quienes estaban enfrente: Coronel López era un pueblo chico y – sobre todo en el campo de la militancia política o gremial – todos se conocían. Meléndez estaba al frente del grupo, junto a otro dirigente gremial: se llamaba Zuleta, era un tornero que trabajaba en una fábrica de ollas que se había instalado hacía unos años en el pueblo, y Ramón lo había visto muchas veces jugando a las bochas en la cancha del Club Social.

Pasó casi media hora más. Los hombres del comando seguían fumando y conversando, sentados al abrigo de los camiones o caminando inquietos de un lado a otro por la vereda, sin cuidarse siquiera de ponerse a la vista de quienes estaban en el sindicato, como si a nadie se le pasase por la cabeza que podían ser blanco de otros hombres que, a fin de cuentas, eran sus vecinos. La noche acechaba pero el clima era agradable, vislumbre de una primavera que acababa de llegar. En la sede gremial se encendieron algunas luces: el farol que alumbraba el portal de entrada y otra en una ventana del primer piso. Cada tanto, alguna sombra atravesaba la luz de la ventana.

—Algo tenemos que hacer —dijo al cabo de un rato Schifman. Apretaba entre el índice y el pulgar un cigarrillo que casi nunca desaparecía de su mano y chupaba con fuerza a cada rato esparciendo una nube de humo que se acumulaba en los bigotes amarillentos de nicotina —No podemos quedarnos aquí eternamente esperando que lleguen fuerzas revolucionarias de otra parte a resolver el asunto.

—Está bien —asintió Ramón después de fruncir un momento el entrecejo como tratando de exprimir un pensamiento —Voy a ir yo. Meléndez no va a negarse a hablar conmigo.

Schifman lo miró fijamente, con curiosidad o quizás temor en la mirada.

—¿Y si te toman como rehén? Sería peor todavía —dijo.

—Me arriesgaré.

Mostrándose apenas por delante de la cabina de uno de los camiones, confiado pero prudente al mismo tiempo, puso las manos haciendo bocina frente a su cara y gritó:

—¡Meléndez!

Después de unos segundos de indecisión y expectativa, se oyó la voz de Meléndez desde la ventana iluminada. No había, en cambio, ninguna sombra recortada en el vano. La voz era cortante, tan enérgica como la otra.

—¿Qué pasa?

—Voy a entrar. Tenemos que hablar. Voy desarmado.

En la ventana no hubo respuesta. Algunas sombras se movieron dentro, apenas entrevistas desde la vereda. Probablemente estaban deliberando.

—Está bien —gritó la voz de Meléndez al cabo de un rato. —Venís vos sólo y desarmado, pero como haya algún movimiento raro de los demás, disparamos.

Era una bravuconada innecesaria. Cada uno de los que estaban allí, frente a frente, daba por hecho que llegado el momento nadie – ni de un lado ni del otro – dispararía. Pero ¿sería realmente así?

Ramón dejó la escopeta apoyada en el guardabarro delantero del camión y avanzó pausadamente hacia la vereda de enfrente. Cuando la luz del farol de la entrada dibujó su sombra contra las baldosas, alguien descorrió el cerrojo interior y el portal del sindicato se abrió lento, apenas lo suficiente para que escurriese su cuerpo dentro del edificio. Abrió un muchacho jovencísimo, casi un adolescente de ojos azorados y un poco temerosos que intentaba simular su aplomo conduciéndose con ademanes enérgicos. Lo hizo entrar en una segunda habitación, encendió la luz y le pidió que aguardara.

El chico salió y Meléndez, su viejo amigo, ahora cincuentón como el propio Ramón, entró en la oficina. Los dos se miraron fijamente. Ramón sintió el impulso de abrazar a su antiguo camarada, y quizás fue lo mismo lo que sintió el otro, pero la fuerza de la formalidad los pudo y chocaron las manos conteniendo el gesto. En la habitación había un escritorio con una lámpara de tijera y una pila de papeles desordenados, su silla correspondiente, y dos sillones de cuerina marrón frente a frente. El brazo extendido de Meléndez señaló uno de los sillones. En lugar de colocarse tras el escritorio, ocupó el otro sillón frente a Ramón.

—Te escucho —dijo escuetamente.

Veinte minutos después ambos se levantaron de los sillones y volvieron a darse la mano. El gremialista escoltó al político a través de la primera habitación hasta el portal de entrada y dejó que saliera a la calle a reencontrarse con sus compañeros del comando. Él volvió a subir al primer piso, donde estaban los suyos. Ramón cruzó a la vereda de enfrente, donde los demás esperaban el resultado de la negociación. Hicieron una rueda a su alrededor, y él informó lo que habían acordado. Cuando acabó, Schifman lo tomó de un brazo y lo separó unos metros del resto de los hombres.

—Hay una novedad que tengo que decirte —señaló sin ocultar su nerviosismo —Acabo de recibir una comunicación que nos ordena mantener a los que están adentro hasta que llegue un pelotón de Rosario que va a hacerse cargo de la situación —completó.

—Con más razón entonces —dictaminó Ramón con repentina brusquedad. —Con más razón cumpliremos el acuerdo...

Y dicho esto, volvió a salir a descubierto y dirigirse nuevamente hacia la vereda iluminada por el débil farol de la puerta del sindicato. La puerta se abrió tras unos minutos de espera, y uno a uno comenzaron a salir del edificio, con las manos vacías, quince de los obreros metalúrgicos que estaban atrincherados. Los hombres miraban a todos lados con suspicacia y temor, inseguros. Después de una breve indecisión avanzaron por la vereda hacia la esquina, todavía juntos como si buscasen de ese modo protegerse unos a otros. Cuando estuvieron lo suficientemente alejados, empezaron a dispersarse hacia sus casas. No pasaría un día, o poco más a lo sumo, hasta que volvieran a verse las caras unos y otros, los de una vereda y los de la otra, en la calle, en el club, en el baile.

Ramón Sánchez entró en el sindicato. Meléndez y Zuleta permanecían en la segunda habitación, esperándolo. Meléndez, ahora sí, se había sentado detrás del escritorio. Ramón se derrumbó en el sillón que había quedado libre. Pero de inmediato recuperó la compostura.

—Tenemos que esperar —informó con voz agotada —De Rosario viene un destacamento a hacerse cargo oficialmente de la situación. Ustedes dos se quedan detenidos —agregó —pero el resto de los muchachos en unos pocos minutos estarán tranquilos en sus casas. Yo me quedo con ustedes hasta tanto. Ese era el trato ¿no?

Meléndez lo miró con repentino desinterés. Él también lucía cansado, a punto de derrumbarse.

—Ese era el trato —dijo.

Coronel López, Argentina, noviembre de 1995

EPÍLOGO

"Parece que Rodríguez Moreno estuviera tratando de ganar tiempo. No ha de resultarle muy agradable salir con semejante noche para matar diez o doce infelices. Personalmente está convencido de que más de la mitad no tienen nada que ver. Y aun los otros le inspiran dudas. Nerviosos partes se cambian entre él y el Jefe de Policía, que ya ha llegado a La Plata. Las instrucciones son terminantes: fusilarlos".

La cita es de un libro muy conocido: *Operación Masacre*, del escritor y periodista Rodolfo Walsh, que años después fue asesinado por la dictadura militar de Videla.

Aunque debo reconocer que nada sabía de este libro (*Operación Masacre, Rodolfo Walsh, Ediciones de la Flor*) hasta que encontré la referencia al mismo en otro volumen consultado en estos días – o meses – en que me he empecinado en escribir sobre mi abuelo Ramón. Ahora, sin embargo, recuerdo el párrafo donde Walsh relata el momento en que el comisario al que le han encargado la custodia de los detenidos recibe la orden de fusilamiento. El relato está basado en la declaración judicial del propio comisario. Lo que se cuenta allí ocurrió casi un año más tarde de lo que pretendo contar en mi propio texto. Un texto que – hasta ayer - creía terminado en la escena en que Meléndez y el abuelo Ramón se quedan esperando a los golpistas de Rosario.

Me he detenido en este relato de los fusilamientos de José León Suárez, precisamente por algo que escriben los autores del otro libro al que me refería recién:

"Los fusilamientos en los basurales de José León Suárez, durante la fracasada revolución del general Juan José Valle, sacados a la luz por la impecable investigación del escritor Rodolfo Walsh, no fueron los únicos de la 'Revolución Fusiladora'. Los testimonios y documentos que hemos logrado reunir, y de los que damos cuenta en este libro, demuestran que en todo el país se sucedieron otros tantos asesinatos políticos de similares características. Algunos de ellos, nunca esclarecidos, ocurrieron en los mismos días del golpe militar de septiembre del 55. Nuestra propia indagación, elaborada a través de más de una década de trabajo, señala al menos treinta ejecuciones sumarias más en diferentes puntos del interior. Como se podrá ver en el contenido de este libro, las principales víctimas corresponden a militantes sindicales (no siempre dirigentes), y su densidad se distribuye claramente en relación a los jefes militares responsables de cada sector geográfico de la asonada golpista. Está claro que, a pesar de que todas las acciones y directivas del golpe militar de 1955 estaban cuidadosamente centralizadas, existía una cierta laxitud en cuanto a las decisiones inmediatas respecto a los métodos represivos en cada circunstancia. Los métodos de la Revolución Fusiladora, aunque practicados en escala reducida en esa ocasión, fueron un antecedente - y seguramente un ejemplo – del terrorismo de estado practicado sistemáticamente cuarenta años después, bajo la dictadura del general Videla". En esta ocasión la cita es de *De Aramburu a Videla, cómo se gesta el aniquilamiento, Armando Pagnoni y Alberto Jeandrevin, Ediciones Rescate*, que leí cuando ya creía que estaba a punto de terminar este intento de contar la historia de mi abuelo Ramón.

¿Pudo pasar algo así aquella noche del 22 de septiembre, después de que el "comando civil" encabezado por mi abuelo Ramón hubiese tenido que esperar – fueron horas – hasta que una unidad militar al mando de un joven capitán de modales imperiosos llegara a Coronel López y exigiera que le entregasen a los sindicalistas retenidos?

Porque si no, ¿qué fue de Meléndez, del que nunca he podido averiguar nada sobre su destino después de aquella escena con la que, pensaba en ese momento, se cerraba mi novela? ¿Fue uno de los sindicalistas asesinados tras el golpe militar que intentó – vanamente, como la propia historia ha demostrado – acabar con el peronismo? ¿Supo o intuyó el abuelo que el que había sido su mejor amigo había terminado fusilado, de algún modo entregado a su trágico final por él mismo?

No existe ningún testimonio de que mi abuelo se hubiese referido a aquel asunto alguna vez, o que en su mente hubiese quedado algún tipo de duda, remordimiento o pesar por aquello. Aunque como ya he dicho desde el principio, lo que sé realmente de mi abuelo, además de mis recuerdos que obviamente empiezan bastante más tarde (nací en el 57), no es mucho.

Tampoco nadie supo nunca qué fue lo que pasó exactamente en esa conversación de veinte minutos que Ramón Sánchez y Meléndez mantuvieron en la oficina del sindicato, antes de llegar al acuerdo que permitió regresar a sus casas a todos los obreros a excepción de los dos cabecillas. Como en la famosa entrevista de Guayaquil de San Martín y Bolívar, mi abuelo y Meléndez se llevaron a la tumba el secreto de lo hablado. ¿La tumba llegó, en todo caso, mucho más rápido para Meléndez (y para Zuleta) que para mi abuelo?

Podría haber hecho mi propio relato de esta circunstancia, con tanta o menos verosimilitud que cualquier otro relato de esta novela sobre la vida de mi abuelo. Porque como ya he dicho hasta el cansancio, es muy poco lo que he sabido de ella, de los detalles precisos de cada una de sus circunstancias, y ha tenido que ser mi imaginación, en todo caso, la que llenara cada uno de los huecos. Pero sobre lo hablado aquella noche en el sindicato, esta vez he preferido ni siquiera inventar nada. De lo que allí ocurrió, nada me consta.

Sí me consta que el antiperonismo de mi abuelo siguió siendo incólume hasta el último día de su vida, y que nunca albergó, o al menos manifestó, ningún arrepentimiento a su participación activa en la intervención militar de septiembre del 55; y nunca dejó de reiterar su admiración por los militares golpistas.

Tampoco entendió nunca cómo una enorme cantidad de jóvenes que no habían vivido aquella época - su nieto preferido, entre otros – habían terminado por execrar y denunciar a su Revolución Libertadora y, en muchos casos, sumarse a la lucha por el retorno del que siguió llamando el Tirano hasta el final de sus días.

¿Debería contar de otro modo la historia de mi abuelo, si lograse o hubiese logrado saber qué había quedado en él de aquella larga relación con su amigo Meléndez, así como de los sucesos por los cuales su propio amigo Ramón – mi abuelo - precipitó su muerte?

No lo sé.

Sobre todo porque nadie ha dicho – en todo caso, apenas es una mera hipótesis que he dejado caer – que Meléndez hubiese terminado fusilado por los militares golpistas en el año 1955.

Tampoco lo sabrán los eventuales lectores, porque aunque acudan a muchos más libros que los que yo he leído sobre el tema, nunca llegarán a estar seguros de qué es verdad y qué no de las cosas que he contado en esta que, como he terminado por admitir, no es más que una novela.

Ni los eventuales lectores, ni siquiera yo mismo. Probablemente solo Ramón Sánchez, mi abuelo, hubiera podido ser capaz de separar la paja del trigo en los innumerables sucesos que se cuentan en estas páginas.

Aunque tampoco hay que descartar la posibilidad de que el mismo Ramón Sánchez – caso de haber vivido alguien con ese nombre - probablemente nunca se hubiese enterado ni siquiera de su propia existencia.

Después de todo no es inútil recordar ya al final de estas páginas, como descubrí en el largo camino transitado para cerrar esta novela, que en un texto de ficción (una novela lo es) el novelista (el autor) es sólo el inventor de un personaje interno al texto, un narrador; y que ese narrador no es el mismo que el novelista, aunque se llamasen igual. Y que, por cierto, la literatura no tiene por qué contar ninguna verdad.

Además, en rigor de verdad yo – Leandro Santiago Speziali - no soy un novelista, sino apenas un simple veterinario de provincias.

¿O ni siquiera eso?

ÍNDICE

Prólogo: 7

Primera parte:
El hombre 15

Segunda Parte:
Casareto 197

Tercera Parte:
El peronismo 253

Epílogo: 357

Printed in Poland
by Amazon Fulfillment
Poland Sp. z o.o., Wrocław